KB124811

The Earthian Tales

우리는 모두 시간여행자
1분에 1분씩, 1초에 1초씩

까마득히 오래된 일 같지만 불과 몇 해 전 도널드 트럼프가 미국의 대통령이던 시절, 많은 미국인들이 트럼프를 가리켜 "하인라인의 악몽이 현실화되었다"라며 한탄했다. 이는 미국의 SF 작가 로버트 H. 하인라인이 1940년대에 주로 쓴 일련의 중단편 소설들, 즉 미래사(Future History) 시리즈를 염두에 둔 것인데, 배타적 이민자 정책이나 소수자 차별은 물론 그간 미국이 나름대로 자랑스럽게 쌓아 올린 민주주의의 가치들을 부정하는 트럼프의 행보가 하인라인이 70년 전에 그린 21세기 초 미국의 독재자와 놀랍도록 유사했기 때문이었다. 19세기부터 무려 43세기까지의 미국 역사를 그린 하인라인의 미래사 시리즈에서, 21세기 미국은 과학기술과 문화가 폭발하듯 발전하는 '광란의 시기'를 거쳐 전체주의 종교독재국가로 넘어간다(〈이대로 간다면〉, 1940). 독재국가로 넘어가기 전 미국은 달을 탐사해 개발까지 할 만큼 충분히 발달한 문명을 이룩했는데도 불구하고 말이다(〈달을 판 사나이〉, 1950).

모든 작품이 그런 것은 아니지만, SF의 특성상 많은 작품들이 '미래에 있을 법한' 이야기를 다루는 까닭에 SF 작가들은 흔히 미래학자로 오인을 받는다. 작품에서 묘사한 기술이나 사건들이 훗날 실제로 등장했을 때, SF 작가들은 '시간여행자'가 아니냐며 새삼 주목을 받기도 한다. 하인라인 역시 인류사에 핵폭탄이 등장하기 이미 5년 전에 미래사 시리즈에서 나가사키와 히로시마의 원폭 투하 사건을 다뤘다(〈폭발은 일어난다〉, 1940). 하지만 하인라인은 작품을 쓰면서 줄곧 미래사 시리즈는 미래에 대한 예언이 결코 아니라고 했다. 이 시리즈는 그 자체로 완결되는 역사이지 미래가 아니라고. 또한 우리의 실제 역사는 진행 중인 과정이지 미라로 만들어 책에 넣어놓는 물건이 아니라고.

그런가 하면, 한국의 SF 작가 김보영은 일찍이 단편 〈0과 1 사이〉(2009)에서 이렇게 말했다.

우리는 지금도 시간여행을 하고 있어.
1분에 1분씩, 1초에 1초씩 미래로 흘러가지.

〈0과 1 사이〉는 김보영의 걸작 중에서도 유독 오랜 기간 동안 꾸준한 사랑을 많이 받는 작품이다. 오죽하면 최근 복간한 구간 소설집《다섯 번째 감각》(2022)에 수록하지 않고 김보영 작가의 신작을 모아서 낸《얼마나 닮았는가》(2020)에 먼저 수록을 했겠는가. 작품성과 별개로, 작품이 쓰인 때로부터 그다지 변하지 않은 한국사회의 교육 현실 때문이 아닐까 하는 합리적인 추측도 많지만, 나로서는 '우리는 모두 시간여행자'라는 작가의 저 한마디가 두고두고 남기도 했다.

2호 기획회의가 한창이던 지난 해 11월, 테이블 위에 쏟아진 여러 가지 아이디어들이 풍성했지만, 2022년도 달력을 보고 이번 호의 느슨한 주제는 무조건 '시간여행'으로 하자고 제안했다. 당시로선 멀게만 느껴지는 4월 1일 자 발행이었지만, 3월 대선 직후에 우리의 마음은 시간을 되돌리고 싶거나, 시간을 내다보고 싶거나 둘 중 하나가 아닐까 싶었다. 혹은 둘 다이거나. 게다가, 지난 해 아작 SF 100종을 맞이해 SF 작가와 평론가들을 상대로 한 설문에서 아작 도서 중 으뜸으로 꼽힌 책《돌이킬 수 있는》을 비롯해 코니 윌리스의 옥스퍼드 시리즈 등 시간여행만큼 작가와 독자들에게 사랑받는 소재도 드물기 때문이기도 했다. 오죽하면 한국 최초의 장편 SF(《완전사회》, 1966) 역시 시간여행 이야기일까. 또한 출판사로 오는 투고 원고 다섯 편 중 최소 한 편은 시간여행 SF이기도 해서, 작가들에게 쓰시고 싶은 시간여행 이야기 어디 한번 맘껏 써보시죠, 자리를 깔아드리고 싶었다.

1호와 마찬가지로, 글의 수록은 형식별로 묶지 않고 독자들이 편하게 읽을 수 있도록 편집자의 의식의 흐름을 따랐다. 여기 글 소개는 형식별로 묶어서 다룬다.

좀 오래 되긴 했지만, 한국어로 쓰인 시간여행 소설 중에서 가장 좋아하는 작품 중 하나는 듀나의 〈시간여행자의 허무한 종말〉(1994)이다. 원고지로 10매가 좀 넘을 이 작품은 세상에 공개된 작가의 극초기 작품이기도 한데, 이 짧은 글에서 듀나는 과거로 회귀하는 시간여행 소설이 갖추어야 할 바를 모두 품었다. 이런저런 시간여행 규칙뿐만 아니라 잘 쓰인 초단편이 갖추어야 할 위트와 정갈함까지. 이번 호에 소개하는 다섯 작가의 초단편 역시 그 장점을 두루 갖췄다. 2021 SF 어워드 중단편 부문 대상 수상작가 이서영의 〈나는 우주의 환타지〉, 우수상을 받은 연여름의 〈솔티 브라운 캐러멜〉은 물론이고, 김청귤(〈시간여행 사우나〉)과 정지돈(〈시간여행 살인자〉), 그리고 해도연의 봄날처럼 다정한 〈라일락 햇빛〉까지. 단언컨대 다섯 편의 초단편만 읽고 책을 덮어도 후회가 없을 만큼 좋았다.

그렇다고 정말 책을 덮는다면 현재 한국 SF의 기둥이라 해도 과언이 아닐 남유하(〈내가 죽기 전날〉)와 전삼혜(〈성심당 사거리 메타버스 결투에 관하여〉), 그리고 황모과 작가의 신작 단편 〈타고난 시절〉을 놓치는 우를 범하게 될 터다. 그뿐인가. 이제 아작의 신인작가 양성 프로그램 폴라리스 워크숍 출신의 신인작가 이규락(〈그들은 은색 쫄쫄이를 입고 온다〉)과 이민섭·이현섭 형제의 단편 〈오서로 씨의 회고록〉은 이 잡지의 존재 가치를 되새기게 한다. 그래, 이렇게 다양하고 재밌는 소설을 읽으려고 내가 정기 구독 신청을 한 거지.

천선란의 장편《지도에 없는 행성》연재는 창간호부터 시작하고 싶었으나 한 호를 미루어 이제 시작한다. 함께 실린 작가의 인터뷰를 보시면 알겠으나, 작가의 데뷔작 《무너진 다리》(2019)의 출간보다도 먼저 쓰인 이 작품은 2022년 현재 한국에서 가장 촉망받고 기대되는 SF 작가로 성장한 천선란의 씨앗과도 같은 소설이다. 천선란을 보면 뜬금없게 코니 윌리스가 생각나는데, 1990년대 전 세계를 휩쓴 코니 윌리스를 두고 '비극을 쓰는 코니 윌리스'와 '희극을 쓰는 코니 윌리스' 두 사람이 존재한다는 음모론이 항간에 떠돌았다는 이야기 때문이다. 천선란 역시 단편과 장편뿐만 아니라 비극과 희극 모두 능한데, 나는 천선란의 희극에 걸고 싶다.

이번 호 인터뷰는 천선란 작가와 함께, 2021 SF 어워드 중단편 부문 대상 수상작가 이서영과 웹소설 부문 대상을 받은 시아란 작가를 모셨다. 설재인 에디터의 인터뷰 기사가 너무 좋아서 매달 인터뷰 기사를 읽고 싶지만 이 잡지가 계간지라는 점이 한스러울 뿐이다.

OOO 작가의 카툰은 이번 호에도 이 잡지를 대표하는 한 페이지를 고른다면 주저 없이 선택할 만큼 좋다. 4회 연재 중 두 번째를 맞이하는 루토 작가(《중력의 눈밭에 너와》)와 진규(《시간여행에 대한 구 패러다임》) 작가의 그래픽 노블은 이제 본격적인 스토리를 펼쳐 보이기 시작했다. 이 두 그래픽 노블 때문에 잡지를 구독하는 독자가 생길 날이 머지않았다.

청탁할 때만 해도 사면 대상이 아니었는데 지난 해 연말 박근혜 전 대통령과 함께 사면 대상에 오르면서, "박근혜 사면을 위한 들러리냐"라는 분노를 토한 송경동 시인의 시를 수록했다. 시인과는 아작의 첫 책 《리틀브라더》 추천평을 받은 연이 있었다. 지난 세월 을지로 OB 맥주에서 서로 등을 돌리고 각자 맥주와 노가리를 먹은 날들이 무척 많았을 것이다.

창간호에 이은 주제 에세이는 고호관의 시간여행 SF에 대한 글이고, 정보라 작가와 듀나 작가 역시 같은 소재로 각각 다른 관점의 글을 실었다. 고호관 작가가 시간여행 SF 자체에 충실했다면 정보라 작가는 '유토피아와 시간여행', 듀나 작가는 '호러와 시간여행'을 주제로 깊이 있는 글을 주셨다. 비슷해 보이지만 전혀 다른 세 작가의 글은 모아서 읽어도 좋을 것이다. 김보영 작가는 지난 호 개론에 이어 본격적인 창작 에세이를 시작하셨다. 창작자뿐 아니라 편집자, 독자들의 뼈를 때리는 글을 써주셨는데 본인은 "내가 뭘 때렸냐"라며 태연하셔서 약이 좀 오른다.

연재 코너 'SF TMI', 이번 호는 현직 '핵융합에너지' 연구원으로 일하는 남세오 작가의 TMI다. 처음 읽을 때는 어렵게 더듬더듬 따라갔는데 사흘쯤 지나 다시 읽으니 슬쩍 웃게 되는 매력이 있었다. 여전히 최고인 한승태 작가의 에세이 〈어떤 자부심의 소멸〉은 송경동 시인의 글과 연결되는 맛이 있다.

이번 호에도 가장 힘을 준 리뷰 코너는 한 작품이 늘어서 열 편의 리뷰가 실렸다. 구한나리, 박문영, 전혜진, 정명섭, 정이담, 홍지운 작가께서 지난 호에 이어 최근 1년 내로 발간된 한국 SF 작품을 골라주셨고, 지난 3월 10일 부커상 후보에 오른 정보라 작가의 《저주토끼》 영문판을 번역한 안톤 허 선생께서 《그녀를 만나다》 리뷰를 통해 정보라 작가가 세계 시장에 소구하는 이유를 분석해주셨다. 안톤 허 번역가와 함께 김주영, 이주혜, 박해울 작가가 새로 합류했다. 작가들이 애정을 갖고 직접 선정한 작품들이니만큼 독자들도 그 마음을 헤아리시리라 믿는다.

　이수현 작가는 'Memento SF'에서 한국 SF 소개에 치중하느라 놓쳤을지 모를 근래 번역 SF 작품들을 꼼꼼하게 챙겨주셨고, '서바이벌 SF 키트'는 따로 부록 페이지를 내어드리는 게 낫지 않을까 싶을 만큼 새 소식을 알차게 준비해주셨지만 지면 한계상 줄일 수밖에 없어서 안타까웠다. 부디 팟캐스트 구독으로 나머지 소식들을 접하시길 바란다.

　SF 전문 계간 잡지 〈어션 테일즈〉 2호의 마지막 두 기사 꼭지는 지난 수년간 한국에서 SF 부흥을 위해 함께 애써온 동료 출판사 '구픽'과 '안전가옥'의 이야기를 담았다. 아작과 비슷한 시기에 번역 SF로 시작한 출판사 구픽이나, SF를 포함해 장르 소설에 집중해 왕성한 활동을 벌이고 있는 안전가옥 둘 다 창작자와 독자들뿐 아니라 동업자에게도 든든한 이웃이다. 동업자들의 고충이 우리의 고충이기도 하고, 동업자들의 비전이 곧 우리의 것이기도 하다. 시장의 성장을 함께 이끌어나갈 수 있길 바란다.

　한국 SF를 읽으며 가장 좋은 점 중의 하나는 동시대의 현장성을 느낄 수 있다는 것이라는 말을 많이 듣는다. 그렇지만 과연 그런가 싶은 생각을 근래 자주 한다. 우리는 과연 같은 시간대를 살고 있는가. 그리니치 천문대를 기준으로 하는 시간의 편차와는 다르게, 저마다의 삶이 다른 만큼 저마다 살고 있는 시간대도 같지 않음을 많이 느낀다. 어떤 이는 여전히 80년대를 살면서 다른 이들에게 호통을 치는가 하면, 어떤 이는 다른 사람들보다 훌쩍 앞선 시대를 홀로 걸으며 어서 따라 오라고 다정하게 손짓하기도 한다. 결국 모든 걸음이 0과 1 사이에 있을진대, 그 모든 시간여행자들과 함께 걷는 걸음이 부디 아주 늦은 걸음은 아니길 바란다. 부디 멈추지 않고 나아갈 수 있길 바란다. 다시 김보영을 인용하여, 〈가다, 서다, 돌아가다〉를 통해 다시 한 번 다짐한다.

앎이 멈추면 시간이 멎는다.
앎이 멈춘 사람의 시간은 멎으며 그 사람은 더 자라지 않는다.

2022년 3월
편집장 최재천

The Earthian Tales

2

TIME TRAVEL
with you

Time · Travel · Science Fiction

SF가 많이 사랑한 이야기

고호관

현실에는 아직 없고 SF 세상에만 있는 발명품 중 최고를 꼽으라면 무엇일까?
만능 통역기? 앤서블 같은 초광속 통신? 초광속 비행? 순간 이동 장치? 어느
하나 대단하지 않은 게 없지만, 작가나 독자에게 가장 많은 사랑을 받아온 건
타임머신이 아닐까 싶다. 시간을 따라 앞뒤로 여행한다는 개념이 매력적이기
도 하거니와 상상력을 발휘해 이야기를 만들기에도 좋은 소재다.

고호관

SF 작가이자 번역가. 옮긴 책으로는 《카운트 제로》, 《낙원의 샘》, 《신의 망치》,
《머더봇 다이어리》 등이 있고, 〈하늘은 무섭지 않아〉로 2015년에 한낙원과학
소설상을, 〈아직은 끝이 아니야〉로 제6회 SF 어워드 중단편 부문 우수상을
받았다.

그러니 당연하게도 정말로 많은 시간여행 이야기가 나왔고, 지금도 나오고 있다. 그런데 과거로 돌아가는 시간여행 소설을 쓰려고 하면 아무래도 시간 역설을 마주할 수밖에 없다. 시간여행자가 과거로 돌아가 역사를 바꾸어놓으면 미래에 시간여행자가 태어나지 않거나 상황이 변해 시간여행을 하지 않게 되는 모순을 어떻게 해결할 것이냐 하는 문제다. 이런 이야기를 쓰려는 SF 작가는 역설을 두고 고민할 수밖에 없고, 각자 다양한 방식으로 이를 회피하거나 정면으로 부딪쳤다.

한 가지 방법은, 단순하게도, 적당히 무시하는 것이다. 과거를 바꾸면 미래의 시간여행자가 태어나지 않게 된다는 사실을 무시하고 과거로 가서 한 행동이 그 이후의 역사를 어떻게 바꾸는지를 보여주는 식이다. 시간여행이 대체역사를 만들기 위한 방법이 되는 셈이다. 흔히 돌 하나를 옮겨놓거나 벌레 한 마리를 죽이는 정도의 사소한 일도 미래를 크게 바꿀 수 있다거나 좋은 의도로 한 일도 나쁜 결과로 이어진다는 메시지를 담은 작품을 볼 수 있다. 레이 브래드버리의 〈천둥소리〉[1]가 전자라면, 스프레이그 드 캠프의 〈아리스토텔레스를 만난 사나이〉[2]는 후자에 해당한다.

다른 하나는 폐쇄된 순환 고리를 만드는 방식이다. 앤서니 버제스의 〈뮤즈〉는 셰익스피어의 작품을 가지고 셰익스피어를 만나러 과거로 간 시간여행자에 관한 이야기다. 주인공이 들고 간 작품은 셰익스피어의 손에 들어가고, 셰익스피어는 이 작품을 그대로 베껴서 발표한다. 이런 경우 역설은 피해 갈 수 있지만, 과연 그 작품을 쓴 사람은 누구냐는 흥미로운 질문이 생긴다.

로버트 하인라인도 비슷한 방식을 썼다. 《여름으로 가는 문》[3]의 주인공은 냉동 수면을 통해 미래로 가는데, 그곳에서 널리 쓰이는 가정용 로봇 등의 특허가 자기 이름으로 되어 있다는 사실을 알게 된다. 어찌어찌하여 주인공은 타임머신을 타고 과거로 돌아가 미래에서 본 기계를 다시 개발한다. 미리 보고 온 미래를 스스로 만드는 것이다. 하인라인은 다른 작품에도 이런 아이디어를 사용했는데, 가장 걸작으로 꼽히는 건 〈너희 모든 좀비는…〉이다. 버제스가 〈뮤즈〉를 통해 던진 "셰익스피어의 작품은 누가 썼는가"라는 질문을 하인라인은 이 작품을 통해 더욱 과감하게 확장해놓았으니 만약 아직 읽어보지 않았다면 꼭 찾아보길 바란다.

역사를 관찰만 하고 바꾸지는 않게 하려고 애를 쓰는 과정에서 생기는 일도 재미있는 소재가 된다. 이런 이야기는 워낙 많은데, 대표적으로 〈화재감시원〉[4], 《둠스데이북》, 《개는 말할 것도 없고》, 《블랙아웃》, 《올클리어》로 이어지는 코니 윌리스의 옥스퍼드 시간여행 시리즈가 떠오른다. 이런 유형의 작품에서는 역사의 흐름을 바꾸어놓거나 역설을 일으킬 정도의 큰일만 저지르지 않으면 과거를 여행하는 게 가능하다. 옥스퍼드 시간여행 시리즈처럼 역사나 시공간에 어느 정도 자체적인 복원력이 있

[1]
레이 브래드버리,
〈A Sound of Thunder〉,
1952, 〈Collier's Magazine〉
1952년 6월 28일자 수록
—한국어판 《레이 브래드버리》에 수록, 조호근 옮김.
(현대문학, 2015)

[2]
스프레이그 드 캠프,
〈Aristotle and the Gun〉,
1958, 〈Astounding Science Fiction〉1958년 2월호
수록—한국어판 《시간여행 SF 걸작선》에 수록.
(고려원, 1995, 절판)

[3]
로버트 하인라인,
《The Door into Summer》,
1957, 초판 표지—한국어판 《여름으로 가는 문》, 김창규 옮김. (아작, 2020)

[4]
코니 윌리스,
〈Fire Watch〉, 1985,
《Fire Watch》 수록,
초판 표지—한국어판 《화재감시원》, 최세진 외 옮김. (아작, 2016)

1

2

3

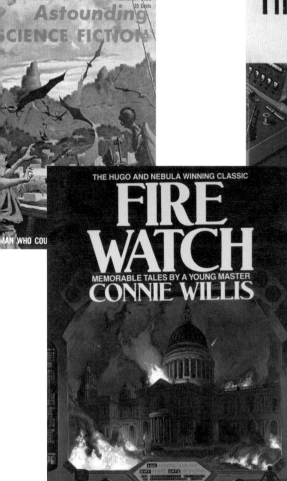

4

다고 설정하기도 한다. 보통은 뜻하지 않은 일로 역사가 바뀔 위기에 처하고 마음을 졸이며 사태를 수습하기 위해 이리저리 뛰어다니는 모습을 보는 게 재미다.

의도적으로 역사를 바꿀 수 있다는 점을 적극적으로 활용하는 유형도 있다. 바로 역사를 바꾸려는 시간여행자를 막는 시간 경찰 이야기나 서로 적대적인 세력이 역사를 원하는 대로 만들기 위해 시간 전쟁을 벌이는 이야기다. 대표적으로 역사를 바꾸려는 시간 범죄자를 막기 위해 생긴 시간 관리국을 중심으로 한 폴 앤더슨의 《타임 패트롤》[5] 시리즈가 있다(시간여행 SF에 관해 더 자세히 알고 싶다면, 《타임 패트롤》에 실린 김상훈 SF 평론가의 해설을 읽기를 권한다). 아이작 아시모프의 《영원의 끝》[6] 에도 《타임 패트롤》 시리즈보다 더 폭넓은 시간대를 배경으로 인류의 역사를 관리하는 조직 '영원'이 등장한다. 프리츠 라이버의 《빅 타임》[7]은 시간 전쟁이 소재다. 거미와 뱀으로 불리는 두 세력은 다양한 시간대에서 병사를 선발해 역사를 바꾸는 싸움을 벌인다.

때로는 시간여행 이야기가 작가의 독특한 시간 이론 내지는 시간관을 드러내 보이는 수단이 되기도 한다. 역설을 잘 다룬 작품도 이 부류에 해당할 때가 많은데 지금까지 나오지 않은 예시를 들자면, 개개인에게 자신만의 연속체가 있다는 설정으로 과거를 바꾸려는 시도가 무의미하게 끝나는 내용을 담고 있는 알프레드 베스터의 〈모하메드를 죽인 사나이〉, 시간여행 도중에 사고를 당한 사람의 비극을 그린 제임스 팁트리 주니어의 〈집으로 걷는 사나이〉, 시간이 사람에 따라 제각기 다르게 흐르는 현상을 다룬 데이비드 브린의 〈시간의 강〉 등이 떠오른다. 아무래도 과학자가 좀 더 그럴듯한 이론을 제시할 수 있다고 생각한다면, 그레고리 벤포드의 《타임스케이프》나 프레드 호일의 《10월 1일은 너무 늦다》를 보자. 시대를 넘나드는 모험 이야기는 아니지만 과학자 출신 작가가 상상한 시간관을 볼 수 있을 것이다.

이제 약간 시선을 달리해 시간여행 이야기가 줄 수 있는 다른 재미를 생각해보자. 일단 다른 시대의 모습을 볼 수 있다는 재미가 있다. 인기 있는 시대를 꼽으라면 아무래도 공룡이 활보했던 시기가 나올 것 같다. 국내에 《멸종》이라는 제목으로 처음 나왔다가 《공룡과 춤을》이라는 다른 제목으로 개정판이 나온 로버트 소여의 작품은 공룡의 멸종 원인을 밝히기 위해 과거로 간 두 고생물학자가 충격적인 사실을 알게 되면서 펼쳐지는 이야기다.

우리가 아는 과거로 갈 때는 으레 역사적으로 중요한 유명인을 만나고 싶은 충동을 억누르기 어렵다. 자연히 이런 이야기도 많이 나왔는데, 뜻하지 않은 발견으로 우리가 아는 상식을 깨뜨리는 재미를 느끼게 해줄 때가 많다. 마이클 무어콕의 《이 사람을 보라》[8]는 예수를 찾아 과거로

5
폴 앤더슨,
《The Time Patrol》, 1991,
초판 표지―한국어판
《타임 패트롤》, 강수백 옮김.
(행복한책읽기, 2008)

6
아이작 아시모프,
《The End of Eternity》,
1955, 초판 표지―한국어판
《영원의 끝》, 김창규 옮김.
(뿔, 2012, 절판)

7
프리츠 라이버,
《The Big Time》, 1958,
〈Galaxy Science Ficition〉
에서 연재―한국어판
《빅 타임》, 안태민 옮김.
(불새, 2013, 절판)

8
마이클 무어콕,
《Behold, The Man》, 1966,
〈New World〉 수록
―한국어판 《이 사람을 보라》,
최용준 옮김. (시공사, 2013)

5

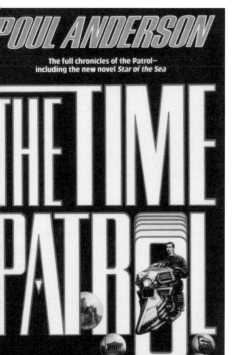

POUL ANDERSON

The full chronicles of the Patrol—
including the new novel *Star of the Sea*

THE TIME PATROL

6

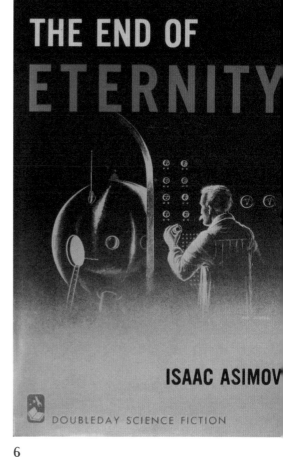

THE END OF
ETERNITY

ISAAC ASIMOV

DOUBLEDAY SCIENCE FICTION

7

8

Galaxy
SCIENCE FICTION

MARCH 1958
35¢

AN EPIC
2 PART SERIAL
THE
BIG
TIME
By
FRITZ
LEIBER

THE ORBIT OF
THE VANGUARD
SATELLITE
By
WILLY
LEY

SPARE THE ROD
By
LLOYD
BIGGLE, JR.

A FEAST
OF DEMONS
By
WILLIAM
MORRISON

COMPACT
SF

NEW WORLDS
3/6

MICHAEL
MOORCOCK

떠난 사람이 겪는 이야기인데, 어쩌면 이 정도만 말해도 내용을 예상할
수 있을지도 모르겠다.

　고증에 충실한 시간여행 소설은 기존의 역사소설과는 약간 결이 다
르면서도 그에 못지않게 과거를 생생하게 보여준다. 옥스퍼드 시간여행
시리즈를 읽는 즐거움에는 당시 시대를 실제로 경험하는 듯한 생생한 묘
사가 큰 부분을 차지한다. 옥타비아 버틀러의 《킨》[9]은 인종차별과 성차
별, 노예제가 만연한 시대를 현대 흑인 여성의 눈을 통해 보여준다. 일반
시대물을 읽을 때도 어쩔 수 없이 현대인의 관념이 끼어들긴 하지만, 주
인공을 따라 현대의 사고방식을 그대로 갖고 과거로 돌아가는 건 또 다
른 경험이다. 특히 과거를 단지 색다른 배경으로 활용하는 데 그치지 않
고 그 시대 사람들을 우리와 같은 인간으로 다룬다는 건 중요한 미덕이
다. 그런 점에서 〈화재감시원〉의 주인공인 바솔로뮤의 "바로 그들이 역
사 그 자체란 말이야"라는 부르짖음에는 큰 울림이 있다.

　반대쪽으로 움직이면 장대한 시대의 흐름을 볼 수 있다. 최초의 시간
여행 SF라 할 H. G. 웰스의 《타임머신》부터가 그렇고, 스티븐 백스터가
쓴 《타임머신》의 후속편 《타임십》도 있다. 앞서 언급한 《영원의 끝》이나
폴 앤더슨의 《영원으로의 비행》도. 재미있는 이야기도 좋지만, 긴 시간
속에서 이어지는 인류의 흥망성쇠를 보면서 가슴이 벅차오르거나 삶의
덧없음을 느끼는 이야기에 왠지 모르게 끌리는 나 같은 사람도 분명 있
을 것이다.

　로맨스 역시 빼놓을 수 없는데, 시간을 초월하는 사랑이라니 얼마나
근사한가? 오드리 니페네거의 《시간여행자의 아내》가 있고, 앞서 소개한
하인라인의 《여름으로 가는 문》을 비롯해 로맨스 요소가 담긴 작품은
많다. 지면이 별로 남지 않았지만, 미련이 남으니 몇 가지만 더 간략하게
소개해보자. 코믹한 초단편으로 유명한 프레드릭 브라운의 단편집에서
도 시간여행 이야기를 몇 편 찾을 수 있는데 몇몇은 단지 웃어넘길 수만
은 없는 이야기다. 필립 딕도 〈뮤즈〉를 비튼 듯한(필립 딕 쪽이 먼저였지만)
〈오르페우스의 실수〉를 비롯해 몇 가지 정신없는 시간여행 이야기를 썼
다. 스팀펑크 시간여행 소설인 팀 파워스의 《아누비스의 문》[10]도 꼭 읽
어보자.

　인기 있는 소재니만큼 다양한 작품이 많아 헐떡이며 나열만 하다 끝
나는 느낌인데, 이 정도만 보더라도 오늘날에는 독창적인 시간여행 이야
기를 쓰기가 쉽지 않음을 알 수 있다. 그래도 아마 작가들이 시간여행 이
야기를 포기하지는 않을 것 같다. 재미있는 시간여행 소설을 쓰고 싶은
현대의 작가분들이여, 부디 힘내시길! 🐾

9
옥타비아 버틀러,
《Kindred》, 1979, 초판 표지
―한국어판 《킨》, 이수현 옮김.
(비채, 2016)

10
팀 파워스,
《The Anubis Gates》, 1983,
초판 표지―한국어판
《아누비스의 문》, 이동현 옮김.
(웅진지식하우스, 2007, 절판)

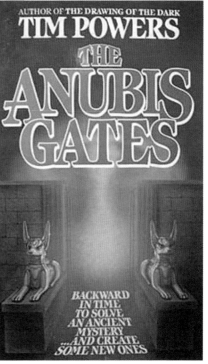

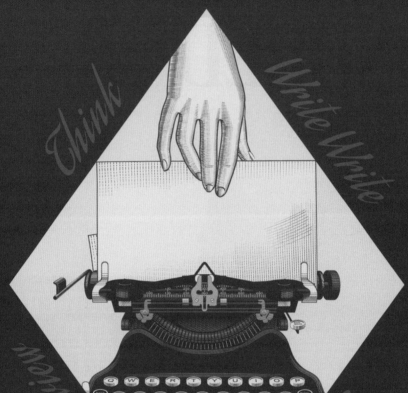

Think

Write Write

Speak

Review Review

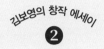
김보영의 창작 에세이
2

왜 내가 쓴 글은
잘 쓴 것 같을까
—에 대한 인지과학적 고찰

김보영

어릴 때 그림을 배우며 들은 말이 있다. "대부분의 사람은 코를 실제보다 길게 생각한다."라는 말이다. 대개 사람의 코 길이는 콧방울 넓이와 같다. 떠올릴 때마다 '그럴 리가 있나' 싶다. 오늘은 이 기억에서 시작해서, 인지심리, 지각 심리, 아무튼 인지과학에 근거한 창작론을 소개해보고자 한다. 조금은 SF……적이려나?

김보영   SF 작가. 2004년 〈촉각의 경험〉으로 데뷔했다. 작품 및 작품집으로 《다섯 번째 감각》, 《얼마나 닮았는가》, 《저 이승의 선지자》, 《스텔라 트릴로지 오디세이》, 《역병의 바다》, 《천국보다 성스러운》 등이 있다. 2021년 로제타상 후보, 전미도서상 외서부문 후보에 올랐다.

사람은 기본적으로 세상을 왜곡해서 본다

그림을 잘 그리는 사람에게 '어떻게 그렇게 잘 그리느냐'라고 물으면 보통 '그냥 눈에 보이는 대로 그릴 뿐이다'라고 답할 것이다. 때로 그들은 종이 위에 나타난 그림을 따라 그릴 뿐이라고도 한다. 하지만 그림을 배우지 않은 사람이 사람 얼굴을 그리면 이목구비 비례가 엉망이 되기 쉽다. 보이는 대로 그리면 될 것 같은데 어째서일까?

지각 심리학자이기도 한 미술 교육자 베티 에드워즈에 의하면, 이는 두뇌가 얼굴 각 부위를 중요도에 따라 다른 크기로 인식해서다.[1] 대부분 사람은 눈과 입을 실제보다 크게 생각하는데, 이 둘이 사람을 구별하는 데 중요한 부위라서다. 또 많은 사람이 눈이 머리 꼭대기에 있다고 착각하는데, 이는 이마와 두개골이 중요하지 않은 부위라 시야에서 사라지기 때문이다. 실제로 눈은 머리 정중앙에 있다. 눈과 입의 사이가 멀어지면서 그 사이에서 코는 길어진다. 머리 뒤에 붙은 귀도 앞으로 튀어나온다. 그래서 처음 인물을 그리는 사람은 흔히 거대한 이목구비를 접시처럼 납작한 얼굴 가득히 배치한 뒤, 젓가락처럼 얇은 목에 자그마한 몸과 팔다리를 붙여놓는다.

에드워즈에 의하면 그림을 잘 못 그리는 이유는 사람이 기본적으로 세상을 왜곡해서 보기 때문이다. 실상 우리가 본다고 믿는 정보의 40퍼센트만이 눈으로 들어온 정보이며, 나머지 60퍼센트는 기억으로 채워진다고 한다.[2] 말하자면, '인간이 정확히 볼 수 있다면 그림을 그릴 수 있다'.[3] 정확히 보려면 기억을 걷어내야 한다. 에드워즈는 그러기 위해 그림을 '낯선' 형태로 바꿀 것을 제안한다. 그림을 거꾸로 놓고 따라 그리거나 전경이 아닌 여백을 보며 그리면 이전보다 정확하게 그릴 수 있다. 관심이 있다면 시험해보기 바란다.

흥미롭게도 나는 상담사인 친구에게서 비슷한 말을 들은 적이 있다. 그 친구는 "사람은 기본적으로 타인을 왜곡해서 본다. 만약 내가 눈앞에 있는 사람을 왜곡하지 않고 정확히 볼 수 있다면 그 순간 상담은 완료된다."라고 했다. 우리는 타인을 볼 때 그 사람 자체가 아니라 자신의 체험과 기억을 본다고 한다. 그 친구의 말에 따르면 상담이란 상담자가 그 왜곡을 지우고, 자신의 체험에서 생겨난 편견을 지우고, 사람을 있는 그대로 보려 애쓰는 과정이다. 그러므로 상담이란 내담자가 아니라 상담자 자신을 치료하는 일이라고도 한다.

그러면 글은 어떨까? 마찬가지로 사람이 글을 잘 쓰지 못하는 이유는 자신의 글을 왜곡해서 보기 때문일까? 만약 잘 볼 수 있다면 잘 쓸 수도 있을까?

1
베티 에드워즈,
《오른쪽 두뇌로 그림그리기》,
강은엽 옮김(나무숲, 2015),
p. 217

2
에드 캣멀·에이미 월러스,
《창의성을 지휘하라》,
윤태경 옮김(와이즈베리,
2014), p. 249

3
1과 같은 책, p. 37

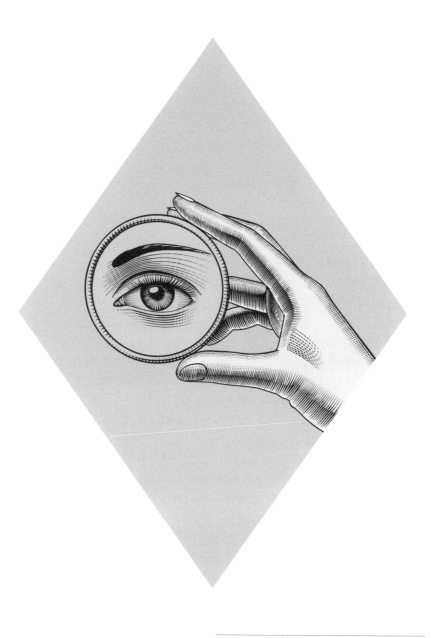

우리가 본다고 믿는 정보의 40퍼센트만이 눈으로 들어온 정보이며,
나머지 60퍼센트는 기억으로 채워진다고 한다.

내가 알기로 대부분의 사람은 좋은 작품과 나쁜 작품을 간단히 구분해낸다. 작가의 재능이 조금도 없어도 그렇다. 더해서 그들 대다수가 "아, 그 장면은 이렇게 썼어야지!" 하면서 정확한 개선점도 찾아낸다. 하지만 모두가 가진 이 천부적인 재능은 자신의 글을 볼 때만 귀신같이 사라진다. 어째서일까나.

자신이 쓴 글은 잘 써 보인다: 쓰지 않은 글의 환영이 보이므로

다음은 처음 글을 쓰는 사람에게서 흔히 나타나는 글의 패턴 중 하나다.

"앗 아침이다. 학교 가야지."
"얘, 밥 먹고 가야지."
"네, 영희야, 안녕."
나는 학교에 도착했다. 날은 선선했고…….

나는 글쓰기 워크숍에서 몇 번인가 이와 비슷한 원고를 앞에 놓고 물어본 적이 있다. "여기는 어디죠?" "누가 말하는 거죠?" "지금 주변에 뭐가 보이나요?" "날씨는 어떤가요?" "계절은?" "건물은 어떻게 생겼죠?" 놀랍게도 많은 경우 이들은 내 질문에 막힘없이 답을 했다. 풍경의 세세한 묘사는 물론, 인물의 외모와 옷차림이며, 온갖 상세한 설정을 조금도 당황하지 않고 술술 풀어냈다. 내가 다 듣고 나서 "지금 답한 것을 전부이 원고에 써주세요."라고 말하면, 그제야 "어? 아, 네." 하고 당황한다. 그리고 며칠 만에 상당히 그럴듯해진 원고가 돌아온다. 그 사람은 글을 쓸 능력이 없었던 것이 아니다. 자신이 쓰지 않은 글의 환영을 종이 위에서 보았을 뿐이다. 문장과 문장 사이를 채운 아름다운 묘사를 이미 읽었기에 굳이 쓰지 않은 것이다.

이 가상의 인물을 비웃지 않았으면 한다. 이는 처음 글을 쓰는 사람에게서 지극히 흔히 나타나는 현상이다.

글쓰기 교육자 조셉 윌리엄스는 사람이 자신의 글을 다듬지 못하는 것은 "시간이 없어서가 아니라 기억이 너무 많아서"[4]라고 한다. 자기 글에서 문자가 아닌 자신의 기억을 보는 것이다.

언어는 흔히 생각하듯이 객관적인 도구가 아니며, 사람마다 다른 의

4
조셉 윌리엄스·그레고리 콜럼, 《논증의 탄생》, 윤영삼 옮김(홍문관, 2011), p. 58

5
리사 크론,
《헐리우드 스토리 컨설턴트의
글쓰기 특강》, 서자영 옮김
(처음북스, 2017), p.141

미로 이해한다. 작법 컨설턴트 리사 크론은 '짖어대는 개'라는 단어를 제시하는 한 인지과학자의 실험을 소개한다.[5] 이 짧은 단어에서 사람들이 연상하는 상황은 제각각이다. 흉포한 개가 공격하며 짖기도 하고, 간식을 달라며 어린 강아지가 행복하게 꼬리를 흔들며 쫓아오기도 한다. 때로는 슬픔에 우는 강아지가 떠오르기도 한다. 같은 단어가 사람마다 다른 이미지로 읽히는 까닭은, 우리가 글자에서 자신의 기억을 같이 보기 때문이다.

같은 글에서 사람마다 다른 기억을 보지만, 자신이 쓴 글에서 보는 것은 누구도 아닌 바로 자기 자신의 기억이다. 그렇기에 글쓴이는 "독자가 읽어주기를 바라는 정확히 그 방식으로만"[6] 읽는다. 마치 글쓴이의 영혼의 동반자처럼(당연히, 같은 영혼을 가졌으니) 행간과 숨겨진 맥락을 읽고, 쓰지 않은 설정을 읽어낸다. 하지만 독자에게 글은 단순히 종이 위의 문자일 뿐이다.

6
조셉 윌리엄스 · 조셉 비접,
《스타일 레슨》, 라성일 ·
윤영삼 옮김
(크레센도, 2018), p. 26

내가 알기로 글의 문제는 그림보다도 훨씬 더 깨닫기 어렵다. 그림은 시각에 의해 직관적으로나마 이상하다는 느낌을 받을 수 있지만, 글은 언어로만 이루어져 있기에 훨씬 더 집요하게 왜곡된다.

＊

세상에는 글을 잘 쓰는 사람도 많지만, 의외로 문장을 이해할 수 있는 수준으로나마 쓰는 사람도 많지 않다. 그래서 작가가 직업으로 존재하는 것이며, 도무지 읽을 수 없는 문장으로 가득한 책도 출판되곤 하는 것이다. 많은 사람이 자기가 말을 할 수 있으므로 글도 쓸 수 있다고 믿는다. 하지만 실제 입말은 실수와 비문, 앞뒤가 맞지 않는 문장으로 가득하다. 그래도 우리가 문제없이 대화할 수 있는 까닭은, 의사소통에서 언어가 차지하는 비중이 생각 이상으로 작기 때문이다. 언어가 소통에서 차지하는 비중은 30퍼센트 정도며, 학자에 따라 7퍼센트나 20퍼센트로 보기도 한다. 나머지는 어조, 눈빛, 표정, 분위기, 호흡, 몸짓 같은 비언어적인 소통으로 채워진다. 우리는 눈앞에 있는 사람이 말하는 "아니, 싫어.", "그래, 좋아." 같은 말에 담긴 복잡하고 방대한 뜻을 쉽게 이해한다. 하지만 글은 종이 위의 기호일 뿐이다. 비언어적인 정보가 없다. 그야, 언어니까. 사람이 말을 할 수 있어도 글을 잘 쓰지 못하는 이유다.

글을 명확하게 전달하려면 비언어적인 감각의 동원이 필요하다. 비유와 은유는 글을 아름답게 하기 위해서만이 아니라 명료하게 전하기 위해 필요하다. 개는 야수처럼 짖거나 종달새처럼 짖어야 한다.

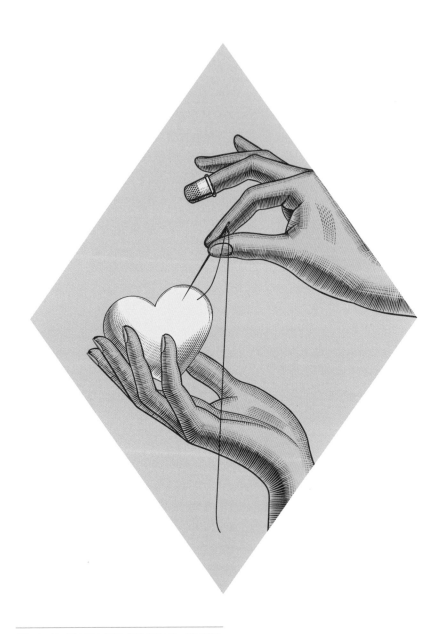

글을 쓰는 일은 어렵고, 글로 타인의 마음을 움직이기는 더욱 어렵다.
하지만 또 너무 겁먹을 것도 없다. 바꿔 생각하면 상식적이고, 많은
이들이 이를 이해하며 글을 쓰고 있다.

왜 내가 쓴 글은 잘 쓴 것 같을까

*

7
조셉 윌리엄스 · 그레고리
콜럼, 《논증의 탄생》,
윤영삼 옮김(홍문관, 2011),
pp. 51-52

윌리엄스의 이론에 의하면, 글쓰기의 기본은 독자가 나와 다른 타인 이라는 점을 이해하는 것이다. 내가 살아온 경험과 지식, 내가 상식이라 고 믿는 모든 것이 내 글을 읽는 사람에게는 다 헛소리일 수 있다.[7] 독자 는 내 관심사에 관심이 없으며, 내가 사랑하는 것을 조금도 사랑하지 않 고, 내가 당연한 진리라 믿어 의심치 않는 것을 조금도 진리라 생각하지 않는다. 이는 상식적인 일이지만 많은 사람이 믿지 않는 문제이기도 하다.

그러므로 글을 쓴다는 것은 세상이 나와 다르며, 나와 다른 가치관을 갖고, 나와 다른 체험을 하며 살아온 낯선 타인으로 둘러싸여 있음을 이 해하는 것이다. 그럼에도 우리가 소통할 수 있고, 서로를 이해할 수 있음 을 믿는 것이다. 글을 세상에 내놓는다는 의미는 그러하다.

그렇기에 글을 쓰는 일은 어렵고, 글로 타인의 마음을 움직이기는 더 욱 어렵다. 하지만 또 너무 겁먹을 것도 없다. 바꿔 생각하면 상식적이고, 많은 이들이 이를 이해하며 글을 쓰고 있다.

사실 자신의 글을 왜곡해서 보는 현상은 필요하기도 하다. 처음에는 그렇다. 자신의 글이 아름다워 보이지 않는 사람은 아예 글쓰기를 시작 하지 않기 때문이다. 그리고 글은 시작하지 않으면 아름다워지지 않는 다. 자신의 글을 정확히 볼 줄 알았던, 그렇기에 남들보다 재능이 있었던 많은 사람이 지금 작가가 아닌 일을 하며 살고 있을 것이다. 대신 꿈에 한껏 부푼 낙천적인 몽상가들이 이 일에 쉽사리 덤벼들었을 것이다. 그 러므로 왜곡은 당신이 작가의 꿈을 갖기 위해 필요하지만, 일단 시작했 다면 줄일 필요가 있다. 모순적이지만 그렇다.

독자의 눈으로 전환하는 법: 낯설게 하기

결국 글을 잘 쓰려면 글쓴이가 독자의 눈을 가져야 한다. 방법은 많 다. 무수한 작법서가 이에 대해 말한다. "글을 완성하면 바로 내지 말고 묵혀 두었다 보라."라는 충고는 흔하다. 그래야 그 글을 쓰면서 생겨난 많은 기억이 조금이나마 사라지기 때문이다.

마감이 코앞이라 그럴 시간이 없다면 "출간 전에 한 명의 독자에게 우선 읽히라."라는 충고를 따르자. 그 독자는 작가일 필요도 없으며 누 구라도 좋다. 앞에서 말했듯이, 웬만한 사람은 '그 글이 남의 글이기만 하면' 좋고 나쁨을 알아본다. 무라카미 하루키는 "장편을 쓴 사람은 제

정신이 아니므로 반드시 제정신인 사람에게 보여주어야 한다."[8]라고 했다. 장편을 쓴 사람은 제정신이 아닐 수밖에 없다. 글을 오래 붙잡고 쓰면 쓸수록 자신의 글에 대한 기억이 커지기 때문이다. 이 작업은 가능한 한 출간하기 전에 한 번은 하는 것이 좋다. 이때 그 독자가 어떤 반응을 보이는지는 실상 크게 중요하지 않다. 칭찬이나 정확한 지적을 들으면 좋긴 하겠지만, 근원적으로는 글쓴이가 스스로 독자의 눈을 갖기 위해 하는 의식이다. 완성하지 않은 남의 글을 읽는 데만도 큰 선의가 필요하니 그저 감사하자. 때로는 그 사람이 아무 말도 하지 않아도 좋다. 내 경험에 의하면, 메일의 '보내기' 버튼을 누르는 순간, '이제 누가 내 글을 보겠군.' 하는 생각이 뚜렷해지며 내 글에서 환영이 벗겨진다. 보내기 버튼을 실제로 누르기 전에는 죽어도 벗겨지지 않는다.

딱히 봐줄 친구도 없고 여전히 마감은 코앞이라 내용을 잊어버릴 시간도 없다면 자신의 글을 어떻게든 낯선 형태로 만드는 것도 좋다. 많은 작가가 전자기기로 쓴 글을 종이로 뽑아서 검토한다. 문서의 겉보기 모습만 달라져도 글이 낯설어지며 보이지 않던 문제가 보인다. 출판계에는 "수백 번을 봐도 보이지 않던 오타가 제본을 하는 순간 나타난다."라는 속설이 있는데, 문서의 형태가 바뀌어 글이 낯설어지기에 일어나는 현상으로 볼 수도 있겠다. 종이로 뽑아보기도 어렵다면 단순히 편집을 다르게 하거나 다른 기기로 보기만 해도 도움이 된다.

글을 소리 내어 읽는 것 또한 많은 작법서가 추천하는 방법이다. 음성으로 바뀐 글은 낯설어지고 또한 직관적이 된다. 읽다가 숨이 차면 잘못 쓴 것이다. 잘 쓴 글은 음악처럼 흐르고 못 쓴 글은 단락마다 끊어진다. 텍스트를 음성으로 읽어주는 프로그램도 도움이 되니 시험해보기 바란다. 비문이거나 리듬이 좋지 않은 문장에선 기계도 허덕인다.

＊

혹시 글을 많이 쓰다보면 자신이 쓴 글을 왜곡하지 않고 볼 수 있게 될까? 내가 알기로 왜곡이 줄기는 해도 사라지지는 않는다. 그래서 세상에는 편집자가 있는 것이며, 아무리 경험 많은 작가의 글이라도 반드시 편집자의 눈으로 교정하는 시스템이 돌아가는 것이다. 사람의 두뇌는 어찌나 고집스러운지, 자신의 글에서 비문을 고쳐 멀쩡하게 만들고, 없는 조사를 붙여주고, 단어를 교묘하게 다른 것으로 바꾸어 매끄러운 문장으로 고쳐서 돌려준다(물론 안 그런 사람도 있을지도 모른다. 로버트 하인라인이라든가. 하지만 나를 포함해 우리 대부분은 하인라인이 아니다). 이런 것들은 운 좋게도 당신이 출판할 기회를 얻었다면 훌륭한 편집자들이 혀를 끌끌 차며 찾아내준다. 이 글도 물론 그럴 것이다.

8
무라카미 하루키,
《직업으로서의 소설가》,
양윤옥 옮김(현대문학, 2016)
p. 162

왜 내가 쓴 글은 잘 쓴 것 같을까

Short

Short

Story

p. 26 — 49

나는 우주의 환타지

이서영

끝났네.

속도계를 내려다보았다. 줄이기에는 이미 너무 긴 시간 동안 가속했다. 정신을 차려보니 이미 속도를 올리고 있었다. 어떻게든 집게를 뻗어서 보연을 잡기는 했는데, 잡자마자 급작스러운 자력이 기체를 후려쳤다. 어딘가에서 플라스마 폭발이라도 일어난 모양인 건지, 보연이 쫓아가던 저 금색 촉수의 외계인이 우리를 공격한 건지 알 수가 없었다.

집게발 끝에 매달린 보연을 카메라로 비춰보았다. 보연이 살아 있을 확률은… 나는 피식 웃고 손을 떨궜다. 계산하는 게 무슨 의미가 있나, 없지. 금색 촉수에 거세게 맞는 광경을 안 본 것도 아니고. 우주복 안에 갇힌 보연의 몸은 기체의 움직임에 따라 힘없이 덜렁거리고 있었다. 큰 물체를 포획하라고 달아놓았던 집게를 이런 식으로 쓰게 될 줄은 몰랐는데.

칼 세이건이 '골든 레코드'를 보낸 게 언제였더라. 지구에서 쓰던 초고속 통신망이 없는 아득한 여행을 준비하면서 보연과 제일 열심히 꾸렸던 건 둘만이 있을 세계를 채울 음악이었다. 음악 재생권은 언제나 보연에게 있었기에, 내가 넣은 음악들은 자주 나오지 못했다. 보연은 나가기 직전에도 음악을 틀어놓았고, 어깨를 들썩거리다가 눈을 희번덕거리며 바깥으로 뛰쳐나갔다.

"저거, 저거 봤어? 기다려요, 블론디 언니!"

금색 촉수를 블론디라고 부른 이유는 바로…. 나는 덜렁거리는 보연의 몸

이서영 노동조합에 출근하면서 SF와 판타지를 쓴다. 기술이 어떤 인간을 배제하고 또 어떤 인간을 위해 일하는지, 혹은 기술을 통해 배제된 바로 그 인간이 기술을 거꾸로 쥐고 싸울 수 있을지에 대해 관심이 많다.

을 비추는 영상을 한쪽 면에 걸어놓고 보연이 듣던 음악을 다시 틀었다.

금발미녀에게 맛이 가서 여긴 어디 지구 밖
무중력 때문에 붕붕 머물 곳은 도대체 어디냐

헛웃음이 났다. 우주에 대한 노래라면 많고도 많은데, 데이비드 보위의 명곡 〈Space Oddity〉도 있고, 딥 퍼플의 〈Space Truckin'〉도 있고, 롤링 스톤스의 〈2000 Light Years From Home〉도 있고. 하기야, 지금 집에서 수천 광년 이상 떨어진 건 명확해 보였다. 이럴 줄 알았으면 롤링 스톤스는 넣자고 졸라볼걸. 수개월을 이박사만 듣고 나서, 이박사만 틀던 와이프도 없어지고 말았다니.

나는 자포자기한 마음으로 감속했다. 스쳐 지나가던 별들이 서서히 색깔들을 찾아갔다. 보연의 우주복 여기저기에 생채기가 난 게 보였다. 한숨이 났다. 광속으로 달릴 수 있다는 건 알았지만, 내가 이걸 쓰게 될 줄은 절대 몰랐지. 도대체 무슨 생각으로 속도를 여기까지 올린 거지. 무슨 생각은 생각이야, 아무 생각도 안 했지. 그냥 겁먹어서 닥치는 대로 레버를 올려버린 거지. 이미 올린 순간 끝이었다. 지금 통신망으로 보연의 죽음을 보고하는 게 의미가 있을까? 아니, 지구로 돌아갈 수 있기는 해? 돌아가면 인류문명은 남아 있는 거야?

물론 처음 임무에 나설 때부터 이런 고민이 없었던 건 아니었다. 하지만 나도 보연도 믿는 구석이 있었다. 세계가 멸망해도 서로가 있다면 괜찮을 줄 알았다. 보연은 쉽사리 겁먹는 내 성격 때문에 내가 멈칫거리다가 죽을까 봐 걱정했고, 나는 뭐든 탐색하고자 하는 보연의 성격 때문에 위험에 빠질까 봐 걱정했다. 서로를 잘 지탱해주면 괜찮을 거라고 말했지만, 나는 보연을 말리지 못했다.

1곡 반복 모드로 틀어놓은 탓에 이박사의 노래가 처음부터 다시 나오기 시작했다.

꽃다발을 품에 안고 은하수와 달과 별을 사랑하는 혹성들
우주 끝까지 도망가도 마누라는 계속 나를 쫓아와

피식 웃음이 났다. 우주 끝까지 도망가도 덜렁덜렁 기체 끝에 매달려 있을 내 마누라. 보연의 몸을 기체 안으로 들여놓아야 하는데. 엄두가 나질 않았다. 우주복을 벗길 수 있을까. 어떤 얼굴로 숨을 거두었을까. 보연 없이 이 막

막한 항해를 계속 해야 한다는 걸 내가 믿을 수 있을까. 그리고 울음이 터졌다. 이제 보연은 없다.

기체 안은 보연이 좋아하던 시끌벅적한 비트로 빽빽하지만, 기체 밖은 아득한 진공이겠지. 보연의 몸은 진공 상태에서는 썩지도 상하지도 않은 채 가만히 나를 쫓아올 것이다. 보연이 말릴 틈도 없이 기체 밖으로 뛰어나간 건 그 '블론디'가 보연의 세계를 자리매김하는 것이었기 때문이다. 우리는 외계 지적 생명체의 존재를 확인하고 말았다. 대화 한번 나눌 틈도 없이 죽고, 시공간을 빛처럼 날아 떠날 수밖에 없었지만. 설령 인류문명이 멸망했다고 하더라도, 높은 확률로 나는 이 우주에 홀로 남은 지적 생명체가 아니다. 나는 집게발을 좀 더 당겨서 보연의 몸을 기체에 착 붙였다. 이 우주 어딘가에는 장례절차를 갖춘 지적 생명체도 있을지 모른다. 보연의 장례식장에 음파를 전달해 줄 공기가 있다면, 이 노래를 꼭 틀어줘야지.

나는 지구로 돌아가는 대신, 트랙을 바꾸고 다시 속력을 내기 시작했다. 보연이 두 번째로 좋아하던, 메이와덴키와 함께 부른 이박사의 〈나는 우주의 환타지〉를 틀었다. 레이브한 사운드가 징징 울리는 와중에, 보연은 기체와 하나가 된 것처럼 달라붙어 있었다. 아침에 일어나면 이박사 노래를 틀며 보연은 말하곤 했다.

"오늘은 왠지 느낌이 와. 외계 지적 생명체, 만날 수 있을 거 같다니까."

보연의 통신기계는 아무래도 고장 난 모양이었다. 빨간 불이 바뀌질 않았다. 빨간 불이 선연하게 들어온 상태로 나는 마이크에 대고 입을 열었다.

"보연아, 나 진짜 느낌이 와. 만날 수 있을 거 같아."

정말이었다. 우주 끝까지 따라오는 보연을 달고서라면 보연의 골든레코드를 들어줄 지적 생명체를 반드시 찾을 수 있을 것 같았다. 아니, 어쩌면 찾지 못한다고 해도 그게 중요한 건 아닐지도 모른다. 아무튼, 주차장을 찾을 때까지는 여전히 보연과 함께 하는 여행이었다. 나는 어깨를 들썩였다. 저가형 타악기로 만든 전기비트가 우주적으로 귓전을 때렸다.

그 녀석이 나의 환타지
사람에겐 말 못 할 환타지 🏃

솔티 브라운 캐러멜

연여름

처음엔 한마디로 실망했습니다. 거짓말 좀 보태 스물아홉 평생 이 순간을 고대했는데 그 결과가 하필 당신이라니.

나를 올려다보는 일곱 살 당신의 두 눈을 마주한 순간, 좀 울고 싶었어요.

우리 집안 대대로 걸린 저주라고 해야 할지 숙명이라 해야 할지, 아무튼 우리 '안내자'에게 일생에 딱 한 번 찾아온다는 그 '시간 미아'가 나를 퇴사각 재게 하는 현 직장 상사, 네모 과장이라니. 그의 일곱 살 버전이라뇨.

그 부리부리함을 똑 닮은 눈에 처음엔 설마 했고, 온네모라는 이름에서는 확신했습니다. 국내 유일한 이름이라던 부연 설명을 잊지 않았으니까요. 딱딱한 직함은 별로니까 그냥 선배라 부르라고 할 땐 몰랐죠. 그렇게 까탈스럽고 융통성 없는 성격일 거라고는. 좋은 말로 엄격이지 완벽주의로 숨 막히게 하는 상사인 당신 때문에 사표를 품고 다니게 될 줄은.

"그러니까 당신은, 앞으로 이틀간 여기에 있을 거예요. 48시간 동안이요. 그리고 규칙만 지키면 다시 원래 시간대로 돌아갈 수 있어요. 알겠죠?"

토요일 아침 선배가, 그러니까 작은 네모 선배가 내 자취방에 나타나자마자 나는 아버지가 당부했던 대로 안내자의 역할부터 이행했습니다. 당황한 시간 미아에게 규칙 알리기. 아버지도 할머니도 증조할머니도 했던 일입니다.

영문 모르고 시간을 미끄러져 온 일곱 살 아이가 이해하기는 힘든 말이겠지만 말입니다.

"집에 돌아가야 해요?"

연여름 SF 앤솔러지 《나와 밍들의 세계》에 단편 〈시금치 소테〉로 참여했다. 〈리시안셔스〉로 2021 SF 어워드 중단편 우수상, 〈복도에서 기다릴 테니까〉로 제8회 한낙원과학소설상을 수상했다.

그런데 작은 선배는 울 듯한 표정으로 물었습니다. 지금 자신이 30년 정도 지난 미래에서 길을 잃었다는 사실은 자각조차 못 한 것 같았죠. 거기에 다른 주요 전달 사항인 '당신은 이곳에 머문 지 딱 48시간이 되는 그 순간, 제 곁에 붙어 있어야만 원래 시간으로 귀환할 수 있습니다. 나와 떨어져 있어서 귀환에 실패할 경우 당신의 몸은 순식간에 노화되어 그 자리에서 숨을 거둡니다', 까지는 차마 말할 수 없었습니다. 일단, 아이였으니까요.

어떤 이유로 시간 미아가 발생하는지는 여전히 미지수예요. 그래서 미아가 나타나면 시간 여행 전 어떤 일이 있었는지 묻고 그 답을 기록해두지만, 아직 이렇다 할 공통점은 발견 못 했습니다. 미아가 되는 사람은 과거에서도 미래에서도 오고 나이나 성별도 다양한데, 우리가 알아낸 건 48시간을 넘겨서는 안 된다, 아직 하나뿐이에요.

"아니. 지금은 못 가요."

작은 선배와 키를 맞춰 앉으며 대답했습니다. 48시간 동안은 여기에 묶였으니까요.

선배는 낡은 내복에 더러운 점퍼 차림이었습니다. 지금 여기는 여름이라 급한 대로 내 반소매 티셔츠를 꺼내서 갈아입도록 도와주었어요.

그리고 알았습니다. 작은 선배가 울상으로 왜 집에 돌아가야 하느냐고 물었는지. 여기에 오기 전 무슨 일이 있었을지.

작은 선배의 몸 곳곳에는 푸릇한 멍이 물에 탄 잉크처럼 피어 있었어요.

입이 굳게 다물어졌습니다.

"근데 언니는 누구세요?"

말을 잃은 내게 작은 선배가 두려움 묻은 소리로 물었습니다. 당신 같은 사람을 보호하고 이런 일을 기록하는 안내자예요, 라고 해야 했지만 그 말이 무슨 소용이 있을까요.

"……그냥, 선배라고 불러요."

"그게 뭔데요?"

"길 잃어버렸을 때 도와주는 사람이요."

그 후로 이틀간 작은 선배를 돌봤습니다. 주말에 집에서 벌어진 일이라 천만다행이었죠.

먼저 병원이나 경찰서부터 가고 싶었지만 그럴 처지가 아니니 목욕을 시키고 꼼꼼히 약을 발라주었습니다. 마트에서 선배가 입을 새 옷도 장만하고 OTT 가입한 이래 처음으로 키즈 콘텐츠를 보며 깔깔 웃기도 했어요. 근처 놀이터에서 구덩이를 파며 모래놀이도 했고요. 선배가 옷 더러워져도 혼나지 않느냐고 묻기에 괜찮다고 했습니다.

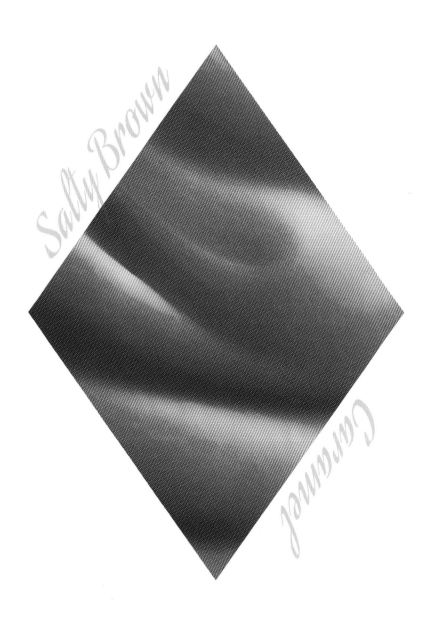

Salty Brown

Caramel

먹음직한 케이크에서 시선을 못 떼는 선배를 데리고 들어간 예쁜 카페가 노 키즈 존이었다는 걸 알고는 기분이 상해서 돌아 나왔지만, 우리는 지지 않고 길 건너 편의점에서 달콤한 것들을 바구니에 잔뜩 담았어요.

"신기해! 단맛 났다가 짠맛이 나요, 선배."

"그렇네요. 단맛도 나고 짠맛도 나네요."

월요일 아침, 우리는 이달의 신상품 '솔티 브라운 캐러멜'을 나란히 입에 굴리고 있었습니다. 48시간이 되는 시점은 월요일 오전. 당연히 출근은 못 했습니다. 일이 생겨 오후에 가겠다고만 연락해놓았죠.

캐러멜이 모두 녹자 어제 사둔 옷 나머지를 꺼냈습니다. 알록달록한 내복, 보라색 티셔츠, 청바지, 빨간 점퍼를 차례로 작은 선배에게 껴입혔습니다. 갑옷처럼요.

겨울 재고는 저렴해서 마구 골라잡았는데 컬러 매치는 실패였어요. 나름 유명한 홍보대행사 디자인팀 소속으로서 좀 굴욕이었죠. 그래도 작은 선배는 새 옷이 예쁘다며 눈이 휘둥그레져 몇 번을 웃었는지 몰라요. 지금의 선배라면 절대 결재 안 해줄 텐데, 생각하니 어쩐지 나도 웃음이 나왔습니다.

그러고 보니 지난 이틀 우리는 참 많이 웃었어요.

마지막으로 옷장 구석에서 여름잠을 자던 머플러를 꺼내, 작은 선배의 목과 어깨를 꽁꽁 감쌌습니다. 그리고 회사에서라면 결코 있을 수 없는 일이겠지만, 꼭 안아주었어요.

"선배, 더워요."

내 어깨에 눌린 작은 입이 먹먹한 소리로 말했습니다.

"조금만 견딜래요? 돌아가면 약간 추울 거예요."

"이제 집에… 가요?"

차마 눈을 마주할 수 없어서 나는 대꾸 없이 선배를 좀 더 세게 끌어안았습니다. 48시간 규칙은 거스를 수 없어요.

"그래도 다시 만나요. 만날 거니까 우리는. 꼭 기억해야 해요. 알았죠?"

두 팔 안에 아무것도 붙잡히지 않을 때까지 그대로 있었습니다.

이걸 감히 달콤한 기억이라 불러도 괜찮다면 이게 앞으로 작은 선배의 모든 짭짤한 순간을 조금이라도 견디게 해주면 좋겠다고, 어느 겨울 길을 잃을 때 이 여름을 떠올려주면 좋겠다고 기도하면서요.

비록 지금처럼 귀엽진 않아도 당신은 괜찮은 어른이 될 테니까.

내가 분명히 알고 있으니까.

*

"1시까지 들어온다고 들었는데."

미처 가라앉히지 못한 퉁퉁 부은 눈으로 전철역 계단을 오르는 중, 네모 과장의 차디찬 목소리가 담긴 전화를 받았습니다. 1시 1분에요. 30년의 시차를 건너 등줄기가 서늘해지는 순간이었어요.

"다 왔어요, 선배님! 뛰어가고 있어요!"

아아, 거친 내 숨소리가 안 들리는 걸까요. 나는 시간 미아가 된 당신을 돌보고 배웅하느라 금쪽같은 반차도 희생했는데 너무해. 역시 빡빡하다 이 사람. 지금은 전혀 귀엽지 않아. 지난 주말 난 뭘 한 거지. 속으로 외치며 다시 울고 싶어졌을 때였어요.

"안 뛰어도 되니까 천천히 와. 어디 아픈가 했는데 괜히 걱정한 거 같네."

처음 듣는 선배의 나긋한 말에 조금 놀라고 말았습니다.

걸음도 절로 멈췄습니다.

"…안 아파요."

"그래. 혹시 길 잃어버리면 전화하고. 후배님."

그렇게 말하고는 전화를 끊는 선배의 말끝에 어쩐지 작은 웃음이 묻은 듯한 건, 내 착각이었을까요?

음, 어쩔 수 없을지도요. 주말 내내 들리던 작은 선배의 웃음소리가 귓가에서 희미해지려면 꽤 긴 시간이 필요할 테니까요.

액정에 떠 있는 '네모 선배' 네 글자를 잠시 바라보다가 다시 걸음을 옮겼습니다.

출구 바깥은 한낮의 해가 눈부시게 선명했어요.

적어도 오늘은, 길을 잃지는 않을 만큼이요. ▶

시간여행 살인자

정지돈

엄청난 성공을 거둔 SF 작가 진구의 이름은 일본 애니메이션 〈도라에몽〉의 주인공 노진구에서 따온 것이다. 이름의 출처에서 드러나듯 진구의 주요 소설적 주제는 시간여행이다. 그의 작품은 18개국에 번역되었고 세 편의 영화와 두 편의 드라마로 각색되었으며 국립현대미술관의 전시와 퍼포먼스, 심지어 오페라의 모티프로도 사용되었다.

2038년 2월 1일 제네바 근교의 소도시 페르네 볼테르에서 진구가 저지른 살인사건의 동기를 이해하기 위해서 우리는 먼저 그의 소설과 예술관에 대해 알 필요가 있다. 왜 성공한 SF 소설가는 살인자가 되었는가. 무엇이 그로 하여금 죄 없는 과학자를 무참히 살해하게 만들었는가.

진구의 삶과 문학은 회오리바람처럼 우리가 사는 세상을 통과했다. 그의 아버지는 PTSD를 앓는 참전용사로 거실에 침을 뱉는 습관이 있었고, 아들이 보는 앞에서 말수가 적은 아내를 구타했다. 그들 가족이 살던 마을은 남한에서 가장 늦게 광섬유가 닿은 오지로 가정 폭력이라는 개념에 무지하거나 알고 있다 해도 대수롭지 않게 여기는 곳이었다고, 훗날 진구는 자서전 《전범의 자식》에서 고백했다. 어린 시절의 고난과(진구는 열다섯 살에 가출해 대포폰 제조 및 전세사기업에 뛰어들었다) 갑작스럽게 찾아온 안정(스무 살에 만난 그의 첫째 부인은 남해 일대의 휴게 시설을 꽉 잡고 있는 부호의 딸이었다), 잇따른 성공과 추락(진구는 스물세 살에 소설과 시로 동시에 등단하며 카프카와 파울 첼란이 한 몸에 깃든 작가라는 찬사를 받았지만 이듬해 이어진 성추문과 표절 사건으로 문단에서 삭제된다)은 진구의 정신에 심원한 영향을 끼쳤다. 진구의 행적은 이즈음

정지돈 소설가.

부터 의문에 빠진다.

외항선원으로 일하던 중 방문한 안데스 산맥의 레스토랑 '칠레의 곤돌라'에 웨이터로 취직했고 그곳에서 만난 반정부 인사의 눈에 들어 반군에서 게릴라 활동을 하며 베네수엘라 로터리 클럽에서 발간하는 잡지 〈우주 경찰〉에 글을 발표했다고 자서전에 기록되어 있지만 확인된 바 없으며 그것 외에도 그가 주장하는 일화와 사건 대부분 어떤 증거나 증인도 존재하지 않는다. 진구가 병적인 거짓말쟁이에 조울증 환자라고 믿는 사람들은 그래서일 것이다.

그러나 서울정신건강의료센터장인 앤더슨 앤더슨 리의 진찰 기록에 따르면 진구는 비정상적일 정도로 정상이다. 다시 말해 모두가 경미한 우울증과 불안증을 가진 현대 사회에서 진구는 기이할 정도로 맑은 정신을 유지하고 있는 사람으로 그가 우울증에 걸린다는 것은 호랑이가 토끼에게 잡아먹힐 가능성과 같다고 앤더슨 앤더슨 리는 소견을 밝히고 있다.

아무튼 중요한 건 어느새 남한으로 돌아온 진구가 SF 소설을 발표하며 때늦은 성공을 거두기 시작했다는 사실이리라. 그의 작품 대부분은 그가 만든 이론인 젊맑티에즘에 근본을 두고 있다(정확히 말하면 그는 젊맑티에즘을 만든 게 아니라 우주의 정신으로부터 전수받았다고 주장한다). 젊맑티에즘은 우리가 일상적으로 관찰하고 경험하는 시공연속체가 크레이프 케이크처럼 여러 겹으로 겹쳐 있으며 이 겹침이 상호침투한다고 주장한다. 시간성 폐곡선 위에서 끝없이 반복되는 과거와 미래는 이 겹침을 통해 서로에게 영향을 주며 그러한 영향은 피드백 작용을 일으켜 더 많은 막을 형성하고 새롭게 형성된 막은 다시 시점과 무관하게 임의적으로 존재하는 모든 막과 상호작용하며 크레이프를 부풀린다는 것이다. 그 증거로 진구는 세계 곳곳에 흩어진 고대문명과 신화, 선대 작가들의 기이한 상상력을 들며 이러한 아이디어들은 젊맑티에즘 때문에 가능했다고 말한다.

그러나 진구의 소설이 성공을 거둔 이유가 젊맑티에즘 때문은 아니다. 그의 소설이 가진 매력은 특유의 광적이고 폭력적인 유머, 끝없이 파국으로 치닫는 갈등과 갈등이 일어나는 역사적이고 우주적인 규모, 디테일한 감정의 연대와 물질적 기반을 탈취하기 위한 기상천외한 사기 행각, 이 모든 사건을 받아들이는 우주적 운명에 대한 자각과 깨달음, 희생정신이며 이 때문에 진구의 소설을 SF로 봐야 하는가, 라는 일군의 비판이 있기도 하다.

스티븐 호킹 이후 가장 널리 알려진 이론물리학자이자 아마추어 SF 소설가인 제프 리먼 박사 역시 이러한 비판자 중 하나라고 할 수 있을 것이다. 다만 리먼 박사가 진구를 직접적으로 비판한 적은 없다. 리먼 박사는 물리학자라는 본연의 직업에 충실했으며 행여나 자신의 의견이 예술 세계에 대한 직

Killing Time Travel

접적인 논평이 될까 신중을 기했다. 그러나 리먼 박사의 연구는 간접적인 방식으로 SF 계에 강력한 영향을 끼쳤다.

리먼 박사는 자신의 제네바 연구팀과 세속적 SF(Secular SF), 줄여서 SSF라는 이름의 연구 프로젝트를 진행했다. SSF의 주목적은 있음직하지 않은 SF 판타지들의 과학적 근거를 논파함으로써 SF의 상상력이 조금 더 현실적인 방향으로 향하게 하는 것에 있다. 리먼 박사는 시간여행, 우주 전쟁, 평행우주, 초광속 여행 등의 아이디어가 현실이나 지구의 중요성을 망각하게 만들어 시급한 세속적 문제들에서 눈을 돌리게 하는 나쁜 영향을 준다고 주장했다. 그러므로 이러한 엉터리 SF적 과학을 배격하고 유전체학, 기후적응, 신경과학 등 더 합리적인 연구에 과학자와 작가들이 힘을 모아야 한다고 말이다.

'시공연속체 부동성에 따른 시간여행 불가능 증명'은 SSF 팀이 이룬 최고의 쾌거가 될 예정이었다. 연구원 '제인 도'는(신분 보호를 위해 가명을 사용함) 2038년 3월 1일이 연구 발표 예정일이었다고 말했다. 연구가 발표되고 나면 시간여행과 관련된 온갖 가정들, 괴델부터 킵 손까지 이어진 아이디어들은 더 이상 논의의 가치가 없게 될 거라고 제인 도는 힘을 주어 말했다. 하지만 그것도 모두 리먼 박사님이 살아 계신 걸 가정했을 때의 이야기이죠. 진구는 리먼 박사를 죽이면서 그들의 연구결과가 담긴 자료를 모두 삭제했다. 제인 도는 다시 증명하는 데 수십 년의 시간이 걸릴 거라고 말했다.

진구는 페르네 볼테르에 있는 리먼 박사의 집 서재에서 박사를 살해했다. CCTV를 확인한 결과 박사는 스스로 문을 열었고 그들은 꽤나 긴 시간 대화를 나눴다. 리먼 박사는 조금의 저항도 하지 않았다. 진구는 박사를 살해한 후 서재에 메모를 남기고 사라졌다. 마지막 행적은 레만 호수로 가는 그의 차가 찍힌 도로의 CCTV 화면이다. 이후 어디서도 그를 찾을 수 없었다.

우리는 리먼 박사와 SSF팀의 시간여행에 대한 연구가 진구의 살해동기라고 추측할 수 있다. 진구의 SF 소설과 세계관을 떠받치는 근거를 그들이 깨버렸으니 말이다. 하지만 그렇다고 하기엔 이상한 점이 있다. 리먼 박사의 서재에 진구가 남겨놓은 메모와 책이 그렇다. 책은 2022년 발간된 진구의 두 번째 SF 소설《킬링 타임 트래블》이다.

소설의 내용은 한 SF 소설가가 시간여행이 불가능하다는 사실을 증명한 과학자를 살해하는 것으로 실제 진구가 저지른 사건과 거의 모든 면에서 동일하다. 진구는 메모에 시간여행은 가능하다, 이 소설이 그 증거다, 라는 말을 남겼다. 리먼 박사는 이 소설 때문에 죽음을 겸허히 받아들인 것일까(물론 진구가 소설의 내용을 실현하기 위해 살인 과정을 동일하게 맞췄을 가능성을 제외할 순 없다). 의문은 이어진다. SSF의 증명과 달리 시간여행이 가능하고 진구가 이미 시간여행을 했다면 굳이 리먼 박사를 죽여야 할 이유가 있을까.

제인 도는 우리의 의문에 대해 다음과 같이 대답한다. 시간여행과 관련된 가장 유명한 역설 중 하나가 할아버지의 역설이죠. 내가 과거로 돌아가 젊은 시절의 할아버지를 죽이면 나는 태어날 수 없다. 그러므로 나는 할아버지를 죽일 수 없고 시간여행은 논리적으로 불가능하다. 그러나 이에 대한 반박은 간단합니다. 왜 할아버지를 죽일 수 없는가? 그건 그러지 않았기 때문이다. 다시 말해, 진구는 왜 리먼 박사를 죽였을까요. 그건 그랬기 때문입니다. 시간여행은 선택에 관한 문제가 아닌 것이지요. 🐾

시간여행 사우나

김청귤

몸을 뜨거운 물에 푹 담그고 싶었지만 이미 세면대와 변기로 꽉 찬 원룸 화장실에서는 샤워하는 것도 벅찼다. 그렇다고 목욕탕을 가는 것도 망설여졌다. 갔다가 전염병에 걸린다면….

그러나 뜨거운 탕에 몸을 푹 담글 수 있는 목욕이 간절했다. 묵은 때와 안 좋은 기억들을 박박 밀어 없애고 싶었다. 면접이 끝나기도 전에 탈락인 걸 알 수 있었다. 차가운 시선과 틱틱거리는 말투라니. 그럴 거면 부르지나 말던가. 내가 쓸모없는, 식충이 같았다. 무거운 발걸음으로 버스비도 아낄 겸 걸어가고 있는데 눈앞에 전단지가 쏙 들어왔다.

"손님, 전염병 시대에 목욕탕이 그립진 않으신가요? 1인용 목욕탕인 시간여행 목욕탕이 오픈 이벤트로 4천 원 행사 중인데 한번 가보세요!"

그냥 지나가려고 했는데 4천 원. 그 말에 재빨리 전단지를 받아 들자 굴림체로 '시간여행 사우나'라고 쓰여 있었다. 시간여행과 사우나라니, 도저히 어울리지 않는 이름이었다. 오늘 하루가 너무 힘들지 않았더라면 4천 원이라도 안 왔을 텐데, 어느새 나는 목욕탕 입구에서 돈을 내고 안에 들어와 있었다.

1인용 목욕탕이라더니 탈의실부터 1인용인 것 같았다. 아직 이벤트 가격만 적혀 있어서 원래 목욕비를 알 수 없었지만 엄청 비싸겠지. 목욕탕은 어떻게 되어 있을까? 작은 욕조 하나 있으려나? 그것만 있다고 해도 좋았다. 이게 얼마만의 목욕인 거지? 나도 모르게 웃음이 절로 나왔다. 새 물건 티가 나는 사물함 안에 벗은 옷을 넣고 유리문을 열었다.

김청귤 오늘도 내일도 즐겁게 글 쓰고 싶은 사람. 앤솔로지 《미세먼지》 수록작 〈서대전네거리역 미세먼지 청정구역〉과 경장편 《재와 물거품》을 썼다.

그러자 탕에 몸을 담그는 사람들, 자리에 앉아 때를 미는 사람들, 냉탕에서 수영하는 아이들이 보였다. 이게 뭐지? 탈의실만 1인용인 걸로 1인용 목욕탕이라고 거짓말한 건가? 이미 들어왔으니 목욕을 할지, 지금이라도 돌아갈지 고민하던 중이었다. 문 앞에서 가만히 서 있으니 위아래 검은 속옷을 입은 세신사가 말을 걸었다.

"아가씨, 그냥 들어와. 여긴 전염병이 발생하기 전의 시간대야. 다 건강하다고."

"네?"

수건만 끌어안은 채 가만히 있자 세신사가 다가와 내 손을 잡고 끌었다.

"우선 몸부터 씻고 탕에 들어가. 내가 때도 밀어줄게."

"저 돈 없는데요…."

"목욕비에 포함된 거니까 괜찮아. 얼른 씻어."

전염병이 발생하기 전의 시간대라는 허무맹랑한 이야기보다 4천 원에 세신비까지 포함되어 있다는 말이 더 믿을 수가 없었다. 말이 바뀔세라 서둘러 목욕탕에 비치된 비누로 거품을 내고 있는데, 옆에 앉은 사람이 내게 샤워타월을 비롯한 목욕용품을 다 빌려주었다.

감사인사를 하고 다 씻은 다음에 탕으로 향했다. 바가지로 물을 퍼 발에 끼얹고 발끝부터 탕에 집어넣는데 감탄이 절로 나왔다. 너무… 너무 좋았다. 턱에 앉다가 그냥 바닥에 들어가 목까지 푹 담갔다. 끝에 있는 냉탕에서는 아이들이 신나게 첨벙거리고 있었다. 나도 어릴 때는 저랬는데 이제는 찬물에 들어가지도 못한다. 좋을 때지. 깊게 숨을 내쉬고 발을 주물렀다. 구두로 혹사당한 발이 풀리는 것 같았다.

"아가씨, 이리 와. 밀어줄게."

한참 동안 호사를 누리고 있는데 세신사가 나를 불렀다. 바로 탕에서 일어나 베드에 누웠다. 이게 얼마 만에 때를 미는 거지? 쓱 팔을 문질러보자 때가 불었는지 잘 밀려났다.

"제가 진짜 오랜만에 미는 거라서요…."

"괜찮아. 내가 잘 밀어줄게."

세신사 손에 몸을 맡기고 누워 있자 너무 편했다. 아주머니들이 대화하는 소리, 아이들이 잠수 대결하자는 말이 들렸다.

"여기 진짜 과거예요?"

"그럼. 여기가 손님이 어릴 때 자주 다니던 목욕탕 아니야?"

"어, 어! 진짜다!"

옆을 돌아보니 스테인드글라스를 박은 듯한 창문이 보였다. 옥탕이라며 초록색 돌을 거칠게 박은, 옛날 느낌이 나는 탕도 그렇고, 목욕 시 주의사항이라며 붙어 있는 안내문도 그렇고 다 어릴 때 다녔던 목욕탕과 똑같았다.

"진짜 목욕탕 이름대로 시간여행 사우나네요…. 왜 시간여행 기술을 이런 거에 써요?"

"그럼 어디에 써? 자, 뒤돌아."

세신사의 말에 주섬주섬 몸을 돌렸다. 몸에 붙은 때를 흘려보내기 위해 세신사가 몇 번이나 물을 끼얹은 다음에야 다시 때를 밀었다.

"아니, 뭐… 과거로 돌아가 잘못을 바로잡는다든가, 사고를 막는다든가. 할 수 있잖아요."

"과거는 바꿀 수 없어. 과거에 손을 대면 타임 패러독스에 빠져 세상이 붕괴할 거야. 아가씨가 과거의 잘못을 되돌리려고 갔다가 돌아오는 즉시 세상에서 사라지면 어떡해."

"그럼 미래는요? 미래는 괜찮지 않아요?"

"글쎄. 미래를 보고 와서 현재에 반영하면, 내가 본 미래가 어떻게 될지는 또 가봐야 아는 건데? 과거로 가서 다쳐도 안 돼. 현재에 없던 게 생긴 거니까. 그렇지만 때는 있어도 그만 없어도 그만이지. 그냥 목욕탕에 갔다 온 사람 기분만 좋아지는 거니까 다른 사람에게 폐가 되지도 않아. 다 벗고 들어오니까 위화감을 줄 물건도 없고 위험한 물건도 없는 평화로운 안전지대지."

나는 어느새 세신사를 믿고 있었다. 하긴, 다 벗고 있는 상태에서 몸을 맡기고 있는데 안 믿는 것도 이상했다. 그렇지만 아직 이해할 수 없는 게 있었다.

"그럼 왜 저예요?"

"그냥 아가씨가 운이 좋은 거지! 어디서 4천 원에 때까지 밀어줘, 그치?"

맞는 말이었다. 오늘 하루가 죽고 싶을 만큼 힘들었는데… 아니었다. 시간여행을 통해 사우나도 하고, 공짜로 세신도 하고. 나는 운이 좋은 사람이었다.

세신사의 말에 따라 왼쪽, 오른쪽으로 몸을 돌렸다. 거품 칠을 잔뜩 한 다음에 날개뼈를 따라 마사지를 해주는데 몸이 녹아내렸다.

"자, 아가씨. 거품 닦고 바나나 우유 먹고 나가. 잘 가라고."

목욕탕을 나오는 내 손에는 단지형 바나나 우유가 있었다. 시간이 아무리 흘렀어도 이 디자인만큼은 변함이 없어서 그런 걸까. 나는 단숨에 쭉 마시고 쓰레기통에 버린 다음 건물 밖으로 나왔다. 걷다가 뒤를 돌아보니 시간여행 사우나는 어느새 사라지고 없었다. 목욕이 필요한 또 다른 사람을 찾아 떠난 걸까. 나는 뽀얀 얼굴과 개운한 어깨로 씩씩하게 집으로, 내일로 걸어갔다. ✎

Time Travel Sauna

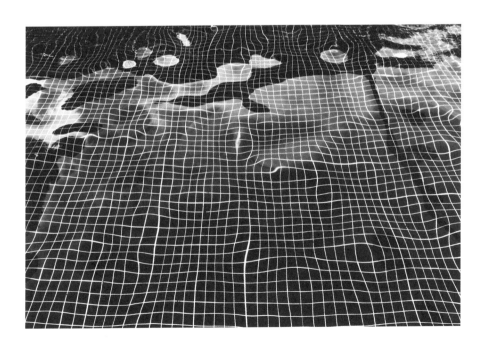

라일락 햇빛

해도연

여름이지만 아직 그림자가 긴 이른 아침, 한적한 카페 창가 자리에 남녀가 마주보고 앉아 있다. 남자는 여유로운 미소로 여자를 바라본다. 반면 여자의 얼굴에는 식은땀 흐르는 당혹감이 가득하다.

"왜 그래? 못 볼 사람 본 것처럼." 남자가 말한다.

그야 못 볼 사람이었으니까. 여자는 어설픈 눈웃음을 지으며 형태를 잃은 종이 빨대를 입에 문다. "여긴 어떻게 찾아온 거야?"

남자는 카페 내부를 둘러본다. "글쎄, 여기 오면 왠지 네가 있을 것 같았거든. 보자마자 이건 딱 미하 네 취향이라고 생각했어."

"우리가… 네가 날 마지막으로 본 게 7년 전인데 갑자기 내가 여기 있을 것 같아서 찾아왔다는 거야?"

"언제나." 남자가 미하의 눈을 바라본다. "어딜 가든 가는 곳마다 네가 있을지도 모른다는 생각을 항상 조금씩 해. 있을 리가 없다는 걸 알아도."

미하는 어이가 없다는 듯 헛웃음을 짓는다. "노래 가사 베껴오지 마."

"오랜만이야. 보고 싶었어." 남자가 미하의 얼굴에 손을 내민다. 움찔하는 미하의 눈동자를 지나 남자의 손은 미하의 머리 위에 매달린 무언가를 떼어 낸다. 노랗게 물든 자그마한 나뭇잎이다. "어디서 구르다 왔어?"

"그런 거 아니거든!" 미하는 남자의 손에서 나뭇잎을 뺏고는 보물이라도 되는 것처럼 주머니에 쑤셔 넣는다. 그러고는 누가 보기라도 했을까 주변을 두리번거린다. 잠시 남자를 노려보다가 그제야 후줄근한 자기 모습을 신경 쓴다. 미하는 창문을 투명한 거울 삼아 손으로 부스스하던 머리와 옷매를 서

해도연 과학소설과 과학글을 쓴다. 물리학과 천문학을 공부했고 근지구 우주공간을 감시한다.

둘러 다듬는다. "갑자기 나타나선… 네가 왜 여기에…."

미하는 무언가 번뜩 떠올리고는 남자의 왼쪽 손목을 거칠게 붙잡는다. 많은 시곗바늘 사이에서 날짜를 찾는다. 5월 25일. 미하는 진심 어린 신음을 내며 테이블에 이마를 박는다.

남자는 그 모습이 재밌다는 듯 바라보며 말한다. "정확히 10년 전에 우리가 만나기 시작했지. 그리고 정확히 7년 전에 헤어졌고. 그리고 오늘 다시 만났네."

"도대체 어쩌다가 일이 이렇게…."

미하의 목소리가 젖어들자 남자의 얼굴에도 이윽고 미하와 비슷한 당혹감이 떠오른다. "괜찮아? 그렇게 놀랄 줄은 몰랐는데."

"괜찮아. 이제 좀 상황 파악이 돼서. 아, 정말." 미하는 고개를 들고 살짝 흘러내린 콧물을 냅킨으로 닦는다. 냅킨을 가지런히 접어 컵 뒤로 감추고 붉게 달아오른 눈으로 남자를 바라보며 말한다. "나도 보고 싶었어, 멍청한 놈아. 이런 식으로는 아니었지만."

남자의 얼굴에 여유로운 미소가 돌아온다. "일은 어때? 자외선으로 식물 키우는 연구실 들어갔다면서?" 남자는 식어버린 꽃잎차를 마시며 묻는다.

"그걸 네가 지금 어떻게 알아? 아직은… 아무한테도 얘기 안 했을 건데."

남자는 어색하게 헛기침을 한다. "뭐, 본인도 모르게 흘러 흘러 퍼지는 소식이라는 게 있으니까."

"항상 다 알고 있다는 것처럼. 여전히 재수 없어."

"잘 자라는 거 있어?" 남자는 미하의 찡그린 표정을 눈빛으로 보듬는다.

미하는 잠시 고민하다가 말한다. "라일락. 유전자 변형 품종인데 자외선에서 오히려 잘 자라. 그 원형 품종을 이 근처에서 봤다는 사람이 있어서 오늘 여기에 온 거야. 그 라일락이 언젠가…." 미하는 남자의 반응을 살피며 말을 잇는다. "언젠가 태양이 미쳐 날뛸 때가 오면 도움이 되지 않을까."

"라일락을 보랏빛 태양이라고 부른 시인이 있대." 남자는 미친 태양을 알고 있기라도 한 것처럼 말한다. "보라색이라는 건 자외선을 엄청 뿜어낸다는 뜻 아니야? 보라색 태양이 미쳐 날뛰는 날엔 라일락은 자기 세상을 찾는 걸지도 모르겠네."

미하는 잠시 멍한 표정으로 남자를 바라본다. 무언가를 생각하다가 입을 연다. "별이 뜨거워지면 파란빛과 보랏빛 모두 뿜어내는데 왜 정작 보라색 별이 없는지 알아? 우리 눈이 파란빛에 더 민감하기 때문이래." 미하의 시선은 카페 어딘가에 있을지도 모르는 보라색을 쫓다가 다시 남자에게 돌아온다. "가끔 생각해. 우리 눈이 보라색을 더 좋아했다면, 세상이 조금이라도 더

45

아름답게 끝나지는… 않을까." 남자의 찻잔 속 꽃잎에서 미하는 옅은 보라색을 발견한다.

"보라색을 좋아하든 파란색을 좋아하든 어차피 태양은 적색거성이 될 건데 뭘." 남자는 아련한 표정을 지으며 말한다. "이상한 방향으로 엉뚱한 건 여전하네."

미하는 가는 눈으로 남자를 보며 말한다. "천문학자들이 틀렸을 수도 있어. 어느 날 갑자기 태양이 시퍼렇게 뜨거워질지 누가 알아."

남자는 웃으며 말한다. "그러게. 태양이 완전히 미치기 전에 널 다시 만날 수 있어서 다행이야. 서두르지 않았으면 미처 못 볼 뻔했네."

"그래, 맞아. 햇빛이 아직 노랄 때 다시 만나서 다행이야." 미하의 말끝에서 힘이 빠진다.

남자는 미하의 눈동자를 바라본다. 동공 속에 깊이를 알 수 없는 망설임이 짙게 고여 있다. 두 사람이 오늘 처음 만났을 때부터, 아니, 만나기 훨씬 전부터 그곳에 있었던 것처럼 자리 잡고 있다. 밝은 갈색 홍채가 조여질 때마다 망설임을 담은 눈빛이 흔들린다.

남자는 무언가 고민하더니 마른 입술을 한 번 핥고는 목소리를 가다듬고 말을….

"넌 어디 가던 길이야?" 미하가 갑자기 목소리를 높여 묻는다. 고개를 창밖으로 돌리며 눈빛도 감춘다.

남자는 원래 하려던 말을 급히 거둔다. "오늘 외부 미팅이 하나 있어서…."

"그럼 이제 가던 길 가."

갑자기 차가워진 미하의 태도에 남자의 얼굴에는 짧은 당혹과 긴 실망이 퍼진다. 미하는 아랑곳하지 않고 의자를 밀며 자리에서 일어선다. 도망이라도 치는 것처럼.

"나도 이제 가야겠어. 만나서 반가웠어. 나중에 밥이라도 먹자. 내가 연락할게."

미하는 잔을 카운터에 돌려주고서는 돌아보지도 않고 카페 입구로 간다. 미하가 문에 손을 올리고 밀어서 열려고 할 때, 남자가 미하의 반대쪽 손목을 붙잡는다.

미하는 새빨개진 눈시울로 남자를 돌아본다.

남자가 말한다. "지갑… 두고 가길래." 하지만 남자의 손에는 지갑이 없다.

"안 되겠어." 미하가 고개를 숙이고 말한다. "안 되겠어. 못 하겠어."

"…뭘?"

미하는 남자를 꽉 끌어안고는 그의 옷깃에 눈물을 닦는다. 그러고는 고개를 들고 침착한 얼굴로 남자를 보며 말한다.

"오늘 미팅 집어치우고 2시간 뒤에 나무공원 분수대 옆으로 와. 거기…." 심호흡하는 미하. "…내가 있을 거야."

"2시간 뒤에?" 2시간 뒤면 오후 1시다.

"나도 꾸밀 시간은 있어야지. 옷도 갈아입고 머리도 할 거야. 조건이 있어. 여기서 만나지 않은 것처럼 해줘. 분수대에서 처음… 오랜만에 만난 것처럼. 그럼 더… 좋을 것 같아."

"알았…어."

미하는 남자의 가슴 위에 손을 얹는다. 그리고 다시 울먹이는 목소리로 조그맣게 말한다. "그래서 그런 거였어. 그래서 그렇게 어색했던 거야. 난 그런 형편없는 연기에 속아 넘어가고…."

"무슨 말이야?"

남자는 미하의 말을 따라가지 못해 어쩔 줄 몰라 한다. 미하는 그래서 말할 수 있다는 듯 젖은 얼굴로 웃는다.

"고마워. 고마웠어. 그때 네가 없었다면 난 지금쯤… 미안해. 나랑 같이 있지만 않았다면 네가 그렇게 될 일은… 그렇게 되지 않게 하고 싶었는데, 그래도 내가 너 없이 살게 하고 싶진 않아. 그런 삶은 상상하지 못하겠어."

"잠깐만, 좀 알아듣게 말을…."

"잘 부탁해. 있다가 봐."

미하는 남자의 손길을 뿌리치고 카페에서 사라진다. 남자는 닫히는 문을 넋 놓고 바라본다.

✳

남자는 분수대 가장자리에 앉았다. 미하가 두고 간 지갑을 펼쳐보니 돈은 커녕 카드 한 장도 보이지 않았다. 텅 빈 지갑을 멍하니 바라보다가 구석에 있는 주머니에 드러난 종이 모서리를 발견했다. 조심스럽게 꺼내보니 테두리가 너덜너덜해진 사진이었다.

새하얀 방에서 찍은 사진에는 미하와 남자의 모습이 담겨 있었다. 둘은 떨어질 수 없다는 것처럼 서로를 품에 안고 카메라를 바라봤다. 미하는 조금 전에 본 모습 그대로였다. 하지만 남자는 지금보다 허약해 보였다. 메마르고 나이가 들었다. 창틀에 놓인 화분 속 라일락은 커튼 사이로 스며든 파란빛을 받으며 매끈한 꽃잎을 주렁주렁 펼치고 있었다.

남자는 고개를 들었다. 분수대 건너편에 있는 벤치 옆 나무에 라일락이 잔

뚝 피었다. 그리고 그곳에 미하가 있었다. 후줄근하던 모습은 온데간데없이 빈틈이라고는 보이지 않는 세련된 차림새였다. 머리는 더 길고, 더 밝았다. 2시간 만에 가능한 변화가 아니었다.

미하는 남자를 금방 알아보지 못했다. 눈이 마주치고 한참 뒤에야 미하는 깜짝 놀라는 표정을 지으며 다가왔다. 남자는 사진을 다시 지갑에 넣고 지갑은 뒷주머니에 감췄다.

남자 앞에 선 미하는 놀라움과 반가움이 섞인 표정으로 말했다.

"야, 지운! 네가 왜 여기 있어?"

지운은 미하의 달라진 모습을 물끄러미 바라본다. 그동안 의식하지 못했던 손목시계의 소리가 들린다. 손목에 남아 있는 미하의 온기 속에서 시곗바늘이 째깍째깍 움직인다. 🔖

Past – Present – Future

TIME is, *was,* WILL BE?

We Don't Know Anything, Really.

시간여행을 꿈꿔온 여행자들의 시간

❶

인간은
시간이 무엇인지
알지 못한다

정보라

인간은 시간을 이해하지 못하기 때문에 시간여행을 상상한다. 그래서 시간여행은 과학적으로 불가능하지만 소설적으로 흥미롭고 풍요로운 장르가 되었다.

정보라

대학에서 러시아어를 전공하여 한국에선 아무도 모르는 작가들의 괴상하기 짝이 없는 소설들과 사랑에 빠졌다. 예일대 러시아동유럽 지역학 석사를 거쳐 인디애나대에서 러시아 문학과 폴란드 문학으로 박사학위를 받았다. 지은 책으로 장편소설 《붉은 칼》과 소설집 《저주토끼》 등이 있고, 《안드로메다 성운》 등 많은 책을 옮겼다. 2022년 《저주토끼》로 부커상 후보에 올랐다.

인간은 시간이 무엇인지 알지 못한다

인간은 시간이 무엇인지 알지 못한다. 영원히 모를 수도 있다. 우리가 생각하는 '시간'은 지구가 자전하고 태양 주위를 공전하기 때문에 생겨난다. 자전하고 공전하는 지구 위에서 우리가 태어나 살아가기 때문에 지구가 한 번 자전하는 주기를 하루, 지구가 태양 주위를 한 번 공전하는 주기를 1년으로 이해하고 그 기준을 바탕으로 시간을 측정한다.

시간을 추상적으로나 구체적으로 측정만 할 뿐 인간은 앞날을 알지 못한다. 선이 1차원, 면이 2차원, 입체가 3차원이고 시간이 네 번째 차원이라면, 인간이 선과 면과 입체를 보는 방식으로 시간을 볼 수 있게 된다면 미래를 알 수 있을까? 뉴턴 물리학에 따르면 가능하다고 한다. 사람이 공간 속에서 앞으로 갔다 뒤로 갔다 할 수 있듯이, 시간 속에서 방향을 잡고 움직이는 방법을 알아낸다면 과거나 미래로 갈 수도 있다는 것이다.

물론 이러한 가정은 틀렸다. 현재 알려진 과학에 따르면 시간을 되돌릴 방법은 없다. 그러나 시간여행에 대한 인간의 열망이나 상상을 막을 방법도 없다. 사실 막을 이유도 별로 없다. 시간여행은 SF의 여러 장르 중에서 거의 유일하게 과학적으로 실현 불가능한 영역으로 남아 있고, 바로 그렇기 때문에 가장 마음껏 상상할 수 있는 흥미로운 장르로 발전했다.

기계장치를 이용한 시간여행 SF

기계장치를 이용한 시간여행을 최초로 다룬 SF 작품은 미국 작가 에드워드 미첼(Edward Page Mitchell, 1852~1927)이 1881년에 발표한 단편 〈과거로 가는 시계(The Clock that Went Backward)〉[1]다.

이 작품에서 주인공 소년들은 숙모의 집에서 골동품 시계를 찾아내는데, 이 시계의 시곗바늘을 돌리면 시간을 과거로 돌릴 수 있다는 사실을 알게 된다. 그리하여 과거로 돌아가서 역사 속에서 여러 가지 모험을 겪는다는 내용의 어린이, 청소년 대상 작품이다. 이 작품은 첫 발표 후 거의 잊혔다가 1970년대에 재발견되어 발표 후 거의 100년이 지난 뒤에야 SF로서의 가치를 인정받았다. 작품 자체가 시간여행을 한 셈이다.

I

에드워드 미첼, 〈The Clock that Went Backward〉, 1881, 초판본 표지

시간여행 SF 장르에서 가장 유명한 작품은 아마도 〈타임머신(The Time Machine, 1895)〉[2]일 것이다. 〈타임머신〉은 영국 SF 작가 허버트 조지 웰스(Herbert George Wells, 1866~1946)의 중편소설이다. 작품에는 서술자가 따로 있고 주인공은 서술자의 친구이다. 특이하게도 주인공은 이름이 없고 작품에서 내내 그저 '시간여행자(The Time Traveler)'라고만 지칭된다. 시간여행자는 괴짜 발명가인데, 자기 스스로 만든 타임머신을 타고 미래로 날아간다.

2
허버트 조지 웰스,
〈The Time Machine〉, 1895,
초판본 표지—한국어판
《타임머신》에 수록, 김석희
옮김.(열린책들, 2011)

2

시간여행자가 처음 만난 미래 세상은 천사처럼 순진하고 아름다운 미래인들이 노동할 필요도 없으며 근심하거나 갈등하거나 질병이나 노화에 시달리지도 않고 그저 즐겁게 살아가는 천국 같은 곳이다. 그러나 시간여행자는 오래지 않아 이 천국 같은 세상이 굴러갈 수 있도록 글자 그대로 땅 밑에서 일하는 또 다른 존재들이 있음을 알게 된다. 미래 세계에서 인간은 과연 어떤 존재로 변해버린 것인가?

〈타임머신〉은 아주 유명한 작품이고, 영화로도 여러 번 만들어졌으며, 출간된 지 백 년 넘은 고전이지만 지금 다시 읽어도 재미있다. 그리고 19세기 후반, 과학과 기술이 발전을 거듭하여 인간의 일상생활에 눈에 띄는 변화를 가져오기 시작했던 시기의 특징들이 작품 곳곳에 나타나 있다는 점도 흥미롭다.

자동차는 18세기 중반부터, 그러니까 토머스 뉴커먼(Thomas New-comen, 1664~1729)이나 제임스 와트(James Watt, 1736~1819) 등이 증기기관을 발명하고 증기엔진 기술을 발전시키던 시기에 처음 만들어졌다. 그래서 최초의 자동차는 증기엔진으로 달리는 기계였다. 그러다가 19세기 초중반 이후에 다양한 종류의 동력을 사용하는 자동차들이 만들어졌다. 특히 1885년에 독일인 카를 벤츠(Karl Benz, 1844~1929)가 최초의 가솔린 자동차를 발명했다.

그러니까 이로부터 10년 뒤인 1895년에 발표된 H. G. 웰스 작품에 등장한 자동차를 닮은 타임머신은 그때 당시 일반화되기 시작했던 최신

교통수단을 본뜬 장치였던 것이다. 자동차 형태의 타임머신은 나중에 1985년에 미국 영화 〈백 투 더 퓨처(Back To The Future)〉에 다시 등장하는데, 이 영화 개봉연도가 웰스의 〈타임머신〉이 발표된 1895년에서 중간 숫자 두 개만 바꿔놓은 연도인 것도 재미있다.

웰스 작품에서 시간여행자가 타임머신을 타고 당연하다는 듯이 미래로 날아간 것도 눈여겨볼 만한 지점이다. 19세기는 과거를 돌아보기보다 미래를 기대하는 시기였던 것이다. 특히 이 시대에 영국은 자본주의와 제국주의를 바탕으로 아시아와 아프리카 여러 곳을 침략하여 식민지를 건설하고 타민족, 타 국가를 착취하여 이룩한 부와 권력으로 강성한 제국을 이루어 "해가 지지 않는 나라"라고 스스로 칭하며 자만하던 시기였다. 그러니 과거보다는 미래로 가서 인류가 얼마나 더 훌륭하게 발전한 사회를 이룩했는지 가장 먼저 보고 싶었을 법도 하다.

그러나 시간여행자가 발견한 미래는 유토피아처럼 보이는 디스토피아였다. 시간여행자는 이후에 그보다 더 먼 미래로 날아가는데, 그 미래의 지구에서 인류는 아예 멸종해 버리고 커다란 게처럼 생긴 동물들만 텅 빈 해안가를 굼실거리고 있다. 그러니까 〈타임머신〉은 당시 영국 사회에 웰스가 보내는 일종의 경고이기도 했을 것이다.

시간여행과 유토피아

3
토머스 모어,
《Utopia》, 1516, 초판본
— 한국어판 《유토피아》,
박문재 옮김.
(현대지성, 2020)

웰스의 〈타임머신〉뿐만이 아니라 시간여행 SF 장르 자체의 초기 작품들은 유토피아 문학과 깊은 관련성을 가지고 있다.

'유토피아'라는 단어는 웰스와 같은 영국인인 토머스 모어(Thomas More, 1478~1535)가 동명의 소설 《유토피아(Utopia)》(1516)[3]에서 가장

3

먼저 선보였다. 여기서 서술자는 토머스 모어이지만 주인공 히슬로데이(Hythloday)는 크리스토퍼 콜럼버스의 선원으로, 항해 중에 우연히 이상 사회인 유토푸스섬을 찾아냈다고 이야기한다. 이후의 유토피아 소설들은 거의 대부분 모어의《유토피아》처럼 신대륙을 찾아 배를 타고 떠났던 선원이 우연히 외딴 섬이나 숨겨져 있던 도시를 발견하는데 그곳이 이상 사회였더라, 하는 전개를 따른다.

19세기 이후, 유럽 여러 나라들이 제국주의적 식민지 건설을 경쟁적으로 전개하면서 지구 곳곳을 '탐험'하며 지도를 채워 나갔다. 그리하여 19세기 말부터 20세기 초 사이에는 배를 타고 어디를 가더라도, 숨어 있던 외딴 도시에서 문화와 문명이 발달한 유토피아를 갑자기 발견할 가능성은 더 이상 남아 있지 않게 되었다.

이때서부터 공간을 탐험하는 대신 시간을 여행하여 미래나 과거에서 이상 사회를 발견하는 유토피아 문학이 발전하기 시작한다. 그런데 〈타임머신〉과 비슷한 시대 작품 중에는 (허구의 것이라도) 기계나 기술을 이용하기보다는 간단하게 잠들었다가 미래에서 깨어나는 시간여행 이야기가 많았다. 예를 들어 미국 작가 에드워드 벨라미(Edward Bellamy, 1850~1898)의 1888년 작품《뒤를 돌아보며, 2000~1887(Looking Backward, 2000~1887)》[4]는 주인공이 잠들었다가 123년 뒤 미래에서 깨어나 과거를 돌아보는 이야기이다.

웰스 자신도《잠든 자가 깨어날 때(When the Sleeper Wakes)》(1899)[5]라는 디스토피아 소설에서 잠들었다가 200년 뒤의 런던에서 깨어나는 주인공의 이야기를 선보였다. 1920년에 발표된 러시아 작가 알렉산드르 차야노프(Aleksandr Chayanov, 1888~1937)의 유토피아 소설《나의 형제 알렉세이의 농민 유토피아로의 여행》[6]에서도 주인공 알렉세이는 1920년 혁명 직후 소비에트 러시아의 모스크바에서 잠들었다가 60년 뒤인 1980년의 모스크바에서 깨어난다. 알렉세이는 처음에는 농민들을 중심으로 모든 사회체제가 개편된 미래의 소비에트 사회가 천국이라고 생각하며 기뻐하지만, 곧 우리나라의 주민등록 따위에 해당하는 개인 기록이 하나도 없다는 사실이 밝혀져 외국 스파이로 의심받게 된다. 그러다가 1920년도 신문의 어느 기사에 자신이 사건의 핵심인물 뒤를 지나가는 사진이 실렸던 것을 기억해 내고 이 신문의 보관본을 어찌어찌 찾아내어 (기록보관의 중요성을 알 수 있다) 자신의 신분을 증명한다. 하지만 재판을 끝내고 법원을 나오면서, 자신이 원래 시대로 돌아갈 방법이 없이 미래의 1980년도 모스크바에서 계속 살아야 한다는 사실을 실감한다. 이곳이 자신에게 유토피아일지 디스토피아일지 알지 못하고 불안해하는 주인공을 남겨둔 채로 작품은 끝난다.

여기서 두 가지 사실을 확인할 수 있다. 첫 번째는 SF적 설정에 관련

인간은 시간이 무엇인지 알지 못한다

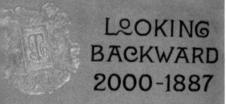

4

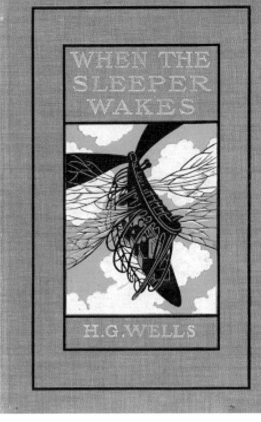

5

6

4
에드워드 벨라미,
《Looking Backward,
2000~1887》, 1888, 초판본 표지

─────────────

5
허버트 조지 웰스,
《When the Sleeper Wakes》,
1899, 미국 초판본 표지

─────────────

6
알렉산드르 차야노프,
《나의 형제 알렉세이의 농민
유토피아로의 여행》, 1920,
1981년 판본 표지

The Clock that W

The Time M

Utopia

Looking Backward

When the Sleep

My Brother Alex
the Land of Pe

A Connecticut
Arthur's

된 교훈인데, 잠든 주인공이 미래에서 깨어난다는 설정은 시간여행의 과정을 기술적으로 묘사하거나 과학지식을 동원할 필요가 없기 때문에 간단하다. 잠은 인간이라면 누구나 경험하고 깨어나면 아주 짧은 시간일망정 미래에 와 있게 되니 직관적이기도 하다. 그러나 이 설정을 사용하면 이야기가 한 방향으로만 움직일 수 있다. "앗, 꿈이었구나!"로 끝나면서 지금껏 이야기 속에서 진행된 모든 것을 부정하지 않는 이상 과거로는 다시 돌아갈 수 없는 것이다.

두 번째는 유토피아에 관련된 교훈인데, 주인공 자신이 살아보지 않으면 유토피아인지 아닌지 알 수 없다는 것이다. 아무리 합리적인 사회 체제와 풍부한 물질이 갖춰져 있으며 친절하고 상냥한 주민들이 사방에서 나의 친구가 될 준비를 하고 있더라도, 사람은 원래 불완전한 존재이기 때문에 살다 보면 여러 가지 일들이 생기게 마련이고 결국 인간의 삶 자체가 매 순간 언제나 행복으로만 가득할 수는 없다. 그러니까 유토피아는 원래 없는 것이다.

마크 트웨인(Mark Twain, 1835~1910)의 《아서왕 궁정의 코네티컷 양키(A Connecticut Yankee in King Arthur's Court)》(1889)[7]도 비슷한 정서를 나타낸다. 이 작품에서 주인공 행크는 19세기 미국의 엔지니어인데, 사고를 당해 머리에 큰 충격을 받고 어쩐지 6세기 영국 아서왕의 궁정에서 깨어나게 된다. 행크는 자신의 과학기술 지식을 이용하여 아서왕의 궁정에서 마법사로 행세하며 6세기 사람들의 삶을 조금이라도 낫게 해주려고 애쓴다. 그곳에서 행크는 아서왕의 신임을 얻고 사랑에 빠져 결혼도 하지만 꿈속에서는 본래 자신이 살던 시대로 돌아가 전화를 걸며 "여보세요, 교환원?"이라고 잠꼬대를 한다. 6세기 영국 여성인 행크의 아내는 "여보세요 교환원"이 행크가 사랑하는 사람이라 짐작하여 첫 아이의 이름을 "여보세요 교환원"이라고 짓는다.

이런 부분들은 재미있지만, 멀린의 마법에 의해 1300년간 잠에 빠졌다가 19세기에 깨어난 행크가 죽음을 앞두고 6세기에 두고 온 아내와 가족을 그리워하는 모습은 가슴 아프다. 여기에 있으면 두고 온 저곳이 그리워지는 게 인간인 것이다. ▸

인간은 시간이 무엇인지 알지 못한다

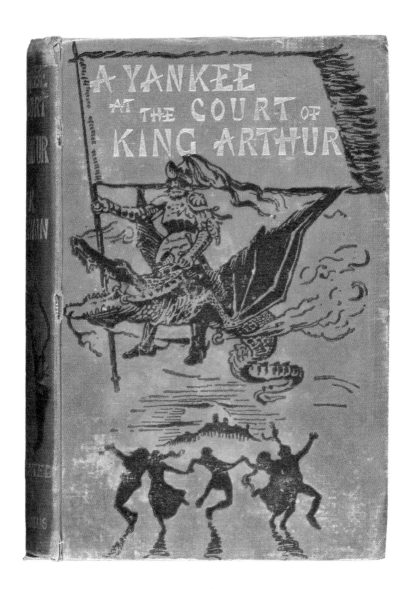

7

마크 트웨인,《A Connecticut Yankee in King Arthur's Court》, 1889, 영국 초판본 표지
—한국어판《아서왕 궁전의 코네티컷 양키》, 김영선 옮김. (시공사, 2010)

YI SEO YOUNG

이서영

'유교벨(BL), 합법적 국영×정조 가능한가? 가능합니다!' 이른바 '조선 스팀펑크 단편' ⟨지신사의 훈김⟩의 SF 어워드 수상이 확정되었을 때 이서영은 자신의 SNS 계정에 이렇게 썼다. 그리고 결국 작가는 친구들이 선물한 익선관을 쓰고 대상을 수상하는 자리에 올라가게 되었다.

Interviewed by **Seol Jaein**, Photo by **Augustine Park**

수많은 독자들이 "너도 나를 사랑하느냐?"라는 정조의 명대사를 외치며 축하했다. 그토록 뜨거운 마음을 가진 독자들의 어깨에서는 기기인 홍국영처럼 절절 끓는 후김이 모락모락 올라왔을지도 모를 일이다.

'너도 나를 사랑하느냐'.

결과적으로, 이서영의 세계는 사랑으로 수렴한다. 실수도 미움도 반목도, 그리고 증오마저도 결국엔 너무나 큰 사랑이 변질된 결과물로 해석되는, 그런 세계.

그리고 작가의 인물들은 하나같이, 그 세계의 넘실되는 물결을 향해 주저 없이 달려가 발을 굴러 다이브 한다. 조금이라도 머뭇대면 뒤에서 작가가 엉덩이를 뻥 차 준다. 그리고 작가는 빙글빙글 웃으며, 독자를 향해 돌아선다.

꾸물대지 말고 함께 입수하라는 뜻이다.

직장에서는 다들 "여어, 상 받았다며?"라고 한마디씩 해주신 게 다고요. 친구들은 주로 술을 선물해줬어요. 와인도 있고 전통주도 있고. 아, 그리고 《드래곤 레이디》의 김철곤 작가님께서 제가 BL로 상 받고 나니까 자꾸 'BL 머법관(대법관)'이라고 부르시는 거예요! 계속 이 작품 저 작품 갖고 오시면서 "이것도 BL이에요? 저거는? 설마 애도?" 이런 식으로 판정을 내려주길 원하세요.

그 정도가, 상 받고 나서의 변화네요.

이서영

상을 받은 지 두어 달이나 지난 후의 인터뷰 자리였지만, 작가는 아직도 믿을 수 없는 듯한 표정이었다. '절대 예상하지 못했다'라고 몇 번을 잘라 말했다. 작가가 판단하기에 'BL인데다 본격 SF도 아니'라는 게 그 이유였다.

그러나 SF 어워드의 심사평을 읽어보면 어째서 이 작품이 대상을 받을 수밖에 없었는지, 가장 큰 이유가 너무나 명확히 드러난다. 심사위원 전원이 각자의 심사평에서 이에 대해 언급하고 넘어가고 있으니까. 바로 '캐릭터성'이다.

이 '캐릭터성'의 뿌리가 될 만한 것을 3년여 전의 인터뷰에서 찾아냈다. 그때 작가는 이렇게 말했다. "소설을 쓸 때 가장 중시하는 것은 인물의 감정선이다." 아마 그때부터의 골똘한 몰입이 있었기에 '더욱 눈에 띄는'(심사위원 금숲) SF 소설을 만들 수 있었을 것이다. 이토록 독보적인 SF를 어떻게 써낼까. 어디서 착안해 시작할까.

사실 저는 오히려, 좀 더 촘촘한 'SF적' 설정을 가진 작품들을 쓰고 싶었어요. 저는 SF를 좋아하는 SF 작가이니까, 멋지고 장대한 작품을 쓰고 싶죠, 당연히! 그런데 그러지 못하는 게, 물론 제 역량 때문이기도 하겠지만, 개인 성향의 이유도 있는 것 같아요. 저는 사람들의 욕망에 관심이 정말 많거든요. 제일 처음 머릿속에 떠오르는 이야기는 언제나, 강한 욕망을 품은 사람의 성취 혹은 실패예요. 그 와중에 SF라는 장르를 좋아하니까 그 욕망에 개입하는 큰 주인공으로서 기술이 작동하는 것이고요. 원래 욕망이란 인간에게 보편적인 거잖아요? 그 보편적인 욕망이 상황에 따라 제각기 다른 형태로 드러나고, 어떤 기술을 사용하는지에 따라 실현할 수 있는 방법도 달라지죠.

특히, 좋아하는 작가인 마거릿 애트우드 소설을 읽으며 비슷한 지점을 찾아내곤 해요. 애트우드의 주인공들은 강력한 욕망을 처음부터 끝까지 밀고 나가요. 제일 유명한 《시녀 이야기》를 봐도, 오프레드의 가장 큰 욕망은 '존엄을 잃지 않기'와 '살아남기'잖아요? 아주 기본적인 인간의 욕망이죠.

이서영의 인물들은 그 욕망을 뿜어낸다. 행여나 그것이 조금 못생긴 모양을 하고 어긋난 방향을 향해 꾸역꾸역 나가고 있다 하더라도.

사람의 욕망 중 가장 흔한 게 무엇일까? 아마도 사랑하고 싶은 감정, 사랑받고 싶은 감정이 아닐까. 그만큼이나 일그러지기도 쉬울 터. 예컨대 《유미의 연인》에 실린 〈꼬리에는 뼈가 있어〉가 그렇다. 서로를 사랑하는데 본인들만 모르는 청소년 주인공 두 사람은 서로, 지극히도 열심히 '삽질'을 한다. 그리고 작가는 애정이 뚝뚝 떨어지는 시선으로("귀여워…"라는 말을 하며) 지켜본다.

인간은 서로를 완벽히 이해할 수 없고, 그래서 오해하게 되고, 서로에 대해서 완전히 파악하는 게 불가능하잖아요. 그런데 그걸 뛰어넘는 어떠한, 사랑의 순간들이 생겨요. 경이로운 느낌의 희망이 생기죠.

제가 생각하는 우주 최고의 로맨스는 《제인 에어》인데 거기서 가장 좋아하는 부분도 그렇게 경이로워요. 인생이 힘들거나 괴로우면 기독교인이 성경을 다루듯 다시 꺼내 읽는 장면인데요. 설명을 좀 할까요.

제인이 세인트 존에게 청혼을 받고서 주저하며 그 저택 앞의 풀숲을 거닐어요. 풀냄새가 나고, 이슬이 발끝에 스치고, 밤은 어두운데, 내 미래는 어떻게 될지… 갈피도 잡을 수 없죠. 그런데 그때 로체스터의 목소리로 된 환청을 들어요. "제인, 제인, 제인!" 하고 외치는. 제인은 깜짝 놀라서 "어디 계세요? 제가 지금 갈게요!"라고 말한 다음에 그 즉시 청혼을 거절하고 곧바로 짐을 싸서 로체스터에게 가버리죠.

그 장면이 소설에서 굉장히 애매하게 묘사되어요. 초현실적인 텔레파시인지, 그저 제인의 환청인지 독자는 알 수 없어요. 그런데 그렇기 때문에 더 사랑이란 개념을 닮았죠. 읽는 저는 마구 벅차오르고.

그리고, 또 하나 더요. 제인은 훌륭한 사람이 아니에요. 소설이 아예 이렇게 시작되죠. '제인은 못생겼다.' 고집이 세서 실수도 많이 저지르고. 게다가 로체스터는 정말로 엉망진창인 인간이죠. 결국 마지막에 처벌을 받기도 하고요.

그 약점들 때문에 이들은 빙빙 돌아요. 하지만 로맨스는 사람이 가진 바로 그 약점이 매력적이게 되는 지점들을 찾아주죠. 그 약점이 상대의 코어를 통과하는 순간 사랑을 할 수 있다는 가능성으로 발현되잖아요. 그 순간이 당사자들에게는 얼마나 거대할까요.

이서영

《유미의 연인》, 이서영 지음, 아작 펴냄

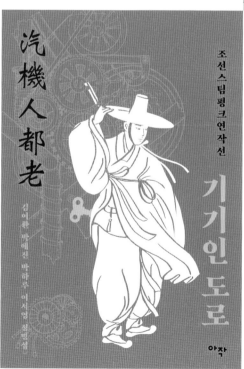

《기기인 도로》, 김이환, 박애진, 바하루, 이서영, 정명섭 지음, 아작 펴냄

결국 작가의 캐릭터들이 그토록 생생했던 이유는 작가가 그들의 약점까지
(아니, 주로 약점을) 사랑했기 때문이었다.

그 약점들 때문에, 타인에게 냉소적이 된다면 어떨 것 같으냐고요? 글쎄요.
저는 냉소적이어도 사랑할 수 있고, 미워하는 마음도 결국 사랑이라고 생각
해요. 일단 냉소란 건 자기 생존을 위한 기제죠. 자신을 보호해야 타인을 신
뢰할 수 있으니 그 이후를 위한 시간이 필요한 거죠. 《오만과 편견》보면 다
아시는 아주 냉소적이지만 사랑을 하잖아요?

미워하는 마음도 똑같아요! 예컨대 정치인 팬덤들. 정치인 A를 지지하
는 사람들은 상대편인 B에 대해 하나하나 파헤쳐 기어코 욕할 거리를 찾잖
아요? 저는 그 사람들이, 자기만 몰라서 그렇지 B를 사랑하고 있다고 생각
해요! B 자신도 모르는 B의 면모들을 그 사람들은 다 알잖아요? 그게 사랑
이 아니면 뭐가 사랑이에요. 〈유도선〉(《유미의 연인》 수록 단편)에 나오는,
정직을 미워하는 여자는 평생을 오로지 그에 대한 복수만 바라보고 달려왔
어요. 이건 다른 의미의 사랑이에요!

안티페미니스트들도 보세요. '페미니즘은 정신병이다', 댓글 엄청 다는
사람들. 생각해보면 그 사람들이 세상에서 제일 페미니스트들을 사랑해요!

어떤 정도든 간에 사람은 타자와 관계를 맺는데, 그걸 만들어내고 유지하는 에너지가 바로 여러 방식의 사랑인 거예요. 사람들은 계속해서 사랑을 하고 있는 거죠. 그런데 저는 기왕이면 그게 유대감이라든가, 포근하고 따뜻한 감정으로 연결이 되었으면 좋겠단 생각을 자주 하는 거고요.

우리 사회에는 여러 벽들이 있고, 서로를 이해할 수 없도록 만드는 많은 이데올로기들이 있죠. 그걸 뛰어넘고 싶고, 다 같이 가자고, 다 같이 같은 공간에서 살자고 하고 싶어요. 그리고 저는 반드시 그래야만 한다고 생각하고요. 각자 다른 이데올로기를 가진 서로를 못 견디고 "너희는 그렇게 살아, 우리는 우리끼리 먼저 미래로 갈 거야"라고 일갈하는 사람들도 있는데, 저는 누구라도 그대로 두게 된다면 나머지 역시 미래로 갈 수 없다고 생각해요. 그래서 함께, 같은 경험을 하고 싶어요.

그렇다면 이 사랑 충만한 인물들과 함께 미래로 나아가고 싶은 작가 자신이 더 잘 그려내고 싶은 것도 분명 존재할 텐데, 어떤 '욕망'이 작가의 속에서 푹 익어가고 있을까.

어쨌든 저는 SF를 좋아하니까, 기술과 주제의식을 잘 만나게 하고 싶다는 생각을 많이 해요. 들뜨지 않게, 착 붙어서 진행되게끔. 이야기에 기술이 양념이 되는 게 아니라, 기술 그 자체가 주제의식의 하나가 되게 만들고 싶어요. 제 작품 중에선 〈유도선〉이 그런 목표를 가장 많이 구현해냈다고 생각해요. 그런데 당연히, 더 잘 하고 싶죠.

작가가 쓰고 싶은 게 그것이라면, 독자로서 작가에게 '제발 많이 써주세요'라고 말하고 싶은 것 역시 존재했다. '매운맛 이서영'이라 할 만한 《낮은 곳으로 임하소서》와 같은 작품을 너무나 목 빠지게 기다린다는 이야기를 건넸다. 백화점에서 억지로 웃으며 일하는 노동자들과 자잘하고 집요한 폭력에 고통 받는 여성들의 환멸을 1층 바닥 아래 도사리고 있는 괴생물체를 통해 형상화한 소설이다.

매운맛 소설, 생각해놓은 것 있어요! 로맨스의 클리셰를 기술로 뒤집는 단편인데요. 페미니스트인 직장 동료에게 내용 설명해주고 "이런 거 어때?"라고 물었는데 "나… 나는 이런 건 좀…"이라고 말을 더듬더라고요. 그 정도로 매워요.

《낮은 곳으로 임하소서》를 읽고 당황한 독자들이 많았대요. 아마 제가 포장을 잘 못 해서일 거예요. 저는 날것을 쓰죠. 대구 출신인데, 대구에서 맛있다고 유명한 건 요리된 게 아니라 재료 그 본연일 때가 많거든요? 뭉티기 같은 것. 저도 고향 땅이랑 닮았나 봐요. 재료에 완전히 집중하는 거예요. 그걸 맛보는 사람의 미각에 맞춰 조리하려 들기보다는, "이 싱싱한 이야기를 얼른 쓰고 싶다!"라는 갈망이 훨씬 강한 거죠.

마지막으로 독자에게 어떤 작가로 호명되고 싶은지 물었다. 솔직한, '싱싱한' 답이 나올 거라고 생각했고 예상대로였다.

최근에 단편소설 〈이토록 단일한 마음〉을 리디북스에 발표했어요. 그리고 그 밑에 어느 독자분이 꽤 긴 댓글을 달아주셨어요. 설정이 신박하고, 기타 등등…. 그러다가 마지막에 이르러 딱 말씀하신 거예요. '무엇보다 너무 잘 쓴 글'이라고. 제가 그걸 읽고 기분이 너무 좋아서… 내적 아드레날린 대폭발하고… 그래서 그런 말을 듣는 작가가 되고 싶다는 생각을 갖게 되었어요. '무엇보다, 너무 잘 쓰는 작가'라는 말이요.

작가는 책날개에 자신의 소개를 이렇게 적곤 한다. '여러 시공간에서 데모하는 사람들의 이야기를 많이 썼다.' 2021 SF 어워드 심사위원 구한나리는 이렇게도 표현했다. '오랫동안 꾸준히 작품 활동을 하면서 세상에서 소외된 이들의 삶과 아픔을 그려내 온 작가'.

인터뷰를 통해 여기에 한 줄을 더 추가하고 싶어졌다.

'세상 모든 형태의 감정과 에너지가 사랑과 위상적으로 동형임을 아는 작가'.

도넛 모양의 찰흙을 주물러 컵을 만들 수 있듯, 증오와 냉소를 주물러 사랑으로 만들 꿈을 꾸는 소설을 쓰는 사람. 그런 이야기를 만들어낼 수 있는 가장 신선한 재료를 몹시 밝은 눈으로 찾아다니는 사람.

이서영을 수식하는 말에 저 한 줄을 추가로 적으면서 천천히, 입수를 위한 준비운동을 한다. 아마 뭍으로 나오지 못하고 그대로 뼈 있는 꼬리를 가진 인어가 되진 않을까 싶기도 한데, 그렇다면 그 나름대로, 더 많은 유량의 사랑이 흘러 다닐 미래를 향해 함께 헤엄치면 될 일이니까. ⚓

시아란

고백하건대, 카카오페이지를 통해 웹소설 형태로 공개된 시아란의《저
승 최후의 날》을 읽기 시작했을 땐 그 분량이 얼마인지 잘 가늠하지 못
했다. 안전가옥 앤솔로지《대멸종》에 수록되었던 단편〈저승 최후의 날
에 대한 기록〉을 장편으로 개작했다는 정보만 있었다. '이승이 멸망하면
저승은 어떻게 될까?'라는 매우 독특한 아이디어를 풀어낸 단편이었다.

Interviewed by **Seol Jaein**, Photo by **Augustine Park**

'아이디어가 멋지다' 싶은 마음 하나로 읽기 시작했는데, 어마무시하게 거대한 공룡일 줄은 몰랐다(알고 보니 단행본 세 권 분량이었다). 인물들은 끊임없이 등장하고, 방대한 정보는 쏟아지고, 망자들은 저마다의 이익관계에 얽매여 싸우고, 주인공은 종횡무진 각종 저승들을 오가는데 동시에 이승은 속수무책으로 멸망해 가는 중이었다. 단편에 '살을 붙인' 정도가 아니었다. 숲에서 정체 모를 작은 알을 발견해 톡톡 두들겼는데 그 안에서 튀어나온 게 세상을 통째로 집어삼키는… 그런 느낌.

시아란 작가를 만나 인사를 나누자마자 녹음도 시작하지 않고 대뜸 물었다. "아니, 대체 어떻게 이만큼 개작하신 거예요?" 궁금해서 견딜 수가 없었기 때문이었다. 그리고 대답을 듣곤 바로 알게 되었다.

작가도 그게 그만한 괴물이 될 줄은 꿈에도 몰랐다는 사실을.

> 2년 어치 작업이에요. 이렇게 오래 걸릴 거라곤 상상도 못 했어요. 이만한 사이즈의 글을 써보는 건 살아생전 처음이었거든요. 습작기까지 다 포함해서도요. 경험이 부족하니 이게 얼마나 큰일인지 예상하지 못한 거죠. 《대멸종》에 실린 단편이 좋은 장편의 싹이 될 수 있을 것 같다는 안전가옥 PD님들의 말을 믿고 시작을 한 건데… 그 긴 시간 도와주신 PD님께 감사할 뿐이죠. 옆에서 "이건 됩니다! 이건 긴 이야기로 나와야만 해요"라고 용기를 불어넣어 주셨으니까요. 그분들이 확언을 주지 않았다면 못 했겠죠.
>
> 2019년에 장편 트리트먼트를 먼저 만들었는데, 그 분량이 원작 단편의 두 배 이상이더라고요. 2020년 중반에 초고가 다 나왔는데 그 시점에 벌써 63만 자가 넘었어요. 7월 초에 초고를 PD님께 던져놓고, 다 털었다, 하고 안이하게 생각하다가 피드백 받으러 갔는데… PD님께서 그러시는 거예요. "정말 좋아요. 진짜 재밌어요. 그런데 작가님, 빌런을 바꿨으면 좋겠어요."

작가는 그때의 심정을 이야기하며 눈을 질끈 감았다. 물론 작품 탄생의 비하인드를 듣는 독자로서는, 이보다 더 흥미진진한 얘기가 없긴 하다.

> 마치 건물을 다 지어놓고 의뢰인에게 보여주었더니 "다 좋은데 각도를 5도만 옮겨주세요"라는 이야기를 듣는 것 같죠, 비유하자면. 무섭고 아찔했죠. 그런데 그때 PD님께서 빌런이 이렇게 변화했으면 좋겠다, 하고 러프하게 이미지를 잡아주셨어요. 아, 그 아이디어가 너무… 너무 대박인 거예요. 와, 진작 이렇게 할 걸, 왜 이렇게 평이하게 썼을까. 욕심이 솟아나니까 당장 해보고 싶어 견딜 수가 없었죠. 그 자리에서 PD님과 몇 시간이고 '썰'을 풀었어요. 그리고 말했어요. "한 번 해보겠습니다." 그럴 수밖에 없었죠. 그게 좋은 작품을 위해 맞는 방향이니까요.

《저승 최후의 날》, 시아란 지음
안전가옥 펴냄 (카카오페이지 웹소설)

초고를 완성하면 끝일 줄 알았는데 완전 오판이었던 거예요. 어쨌든 다시 써서 마침내 87.8만 자로 완결을 냈어요. 5장 구성으로 늘어났고요.

완성하고 나서도, 웹소설 형태로 발표하기 위해 다시 손을 봐야 했어요. 많이 고치진 않았지만, 장면마다의 완급 조절을 다시 살펴봐야 했죠. 긴 호흡과 짧은 호흡을 잘 섞어야 하거든요. 편 단위로 쪼개니까 그 필요성이 드러나더라고요. 살펴서 쳐내고, 보강하고를 반복했죠. 다음 편을 읽고 싶게끔 마지막에 킥도 줘야 했고요.

당시 안전가옥에서 발행하던 〈월간 안전가옥〉에 작가가 기고한 글을 보면 얼마나 힘들었는지가 드러난다. 본업과 집필을 겸업하면서 주변을 정돈할 여력이 전혀 없던 정황이, 생생하고 절절하다. 본업이 한창 힘들었을 때와 수정고 작업 시기, 그리고 코로나 블루까지 겹치면서 20년 말~21년 초에는 완전히 '멘붕' 상태였다고 작가는 털어놓았다. 게다가 쥐어짜듯 글을 쓰는 스타일이라 더 품이 들었단다. '뼈를 갈아 넣었다'라는 말이 이렇게 잘 들어맞을 수가 없다.

초고 쓰면서 과거의 제 멱살을 잡고 싶었던 순간이 많았죠. 주인공들이 문제 해결을 위해 합리적인 근거를 찾아야만 하는데, 예전에 썼던 트리트먼트를 들춰봤더니 '조사를 통해 잘 찾아낸다.'라고 두루뭉술하게 끄적거려 놓고서는 끝낸 거예요! 어디 가서 뭘 어떻게 해서 무슨 근거를 찾아낸다는 거냐고, 과거의 나야? 어? 그렇지만 과거의 저는 홀라당 도망가버리고 이미 없는 거죠. 결국 그 한 줄을 풀어내는 데 연재분 세 편 분량을 써야 했어요. 1만 자가 넘는 내용이었죠.

지지고 볶은 끝에 세상에 모습을 드러낸 공룡은, 창조주에게 제대로 보답을 했다. 《저승 최후의 날》은 2021 SF 어워드 웹소설 부문 대상을 수상했다. 작가는 저승사자의 갓을 쓰고 시상식에 서서 트로피를 받았다. 첫 단독 상업 출판물로 이루어낸 성과였다(작가는 2015년 독립출판으로 장편 《이진수에게는 어려운 문제》를 낸 바 있다).

트로피가 엄청 크고 무겁더라고요, 안까지 꽉꽉 채워져서…. 체중계에 달아 봤는데 5.5킬로나 돼요. 들고 스쿼트 하면 근력운동 제대로 될 것 같았어요.

저는 오프라인과 온라인에서의 자아를 많이 분리하는 편이에요. 각자 다른 분야에서의 커리어가 서로에게 영향을 끼치게 하고 싶지 않거든요. 얼굴을 숨기는 것도 그 이유에서예요. 그러니 생활이 크게 달라진 건 없고요. 가족이나 친구들은 수상 사실을 아는데, 직장 동료들은… 절대 몰랐으면 좋겠어요.

시아란

왼쪽과 오른쪽 《이진수에게는 어려운 문제》, 시아란 지음
(왼쪽: 개정한정판, 오른쪽: 동인출판물)

가운데 《대멸종》,
시아란, 심너울, 강유리, 범유진, 해도연 지음, 안전가옥 펴냄

시아란

그래도 혼자서 한 고비를 지났구나, 하는 느낌에 뿌듯해하긴 했죠. 작가 커리어를 진행함에 있어서 한 단계를 오르긴 했구나. 예상보다 빠르게.

작가는 컴퓨터공학을 전공한 공학박사이고 연구원으로 일한다. 그리고 소설을 쓴다. 그러나 그 두 가지만으로는 그를 온전히 표현할 수 없다. 그의 홈페이지(siaran.kr)를 쭉 둘러보기만 해도 알 수 있는 사실이다. 그에게 세상은 재미있고 궁금하고 배우고 싶은 것의 집합체이다.《저승 최후의 날》의 독자 댓글에 가장 많이 적힌 내용 역시 비슷한 맥락에서 나왔다. "아니, 대체 이 작가님 전공이 뭐예요? 아는 게 어떻게 이렇게 많아요?"

사실 다 잡학이에요. 체계화된 지식을 수집하는 게 아니라요. 그냥 손 가는 대로, 그때그때 흥미 생기는 주제를 머릿속에 담아놓았다가 필요할 때 손에 닿는 대로 꺼내 쓴 결과예요. 그래서 동료 작가들 중 특정 분야를 굉장히 심도 있게 파고들면서 작업하시는 분을 보면 경이감을 느껴요. 세상에는 정말 대단한 사람들이 많구나, 하고요.

《저승 최후의 날》에 대해서도 그런 면에서 항상 조심스러워져요. 저 나름으로는 자료와 지식에 충실하려고 최선을 다하긴 했지만, 과연 해당 분야의 전공자들이 보기에 틀린 부분이 전혀 없다고 자신할 수 있을까. 그래서 제 홈페이지에 '고지사항'이라고 올려놓았어요. A는 존재하지 않습니다, 천문학적으로 B 현상이 실제로 이렇게 일어날 확률은 낮습니다, C는 열심히 찾아봤지만 자료가 없었습니다, 이런 식으로요. 제가 소설을 쓰고 싶어서 마구 주워 모은 지식을 멋대로 반죽했으니 현실의 과학이나 상식과는 구분해 주세요, 라고 선을 긋고 싶었던 거죠. 단행본에도 그 고지사항을 꼭 넣고 싶어요.

연구자로서의 윤리라고 할까요. 독자들을 오도하면 안 되니까요.

'윤리'라는 단어가 나왔으니 내친 김에 소설 속 세계와 인물들의 성격에 대해서도 물었다.《저승 최후의 날》에서 몹시 인상적인 부분은, 멸망을 피할 수 없는 상황에서도 존엄성을 잃지 않는 시민들의 모습이다. 곧 소멸할 위협을 느끼면서도 후대를 위해 어떤 방법으로든 기록을 남기려 노력하는 데 전력을 기울이는 저승의 주인공들은, 이승에서 높은 위치에 있거나 대단한 성과를 얻은 사람들이 아니었다.

즉 시아란의 세계에는, '작은 영웅'들이 아주 많다.

제 가치관의 투영이에요. 사람들이 제발 좀 이렇게 살았으면 좋겠다, 세상이 제발 좀 이런 식으로 돌아갔으면 좋겠다, 그런 희망을 담아 쓴 거죠. 그 얘기는 뒤집어 생각하자면 슬프게도, 제가 이 세상에서 맘에 드는 모습을

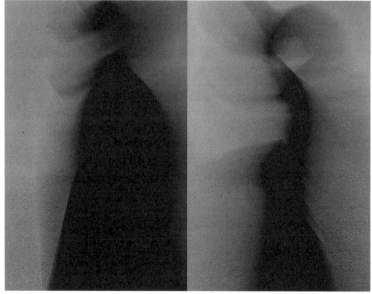

시아란

별로 목격하지 못했단 뜻이기도 해요. 이야기 속에서라도 제 이상향을 이루고 싶은 거예요. 그때그때 할 수 있는 최선을, 맡은 바를 다 하고, 이기적인 행동 하지 않고, 공공의 선과 대의를 위해서 조금이라도 행동하는 사람들이 더 많았으면 좋겠다는 소망이 투영됐죠.

어떻게든 더 저열하고 지저분한 악의 모습을 그려내 독자에게 자극을 주고 싶다는 충동이 창작자에게는 누구나 있을 터인데, 그런 욕망을 걷어내고 선을 향해 뚜벅뚜벅 걸어가는 서사를 고집하는 것은 작가에게도 강한 의지와 확신이 필요한 일이다.

이런 소설을 쓰는 게, 그렇지 못한 세상에 대한 제 나름의 반항인 거예요. 세상에 이상한 사람이 얼마나 많습니까. 그런 사람들에게, 우리 제발 좀 더 높은 위치의 세상을 그려 보면 안 되냐… 강력하게 말하고 싶었던 거죠.

화두를 던지는 제 작품과 저 자신에 대해서도 끝없이 돌아보고 교정해야 해요. 《저승 최후의 날》을 처음 기획할 당시의 트리트먼트에는, 경솔한 부분들이 분명 있었어요. 저승 얘기잖아요, 사람들의 죽음이 대거 나오는. 죽음이 쉽게 취급되고, 실제 우리 세계에서의 어느 죽음들과 관련해서 작품이 결례를 저지를 수 있을 법한 지점이 몇 있었어요. 최대한 그런 부분들을 숙고하고 고치려고 노력을 정말 많이 했죠. 2년간 내내 보고, 또 생각하고, 거듭 수정했어요. 의도치 않은 불쾌감이나 당혹스러움을 남기는 이야기가 되지 않기를 간절히 바랐어요. 사람 목숨에 관한 이야기잖아요.

물론 시아란이라는 작가가 반드시 메시지만을 위해 소설을 쓰는 것은 아니다. 그는 아주 어렸을 때부터 이야기 만드는 것을 좋아했고, 그중에서도 주로 장대한 세계의 구축에 매료되었다. 당연히 작가 자신에게도 그런 꿈이 있다.

초등학교 문집 만들 때 글을 하나씩 써서 내라고 했는데, 저 혼자 SF 소설을 썼어요. 행성 간 전쟁 이야기였는데, 나중에 혼자 속편도 써봤고요. 그 후에는 《반지의 제왕》이나 《드래곤 라자》 같은 작품들 정말 좋아했어요.

그런 작품들처럼 생동감 있고 거대한 세계를 만들어보고 싶다는 꿈이 있어요. 저 자신이 그런 걸 좋아하니까, 제 것도 만들고 싶은 느낌이에요. 여러 작품을 연결해서 '유니버스'로 만들어보고 싶기도 하고요. 작품 사이에 이스터에그처럼 기묘한 연결고리를 만드는 것에도 흥미가 있어요. 이를테면 《저승 최후의 날》에서 호연이 다녔던 학교는 〈세상에서 오직 나 혼자만이〉(《어션 테일즈》 1호 수록작)의 배경과 같은 곳이에요. 읽는 이가 '어라?' 하고 기시감을 느꼈기를 내심 바라요.

시아란

《저승 최후의 날》이 올해 상반기에 단행본으로 나올 예정이에요. 카카오페이지라는 플랫폼도 좋았지만 단행본을 통해 더 다양한 독자들을 만날 수 있을 것 같아 기대 중이에요.

작가 생활을 하는 건, 어린 시절부터 지녀 온 꾸준하고 오랜 꿈이죠. 느려도 좋으니까 오래 쓰고 싶어요. 지면이 계속 주어졌으면 좋겠고, 물론 그러려면 그 사이사이 제가 많은 노력과 고민을 해야겠죠. 하고 싶은 얘기도, 사용하고 싶은 소재도 많이 쌓여 있어요. 제 머릿속에서 제가 쓰고 싶은 소재를 잡아 최대한 잘 세공을 해서 내놓은 후, 독자들에게 긍정적인 평가를 받았으면 해요.

시아란은 "어떻게 이 작가는, 무슨 생각으로 이렇게 독특한 아이디어를 냈지?"라는 반응을 가장 좋아한다고 말했다. 더불어 재미도 있고, 감동도 주면 좋겠다고. 그래서 그에게 사심을 담아 이렇게 말했다. "저는 시아란을 101명 정도 만들어서 전국 방방곡곡에 뿌려봤으면 좋겠어요. 그러면 온갖 '삶의 현장'의 이야길 신박하게 비틀 수 있을 것 같아요!"라고. 그러자 작가는 "무슨 대학원 지도교수님 같은 이야길 하시는지…."라며 진저리를 쳐 웃음을 주었다(여담이지만, 스스로를 '틸 많은 봉제인형의 애호가'라 소개하는 작가의 인터뷰에 동행한 인형의 별명은 '고양이 교수'였다). 대학원 지도교수라, 물론 시아란의 작품에서 가끔 악역을 맡는 직종이긴 하지만, 결국은 작품을 더 써 달라는 갈증의 표현이었으니 작가는 부디 기뻐해주시길.

또한, 앞으로 시아란이 만들어갈 드넓은 정의에 독자들이 기꺼이 손을 보태어 주길. 그러한 세계가 개화하려면, 응당 최대한의 응원이 필요하니 말이다. ✒

5 *Short*

Stories

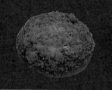

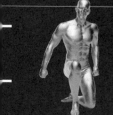

성심당 사거리
메타버스 결투에 관하여

About Metaversal Duel
at the Sungsimdang
Crossroad

전삼혜 ——————————

Jeon Sam-Hye

1987년 서울 태생. 한국 청소년에게 한국 SF를 이라는 모
토 아래 경계선에 산 사람들과 소수자와 연대하는 삶을 바
라는 사람. 최근작으로 《붉은 실 끝의 아이들》이 있다.

흥의 민족을 2년 동안 격리시켰으니 이런 사태가 날 만도 했어. 악마는 끝없이 늘어선 줄을 보며 아득해지는 정신을 바로잡으려고 애썼다. 분명 대전이 노잼도시의 악명을 벗겠다고 야심 차게 기획한 지역 빵 축제, '빵 구웠당'의 개막 시간은 12시였다. 그리고 지금은 2시였다. 아니, 시간제로 500명만 들여보낸다고 했으면 번호표를 주거나 입장 가능 인원 팔찌라도 줘야 했다. 하지만 축제를 2년간 쉬었더니 다들 감이 떨어진 건지 현장에는 울상을 짓고 있는 스태프 몇 명이 전부였다. 딱 봐도 천 명은 온 거 같잖아. 악마는 자신이 입장해서 '그 물건'을 무사히 수령할 수 있을지 막막했다. 분명 체험부스에 가서 특정 단어를 말하면 준다고 했는데! 서울에서 여기까지 왔는데! 체험부스는커녕 입장도 못 할 판이었다.

대전은 노잼의 도시지만 천사와 악마의 싸움이 가장 치열한 곳이기도 하다. 태초부터 그랬던 것은 아니다. 하지만 1956년 밀 두 포대의 기적으로 성심당이 세워져 천사가 먼저 이곳을 점령한 후, 악마는 질 수 없다며 1984년 카이스트의 전신이 되는 KIT를 이곳에 개교시켰다. 물론 그 전인 1971년 서울에 한국과학원이 있었으나, 그건 넘어가자. 중요한 건 빵이지. 악마는 12시 40분에 서울발 KTX를 탔고 1시 반경 대전역에 도착했다. 대전역은 굳이 따지자면 카이스트보다는 천사의 권역에 가까워서 악마는 인간 탈이 벗겨지지 않게 최대한 몸을 사렸다.

악마는 한국에서 30여 년을 살았다. 세상에서 큰일을 하는 것은 악마의 임무가 아니었기 때문에 수현이라는 이름을 받고 탈 없이 적당히 효도하며 초중고를 졸업했다. 왜 굳이 사람의 몸을 빌려 다니냐고? 대한민국은 민증과 자기 명의 핸드폰이 없으면 사람 구실 하기가 너무도 힘든 나라라 어쩔 수 없었다. 그 점은 천사도 마찬가지일 테니까 괜찮았다. 수현은 자신이 악마라는 것을 티 내지 않기 위해 최대한 평범한 직장인처럼 행동했다. 코비드 백신도 n번 맞았다. 잠깐 고향이 스쳐 지나가는 후유증을 앓았으나 악마가 이 사회에서 잘 적응하려면 어쩔 수 없었다. 게다가 이 축제는 성인은 백신 항체 완료자만 들여보낸다고 했단 말이야. 난 30대라고. 수현은 길게 한숨을 내쉬었다. 대체 여기 입장하려면 몇 시간 전에 왔어야 하지? 난 수학은 질색이야. 내 이름이 라플라스도 아니잖아. 계산하기 귀찮아서 수현은 자신이 잘 아는 방법을 썼다.

시간을 아침에 자신이 일어나기 전으로 돌렸다.

10시 기상. 11시 전에 나서면 12시 반 차를 타는 것은 무난했다. 그것이 패착의 원인이었다. 수현은 9시에 일어나자마자 서울의 자기 원룸임을 확인하고 씻은 후 냅다 서울역으로 질주했다. 이번에는 1시간 빠르게 도착했다. 그런데도 줄이 행사장 한 바퀴를 마치 천사의 후광처럼 감싸고 있었다.

"빵에 왜 이렇게까지 진심인 건데!"

수현은 짜증을 담아 소리를 한 번 지르고, 자신이 시간여행을 하기 직전의 환경을 복기했다. 3시 반에 줄에서 이탈했을 때 이미 앞에 1,200명이 서 있는 것을 계산했고 4시, 6시에 500명씩 입장을 한다고 했다. 그러면 1시에 도착한 지금은 2시, 4시, 6시의 입장 타임이 남아 있었다. 앞에는 1,300명이 서 있었다. 아슬아슬하게 들어갈 수 있어 보였다. 수현은 기다리고 또 기다렸다. 그러나 3시 반이 되자 다시 스태프의 울먹이는 공지사항이 들렸다. 500명은 '입장 가능 인원'이 아니라 '동시 수용 가능 인원'인데 안에 들어간 사람이 나가질 않아서 오늘은 입장이 어렵겠다고. 수현은 고개를 저었다. 이건 스태프의 탓이 아니다. 사람은 정해진 루트에서 너무 많이 벗어나는 존재라서, 2시간만 둘러보고 나가게 하는 방법은 악마인 자신이 생각해도 그다지 인도적이지 못했다. 시간 지나면 강제로 사람을 행사장에서 튀어나가게 할 수는 없는 거니까. 아아. 젠장. 수현은 아예 입장 전부터 기다리고 있겠다고 생각하며 다시 시간을 돌렸다. 그리고 7시에 일어났다. 좋아. 이 정도면 입장컷이야! 신나게 서울역에 도착한 수현은 바닥에 주저앉았다.

대전 가는 KTX가 모두 매진이었다. 무궁화호나 버스를 타면 1시 이전 도착은 불가능에 가까웠다. 이 인간들이 모두 빵을 사러 가는 것은 아닐 테지만. '시간을 돌리면 반드시 시간을 돌리기 전 그 자리에서 출발한다'는 법칙에 따라 수현은 다시 아침으로 시간을 돌렸다. 그냥 잘 자다가 10시에 일어나는 게 낫겠다는 생각이 들었다. 10시에 눈을 뜬 수현은 거래를 약속한 악마에게 전화를 걸었다.

"어, 난데, 오늘 행사장 못 들어가. 물건 다른 데 놔주면 안 돼?"

"진작 말을 하지. 그러면 중교로 73번길 사거리 은행 자동화기기 쪽으로 옮길게."

"너 돌았냐?"

수현의 입에서 험한 소리가 나왔다. 마스크를 쓰고 있어서 침이나 안 튀기니 다행이었다. 중교로 73번길 사거리는 악마들 사이에서 '성심당 사거리'로 불렸다. 지도를 보면 사거리 길을 가운데 두고 나뉜 네 구역 중 무려 세 구역에 성심당이 있었다. 하나는 본점, 하나는 옛맛솜씨, 하나는 케익부띠끄. 진정한 악마는 근처에만 가도 구마당한다는 소리가 있었다. 그러자 전화 너머에서 낄낄거리는 소리가 들렸다.

"사거리 중에 남서부엔 없잖아. 잘 돌아서 와. 그리고 어느 천사가 거기에 악마 거래물품이 있다고 생각하겠어? 나무를 숨기려면 숲에 숨기라잖아. 그리고 너 인간으로 너무 오래 살아서 구마 안 당해."

그야 그렇겠지. 심지어 어릴 때는 교회 가서 부활절 계란도 받아왔었지. 먹다가 체해서 이제 삶은 계란은 쳐다도 안 보지만. 교회에서 전도지에 붙여 준 사탕은 늘 계피맛이었고, 교회에서 전도용으로 준 물티슈는 늘 화장실에서 쓰려고 하면 변기에 빠져버렸다. 마틴 루터 때문에 갈라져 나온 프로테스탄트 교회에서도 이 지경인데 진성 가톨릭 지대에 들어가도 되는 걸까? 수현이 고민하는 동안 전화 상대가 속삭이듯 말했다.

"아무래도 요즘 그쪽, 우리 세력에 눌리는 거 같아. 파이데이에 소수점 틀린 거 SNS에 사진 떴어. 교황이 방한한 지 몇 년이나 됐다고."

그럴 수 있지. 악마도 자기가 악마인 줄 잊어버리고 사는 판에, 성심당의 가호도 좀 약해질 수 있겠지. 수현은 알겠다고 대답하고 전화를 끊었다. 수현은 수포자였다. 수학 포기자. 악마가 어떻게 수학을 포기하냐고, 수학이 얼마나 악마 같은 과목인데 그러냐고 따지는 사람들도 있을 수 있다. 하지만 카이스트에 다니는 소싯적 수학 잘한 사람들이 애타게 악마를 찾다가 박사를 포기하는 걸 보면 수학은 천사의 학문에 가까울지도 몰랐다. 적어도 수현은 그렇게 믿었다. 큰길로 가는 걸 포기하고 돌아 돌아 모서리에 있는 은행에 접근하면서도 수현은 수차례 되뇌었다. 나는 할 수 있다. 나는 인간이다. 여기는 성역이 아니다. 악마 대장 개새끼.

그러나 빵 축제를 포기한 사람들이 '이렇게 된 이상 성심당으로 간다'라며 몰려든 나머지, 성심당 앞에도 긴 줄이 세워져 있으리라는 것은 수현이 예상 못 한 부분이었다. 물론 그로 인해 카드결제가 보편화된 이 시대에 성심당 알바생이 현금 뽑으러 자동화기기 코너에 뛰어 들어온 것도. 그리고 하필 그 알바생이 천사였다는 것도. 수현이 물건을 수령한 다음에도 천사 알바생은 수현을 졸졸졸 따라왔다. 가슴팍에는 견습생 윤미주라는 명찰을 달고. 나와 보니 이미 성심당을 둘러싼 줄이 나가는 골목을 막은 후였다. 나가는 길은 단하나, 성심당 사거리를 정면 돌파 하는 것밖에 없었다.

수현은 두근대는 마음을 안고 되도록 천천히 걸으려 애썼다. 물건은 백팩에 넣었으니 이제 서울로 돌아가면 되는 일이었다. 비록 차 시간이 2시간이나 남았더라도. 그러나 아직 크리스마스도 멀어 장식 없는 성심당 사거리를 수현이 가로지르자, 사방에서 경보음이 울려댔다.

"뭐야? 화재야? 구급차?"

"와, 여기 찐 과학도시네. 마스크 안 쓰면 경보 울리나 봐!"

"확진자 뜬 거 아냐?"

사람들이 웅성대던 것도 찰나, 사방이 고요해졌다. 사람들은 굳은 것처럼 서로의 얼굴을 쳐다보며 마스크를 쓰고 서 있었다. 프롬프터로 비춘 것처럼 사람이, 건물이, 바닥이 모두 흐릿해 보였다. 이건 심상치 않았다. 수현이 냅다 튀려는 사이, 윤미주가 십자가형 체온계를 들고 수현의 이마를 겨누었다.

"정지. 최근 14일간 악마와의 접촉이나 사이비 종교단체에 가입하신 경험이 있으신가요?"

"예?"

"빨리 대답하셔야 돼요. 왜냐."

미주의 말이 다 끝나기도 전에 줄마다 설치한 얼굴인식형 체온계에서 붉은 빔이 뿜어져 나왔다. 수현은 재빨리 바닥에 엎드렸다. 빔은 굳어버린 사람들을 통과하고 직각으로 교차했다. 미주는 훌쩍 뛰어 빔을 피하고 한층 더 싸늘한 목소리로 말했다.

"지옥불 온도가 관측되었거든요."

"추측으로 사람을 죽이려고 해요?"

수현이 헉헉대며 주저앉은 채 말하자 미주가 얼굴을 찡그렸다.

"그러게요. 혹시 성 금요일에 치킨파티라도 하셨나요? 한국은 그렇게까지 철저하게 잡는 나라 아닌데."

"저 견진성사도 안 받았거든요! 그런 거 지킬 의무 없어요!"

"아유. 그러면 이거 딱 하나만 해볼게요."

미주가 수현의 멱살을 잡더니 손 소독제 분사기 앞에 데려다놓았다. 사람들은 마치 환영이라도 되는 양 그들의 몸을 미주와 수현이 통과해도 멀쩡히 서 있었다. 수현은 감으로 알 수 있었다. 저 소독제 안에는 성수가 함유되어 있다는 걸. 구마는 안 당해도 맞으면 지독하게 기분이 나쁠 게 뻔했다. 수현이 다급하게 고백했다.

"제가! 어… 얼마 전에 딜도를 샀어요!"

하필 떠오른 핑계가 이거냐! 아니, 근데 딜도 사용도 아니고 구입이 문제가 돼? 다행히도 수현의 핑계가 먹혔는지, 미주는 끄덕거리며 수현의 멱살을 놓았다.

"그랬구나. 죄송해요. 제 도구가 비신자는 뭘 하든 상관 안 하는데, 오늘 너무 정신없어서 오류가 일어났나 봐요. 정말 죄송합니다."

수현은 꾸벅 인사를 하고 정신없이 뒤돌아 달렸다. 사거리를 빠져나오는 도중, 전화벨이 울렸다. 물건을 놔둔다던 그 악마였다.

"너 어디야? 왜 계속 전화가 안 터져."

"개새끼야, 나 오늘 구마 당할 뻔했잖아!"

수현의 속사포 같은 욕설은 악마의 다음 말에 갈 곳을 잃었다.

"물건을 두 개 놔야 하는데 하나만 두고 왔더라. 미안한데 나 9시면 끝나니까 너 어디 가서 좀 쉬고 있어."

뚝. 전화가 끊겼고 수현은 저 멀리 보이는 모텔 간판을 보며 터덜터덜 걷기 시작했다. 아, 일단 오늘 저녁에 올라가는 기차표부터 취소해야겠다. 종종 모텔에선 혼자 대실하는 고객을 자살 위험군으로 분류해서 방을 잘 안 내준다는 이야기도 있었지만 수현이 알 바 아니었다. 수현은 손발을 씻고 푹신한 이불에 몸을 던졌다. 시간을 조작할 수 있다고 해도 침대의 유혹을 뿌리칠 수는 없지. 토요일 밤늦게 올라가는 차 예약도 나중으로 미루기로 했다. 아, 천사의 도시든 악마의 도시든 이불은 푹신한 게 짱이야. 9시 30분이 되자 대실은 10시면 끝난다는 카운터 전화가 울려 수현은 다시 나갈 채비를 했다. 지금쯤이면 거래 물건 나머지 하나가 도착해 있으리라. 성심당도 10시면 영업을 종료한다고 했으니, 그 알바생도 마감조면 내부 정리 하느라 바쁠 것이고 아니면 이미 퇴근했겠지. 수현은 비틀비틀 다시 대전의 밤거리로 나섰다. '스카이로드'라는 이름으로 천장에 스크린을 붙여놓은 거리에서는 계속해서 대전의 절경을 내보내고 있었다. 그게 전부였다.

"노잼도시면 공부하긴 좋겠다."

어차피 코비드 때문에 술집도 일찍 문을 닫았다. 밤거리는 휘청이는 행인들을 제외하면 한산할 정도였다. 대전 내려와서 살까, 수현은 잠시 생각했다. 인간의 몸으로 태어난 악마는 타인의 영혼을 사서 구워 먹고 삶아 먹고 뜯어 먹지 않는다. 밥 먹고 빵 먹고 고기나 채소를 먹는다. 먹고살 것만 충분하면 저기 카이스트 대덕캠퍼스 어디 근처에 자취방 하나 얻어서….

"아이 씨, 깜짝이야!"

이 근처 취업 자리나 알아볼까, 생각하며 자동화기기 코너에 들어서서 물건을 수령하고 나오던 수현은 냅다 소리를 질렀다. 아예 하얀 옷으로 갈아입은 윤미주가 십자가형 체온계를 자신에게 양손으로 겨누고 있기 때문이었다.

"가게 물품 아니에요? 그걸 왜 들고 다녀요!"

"공동구매 했거든요. 당신 악마죠?"

수현은 억울해졌다. 고작 그거 때문에 내가 여기까지 내려오고, 기다리고, 이제 집에 가고 싶은데 생고생을 한단 말인가. 악마로 태어나려고 한 것도 아니고 태어나 보니 그냥 악마였고, 그거 빼곤 별난 데 없이 잘 살아왔는데.

"그래, 악마 맞아요! 근데 그게 너한테 뭐 피해라도 줬어요?"

"그렇진 않아요. 이건 천사의 의무죠."

"당신 인간이거든요! 아무리 봐도 인간인데!"

"천사 맞아요. 아, 진짜 시끄럽네."

미주는 손가락을 한 번 탁, 튕겼다. 그러자 자동화기기도, 성심당도, 밤거리도 모두 사라지고 휑한 벌판만이 남았다. 심지어 깨진 도트가 바닥 군데군데 보였다. 잠깐, 도트가 왜 여기서 나와? 수현은 자신의 손발을 움직여보았다. 다행히도 육신은 그대로 있었다. 다만 마인크래프트 첫 화면마냥 황량한 대지가 펼쳐져 있을 뿐이었다.

"여긴 또 어디야!"

수현이 당황스러워서 소리를 지르자 미주가 생긋 웃었다.

"수수께끼 하나 낼게요."

"맞히면 내보내줘요?"

"아니, 그냥 낸다고."

"그런 퀘스트 만들면 안 돼! 유저 이탈해!"

수현이 악을 쓰거나 말거나, 미주는 오른손을 쟁반 받치듯 위로 올렸다. 그 위에 바늘 하나가 떠올랐다. 부자가 천국 들어가는 것보다 낙타가 바늘귀로 들어가는 게 더 쉽댔나? 근데 그거 낙타가 아니라 밧줄의 오타라며. 수현이 멍하니 바늘을 보자 미주가 바늘을 공중에 띄운 채 말했다.

"바늘 끝 위에서 몇 명의 천사가 춤을 출 수 있을까요?"

자고로 적에 대한 정보가 빠삭해야 잘 이기는 법이라고, 수현은 성경책도 열심히 읽었다. 하지만 거기에 이런 수수께끼는 없었다. 수현은 한숨을 푹 내쉬며 말했다.

"야훼께서 천사들에게 그런 가혹한 행위를 강요하신다면 천국 노동부에 신고하세요."

"맞히는 건 기대도 안 하긴 했어요."

미주는 바늘을 사라지게 한 다음 큼큼, 목소리를 가다듬었다.

"방금 그 문제는 토마스 아퀴나스의 신학논쟁이에요. 여러 가지 버전으로 패러디되었는데, 여기서 굳이 말한 이유는 그 질문이 천사가 물질적 존재냐, 비물질적 존재냐를 구분 짓는 질문이기 때문이에요."

수현은 벌써 머리가 아파 오는 것을 느꼈다. 신학 어쩌고나 토마스 어쩌고의 문제가 아니라, 수포자라고 해서 문학을 딱히 좋아하는 것도 아니기 때문이었다. 그렇다고 비문학파도 아니었다. 나 비문학 다 찍었다고. 미주는 콧노래를 부르고 말을 이었다.

"위에서 춤출 수 있는 천사의 수가 무한하다면 천사는 비물질적 존재고

질량이 없죠. 유한하다면 어떠한 질량이든 가진 물질적 존재라는 뜻이 돼요. 그러니까 여기가 어디라는 말을 하려고 이렇게 빙 돌아왔네요."

"말 진짜 길게 하신다. 그래서 여기가 어딘데요?"

미주는 흡사 축사를 하는 공무원처럼 말했다.

"메타트론 천사님이 36장 날개와 3만6천 개 눈을 가졌다는 건 너무 낡았다고, 3만6천 명 동시접속과 36개 서버를 가진 공간을 임시 창조하셨어요. 접속자는 우리 둘밖에 없지만요."

"당신 무슨 말 하려는지 알겠는데 하지 마. 지겨우니까 하지 마."

수현은 그 단어를 생각하면 현기증부터 났다. 뭐가 달라! 싸이월드나 리니지랑 뭐가 다르냐고! 하지만 반말로 바뀐 수현의 어조에도 불구하고 미주는 양손을 좌우로 펼쳐 보이며 자랑스럽게 선포했다.

"여기는 메타버스예요."

"서버 내려주세요. 아니면 저 로그아웃할래요."

수현은 출구를 찾았지만 보이는 것은 바닥과 허공뿐이었다.

"천사는 질량이 없어서 악마인 당신과 대등하게 싸우려면 이 방법밖에 없었다고요. 악마조차 질량이 없는, 데이터로 이루어진 곳으로 데려오는 거."

미주가 기껏 생각해낸 아이디어를 무시당한 게 속상한 듯 말했다. 아니, 처음부터 안 싸우면 안 되느냐고요. 난 그냥 물건 가지러 왔어. 수현은 자신을 성심당 사거리로 보낸 그 악마를 저주했다. 악마를 저주하면 축복이 되나? 축복을 해야 되나? 마인크래프트 열심히 해둘 걸 그랬나? 그러다가 수현은 문득 메타버스의 특징에 생각이 다다랐다.

"방금 바늘은 어떻게 만든 거예요? 메타버스면 안에서 경제 활동도 이루어져야 하는데, 돈 내는 거 못 봤거든요?"

"아. 들켰네."

미주가 중요한 부분을 지적당한 것처럼 머리를 긁적였다.

"무료 클로즈베타 기간이에요. 그 대신 리소스는 뭐든지 갖다 쓸 수 있어요."

"지옥불 구현되나요?"

미주가 고개를 들고 뭔가 통신하는 듯한 시늉을 하더니 끄덕였다.

"상상 가능한 것은 뭐든지. 단, 이곳은 논리의 세계예요. 논리가 불완전하면 뭔가를 만들 수 없어요. 제가 아까 바늘을 만들어낸 이유를 설명했듯이."

수현은 간절히 빌었다. 나가야 하니까 출구 구현해주세요. 저 집에 가서 쉬고 싶어요. 집에 가게 해주세요. 그러나 아무것도 나타나지 않았다. 나가야 하고 집에 가야 한다는 게 어째서 문을 만들 타당할 논리가 아니란 말인가.

오늘이 토요일이라서? 그사이 미주는 기다란 바게트 하나를 들고 다가오고 있었다. 수현은 물러섰다.

"바게트를 만든 논리는 뭐죠? 저를 설득 못 하면 그건 사라질 거예요! 존재하는 사용자 중 절반이 동의하지 않은 거니까!"

미주의 표정이 흔들렸고, 바게트도 미세하게 파지직거리며 사라질 듯 끝부분이 투명해졌다. 좋아. 먹혔어! 하지만 미주는 바게트를 고쳐 잡고 외쳤다.

"바게트는 물과 밀가루, 소금과 이스트로 이루어졌어요! 그리고 물과 소금을 섞어 축성하면 성수가 됩니다! 성수로 반죽된 빵으로 맞으면 악마가 당연히 타격을 입겠죠?"

수현은 미주가 정말 메타버스 안에서나마 자신을 죽이거나, 죽어라 팰 생각임을 알았다. 성수로 반죽한 바게트가 아니라 그냥 오래된 바게트로도 사람은 잘못 맞으면 큰 상처를 입을 수 있다. 러시아 식료품점에서 샀던 흑빵을 이틀간 외박하느라 방치했다가 '굳은 빵에는 칼도 안 들어간다'는 사실을 미리 알아냈던 게 다행스러웠다. 미주는 이를 앙다물고 바게트를 휘둘렀다.

"먹어라!"

먹긴 뭘 먹어.

바로 그 순간에 수현은 바게트로 구마당할 위험에서 자신을 꺼내줄 도구를 구현했다.

"단단한 바게트를 통째로 먹긴 힘듭니다! 썰어주시죠!"

그리고 미주가 휘두른 바게트는 공중에서 난도질당했다. 허망하게 맨손을 내려다보는 미주를 보며 수현은 식은땀을 흘렸다. 한국인의 입버릇이 '먹어'라서 다행이었다. '받아라!'라고 했다면 빵 절단기를 꺼낼 수 없었을 테니까.

"교황님의 치즈 스콘이나 교황님의 치아바타를 꺼낼걸."

미주의 중얼거림에 수현이 맞받아쳤다.

"교황이 직접 축성한 빵이 아니라 기념으로 이름을 붙인 거잖아. 너흰 왜 그런 걸 만들어서 파는 거야?"

"우리 훈장도 받았는데, 기념품이 대수냐."

어느새 말을 놓아버린 천사 미주와 악마 수현은 마주 보고 웃어버렸다. 어쩌다 이 도시에서, 어쩌다 빵 축제가 열려서, 어쩌다 축제라면 일단 흥에 겨워 달려가는 사람들에게 전파되어서, 고작 물건 하나 가지자고 대전까지 온 수현과 미주를 만나게 한 걸까.

"근데 너 뭐 가지러 왔어?"

미주가 먼저 물었다. 수현은 물건을 구현할까 하다 '아무리 그래도 메타트론이 만든 데잖아' 하며 이걸 어떻게 설명할까 고민했다.

"어, 지상용하고 지옥용 악마의 음식 레시피 책. 지상용 음식은 먹으면 혈관이 헬이 되고, 지옥용 음식은 안 먹어도 헬 같은 거. 요즘 지옥 식단이 너무 식상하대서 여기서 조리학교 졸업한 악마한테 받아오려고 했거든."

　"금서도 아니고 무슨 그런 걸…."

　"일이 많았어. 2014년엔 성심당에 교황 와서 그 한 해랑 다음 해는 지옥에서 대전에 접근도 못 했다. 원래 작년에 오려고 했는데 코비드 터졌잖아. 그러다가 올해 파이데이에 너희가 원주율 틀리게 쓴 파이 팔아서, 이제 좀 덜해졌나 하고 왔더니만."

　"파이데이… 아오. 진짜. 계속 전화 오더라. 사람이 계속 빵 만들다 보면 무리수 좀 틀릴 수 있지."

　미주는 바닥에 벌렁 드러누웠다.

　"이 세상 모든 것이 야훼께서 지은 것이라 해도, 숫자는 정말… 싫어… 너 금 한 달란트가 얼마나 무거운 줄 알아? 보통 34킬로그램이다? 한 달란트랑 다섯 달란트, 열 달란트 준 종에게 어떻게 시세차익이 똑같기를 바라냐. 난 착하고 충성된 종은 못 할 거야…."

　수현은 그 정도 가치의 금이면 왜 주인이 은행에 맡겨 이자라도 안 붙였냐고 빡치는 것도 타당하다고 생각했다. 대체 그걸 한밤중에 어떻게 밭에 묻었대. 미주가 옆으로 돌아누웠다. 수현은 궁금했던 점을 물었다.

　"너 질량이 없어? 질량이 없으면 빵집에서 알바를 어떻게 하냐?"

　"아, 그거 말이지."

　미주가 피식 웃었다.

　"능력을 발휘할 때만 그런 제약이 주어져. 태어나긴 인간으로 태어났어. 아까처럼 사거리 사람들을 다 굳게 만든다거나, 그런 능력을 쓸 때만 질량이 없어져."

　수현이 고개를 끄덕였다.

　"나도 태어나긴 인간으로 태어났어. 그런데 어느 순간 아, 내가 악마구나, 그걸 알게 되더라고. 그렇다고 일상생활이 바뀌진 않더라. 주변 사람들한테 떠들 것도 아니라서."

　미주도 고개를 끄덕였다. 그리고 덧붙였다.

　"나 사실 개신교 미션스쿨 나왔어. 천주교 학교에 떨어졌거든."

　수현이 천장 쪽을 보던 고개를 돌렸다.

　"난 불교계 대학 나왔어."

　수현도 미주 쪽으로 돌아누웠다.

　"그거 알아? 악마는 툭하면 호출 당하는데 할 수 있는 일은 진짜 없어. 오죽하면 〈욥기〉만 봐도 이거 해도 돼요? 저거 해도 돼요? 다 야훼께 물어보고 '단 뭐뭐는 금지한다'는 조항 다 지키잖아."

둘 사이에 잠시 침묵이 흘렀다.

"근데 너 개신교면서 그런 이상한 무기 막 써도 돼? 너흰 만인사제설이라 성수 인정을 안 하잖아? 위장전입 아니냐?"

미주가 으, 하고 신음을 흘렸다.

"어쨌든 천사의 권능은 쓰니까 됐잖아! 어차피 공의회에서 메타트론이란 천사는 인정하지 않아. 그건 유대교 전승이라고."

"엉망진창이네."

"그러게. 나 요즘 믿음이 너무 흔들려서… 악마라도 하나 때려잡으면 믿음이 돌아올까 했어. 그래서 널 봤을 때 야훼가 주신 기회구나 했는데."

"뭔가 단단히 꼬였지만 이제 우리 화해하고 나 내보내주면 안 돼…?"

수현이 간절한 마음으로 물었다. 메타트론, 하늘의 서기시여. 30일간 360권을 집필한 마감의 수호천사시여. 제발 저 좀 내보내주세요.

그러나 수현의 말을 듣자마자 미주가 벌떡 일어섰다.

"그건 안 돼! 여기서… 여기서 너를 없애는 게 야훼가 주신 시련이고, 너의 꼬드김에 넘어가면 난 정말 타락할 거야!"

"아, 아니라니까! 데빌스 푸드 요리책이랑 식초에 절인 청어 요리책 가지러 온 악마가 무슨 시련이야!"

"시련 해!"

미주는 빽 소리를 지르더니 허공을 향해 소리쳤다.

"메타버스에서 사람들은 의사소통 수단으로 텍스트를 사용할 수 있습니다! 그렇다면 신과의 채팅로그나 다름없는 성경책 하나 내려주세요! 구약성서요!"

미주의 손에 책이 나타났다. 수현은 몸을 굴려 일어섰다. 적에게 무기가 있는 이상 그대로 누워 있는 건 위험했다. 게다가 상대가 지금 자신의 괴로움을 남에게 떠넘기려는 상태라면 더더욱.

"수학이 싫은 것도 야훼가 주신 시련이야. 볼래? 모세 오경 중엔 〈민수기〉가 있다고!"

"그게 왜!"

"영어로 넘버즈! 성경을 통독하겠다고 마음먹은 사람에게 최대의 고난! 희대의 ASMR! 이 책의 첫 구절은 무려 호구조사! 1장 45절, 이스라엘 자손으로 20세 이상 남성이 60만 3550명! 단 성직을 맡을 레위 지파 제외! 조건을 단 것까지 완벽한 수학이지!"

미주는 떨리는 손으로 성경을 든 채 소리쳤다.

"야훼께서 지으신 이스라엘 민족을 여기 내리사, 저 악마를 물리치게 하소서!"

수현은 귀를 의심했다. 지금? 지금 60만 3550명을 여기 불러내겠다고? 한 해 수험생 수보다 많을 텐데? 인해전술인가?

하늘에서는 아무 응답도 내려오지 않았다. 아니, 하늘보다는 천장에 가깝지만. 대신 시스템 메시지가 나타났다.

SYSTEM: 〈창세기〉 1장 27절, 하나님이 자기 형상 곧 하나님의 형상대로 사람을 창조하시되
SYSTEM: 요청하신 아이템을 사용할 수 있는 권한이 없습니다.

미주가 천장을 향해 사람이 무슨 아이템이냐고 소리를 질렀다. 수현은 '아이템 취급은 네가 먼저 했다'고 지적하고 싶었지만 한숨 쉬기로 말을 대체했다. 메타트론이 정말 3만6천 명만 동시에 접속할 수 있는 서버를 만든 이상, 사람으로 취급한다면 서버가 터져 나갈 게 뻔했다. 그리고 수현은 약간 삐딱한 마음으로 미주에게 물었다.

"여자와 아이는 사람 세는 데 넣지도 않던 고대 이스라엘 방법을 사용하시겠다? 이야, 완전 구세대야. 천사 별거 없네."

미주가 성경을 덮고 꽉 끌어안았다.

"그, 그렇지만 이 공간에서 성경은 전지전능한 아이템 가이드나 마찬가지인데!"

"아, 고대 중동 남성 60만 명이 여기 소환되면 솔직히 너랑 날 때려죽이겠냐 나만 죽이겠냐. 성경 무오류설이라도 주장하고 싶은 거야?"

"그럼 다른 거 쓰면 되지. 〈여호수아〉 6장 13절. 일곱 제사장은 일곱 양각나팔을 잡고!"

미주가 손을 뻗자 일곱 개의 양각나팔이 나타났다. 아니, 다 불지도 못할 걸 왜 일곱 개나 부른 거냐고 수현은 항의하고 싶었다. 그러나 미주는 나팔을 불지 않았다. 양의 뿔로 만들어졌다는 양각나팔을 잡은 즉시, 미주는 수현에게 달려들었다.

"양뿔로 맞아본 적 있어?"

없다는 대답보다 피하는 게 급했다. 이를 앙다문 모습을 보니, 미주는 수현을 죽을 때까지 때릴 것 같았다. 수현은 뒷걸음치며 간절히 빌었다.

"저들은 저들이 하는 일을… 알지 못하면… 알게 좀 하세요. 진짜!"

미주의 몸은 가볍고 빨랐다. 미주가 든 양각나팔 끄트머리가 수현의 이마를 찍는 순간 수현은 직감했다. 이러다 나는 죽는다.

"서버 롤백! 시간 돌려!"

서버 롤백에도 타당한 이유가 필요한가? 수현은 자기가 가진 단 하나의 무기를 믿을 수밖에 없었다. 시간 되돌리기. 그건 수현이 인간의 몸으로도 온전히 쓸 수 있는 능력이었다. 악마가 성경책을 들고 미주처럼 아이템을 소환해가며 싸울 수는 없었다. 그것 자체가 비논리적이니까. 시간을 돌리자 미주가 막 성경을 펼치고 있었다. 좀 더 전으로 감아야 했나… 수현이 양각나팔을 어떻게 해야 논리적으로 부술 수 있을까 생각하는 동안, 미주의 주문이 바뀌었다.

"〈에스겔〉 7장 18절. 모든 머리는 대머리가 될 것…."

수현이 다시 시간을 돌렸다.

"너는 왜 생각하는 성경 구절이 다 그따위냐!"

시간이 되돌아가고, 수현이 소리치자 성경책을 든 미주가 어리둥절한 표정으로 수현을 보았다.

"내가 뭘 어쨌는데?"

아, 맞다. 시간을 돌리면 기억도 날아가는구나. 여기서 미주는 '아이템 사용 권한 없음' 소리를 들은 직후의 그 미주였다.

"〈에스겔〉 37장 5절. 이 뼈들에게 말씀하시기를… 너희가 살리라."

미주의 낭독이 끝나자 흡사 저주받은 땅에서 귀신들린 나무가 자라나듯, 사방에서 마른 뼈가 튀어나오기 시작했다. 아니, 지옥에서도 못 볼 풍경이었다. 튀어나온 뼈들이 서로를 찾아 달그락대고 사람의 형상을 이룬 뼈들이 수현을 텅 빈 눈구멍으로 바라보았다.

"시간 돌려!"

악마면서도 수현은 공포영화라면 질색했다. 공포영화는 대부분 악마가 파멸하면서 끝나서였다. 이게 영화든 뭐든, 마른 뼈에게 뜯겨 죽은 악마가 되는 것만은 사양이었다. 마른 뼈들이 다시 흩어지고, 미주의 입술이 역행했다. 다시 얼굴을 찡그린 미주와 시간을 세 번이나 돌려서 오늘 아침까지 총합 여섯 번 능력을 쓰고 지친 수현이 마주 보았다. 미주는 어리둥절한 얼굴로 수현을 보았다.

"이상하다. 왜 뭔가… 겪은 일이 반복되는 거 같지?"

수현은 바닥에 주저앉았다. 차라리 데자뷔 따위가 아니라 진짜 내가 시간 능력을 쓴다는 걸 깨달아주었으면 좋으련만. 그 뒤로도 시간은 계속 돌아갔고 수현의 피곤은 누적되었다. 다윗의 짱돌, 삼손이 쓰던 나귀 턱뼈, 포도덩

굴을 태우는 지구온난화, 뱀으로 변하는 지팡이… 이게 성경인지 무기대백과사전인지 헷갈릴 지경이었다.

"너… 진짜 다양하게도 불러낸다."

수현이 헐떡거리며 말했다. 미주는 이마에 주름을 잡았다.

"아니, 뭔가 하려고 하면 이미 예전에 했던 것 같아서…. 근데 너 갑자기 확 지친 것 같다?"

"어. 일이 좀 있어. 지쳤어."

수현은 다 집어치우고 싶다는 욕망에 몸을 내맡기고 싶었다. 왜 쟤는 시간이 돌아가도 쌩쌩하고 나는 체력 회복이 안 되는가. 왜 희미한 기시감만 남기고 저 애의 무기 생산력은 끝장이 안 나는가. 상념에 잠긴 건 수현이었는데, 미주가 갑자기 상념을 털어내듯 머리를 세차게 저었다.

"아냐, 이것도 시련일지 몰라…. 그럼 가장 강력한 무기를 불러내겠어."

아아아. 나사로는 신약에 나오고 돌무덤도 신약에 나오고 십자가도 신약에 나와서 정말 다행이다. 하다못해 이상한 괴물들도 요한계시록까지 가야 하지. 그럼 구약에 남은 무기가 뭐 있더라. 설마 여기에 엘사처럼 발 굴러서 성전을 지을 생각은 아니겠지? 튈 기운도 없지만, 수현이 어디로 튀어야 그나마 무사할까 고민하는 사이 미주가 외쳤다.

"모세가 돌판 둘을 처음 것과 같이 깎아 만들고 아침에 일찍이 일어나!"

그러자, 수현의 입장에선 젠장 맞게도, 거대한 돌판 두 개가 하늘에서 천천히 미주의 손으로 내려왔다. 광야에서 나오는 돌 재질이 뭐였건 간에 돌판은 짱돌이었고 맞으면 죽을 수도 있었다.

"야, 너 이건 너무했다! 신성모독 아니냐!"

"무교병도 축성 전엔 그냥 빵이야! 아직 안 새겼어!"

하하하. 젠장. 저 정신 나간 천사를 어떻게 하면 좋을까. 미주는 노래를 부르며 수현에게 돌진했다. 주 여호와는 나의 힘 내 발을 사슴과 같이 하사. 왜 구약성경 악마에게는 주어진 개틀링 같은 무기가 없을까. 논리적인 무기가 없이 여기서 돌에 맞아 죽는 것인가. 숨이 찬지 미주가 돌판 하나는 내려놓고 나머지 하나로 수현을 향해 풀스윙을 했다. 수현은 바람을 가르는 돌의 소리를 들으며 마음속으로 비명을 질렀다. 메타버스 안에서 죽으면 영혼은 어디로 가나요! 데이터는 질량도 없다더니 왜 돌판 휘두르는 소리가 나! 뒷걸음질로 피하던 수현의 어깨를 돌판이 정확히 가격했다. 수현은 어깨를 감싸고 주저앉았다. 아팠다. 정말 눈물 나게 아팠다.

'아, 그냥 죽고… 죽고 싶은데 여기서 죽으면 현실의 나는 뭐가 될지 무서워서 죽지도 못하겠어. 성심당 사거리에 막 두들겨 맞은 악마 시체가 나뒹굴

면 곤란하잖아….'

돌판은 바닥에 한 번 떨어지더니 산산조각났다. 거친 숨을 쉬며 미주가 말했다.

"성심당에 온 겁 없는 악마여…. 야훼의 말씀 맛이 어떠냐…."

왜 나는 질량이 없는데 이렇게 아픈가. 저 돌도 데이터인데 왜 아픈가. 중력가속도도 작용하지 않는 세상에서? 아, 젠장, 월요일 출근 어떡하지. 미주는 불병거 바퀴로 써도 될 눈빛으로 깨진 짱돌 하나를 조용히 주워들었다.

"이제 끝이다. 지옥으로 가버려."

수현은 있는 힘을 다해 주저앉은 몸을 뒤로 밀었다. 그럴 수는 없었다. 어쩌면 여기서 죽으면, 현실의 인간인 자신까지 죽어버릴 수도 있다는 공포가 등골을 타고 온몸에 퍼졌다. 수현의 집은 아직 전세 계약도 안 끝났고, 자신은 육신을 입고 이 땅에 사는 몸이었다.

'이렇게 내 세계도 아닌 데서 죽을 수는 없어. 그것도 바늘이나 만들어내는 천사에게…. 학자금 대출 다 갚은 지 얼마나 됐다고!'

"응?"

수현의 몸이 멈췄다. 아주 짧은 찰나에, 0과 1 사이를 오가며 수많은 것들을 자아내는 컴퓨터 연산 속도처럼 수현 안에서 '학자금 대출'과 관련된 온갖 단어들이 떠올랐다.

'지금 BBC 〈셜록〉 같다.'

학자금 대출. 대학교. 학부 생활. 필수교양. 언덕 위 학교. 불교의 이해. 반야심경.

"…사리자 시제법공상 불생불멸 불구부정 부증불감… 무안이비설신의 무생성향미촉법 무안계 내지 무의식계."

질량이 없으면 아픔도 없으니 아픔은 내가 아프다 생각하기에 아픈 것이라. 세상에 나타나는 모든 형상이 공하기에…. 본다는 것과 본 것을 의식한다는 것 사이에는 어떤 구분도 없느니라.

"내가 아픈 건 착각이다! 애초에 너도 나도 데이터인데 통각이 어디 있어! 나는 안 죽는다!"

수현은 몸을 일으키고 미주의 명치를 무릎으로 가격했다. 짱돌이 머리에 맞아 부스러졌지만 아프지 않았다. 저것도 이진법의 결과니라. 오직 이 세계의 논리가 실체와 직결된다 믿는 미주만 고통을 느꼈다. 미주는 붕 떠서 밀려 날아가더니 꼼짝도 하지 않았다. 수현은 투명해져가는 자신의 손끝을 바라보며 미소 지었다.

"죽을 리가 없지. 네가 나를 때렸고 내가 맞았다고 느낀 것도 우리의 논리가 그렇게 판단했기 때문이라고. 우린 지금 말싸움만 한 거야. 메타트론, 당신이 만든 세계는 의외로 불교적이군요."

아마 메타트론이 실재한다면 이미 알았으리라. 이 세계가 논리로 구축되었다면, 단 두 명의 접속자 중 한 명이 '전체 접속자의 절반'과 같다고. 수현은 한 번 더 소리 내 논리를 말했다.

"이 세계의 접속자 중 절반이 의식불명, 절반은 세계의 종료를 원합니다. 의식불명의 존재는 논리적 판단을 할 수 없습니다. 논리적인 판단이 가능한 사용자 전부가 원하니, 서버 내려주세요."

눈이 감겼다. 나른했다. 수현은 그 또한 헛된 감각이라고 생각하면서도 몸을 맡겼다. 눈을 뜨면 오후 10시의 성심당 사거리겠지. 서버를 내리면 로그도 사라지면 좋겠네. 그럼 윤미주도 이 싸움을 기억 못 하겠지. 나도 싸움을 기억 못 하겠지. 잠시 후, 성심당 사거리에는 체온계를 들고 있는 미주와 수현이 서 있었다. 수현이 먼저 말을 걸었다.

"저기, 오해가 있으신 것 같아요. 저는 악마와 거래를 하러 온 것뿐입니다. 거래도 아니라 물품 수령이에요. 왜, 저기 과학원 가면 악마랑 거래 많이 하잖아요. 저는 라플라스도 아니에요. 집에 갈 겁니다. 서울로 갈 거예요."

미주의 눈이 깜빡이더니 십자형 체온계를 천천히 아래로 내렸다.

"네. 제가… 피곤해서 헛소리했나 봐요. 오늘 정말 빵을 많이 구웠거든요. 나르고, 계산하고. 정말 힘들었어요."

"이해해요."

메타버스의 결투는 서버가 내려지고 로그도 사라진 채, 그렇게 끝났다. 마치 언젠가의 싸이월드처럼.

"내일도 힘내세요."

그곳에는 천사도 악마도 아닌 두 노동자만 서로에게 격려를 보내며 서 있었다. 🐾

오서로 씨의 회고록

A Memoir of
Mr. O-ZERO

이민섭 × 이현섭 ————————

Lee Min-seob × Lee Hyun-seop

이민섭: 영화를 전공했으며 다양한 콘텐츠 분야에서 스토리를 만들고 있다. 2021년 SF 소설집 《저기 인간의 적이 있다》에 〈편지머신〉을 발표했다. **이현섭:** 영화를 전공했으며 다양한 콘텐츠 분야에서 스토리를 만들고 있다. 2021년 SF 소설집 《도망치지 않고 빛하느냐》에 〈그랜마-스타〉를 발표했다.

감기 기운이 있는 것은 분명했지만 증상을 속일 수밖에 없었다. 몇 년 전, 혹은 몇십 년 전으로 가서 역사의 변곡점을 촬영하거나 부자들의 젊은 시절 추억 영상을 찍어오는 평범한 업무였다면 그냥 말단 직원을 보냈을 것이다. 하지만 이번에 맡게 된 일은 무려 6,500만 년 전을 찍어오는 것이었다. 뺏기기 싫었다. 한 세기 전으로의 시간여행도 자주 있는 일이 아닌데 원시시대로 시간여행을 할 기회는 내 생애 다시는 오지 않을 것 같았다. 이런 초장거리 시간 이동엔 국가단위의 에너지양이 사용된다. 그 때문인지 사전에 짐을 최소화하라는 공지가 있었다. 공무원들에게 찍히지 않도록 옷도 한 벌만 챙겼다. 우주공항 입구에서 미리 약을 먹고 신체검사를 받았다. 검사담당자가 복용 중인 약이 있는지 물어봤을 때 살짝 양심에 찔리긴 했지만 눈을 딱 감고 없다고 했다. 20년 전 첫 시간여행 때 영양제 먹은 것까지 다 보고하던 것을 생각하면 나도 많이 달라졌다. 뭐 이렇게 무리한 만큼 간만에 가슴 설레는 시간여행이 될 거라 생각했다(무엇보다 '세뿔소'를 실제로 보고 싶었다).

시간관측자료원에서 근무하기 시작한 이후로 주변에서 계속 물어보는 것이 있다. '다중우주론은 진짜야?' 뭐, 확신할 수는 없다. 다만 시간여행에 대한 규정들을 만들어나가던 시절의 과학자들이, 과거의 작은 요소를 바꾸었더니 현재에도 적용이 된 것을 확인했다. 물론 시간여행이 이뤄지지 않은 차원은 남아 있고 시간여행을 통해 미래를 바꾼 새로운 차원이 추가로 생성된 것일 수도 있지만. 일단 관측자들이 보기에 과거가 바뀌면 미래 역시 바뀐 것이고, 그 때문에 시간여행을 해야 할 때마다 우리 시간관측자료원 사람들이 무조건 동행해야 한다. 혹시라도 역사에 영향을 주는 일이 생기면 큰일 나니까.

이러저러한 이유로 시간여행은 법적인 문제를 해결하는 등의 공적인 이유가 아니라면, 이 사업에 투자한 부자들만 이용할 수 있는 상황이다. 그마저도 신기술을 테스트해본다는 등의 명목이 있어야 진행할 수 있고 과거의 자신에게 말을 거는 등의 접촉은 금지되어 있다. 상황이 이렇다 보니 내가 어느 시기로 간다는 것이 알려지면 그 시대에서 이권을 챙길 수 있는 세력에서 청탁이 들어온다. 너무 싫다. 거절할 수밖에 없는데 유혹은 강력하다. 내가 과거에서 무언가를 한다면 미래의 변동사항에 대해 다른 시간관측자료원 직원들이 귀신같이 찾아낼 것이다. 뭐, 아무튼 6,500만 년 전이니 이런 청탁이 들어오지 않을 거라 생각했는데… 내가 사람들을 너무 얕봤다.

일단 왜 6,500만 년 전으로 가게 되었는가에 대해 먼저 이야기해야겠다. 피부색 논쟁 때문이었다. 당시 이족 보행을 하던 생명체들의 색이 어떤지를 놓고, 파란색이라 생각하는 자들과 갈색이라 생각하는 자들이 말다툼을 벌였다. 내 입장에선 솔직히 6,500만 년 전 동물의 피부색이 뭐가 중요한가 싶었지만 그 사람들은 이 논쟁에서 이기기 위해 목숨이라도 바칠 것만 같았다. 나에게 접촉한 세력은 파란색 피부설을 지지하는 자들이었다. 조건은 간단했다. '일단 돈을 받아라. 그리고 과거로 갔을 때 파란색 피부가 맞으면 그냥 잘 찍고 돌아와라. 하지만 만약 6,500만 년 전 동물의 피부색이 갈색이라면 합성을 부탁한다.' 일이 잘 풀려 그들의 색이 파란색이라면 나는 아무것도 안 하고 큰돈을 받을 것이기에 도박을 해볼까도 생각했다. 하지만 내 예상으로는 여러 피부색이 섞여 있을 것 같았다. 이 경우 동행인이 증언하면 바로 걸리기 때문에 그들까지 섭외해야 하는데, 굉장히 어려운 일이다. 그러니 이래저래 검은돈의 유혹은 무시하는 것이 속 편하다.

＊

출발지점을 기록해두고 우주선을 탄 지 3개월이 지났다. 출발할 때 시간과 장소를 정하는 것은 굉장히 중요하다. 그래야 돌아왔을 때 당황하지 않는다. 임무를 완수하고 현재로 귀환하는 방식은 마치 높은 곳에서 뛰어내린 뒤 묶어둔 줄의 탄성을 이용해 되돌아가는 방식과 비슷하다고 생각하면 된다. 이 덕분에 과거로 가는 것까지는 오래 걸려도 되돌아오는 것은 굉장히 빠르다. 요즘처럼 우주선 속도가 빠른 때에도 목적지까지 3개월이 걸린 이유는 역시 어마어마한 세월 때문이다. 지구의 이동속도는 초속 30킬로미터 정도로 굉장히 느리지만 6,500만 년 동안 꾸준히 움직여왔으니까. 뭐 아무튼 이제 곧 도착이다. 지금 창문 너머로 보이는 저 어두운 공간…. 저곳이 옛날 지구가 있었던 장소라고 생각하니 기분이 묘해졌다. 지금까지의 시간여행을 위해 이동한 곳들은 적어도 태양계 구조가 눈에 들어올 정도의 거리에 있었다. 현역으로 있는 시간관측자료원 직원 중에 여기까지 온 사람은 나뿐일 것이다.

"시간 뛰기가 시작됩니다. 삐 소리가 끝날 때까지 숨을 참아주세요."

안내방송에 맞춰 숨을 참았다. 안전을 위해 주변 사물을 잡을 필요는 없었다. 어느 정도의 충격은 우주선이 자체적으로 완화해준다. 이윽고 빛이 번쩍였다. 시간이 멈췄다. 이건 시간여행의 마지막 단계, 시간검문이다. 키가 작은 검문소 직원들이 우주선 내부에 나타나 우리의 장비를 점검했다. 하얀 우주복 차림이지만 기계일 가능성도 있었다. 추측밖에 할 수 없는 이유는 멈춰 있는 시간 속에선 우리 통역기가 작동하지 않기 때문이다. 시간여행 초기의 과학자들은 이 검문소 직원들이 미래에서 온 존재일 수도 있으니 절대 소통하지 말라는 규칙을 정했다. 지금까지 검문 과정에서 시간여행자들이 피해를 받은 기록은 없기에 우린 가만히 있기만 하면 된다. 검문소 직원들은 나를 위아래로 살펴보더니 이내 스윽 사라졌다. 통과였다.

다시 시간이 움직였다. 반짝이던 빛이 없어지고 눈앞에 지구의 모습이 나타났다. 이 역시 많은 일반인이 오해하고 있는 부분이다. 수많은 영상작품 덕분에 시간 뛰기를 할 때 시각적으로 화려한 효과들이 있을 거라 기대하지만 실제로는, 마치 영상편집이 잘못된 것처럼 눈 한 번 깜빡이면 내 앞의 시야가 달라져 있을 뿐이다. 이것만 봐서는 시간여행이라는 느낌은 없다. 아, 이번엔 확실한 차이점이 있긴 했다. 지구 속 대륙의 모습이 내가 늘 봐왔던 것과 달랐다. 대륙이 따끈따끈하게 갈라지고 있는, 6,500만 년 전의 지구 상태는 처음 보았다.

삐 소리도 멈췄고, 이제 착륙할 때가 되었다. 보호구를 착용했다. 아, 죄송하지만 여기서 홍보를 하나 하겠다(회고록에까지 이 언급을 할 필요는 없을 것 같지만 계약상 써야겠다. 혹시나 일이 잘 풀렸을 때를 대비해서). 에동카야 사에서 판매하는 이 보호구는 아무리 대기환경이 다른 곳이라도 설정해놓은 값에 맞춰 호흡할 수 있게 도와준다. 심지어 6,500만 년 전의 환경에서도 여러 가지 질병으로부터 나를 보호해줄 것이다. 에동카야 사는 이번 촬영에 투입된 세 명 모두의 보호 장비를 지원했다.

'짧은입날새'가 착륙 중인 우주선 주변을 날아다녔다. 귀여움에 대한 기준도, 평가도 없던 시기에 누구 보라고 저렇게 귀엽게 생겼는지 모르겠다. 가능만 하다면 창문을 열고 과자라도 주고 싶었다. 안타깝게도 짧은입날새는 우주선이 하강하는 소리를 듣고 놀랐는지 도망가버렸다. 착륙을 무사히 마치자 문이 열리더니 보호구를 착용하라는 안내방송이 나왔다. 나를 포함한 세 명의 대원 모두 이미 밖으로 나갈 준비를 마친 상태였으므로 안전통로를 지나 입구로 가서 대기했다.

"투명화 기능 이상 없는지 확인할게요."

경호원이 보호구를 점검했다. 우리 셋은 각자 확실히 맡은 영역이 있었다. 감시원인 내가 시간여행을 관리하고, 연구원이 학술적인 부분을 기록한다. 마지막으로 경호원이 모두를 보호한다. 많은 사람들이 시간여행의 경호원은 편할 것이라고 생각한다. 물론 투명 옷과 현대식 무기는 압도적이지만 이번만큼은 쉽지 않을 것이다. 이런 원시시대일수록 투명 옷이 통하지 않는다. 지구의 조상들이 본능적으로 우리의 존재를 느끼고 공격할 수도 있다. 그리고 우리는 반격할 수 없다. 실수로 6,500만 년 전의 생명체를 죽임으로써 미래가 크게 바뀔 수도 있기 때문이다.

그나마 영상기술이 발달한 덕분에 나나 연구원이 촬영에 신경 쓸 필요는 없었다. 우주선부터 우리가 나아갈 위치까지 그 공간의 모든 것이 녹화된다.

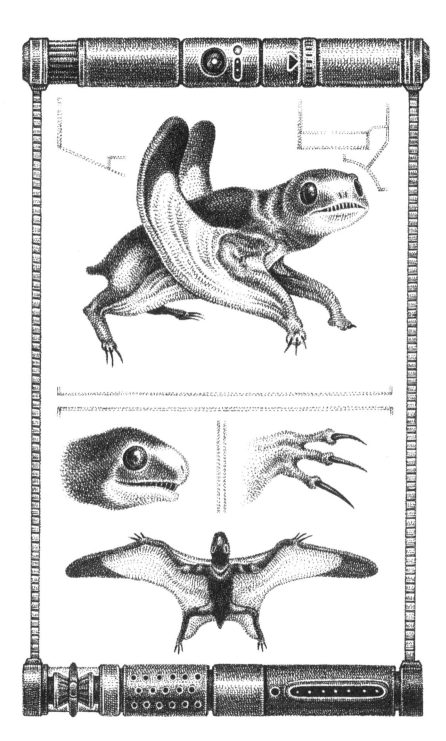

나중에 내가 다른 사람들이 보기 편하도록 앵글 등을 정해서 편집만 하면 되었다. 그것뿐이었다. 다시 한 번 강조하지만 내가 이곳을 찾은 이유는 오로지 원시 지구를 보는 경이로움, 그 하나였다.

지상에서 가장 먼저 마주친 원시 생명체는 '둥근발톱수염깃털'이었다. 무리 지어 다니는 이 생명체는 생각했던 것보다 더 귀엽게 생겼다. 짧은입날개도 그랬지만 시간여행이 시작되기 전에는 무시무시한 느낌으로 그려졌던 원시 동물들이 실제로는 이렇게 착하게 생겼었다니, 그동안 억울했을 거다. 수염깃털이 우리 쪽을 쳐다보았다. 투명화 기능을 켜놓아서 모습이 보이지는 않겠지만 발소리를 느꼈는지 고개를 갸우뚱거렸다. 우리는 계속 숲으로 들어갔다. 신기해하는 나와 달리 연구원도 경호원도 앞만 보고 걸었다. 이상하긴 했다. 연구원이라도 이곳은 처음일 텐데 조금도 신기해하는 기색이 없었다. 나는 단순히 즐기는 거지만 저 사람은 분석하는 게 업이어서 그런 것일까 추측했다.

나무는 현대의 것보다 더 컸고 잎사귀의 형태도 달랐다. 잎사귀를 하나 가져가서 가족들에게 자랑하고 싶다는 위험한 생각을 했다. 이때 나뭇가지들이 흔들렸다. 바람은 불지 않았다. 대신 미세한 진동이 느껴졌다. 짧은 순간, 설마 그 동물을 볼 수 있나 기대감이 생겼다. 역시나 내 짐작이 맞았다. 수풀 사이로 그 커다란 얼굴이 모습을 드러냈다. 이 시기의 대표적인 원시 동물 '짧은팔폭군'이었다. 폭군의 진짜 모습을 본 현대인이 얼마나 있을까? 시간여행 초기의 몇몇 연구원들을 제외하면, 특히나 현역 직원 중에는 나밖에 없을 것이다. 적어도 우리나라에선 말이다. 나는 내 모습을 볼 수 없을 거라 생각하고 조금이라도 오래 폭군의 모습을 감상하기 위해 가만히 서 있었다. 목 부분의 깃털은 마치 목도리를 두른 것 같았고 덩치에 비해 짧은 팔은 여느 장난감에 묘사된 것과 똑같았다. 그런데 뭔가 이상했다. 폭군은 나를 제대로 바라보며 다가왔다. 어? 어? 미처 도망칠 생각을 하지 못했는데 폭군이 내 보호구 머리 부분을 물어버렸다.

나는 바로 기절했다.

＊

정신을 차리니 주변에 나밖에 없었다. 보호구는 파손되어 있었다. 아직 살아 있는 걸 보면 폭군이 처음 맛보는 보호구의 질감에 당황해 물러난 것 같았다. 피는 좀 흘렸지만 심각하게 느껴지진 않았다. 습도와 기압 등도 버틸 만했다. 하지만 이 시대에 떠다니는 공기 중의 어떤 요소가 나에게 치명상을 일으킬지 몰랐다. 걱정은 되었지만 일단 연구원과 경호원부터 찾아야 했다. 이들이 시간범죄라도 일으키면 감시원인 내가 붙잡혀간다. 다행히 신호기는 잘 작동했다.

두 사람이 있는 곳은 어느 동굴 같은 공간이었다. 나를 깨우지 않았다는 점에서 이들이 범죄를 모의했을 가능성이 있었다. 지난 3개월 동안 자기들끼리만 수군거리던 것이 이해가 갔다. 나는 발소리를 최대한 내지 않고 다가갔다. 연구원은 보호구에 숨겨두었던 물건들을 동굴 벽의 틈마다 붙이고 있었다. 작업이 끝나면 경호원이 투명막으로 덮어 보이지 않는 상태로 만들었다. 저들이 하는 작업이 무엇인지 짐작할 수 있었다. 시간이동에 사용하는 물질인 '예라'를 재배하는 것. 예라는 자연적으로 발생하지만, 만들어지는 데 수천만 년에 가까운 시간이 걸리기 때문에 우주에서 가장 구하기 어려운 재료였다. 연구원과 경호원은 이곳에서 예라의 잔해들을 뿌려놓은 뒤 현재로 돌아가 회수할 생각인 것 같았다. 두 사람의 단독 범행인지 아니면 뒤에 다른 세력이 있는 것인지 모르는 상황이지만 더 이상 가만히 있을 수는 없었다. 나는 연락기를 손에 쥐고 모습을 드러냈다. 내가 연락기를 누르는 순간 시간관측자료원 직원이 이 시기에 문제가 생겼다는 사실을 알고 이 시점으로 확인하러 올 것이다. 규칙상으로는 그랬다.

경호원은 코웃음을 쳤다.

"정말 누를 거야? 여기까지 와서 우릴 잡아가는 데 쓰일 비용이 어느 정도일까?"

"미래가 바뀔 수도 있어."

내가 경고하자 연구원이 동굴 벽을 만지며 말했다.

"미래는 바뀌지 않아. 다 확인했어. 이곳은 파묻힌 이후 현재까지 개발되지 않고 남아 있다고. 그리고 여기서 생산된 예라는 국가의 것이 될 거고⋯."

경호원이 거들었다.

"윗선까지 다 얘기된 거야. 신고하면 우리 조국은 큰 피해를 보는 거고 눈을 감아주면 자원이 풍족한 강대국이 되는 거지. 역사가 바뀔 염려도 없고."

나도 애국심은 있다. 하지만 시간관측자료원 직원들은 국가에 충성하면 안 된다. 우리가 충성하는 것은 역사뿐이다.

"보호구도 당신이 손댔어? 투명화가 잘 안 된 거 같던데."

"아, 그건 미안해. 설득할 수 있을지 확실히 몰라서."

"괜찮아. 지금 너희가 말한 건 다 촬영되었고 재판에서 사용될 거야."

나는 놈들의 품으로 연락기를 던지고는 우주선을 향해 달렸다. 경호원의 말대로 정부와 얘기가 된 거라면 다른 방법을 써야 한다. 현재로 복귀해서 시간관측자료원 본사로 가야 한다. 그곳에서 상황을 공유하고 다시 우주선 출발 직전의 과거로 돌아가 출발을 막으면 이 모든 것을 되돌릴 수 있다. 시간 범죄를 막는 일이니 역사를 수정하는 것도 허용될 것이다. 뒤쪽을 쳐다보니 경호원이 빠르게 쫓아오고 있었다. 원래대로라면 경호원 쪽이 훨씬 빠르겠지만 녀석은 모든 보호구를 착용 중이고 나는 대부분의 장비를 벗은 상태였다. 다행히 약간의 거리를 두고 우주선에 탑승할 수 있었다. 바로 문을 닫아 버리고 사전에 입력해놓은 복귀명령을 활성화시켰다.

앞서 설명했던 대로 복귀는 착륙의 역순이 아니다. 지금까지 날아가던 공이 묶어놓은 줄의 탄성에 의해 되돌아가는 현상과 같다. 내가 탄 우주선은 소용돌이에 빨려드는 것처럼 출발했던 시간으로 되돌아갔다. 사람들에게 상황을 쉽게 설명할 말들을 생각해야 했다. 정부 쪽 사람 중에는 이 계획을 알고 있던 사람들이 있으니 정직하게 보고하는 건 일을 꼬이게 만들 것 같았다. 일단 대원들을 짧은팔폭군에게 잃은 것으로 이야기해야겠다. 그러고는 촬영해놓은 자료 원본을 들고 본사로 가면 될 일이었다.

웅성거리는 소리가 들렸다. 뭔가 이상했다. 창밖을 보니 우주선이 출발했던 공터가 아니었다. 자료화면으로만 봤던 중세시대의 도시 같은 외경이었다. 혹시나 하고 계기판을 확인했다. 우주선 출발로부터 10분 뒤, 설정한 시간에 맞게 도착했다. 미세하게 지구의 위도와 경도가 달라져서 공터 근처의 박물관 혹은 촬영장으로 잘못 이동한 것일 수도 있었다. 확인을 위해 문을 열고 밖으로 나갔다.

난생처음 보는 종족들이 있었다. 주변 환경과 저들의 표정을 보았을 때 촬영을 위한 분장은 아니었다. 외계인이 있다면 이렇게 생겼을까? 머리 부분을 제외하고 모든 털이 뽑힌 것 같은 살가죽에, 꼬리도 없이 두 발로만 서 있는 이상한 생명체들이었다. 나를 보고 웅성거리는 것을 보니 음성언어는 있는 모양이었다. 그들이 들고 있는 사각형의 기계나 건축양식으로 보아 흔히 중세라고 표현하는 시기의 과학기술을 가진 종족이었다. 다시 한 번 계기판을 봤지만 여기는 지구가 맞았다. 시간도 동일했다. 우리 인간들은 어디 가고 저런 약해 보이는 자들이 지구에 있는 것일까? 역사가 바뀐 게 분명했다. 대체 왜? 어느 부분에서 꼬인 것일까. 연구원과 경호원이 예라를 생산하려던 것이 원인인가. 그러나 원래의 역사에서도 예라를 본격적으로 활용한 지 200년밖에 되지 않았다. 때문에 예라랑은 상관이 없을 것이다. 아니면 생각보다 많은 예라가 이 지구에 있다는 것을 안 외계인들이 쳐들어온 것일까? 내 앞에 있던 자들의 행색을 봤을 때 그 정도의 과학 실력이 있을 것 같지는 않았다. 아, 일단 이들에 대해 용어 정리부터 하자. 살가죽을 봤을 때 척추동물이었고, 신체 등을 봤을 때는 포유류인 것 같았다. 발달단계는 낮아도 지적생명체인 것은 확실하므로 이 글에서는 포유류인간이라고 표현하겠다(당시에는 정신이 없어서 이렇게까지 깊게 생각하지는 못했다).

상황의 심각성을 느낀 나는 스스로 과거로 돌아가기로 마음먹었다. 우주선을 타고 다시 한 번 시간 뛰기를 사용하려면 양질의 예라가 더 필요했다. 그러기 위해선 연구원과 경호원이 예라를 심어놓은 동굴로 향해야 했다. 찰칵 하는 소리와 함께 빛이 번쩍였다. 포유류인간이 나를 촬영한 것 같았다. 이곳에 더 있어 봤자 좋을 게 없었다. 바로 행동으로 옮겨야 했다. 우주선을 수동으로 조종하지는 못하지만 어디로 이동하라고 시키는 것 정도는 가능했다. 동굴의 좌표를 입력하면 우주선은 이 좌표의 현재 위치를 찾아낼 것이다. 바깥이 웅성거리는 것은 무시한 채 우주선이 계산을 끝내기를 기다렸다. 포유류인간이 음성언어를 사용하는 것은 분명하므로 우주선 내부의 언어감지 기능을 이용하면 저들이 말하는 소리를 검색해 규칙을 찾고 즉석에서 통역기를 만들 수 있을 것이다. 그러면 어떻게 된 일인지 알아낼 수도 있겠지만 일단은 우주선의 모든 기능을 좌표 찾기에 집중시켜야 했다. 삐빅! 계산이 끝나고 우주선이 다시 날아올랐다. 아래를 내려다보니 포유류인간들이 놀라워하고 있었다. 아직 비행체를 만들지 못한 문명인가 싶었다.

우주선은 나를 산속으로 데려다주었다. 이곳 어딘가에 동굴로 연결되는 통로가 있을 것이다. 경호원이 시각결계를 쳐놓았을 테니 기억력에 의지해 잘 찾아내야 했다. 지층이 변한 것을 고려하면 동굴은 산기슭에 있을 가능성이 컸다. 우주선에서 내려 나무들을 잡아가며 앞으로 나아갔다. 바람이 이 시대의 냄새를 풍겼다. 자연스럽게 기침이 나왔다. 순간 머릿속이 하얗게 되었다. 내 감기 때문이었나? 짧은팔폭군이 나를 물면서 6,500만 년 후의 병균이 옮겨졌고 그 녀석이 세상에 감기를 퍼뜨려 멸망시킨 것인가. 그렇게 생각하면 우리 시대에는 애완용이던 포유류가 번성해 지적 생명체가 된 것이 납득이 갔다. 저들이 현재 우리의 중세쯤의 문명을 갖춘 것도 시기적으로 말이 된다. 근데 정말 나 때문이라고? 난 그저 세뿔소가 보고 싶었을 뿐인데.

끔찍한 가설을 부정하며 나무가 없는 산 중턱에 이르렀다. 예라를 캐던 동굴이 산기슭에 있을 것으로 추측했지만 발견되지 않아 조금 더 깊숙이 오르는 중이었다. 뻥 뚫린 절벽 옆으로 고개를 꺾어 밑을 바라보니 불안해진 마음은 더욱 동요됐다. 포유류인간들의 건축물에선 벌집처럼 작은 빛들이 공간을 메우고 있었고 주변에 보이는 포장도로에선 일정 간격으로 설치된 전자식 횃불들이 앞을 밝히고 있었다. 무서웠다. 이전 같았으면 경험해보지 못한 다른 문명 세계를 보고 있다는 것이 황홀해 가슴이 두근거렸겠지만 그건 언제나 안전이 담보된 상황에서일 뿐이다. 지금은 알지 못하는 모든 것들이 언제든 내 몸을 해칠 수 있다는 공포감만이 가득했다. 두려운 감정을 버티고 나면 또 다른 생각이 속을 울렁거리게 했다. 내가 모두를 죽였다. 경이를 느끼고 싶다는 욕심 때문에 사랑하는 사람들, 그리고 역사 속의 모든 이들을 한순간에 잃은 것이다. 한참 동안 숨어서 후회를 하고 정신을 가다듬은 뒤에야 다시 동굴 찾기에 나설 수 있었다.

이제 냉정하게 상황을 봐야 한다. 이 세상에 시간관측자료원 직원은 나밖에 남지 않았다. 내가 할 수 있는 일은 하나뿐이다. 어떻게든 시간검문소로 가야 한다. 그곳은 시간 뛰기 과정에 있는 모든 시간선을 관리하기 위해 시간의 틈에 존재한다. 따라서 역사변동의 영향을 받지 않는다. 검문소에 자진해서 간다는 건 내가 역사를 뒤바꾼 엄청난 중죄를 저질렀다고 시인하러 가는 것이지만 이 끔찍한 사태를 되돌려줄 곳은 거기밖에 없다. 돌려놔야 한다. 난 미친 사람처럼 같은 말을 되풀이하며 동굴을 찾아다녔다. 다리가 지칠 때마다 비늘을 꼬집으며 앞으로 나아갔다.

'위이이이잉.'

하늘에서 긴꼬리벌의 비행 소리가 났다. 이 시대에도 같은 종이 있는 건가 싶어 고개를 위로 올렸다. 검은색 철제 비행체에 붙어 있는 프로펠러가 회전하고 있었다. 과연 중세시대의 과학기술이라 그런가 굉장히 비효율적인 원리로 작동하고 있었지만 문제는 그게 아니었다. 나를 관찰하듯 조명이 하나 켜지더니 확성기로 알 수 없는 소리를 내질렀다. 아까 나를 촬영한 포유류인간의 신고로 날 추적해온 건가? 잠깐 어떤 반응을 내보여야 할지 고민했지만 일단 도망쳐야 한다고 결론 내렸다. 울창한 나무들 사이로 놈들은 용케 조명을 비추며 쫓아왔고 마음이 급해진 나는 앞도 제대로 확인하지 않으며 줄행랑을 쳤다. 하지만 더 이상 길이 없다는 것을 알아챘음에도 다리가 멈추지 않아 가파른 골짜기 사이로 굴러 떨어졌다.

'머리 괜찮고, 몸… 괜찮고, 살았다, 살았어!'

조상신이 도운 건지 검은 비행체도 엉뚱한 곳을 헤매고 있었다. 벗어날 수 있는 마지막 기회라고 생각하며 나는 이미 망가진 몸을 움직였다. 걸음을 재촉하자 '사아악' 소리를 내며 발바닥에서 작은 분진이 일었다. 혹시나 싶어 바로 코를 들이밀자 굉장히 익숙한 냄새가 났다. 연구원과 경호원이 설치한 사각결계의 부품을 밟은 게 분명했다. 드디어 동굴을 찾아낸 것이다. 마침 비행체의 소리도 멀어져 안도의 한숨을 내쉰 뒤 지글거리는 투명막을 통과해 안으로 들어섰다. 대낮처럼 밝은 동굴 내부의 중심엔 모든 사건의 원흉인 예라가 빛나는 꽃들을 자랑하고 있었다. 한 발짝씩 다가갈수록 눈이 부셔 실눈을 뜰 수밖에 없을 정도였다. 연구원과 경호원이 얼마나 많은 종자를 심었는지 예측이 안 될 정도로 예라가 동굴 안까지 가득 메워져 있는 것을 보니 장관이 따로 없었다. 몇 줄기만 뽑아서 우주선에 싣는다면 시간검문소로 가져가기에 충분했다. 6,500만 년 후로 갈 필요도 없다. 무조건 시간의 틈만 들어가면 된다. 눈물샘이 자극되는 것을 느꼈다. 해냈다는 안도감이 들기 시작했다. 이대로 검문소에 찾아가 사실을 밝히면 검문소 직원들은 내가 시간 뛰기를 하기 전으로 돌아갈 것이었다. 어떤 벌을 받게 될지는 모르지만 적어도 지금보단 나은 결과라고 생각했다.

"#@$!@$"

벌벌 떨리는 손으로 예라를 뽑아내 주머니에 넣고 서둘러 나오려는데 밖이 소란스러웠다. 이곳에 도착했을 때 얼핏 들렸던 포유류인간들의 목소리가 분명했다. 이제 거의 다 왔는데 여기서 주저앉을 수는 없었다. 우주선의 통역기가 옷에도 달려 있다면 나가서 협상이라도 해보겠지만 내 제복엔 그런 기능이 없었다. 더군다나 저들의 공격성을 알지도 못하면서 나를 온전히 드러낼 순 없는 법이다. 그들이 제발 다른 곳으로 향하기 바라며 숨죽였지만 접근하는 소리는 오히려 가까워졌다. 굉장히 좋지 않은 상상들이 머리를 스쳐 갔다. 이곳이 발각되고 아예 포위라도 되는 순간엔 모든 게 끝이었다. 혹시라도 마주칠 순간을 위해 무기가 필요했다. 포유류인간들의 발걸음 소리까지 들리자 나는 급히 동굴 내부를 뒤지고 다니기 시작했다. 경호원의 시체와 보호구는 썩어서 화석연료가 되어 있겠지만 그가 소지하던 장비는 아직 남아 있을 것이다. 해당 총기를 홍보하던 광고 문구는 시간관측자료원 소속인 내게도 흥미로웠기에 아직도 기억에 남았다. '절대 녹슬지 않는 영겁의 무기.' 제복 속 물품 감지기가 반응해오는 쪽으로 향해 달려가 장갑이 해질 정도로 바닥을 긁어내니 총의 손잡이 부분이 보였다. 엄청난 시간이 흘렀음에도 멀쩡한 모습을 보며 기술력에 감탄했지만 문득 꺼림칙한 기분도 들었다. 물품감지기가 경호원의 물건에는 반응한 반면 연구원의 물건은 이곳에 없는 것으로 확인됐기 때문이었다. 잡념에 빠지기 직전 포유류인간들의 목소리가 매우 가까워졌다. 나는 총을 손과 머리에 장착한 뒤 우주선으로 향하는 증강현실 지도를 작동시키며 마음의 준비를 했다.

나는 투명막을 뚫쳐나오며 표유류인간들을 쏘아대기 시작했고 주변은 그들의 비명소리로 가득해졌다. 이것은 법적으로 지적생명체 살해로 분류될 터였다. 하지만 적어도 이 시대의 법률에는 그런 조항은 없을 것이다. 세상이 원래대로 되돌아갔을 때 문제가 생긴다면 시간검문소에서 처리해주길 바라며 우선 복귀를 최우선 목표로 삼았다. 중세시대의 구식 총기류도 나를 향해 발포해왔지만 야간적중확률을 높이는 장비가 없는지 엉뚱한 곳을 향하고 있었다. 나는 숨을 헐떡이며 우주선을 향해 내달렸다. 종일 뜀박질만 하는 것 같아 서글프기도 했지만, 살아서 돌아간다는 목표만 남겨두고 나머지 감정은 잊기로 했다. 노란왕발악어한테 물려도 정신만 차리면 산다고 했던가, 드디어 우주선을 찾아 탑승했다. 포켓에 넣어둔 예라를 꺼내 연료 상자에 넣고 시동을 걸자 시스템이 검문소까지 갈 수 있는 연료가 확보되었음을 알려주었다.

"시간 뛰기 30초 전."

시스템 음성을 듣고 마음이 급해졌다. 조금 더 빨리는 안 되는 건가 싶어 수동 조작 버튼을 확인했지만 관련 기술을 배운 적이 없어 멍하니 기다릴 뿐이었다. 이러다가 포유류인간들이 우주선의 외벽을 건드려 이상한 곳에라도 떨어진다면 나는 시간 미아가 될 수도 있었다. 안전띠를 두르고 창문을 바라보니 마음이 더욱 급해졌다.

"시간 뛰기 20초 전."

쿵! 포유류인간들이 창문을 향해 둔기를 내리쳤다.

그 모습은 흡사 괴질로 망해버린 미래를 배경으로 한 영화의 한 장면 같았다.

어떻게 보면 맞다. 내가 퍼뜨린 질병으로 망해버린 나의 세계니까.

"5… 4… 3… 2… 1…."

창문 밖에 있던 포유류인간들의 모습이 빛에 녹아내리듯 사라졌다. 안도의 한숨을 내쉬기도 전에 새하얀 공간에 도착했다. 시간의 틈 속 검문소가 분명했다. 안전띠를 풀고 문을 열자 두꺼운 우주복을 입은 검문소 직원들이 내게 다가왔다.

"$#$!@%"

"^$%#@$@!!"

그들은 당황했는지 이상한 언어를 구사하며 나를 둘러봤다. 하긴 시간검문소의 언어가 내가 알던 시간대의 언어와는 다를 것 같다는 추측은 예전부터 해왔다. 모든 시간을 관리하는 자들의 언어 아니던가. 검문원들은 내게 말을 하라는 듯 손가락의 엄지와 검지를 움직였다. 그들의 우아한 행동에 맞춰 나도 정중하게 목소리를 내었다.

"안녕하세요. 시간관측자료원 소속 오서로입니다."

"아, 이제 됐군요. 저희 말이 잘 통역되고 있나요?"

검문원들의 우주복 음성출력장치에서 우리 말을 내보냈다.

"잘 들립니다. 보고할 것이 있어서 급히 이곳으로 왔습니다."

"몰골을 보니 그런 것 같더군요. 저희를 따라오시죠. 고생 많으셨습니다."

그들은 나를 부축해주며 앞으로 나아갔다. 몇 차례의 자동문을 거치면서 그들의 잡담도 들을 수 있었다. 오른편에 있던 검문원이 나를 힐끗힐끗 쳐다보며 말했다.

　　"이 사람 진짜 못생겼다."

　　"조용히 해, 통역되고 있다고. 미느세브."

　　"뭐? 통역기는 바로 껐어야지, 혀느세브! 그럼 아까 바지 벗고 춤춘 내용도 들었겠네."

　　난데없는 외모 평가에 살짝 기분이 나빠질 뻔했지만, 재판장에서 유리한 증언을 해줄지 모르는 자들에게 내 감정을 바로 드러낼 순 없었다. 끝일 거라 생각한 자동문을 몇 번 더 지나서야 드디어 거대한 입구로 들어설 수 있었다. 검문원 두 사람은 나를 의자에 앉히며 검지와 중지를 붙이고, 약지와 새끼손가락을 붙이는 기묘한 인사법을 보여주곤 이내 사라졌다. 저게 이곳의 인사법인가 생각하고 있던 와중에 빛나는 우주복을 입은 새로운 검문원이 다가왔다. 나를 인도했던 검문원들처럼 얼굴이 보이지 않는 가면을 쓰고 있었지만 장신구가 더 많은 걸 보면 상급자임이 분명해 보였다. 나는 미느세브와 혀느세브에게 배운 기묘한 인사법을 사용했다. 의사소통을 할 수 있는 멀쩡한 상태이고 당신과 같은 시간감시 부문에서 일한다는 친근함을 보이고 싶었다. 상급 검문원은 내 맞은편 의자에 앉으며 피식 웃었다. 왜 웃는지는 알 수 없었지만 뭔가 재밌던 모양이었다.

　　"그래요, 오서로 씨. 우선 할 말이 많은 모양이군요. 편하게 말씀해주세요."

　　나는 울상을 하곤 모든 사정을 설명했다. 과거로 시간 뛰기를 한 시점부터 그곳에서 일어났던 일들, 다시 현재로 돌아왔지만 이상한 포유류인간들을 만났던 일 등 잊은 것이 없는지 하나씩 기억을 되살리며 꼼꼼히 설명했다. 모든 이야기를 마치고 고개를 들어 검문원을 바라봤다. 조금은 심각한 반응을 내비칠 것으로 기대했지만 예상과는 달리 그는 고개를 끄덕이기만 할 뿐이었다. 그리고 이어서 내뱉은 말은 매우 당황스러웠다.

　　"저희가 뭘 도와드리면 될까요?"

　　"예? 제 말을 어디서부터 놓친 겁니까? 미래가, 아니 저희 종족이 바뀌었다고요."

　　"모두 다 들었습니다. 그래서 뭘 도와드리면 될까요?"

　　"지금 무슨 말을 하시는 겁니까! 시간검문소가 이 오류를 어서 고쳐야…"

　　그들의 이해 못 할 태도에 성을 내던 나는 말을 멈출 수밖에 없었다. 검문원이 가면을 올리고 자신의 얼굴을 보여준 것이었다. 나는 기겁을 하며 뒤로

나자빠졌다. 검문원, 아니 녀석의 얼굴은 내가 조금 전에 보고 온 포유류인간들과 같은 얼굴이었다.

"이게 올바른 역사입니다."

이해가 되지 않던 나는 몇 초가 지난 뒤에서야 그 말의 뜻을 이해했다. 자연스러운 시간선에서 내가 퍼뜨린 질병으로 지구의 주 종족이 바뀌는 것이 정상이라는 말이었다. 나는 한참 동안 검문소 내부를 빙빙 돌았고 벽에 머리를 박거나 한숨을 쉬기를 반복했다. 그리고 붉어진 얼굴로 침을 흘려가며 소리쳤다.

"그럼 내가 살던 곳의 나는, 내 가족은, 내 친구들은 다 뭐야! 어떻게 설명할 거냐고!"

"오서로 씨는 그저 역사적 역할을 제대로 수행해주신 겁니다."

검문원은 고개를 숙인 뒤, 자신이 왔던 곳으로 사라졌다. 나는 소리 내어 울기도 하고 미치광이처럼 웃기도 하면서 여러 시간을 누워 있었다. 얼마 지나지 않아 추방된 나는 원래 살던 시간, 하지만 잘못된 미래로 돌아왔다. 미느세브는 내가 불쌍했는지 통역기를 그대로 남겨주었다. 원래의 우리 역사에도 이 정도 성능의 통역기는 존재했으니 괜찮을 거라는 판단이었을 것이다.

이 시간대의 표류류인간들은 나에 대한 정보가 없어 나를 가두었고, 54구역이란 이름으로 건축물을 짓기 시작했다. 처음에는 내 가죽을 조금 떼어내거나 세포를 채취하려 해 며칠 동안 반항했지만 다 포기하고 몸을 내어준 뒤엔 제법 입맛에 맞는 음식과 필기구를 얻을 수 있었다.

그리고 내가 이 글을 쓰고 있는 지금은 그 이동일로부터 100년이 흐른 상태다. 태어나자마자 세포회복주사를 맞는 우리에 비해 포유류인간들의 삶은 너무나 짧아 나를 담당하는 자들이 계속 바뀌었다. 나는 교체된 담당자들에게 이 생활에 만족하는 척 연기를 하면서 몰래 시간 뛰기를 준비하고 있다. 원래의 나는 과학자가 아니었으므로 우주선의 원리를 이해하고 경로를 설정하기까지 너무 오랜 시간이 걸렸다. 이제 과거로 갈 준비가 되었다. 포유류인간이 주류가 되고 우리 종족이 희생되는 역사가 올바른 거라고? 그 올바름은 누가 정하는 것인가. 역사에 대한 존중은 이제 없다. 내가 경험한 역사는 그저 마지막까지 생존한 자들의 것이다. 이 문서는 포유류인간들이 해석하지 못하도록 내 고향의 언어로 작성한다. 하지만 내가 실패하고 포유류인간들이 이 글을 읽게 될 경우에 대비해 마지막으로 나의 유언을 전한다.

"너희들도 멸종되지 않게 조심해."

— 끝 —

이 글은 에어리어 54에 구금되었던 공룡인간 오서로 씨(기존 문서에는 영문번역을 따라 '오제로'로 작성되었지만 한글 표기로는 '오서로'가 더 원음에 가깝다는 지적이 있어 이번 파일부터 적용합니다)의 글을 최초의 문명족이자 마지막 공룡인간 아자크 님이 번역한 것입니다. 아자크 님은 이 회고록 속 연구원으로 현재도 인간세상을 위해 힘쓰고 계십니다. 이 번역 자료는 〈오서로 역사왜곡 미수〉 재판의 주요 증거물로 채택되었습니다. 위의 모든 내용은 기밀이므로 외부 유출을 금합니다.

— 진짜 끝 —

타고난 시절

The Given Years

황모과 ────────────────

Hwang Mogua

〈모멘트 아케이드〉로 제4회 한국과학문학상 중단편 부문 대상을 수상했다. 2021년 SF 어워드를 수상했다. 단편집 〈밤의 얼굴들〉 중편소설 〈클락워크 도깨비〉, 장편소설 〈우리가 다시 만날 세계〉를 썼다.

작은 방에서 처음 눈을 떴을 때 내가 가장 강렬하게 원한 것은 엉엉 우는 일이었다. 왜 그토록 울고 싶었나 나중에야 자문해봤지만 답할 수 없었다. 아무 이유 없이 그냥 하염없이 울고 싶었다.

"배고프지 않니?"

머리맡에서 목소리가 들렸다. 무엇을 확인하려는 건지, 내가 답할 수 있는 말은 뭔지 도통 알 수 없었다. 머리가 깨질 듯 아팠다.

"으…, 몰라요…."

나는 성대를 처음 사용한 것처럼, 아니 난생처음 폐호흡이란 걸 하는 것처럼 기괴하게 갈라진 소리를 냈다. 이상한 목소리였지만 어찌어찌 나의 상태와 의사를 전달했다. 그런데 언제부터 내가 말을 할 수 있었던 걸까? 주변의 모든 게 신기하기만 했다. 나 자신을 포함해서.

포근한 분위기의 방 안, 내가 몸을 누인 침대는 부드럽게 흔들리고 있었다. 어디선가 불규칙하게 딸랑거리는 소리가 들려왔다.

목소리 주인의 얼굴이 점점 크게 보이기 시작했다. 위협을 느낀 나는 흡, 하며 숨을 참았다. 꼼짝할 수 없이 누워 있는 나의 시야를 커다란 얼굴이 꽉 채웠고 나는 눈만 질끈 감았다. 곧 그의 체온을 느낄 수 있었다. 그는 허리를 굽혀 나를 안아주었고 내 머리를 쓰다듬고는 얼굴에 입을 맞췄다. 그러자 나는 안심했고 비로소 호흡을 가다듬을 수 있었다. 나 아닌 존재의 온기를 느낀 순간 상대의 말이 조금씩 이해되기 시작했다. 나중에야 깨달았다. 인간의 지성이라는 것은 제 피부로 체감할 수 있는 사랑을 오롯이 느낀 이후에야 비로소 발동한다는 사실을.

"너는 오랫동안 긴 잠을 잤고 이제 깨어났어. 네가 자는 동안 우리는 널 교육했단다. 열다섯이 된 걸 축하해. 이제부터 우리가 너의 재활을 도울 거야."

긴 잠, 교육, 재활 같은 게 무슨 뜻인지 정확히 이해되지 않았다. 중간중간 공백이 크게 느껴지는 말이었지만 대략의 맥락은 예측할 수 있었다. 나는 어떤 문제적 상태에 처해 있었고 그 상태에서 방금 벗어났으며 상대는 나를 도우려 한다. 언어적으로나 비언어적으로 내 상태를 즉각 납득한 것은 아니었다. 다만 상대의 다정한 말에 안도했고 그 덕에 간신히 숨을 들이쉬고 주변을 돌아볼 수 있었다. 그가 다정하지 않았다면 주위를 돌아볼 의욕조차 생기지 않았을 터였다. 나는 자신을 '여정 쌤'이라 부르라는 그의 지시에 따랐다. 그가 안내하는 일이 내게도 필요한 것이라 여겼다. 어디선가 희미하게 향긋한 냄새가 났다. 무슨 냄새냐고 물으니 여정 쌤이 꽃향기라고 말해줬다.

눈을 뜬 직후, 몸을 제대로 움직일 수 없었지만 신기하게도 머릿속에 온갖 정보가 쏟아져 들어왔다. 활자와 음성, 영상 등 각종 데이터가 체계적으로 정리되어 눈앞에 나타났다. 무언가 떠올리기만 하면 연관 데이터가 자동으로 제시되었다. 필요한 정보가 즉각 감지됐고 나는 따르기만 하면 됐다. 제시된 데이터를 눈으로 좇아 선택하면 관련된 다른 데이터도 줄줄이 흘러들어왔다. 예를 들어 숟가락을 바라보기만 하면 명칭과 용도, 활용법 따위가 제시되었다. 일상에 필요한 정보부터 추상적인 개념까지 전부 머릿속에 있었다. 내가 알아야 할 모든 것은 이미 내 안에 있는 듯했다.

나는 주어진 정보를 반복해 흉내 냈다. 이렇게 모방 행동을 하면 여정 쌤이나 내 방에 방문한 다른 사람들이 매우 기뻐했다. 나를 칭찬하며 자랑스러워했다. 나는 딱히 훌륭하다고 자부할 이유를 느끼지 못했지만 다양한 방식으로 흉내 내는 일을 계속했다. 한 가지 일을 수행하면 다음 목표가 제시됐다. 나는 시험을 치르듯 과제를 이어갔고 방식을 조금씩 바꾸며 응용해보기도 했다. 하루 훈련이 끝나면 여정 쌤이 다가와 포옹하고 내 볼에 입을 맞추고 잘했다고 말해주었다. 아주 작은 보상이었는데 눈물이 나도록 기뻤다. 하루의 끝에 만나는 포옹과 입맞춤을 기다리며 하루를 보냈다. 순간일지언정 따뜻함을 체감하는 일이 내겐 너무나도 절실했다. 여정 쌤이 깜빡하고 방에서 그냥 나가는 날엔 미칠 정도로 불안했고 화가 날 지경이었다. 몸을 잘 움직일 수 없다는 현실까지 자각하면 죽고 싶었다. 마음이 잔잔해지지 않으면 눈물이 터져 도통 멎지 않았다. 그럴 때면 방 조명이 어두워지고 침대가 규칙적으로 흔들리면서 낮고 조용한 음악이 흘렀다. 액체가 흐르는 듯 일정한 패턴이 감지되진 않는 잡음이었지만 조금은 마음을 편안하게 했다. 억지로라도 마음을 잡아야 한다며, 인위적이기만 한 이 공간이 내게 말을 거는 듯했다.

작은 방 안, 정확히는 침대 위와 팔이 닿는 부근에서 수행되는 재활 훈련은 매우 끔찍했다. 무엇보다 아팠다. 머리가 아팠고 몸이 아팠고 마음이 아팠다. 언제까지 이 상태에 머물러야 하는지 괴롭고 싫었다. 내가 처한 상태가 고통스러웠다. 점점 내가 미워졌다. 나는 영문조차 모른 채 지시에 따라야 했다. 이해되는 상황이 너무 적었다. 몸을 제대로 가누지도 못했다. 제대로 내 뜻을 전하는 일도 하지 못했다. 아니, 내게 원체 뜻이라는 게 있는지? 그조차 알 수 없었다.

날이 새도록 눈물이 멎지 않을 때면 졸린 눈을 비비며 여정 쌤이 다가왔다. 그는 나를 일으켜 세우곤 품에 안고 등을 통통 두드렸다. 여정 쌤은 다정한 목소리로 말했다.

"괜찮아질 거야. 이건 너만의 문제가 아니야."

뭐가 괜찮아질 거라는 건지, 괜찮아지면 어떤 상태가 되는 건지 몰랐다. 다른 사람들이 같은 문제를 겪고 있다는 것도 내게 위로가 되지 않았다. 하지만 여정 쌤이 내 등을 두드릴 때, 규칙적인 리듬이 내 심장박동에 겹칠 때면 이루 말할 수 없이 안도했다.

나는 그의 격려에 힘입어 아주 조금씩 몸을 가누기 시작했다. 고개를 곧게 세우는 데에 한 달쯤 걸렸을까? 고통에 고통을 더하는 재활 훈련 끝에 나는 몸을 일으켜 침대에 기대앉을 수 있었다. 영양을 공급하던 수액을 제거하고 내 손으로 음식을 먹었다. 조금 휘청댔지만 팔로 벽을 짚으며 방 안을 조금씩 걷기 시작했다. 여정 쌤과 사람들의 박수가 터졌다.

기초 재활을 마친 나는 여정 쌤의 안내를 따르며 문을 열고 조심조심 방을 나섰다. 복도에 나오자 수많은 아이가 나처럼 휘청거리며 느리게 복도를 걸어 다니는 게 보였다. 다들 열다섯 정도의 나이일까? 내 또래로 보였다. 아이들은 모두 나와 유사한 상태였고 모두 재활 중이었다.

사람들이 성장 센터라고 부르는 그곳에서 나는 생활했다. 다른 아이들과 친구가 되었다. 얼마 지나지 않아 나는 친구들과 함께 센터 안을 뛰어다니기 시작했다. 반복 훈련을 통해 우리는 나날이 개선되었다.

내 의지와 힘으로 몸을 움직이는 일, 직접 밥을 먹고 용변을 해결하는 일, 말하고 놀고 공부하고 쉬는 일, 자기 의사를 전하고 타인의 뜻을 이해하는 일, 문제에 처했을 때 해결 방법을 떠올리고 수행하는 일… 나는 주어진 과제를 하나씩 하나씩 수행했다. 우리가 일상이라는 과업을 수행할 때마다 센터 관리인들은 감탄했다. 이전보다 나아지고 있다며 여정 쌤과 시설 관리인들은 이를 성장이라고 불렀다. 성장은 센터의 지상 목표였다. 사람들은 우리의 성장을 두고 모두의 위대한 도전이자, 인류의 획기적인 진보라고 표현했다.

"아름아, 네가 성장해서 쌤은 너무 기쁘다."

여정 쌤은 감격하며 눈물까지 글썽였다.

"부디 잘 성장해야 한다. 그것만이 우리가 할 수 있는 유일한 일이야."

여정 쌤이 우리에게 강조했다. 여정 쌤의 눈물 어린 기원에 부응하고 싶었다. 제대로 성장하고 싶었다. 여정 쌤이 원하는 모습이 되고 싶었다. 그러기 위해 매 순간 애쓰고 싶었다. 그러면 여정 쌤이 지금보다 더 자주 내게 다가와 다정하게 등을 토닥여줄 거라고 기대했다. 나는 센터 사람들이 말하는 '걸음마' 시절을 보냈다. 그 후 '말하기' 시절과 '학습기' 시절을 보냈다. 기초 과정을 다 거치고 나니 처음 내 방에서 눈을 떴을 때 맡았던 것과 비슷한 꽃향기가 났다. 누군가 1년 정도 시간이 흘렀다고 말했다.

학습기에 들어선 뒤 진도는 조금 정체했다. 나름대로 열심히 노력했다. 센터 사람들의 성장 테스트에 최선을 다해 응했다. 그런데 매번 칭찬을 받는 건 아니었다. 정기 테스트 도중, 사람들의 얼굴이 어두워졌다. 아무도 나를 칭찬하지 않았다. 그 순간 나는 혼란스러웠다. 시설 사람들이 내게서 뭘 원한 건지 애초에 정확하게 알지 못했다는 생각마저 들었다. 터질 듯 심장이 뛰었다. 무언가 이상했다. 그들이 원하는 대로 진행되고 있지 않다는 걸 느꼈다. 정신이 아득해졌다. 두려움에 몸이 덜덜 떨렸다. 나는 지금보다 더 성장해야 했다.

*

"쯧쯧, 결국 퇴행했군."
어느 날, 한 아이가 센터에서 조기 퇴소했다. 이름이 강인이라던가? 커다란 몸집에 어울리지 않게 평소에도 애착 인형을 들고 있는 애였다. 성장 센터에 머물 수 있는 최장기간은 3년이었다. 한 사람의 성숙한 인간으로 발전하지 못하는 일은 센터의 존립 취지에 어긋났다. 센터 관리자들의 표현에 의하면 퇴행이었다. 퇴행자로 진단받으면 3년을 채우지 않아도 퇴소해야 했다. 그건 낙오이자 실패였다. 그즈음 나는 낙오와 실패라는 말이 내포한 무시무시한 뜻을 충분히 이해할 정도로 분별력이 있었다. 낙오란 부끄러워할 일이었다. 미숙함, 도태, 퇴보도 같은 뜻이었다. 무엇보다 여정 쌤에게 인정받지 못하게 되는 상태였다.

무려 3년이 다 되도록 강인이는 먹고 놀고 용변을 가리는 일 외에는 한 치도 성장하지 못했다. 짧은 문장밖에 말을 구사하지 못했다. 강인이는 오늘 강제 퇴소 당했다. 센터 사람들과 아이들은 이를 불명예스러운 일로 여겼다. 남은 우리는 실패자의 말로를 명확하게 이해했다. 강인이처럼 낙오해서는 안 됐다.

"쟤도 여기서 지낸 지 1년 다 되어간다는데, 곧 퇴소하게 생겼어. 쯧쯧."
또 다른 퇴행 예정자, 희망이는 여전히 걷지 못했다. 목을 가누지 못했고 앉은 자세에선 자꾸 머리가 뒤로 넘어갔다. 본인도 답답한지 종일 울었다.

센터 관리자들처럼 당당히 다른 아이들을 평가하고 있는 건 미래라는 아이였다. 미래 곁에서 다음이가 연신 고개를 끄덕였다. 나는 그 곁에서 묵묵히 애들이 나누는 대화를 듣고 있었다. 강인이나 희망이에 속하기보단 퇴행자를 평가하며 혀를 차는 아이들 사이에 속해 있고 싶었다. 나는 반복해서 각오했다.

'쟤들처럼 퇴소하지 않을 거야. 낙오하지 않고 성장할 거야.'
그래서 나도 미래처럼 퇴행자들을 손가락질했다. 그 애들보단 내가 훨씬 낫다고 생각했다. 동시에 내가 미래나 다음이보단 못하다는 생각에 괴로웠다.

자기 방에서 눈을 뜬 게 고작 한 달 전이라는데 미래는 놀랍게 성장했다. 여정 쌤과 센터 관리인들이 동그랗게 눈을 뜨고 미래의 일상을 주시했다. 내가 학습실에서 테스트 문제를 풀고 있는 사이, 미래는 센터 사람들과 어울려 웃으며 대화를 나눴다. 미래는 상당히 어른스러워 보였다.

미래의 모습을 보며 알았다. 그건 센터 사람들이 우리 모두에게 요구했던 모습이었다. 지금이라도 내가 따라야 할 상태였다. 나 역시도 미래처럼 되길 강렬히 원해 왔다.

다움이는 1년 전, 나와 비슷한 시기에 방에서 눈을 떴다. 그런데 나보다 체격이 월등하게 좋았다. 여정 쌤은 다움이를 우람하다고 표현했다. 나를 두고는 표현하지 않는 형용사였다. 다움이가 부러웠고 내 몸이 부끄러웠다. 나는 우람하고 단단한 다움이의 신체가 물렁물렁한 내 신체보다 훨씬 성장한 상태라고 생각했다.

한번은 미래에게 다가가 물었다. 어떻게 하면 너처럼 성장할 수 있느냐고. 미래는 어깨를 한번 으쓱하더니 눈앞에 제시되는 정보를 적당히 섞어서 제3의 답을 도출하라고 답을 해줬다. 답을 못 들은 것과 똑같은 말이었다. 다움이에겐 어떻게 운동하느냐고 물었다. 내 신체 재활 시간보다 다움이의 재활 시간이 짧다는 것에 나는 큰 충격을 받았다.

미래나 다움이에게 열등감을 느낀 후, 나는 조금 더 욕심을 내기 시작했다. 운동 시간을 늘렸고 학습 시간도 늘렸다. 여정 쌤이 지정해준 도서와 자료는 여러 번 반복해 읽었고 예정된 학습 목록을 일찍 파악해 예습했다. 잠을 줄이면서 효율적인 뇌 내 데이터 처리 방식을 연구했다. 나는 미래가 말한 것처럼 인지한 정보를 적당히 혼합하고 응용하는 일은 못 했다. 단순 출력을 정확하게 수행하는 것만도 버거웠지만 주어진 과제를 최선을 다해 감당하며 나름대로 개선된 상태로 나아가보고자 했다.

나는 줄곧 언어와 싸웠고 정보와 싸웠고 내 육체와 싸웠고 내가 도달하지 못한 어떤 상태로 가기 위해 나의 현재와 싸웠다. 어느 것 하나 성취감을 느낄 지점은 찾지 못했지만 나의 무지함, 나의 무력함과 싸우는 일이 최선이었다. 닥치는 대로 싸웠고 그때마다 마음속에 강렬히 피어오르는 감정이 있었다. 그게 무엇인지 뚜렷하게 정의할 수는 없었다. 여정 쌤이 그 마음 자체가 나의 성장이라고 말해줬기에 나쁜 일은 아니라고 간신히 수긍할 따름이었다.

"아름아, 요즘 어때? 잘 성장하고 있니?"

"음, 잘 모르겠어요."

그즈음 나는 습관적으로 솔직한 마음을 표현하려 애썼다. 하지만 솔직하게 마음을 드러낼 때 센터 사람들이 모두 낙담한다는 것을 순간적으로 알아챘다. 즉각 분별력을 발휘해 모르겠다는 입버릇을 중단했다. 그러자 사람들은 내가 이해했다고 여기고 안심했다. 모른다는 사실을 밝히지 않았을 뿐이었는데.

나는 미래와 다움이를 줄곧 관찰했다. 그 애들처럼 되고 싶었다. 동시에 여정 쌤이 그 애들의 어깨를 안고 등을 두드릴 때면 머리가 뜨거워질 정도로 화가 났다. 그럴 때면 내 방에 처박혀 끓어오르는 감정을 억눌렀다. 분노가 잘 제어되지 않아 어지럽고 떨렸다.

나는 미숙하다. 나는 퇴보하고 있다. 여정 쌤의 기대에 역행했다. 한 치도 성장하지 못했다. 퇴행자가 될 거다….

나를 괴롭히는 소리가 계속 샘솟았다. 쿵쿵 침대를 두드리거나 발로 바닥을 구르거나 몸을 벽에 부딪쳤다. 쾅쾅 울리는 거친 소리를 내 몸속에 흐르도록 했다. 질투라는 감정을 포함한 나의 미숙함은 말 그대로 나를 아프게 했다. 점점 무서웠다. 퇴행자가 되어 센터에서 쫓겨나면 나는 어디로 가는 거지? 두려웠다. 모르긴 해도 끝장날 것 같았다.

밤마다 악몽을 꿨다. 센터 사람들이 내게 무관심한 표정을 보이더니 출구로 나의 등을 떠밀었다. 센터 밖의 어둠 속으로 나는 쫓겨났다. 퇴행자들이 머무는 곳, 아니 어쩌면 퇴행자들이 처분당했을지 모를 곳으로 나도 들어섰다. 센터 밖을 상상할 때마다 미칠 것 같았다. 머릿속이 까매졌다. 평소 뇌 내에서 흐르는 정보는 이럴 땐 아무 소용이 없었다.

두려움이란 감정은 지성과 분별력을 정지시켰다. 어느 날 바깥세상에서 살아갈 시뮬레이션을 해보는 정기 테스트가 있었다. 이 테스트에서 나는 빵점을 받았다. 그날 테스트 내용이 무슨 말인지 하나도 이해되지 않았다. 갑자기 성장이 멈췄다. 퇴행자로 진단받을 순간이 다가올 것을 직감했다.

나는 겁을 먹었고 방 안에 틀어박혔다. 내 안에서 요동치는 두려움을 제어하려 할수록 불안감이 어마어마하게 폭발했다. 분별력이 옅어지자 모든 걸 파괴하고 싶었다. 아무리 지성을 발휘하려 해도 제어되지 않았다. 나는 방을 엉망으로 만들며 소리를 질러댔다. 아무렇게나 몸을 휘둘러 나를 아프게 했다. 파괴욕은 나의 본성인 듯했다.

엉망진창이 된 내 방을 들여다보곤 여정 쌤이 냉정하게 말했다.

"모든 걸 다 떠먹여줄 순 없다. 혼자 성장해야 한다."

그 말에 나는 그만 목놓아 울고 말았다. 여정 쌤은 모든 아이를 공평하게 사랑해주려 노력했다. 다만 그의 양팔로 모두를 안아주는 건 역부족이었다. 센터엔 아이들이 너무 많았고 그의 하루는 너무 짧았다. 제한된 사랑을 내가 독점하지 못하는 게 분했다.

센터에서 눈을 뜬 지 1년 반, 나는 완벽하게 퇴행했다. 인지 능력이 감퇴했고 글자를 이해하지 못했고 종종 암전처럼 눈앞이 캄캄해졌다. 정보는 계속 눈앞에 떠올랐지만 이전에 처리했던 방식은 떠오르지 않았다. 이 정보가 내

앞에 당연한 듯 존재하는 이유도 몰랐다. 아무것도 모르는 게 당연하지 않으냐고 소리쳤지만 나의 성장을 바라는 사람들은 낙담하며 고개를 저었다. 나에 대한 기대는 서서히 사라졌다.

미래는 사람들의 애정 어린 관심과 축하 속에서 일찍 졸업했다. 퇴소나 퇴출이 아니었다. 강인이가 밀려 나간 곳과 같은 문을 통과하며 미래는 큰 박수를 받았다.

"6개월 만에 퇴소하는 애는 처음이래. 우리는 벌써 1년 반이나 지났는데…. 미래처럼 되긴 글렀어."

미래가 퇴소한 뒤 다움이는 우는 날이 부쩍 늘었다. 다움이가 밤에 혼자 울고 있을 걸 생각하니 안쓰러웠다. 어느 밤, 나는 다움이의 방에 들어가 침대 속으로 파고들었다. 커다랗고 축 처진 다움이의 어깨를 끌어안고 여정 쌤이 내게 해준 것처럼 통통 등을 두드렸다. 다움이가 더 큰 소리를 내며 울었다.

'너도 성장하지 못해 힘들었구나.'

내 가슴에 얼굴을 파묻은 다움이가 울다 지쳐 잠이 들었다. 나는 잠든 다움이의 몸을 자세히 보았다. 어깨가 넓었고 등이 컸다. 신기하게도 불룩한 가슴과 엉덩이가 없었다. 목엔 커다란 뼈가 불룩 튀어나와 있었고 까슬까슬한 짧은 머리카락이 턱에도 나 있었다. 뼈가 단단했고 발이 컸다. 나는 얼마나 성장해야 다움이처럼 될 수 있을까? 조금 헷갈렸다. 나는 다움이의 몸을 살펴보다가 그의 배 아래를 들춰봤다. 넓적다리 사이 밋밋한 가랑이가 보였고 그 위에 새겨진 놀라운 표식을 확인했다. 내 배에 새겨진 것과 똑같은 번호가 새겨져 있었다.

희망이도 결국 조기 퇴소했다. 그런데 희망이는 강인이처럼 울면서 쫓겨나지 않았다. 희망이는 소풍이라도 가듯 까르륵 웃으며 문을 나섰다. 미래처럼 괄목할 성장을 보인 것도 아니면서 웃을 수 있다니? 희망이의 웃음이 이해되지 않았다.

성장이 멎은 뒤, 여정 쌤과 센터 사람들은 이전과 전혀 다른 의미로 나에게 집중했다. 퇴행의 정확한 원인을 찾기 위해서인 듯했다. 뇌 내에 흐르던 정보는 하나도 해석되지 않았다. 눈을 감으면 보이는 먼지 같았다. 아무리 재활 시간을 늘려도 다움이처럼 단단한 몸을 갖지 못했으니 변명할 말도 없었다. 나는 나의 퇴행에 누구보다 실망했다.

나는 어른아이 증후군이라는 진단을 받았다. 갑작스러운 퇴행으로 인한 예외 케이스로 남을 거라는 말을 들었다. 누구도 내게 기대하지 않는 상태가 되었다. 퇴소해도 누구도 안타까워하지 않을 게 예상되었다. 나는 끝나고 말았다.

내 방에서 울고 있을 때 다움이가 들어와 나를 안아주었다.

"다움아, 나는 끝났어."

"그렇지 않아. 아름아. 우린 앞으로도 계속 성장할 거야. 조금 늦어도 괜찮아."

다움이가 여정 쌤처럼 다정하게 말했다. 그의 몸보다 마음이 더 단단하게 느껴졌다. 내가 갖지 못한 성품이었다. 다정한 말이 나의 결핍을 더욱 도드라지게 했다. 내가 너무 초라했다.

침대에 나란히 누워 우리는 서로의 몸을 바라봤다. 다움이가 나의 가슴에 손을 얹더니 조금 울먹이는 목소리로 말했다.

"아무리 재활 시간을 늘려도 나, 너처럼 가슴이 부풀지 않았어. 전혀 성장하지 못했어."

그제야 나는 웃었다.

"나는 네가 부러웠는데, 너도 나랑 똑같은 생각을 했구나. 역시 같은 번호라 그런가?"

"같은 번호?"

나는 바지를 내리고 배 아래 쓰인 번호를 보여줬다. 다움이가 침대 아래로 내려가더니 내 배를 한참 들여다보았다.

"나랑 똑같잖아?"

우리는 한참 울다 웃고는 노곤해졌다. 다움이의 크고 투박한 손을 붙잡고 있다가 그의 손가락을 빨았다. 말할 수 없는 안도감이 나를 감쌌다. 나도 다움이의 입에 내 손가락을 넣어주었다. 우리는 서로에게 손가락을 물려줬다.

다음 날 아침, 여정 쌤이 방을 들여다보곤 우리를 보며 한숨을 쉬었다. 다움이는 자기 가슴이 성장하지 않았다며 퇴행했다고 울먹였다. 그러자 여정 쌤이 당황한 표정을 지으며 말했다.

"센터에는 남자와 여자가 있어요. 아주 옛날에는 성차가 필요했어요. 하지만 이젠 더 이상 아무런 의미가 없어요. 아니, 여러분이 생각하는 몸의 차이는 성장이나 미숙의 문제가 아니에요. 그냥 서로 다른 것뿐이에요."

눈앞에 남성과 여성이라는 정보가 줄줄이 떴다. 아무리 노려보아도 나는 여정 쌤의 말뜻을 분별할 수 없었다. 완벽한 퇴행이었다.

＊

며칠 후 나는 '소아과'란 곳으로 이동이 결정되었다. 퇴소, 버림받는 일이었다. 상상만으로 두려웠던 순간이 눈앞에 현실이 되어 성큼 다가와 있었다. 어쩌면 나는 제거될지도 몰랐다. 뇌 내 정보를 아무리 뒤져봐도 퇴행한 사람들에 대한 관대한 기록은 없었다. 실패는 곧 죽음이었다.

　나는 희망이의 웃음을 떠올렸다. 자신이 제거될 걸 알았다면 그렇게 환하게 웃을 순 없을 터였다. 곧 사라질 것만 같은 내 신세가 섬뜩했다.

　퇴소가 결정된 다음 날, 나는 탈출을 결심했다. 쫓겨나기 전에 도망치겠다는 결심을 다움이에게 밝혔다. 다움이가 나를 따라오겠다고 하는 바람에 말리느라 한바탕 난리가 났다. 결국 다움이와 함께 탈출하기로 정했다.

　센터 사람들이 모두 잠든 새벽, 나는 문을 열었다. 문은 잠겨 있지 않았다. 나갈 수 있으면 나가보라고 말하고 싶었던 걸까? 미래가 박수 받으며 떠난 문이자, 강인이가 부끄러움에 울면서 나선 문, 그리고 희망이가 기쁘게 쫓겨났던 바로 그 문이었다. 나는 다움이와 손을 잡고 그 문을 통과했다.

　문을 나온 뒤, 어두운 복도를 조심조심 걸으며 빛이 보이는 쪽으로 향했다. 곧장 건물 밖으로 나올 수 있었다. 어슴푸레한 와중에도 사위가 점점 밝아오는 걸 느꼈다. 센터 밖에서 해를 보는 건 처음이었다. 건물 밖으로 나선 뒤 처음으로 떠오른 생각이 있었다. 나는 어디서 왔고 왜 여기에 있을까? 나는 어디서 태어났고 왜 줄곧 잠들어 있었을까? 나는 왜 성장해야 할까? 성장한다는 건 내게 도대체 무슨 의미일까? 여정 쌤은 줄곧 성장해야 한다고 말했지만 어떤 방식의 성장인지 말해주지 않았다.

　방에서 눈을 뜬 순간부터 모든 정보는 이미 내 안에 있었다. 반면 내 안에 없는 것이 있었다. 여정 쌤과 센터 사람들이 말해주지 않은 것들이었다. 문밖에 서서 떠오르는 해를 보며 나는 처음으로 어떤 충동을 느꼈다. 센터에서 가르쳐주지 않은 것을 알고 싶었다. 직접 알아보고 싶었다. 그건 성공이나 실패와도, 성장이나 퇴행과도 관계없었다. 무지와 무력함과 닥치는 대로 싸울수록 마음속에 강렬히 피어올랐던 감정이었다. 나는 내가 어떤 존재인지 세상이 어떤 상태인지 알고 싶었다. 제대로. 직접.

　떠오르는 태양 아래 서서히 드러나는 풍경을 온몸으로 천천히 느꼈다. 공기가 탁했다. 심호흡을 시도했지만 좀처럼 편해지지 않았다. 바닥이 거칠어 제대로 걸을 수도 없었다. 멀리서 동물이 포효하는 소리가 들렸다. 센터 사람들이 바깥에 대해 말하지 않은 이유를 조금 짐작했다. 바깥은 안전하지 않았다. 내가 이전에 상상한 공간과 달랐다. 바깥은 암흑으로 가득한 무(無)의 세상은 아니었다. 폐허가 존재했다. 인기척은 거의 느껴지지 않았지만 무너진 세상이 있었다. 책에서 봤던 야생동물들이 무심하게 우리 앞을 스쳐 갔다.

　눈앞에 작은 화면이 나타났다. 여정 쌤이 영상 통화를 걸어왔다. 우리가 어디에 가든 다 포착된다는 듯. 그러니 반항하지 말고 일찍 포기하라는 듯. 여정 쌤은 다정한 목소리로 말했다. 충분히 관찰하고 돌아오라고, 아니 갈 곳

을 직접 선택하라고. 우리는 여정 쌤이 틀어준 가이드 영상의 안내를 따랐다. 옷으로 코와 입을 가려 신중하게 호흡하며 폐허를 걷기 시작했다.

센터에서 테스트를 통해 반복해 그려왔던 미래의 시뮬레이션 공간은 어디에도 없었다. 앞으로 살아가게 될 곳이라 생각했는데 모두 허상이었다. 내가 살아왔던 곳과 내가 살아갈 것으로 예상했던 곳, 내가 머릿속에 그려왔던 앞으로의 세계는 전부 착각이었다. 내가 봤던 영상은 지금은 사라진 옛날 공간이었다. 센터 내에서 반복해서 지켜본 곳은 내가 복귀할 곳이 아니라 앞으로 내가 재건해야 할 곳이라는 함의도 알았다.

아무리 걸어도 사람은 보이지 않았다. 가이드 영상이 말했다. 우리는 인류가 사라진 곳에서 새로 태어난 존재들이라고.

해가 지고 사방이 어둠에 잠겼을 때 폐허가 된 공간 속에서 떠오른 작은 불빛을 보았다. 인기척이 느껴지지 않는 이곳에서 유일하게 시끄러운 소리가 들리는 건물이었다. 호흡을 힘겨워하는 다움이를 부축하며 그곳으로 다가갔다. 건물 앞에 적힌 표지판을 잠시 들여다보았다.

한국병원 소아과 부설 햇살 어린이집

커다란 창을 통해 건물 안이 훤히 들여다보였다. 나와 다움이 같은 아이들이 저녁을 먹고 놀고 있었다. 우리는 아이들 속에서 강인이와 희망이를 발견했다. 그제야 그곳이 낙오된 아이들이 머무는 곳이라는 걸 알아챘다. 아이들은 모두 즐거워 보였다. 강인이는 센터에 머물렀을 때보다 밝아 보였고, 희망이의 웃음은 전보다 더 환했다. 아이들이 뛰노는 공간은 한눈에 봐도 무질서하고 어수선했다. 건물 앞에 표시된 '어린이집'이라는 이름을 나는 다시 들여다보았다. 어린아이로 퇴행했는데 이곳에선 용납이 된단 말이야?

센터를 나갈 때 보인 희망이의 웃음이 어쩐지 기이해 보였던 게 생각났다. 내가 희망이를 실패했다고 낙인찍고 두려운 심정으로 봤기 때문이었다. 희망이는 그때보다 환한 웃음을 보이고 있었다. 여전히 움직임은 작았지만 제 발로 걷고 있었다. 걷고 말하고 웃고 있었다. 나는 희망이가 너무 늦되었다고만 생각했다. 우리는 3년 안에 성장해야 했으니까.

"어떻게 할 거야?"

다움이는 호기심을 보였고 안으로 들어가고 싶어 했지만 나는 거부했다. 다른 곳을 더 보고 싶었다. 다움이의 호기심과 본질적으로는 다르지 않을지도 몰랐다.

우리는 불빛이 휘황한 또 하나의 커다란 건물을 향해 한참을 걷기 시작했다. 그 건물만 확인한 후 어린이집으로든 성장 센터로든 돌아가기로 정하고 배고프다는 다움이를 달랬다. 건물 앞에 다가섰다. 표지판의 의미를 알 수 없었다.

(주) 두 번째 인류 이니셔티브
— 초인류 에코시스템 조성 기구 —

건물은 크고 내부는 질서 정연했다. 내부에서 사람들이 바쁘게 움직이고 있었다.

"어? 미래다."

다움이가 가리킨 곳에 미래가 있었다. 바쁘게 일하고 있는 미래는 센터에 있을 때보다 훨씬 어른스러운 모습이었다. 미래를 보고 있자니 내가 이미 도달했어야 할 모습이었다는 생각에 부러움과 열등감이 잠깐 고개를 들었다. 건물을 등지려던 순간, 창밖에 선 우리를 알아보고 미래가 반응했다. 미래가 우리를 향해 달려왔다. 미래는 얼굴을 찌푸렸다. 화를 내는 줄 알았는데 미래는 다짜고짜 우리를 껴안고 엉엉 울기 시작했다.

"무슨 일이야? 너도 퇴행한 거야?"

간신히 눈물을 멈춘 미래에게 물었다. 미래는 고개를 저었다.

"아니, 나는 성장했고 성공했어. 바깥세상에 기여하고 있어. 성장해야 한다는 센터 사람들의 말대로. 열심히 세상을 돌리고 있지."

미래의 말에는 어쩐지 분노가 섞여 있는 듯했다. 나처럼 낙오한 아이들이 보이던 눈물과 달라 보였다. 뭐랄까, 여정 쌤이 연구실에 앉아서 홀로 울음을 삼키는 때와 같은, 어른스러운 눈물이었다.

"근데 뭐가 문제야?"

"내가 슬픈 건…."

미래가 눈물을 삼키곤 천천히 말했다.

"너무 일찍 성장했다는 사실 때문이야."

미래가 알 수 없는 말을 했다.

미래의 안내를 받아 우리는 옆 건물로 들어섰다. 건물 안에서 바깥을 바라보니 주변은 전부 암흑 속에 잠겨 있었다. 오늘 하루 발을 들였던 딱 네 개의 건물만이 바깥 세계의 전부였다. 우리가 오늘 빠져나온 성장 센터, 저녁에 봤던 낙오자들의 어린이집, 미래가 일하는 재활 회사, 그리고 우리가 지금 막 들어선 건물.

국립 한국병원 산후조리원

우리는 커다란 홀에 서서 수많은 아이들이 누워 있는 내부 풍경을 바라봤다. 장관이었다. 신체 발달 단계별로 아이들이 늘어서 잠들어 있었다.

"급속 생육이야."

미래가 설명했다.

"그게 뭐야?"

미래는 자신의 회사에서 인간을 만들어 발육시키고 있다고 말했다. 누워 있는 아이들의 복부 하단에 숫자가 적혀 있었다. 어떤 공간에선 두 사람이 함께 기대어 누워 있었다. 쌍둥이였다. 나와 다움이도 여기서 함께 길러진 거였다.

"왜 이렇게 하는 거야?"

미래는 오랫동안 잠들었다가 처음 눈을 떴다며 열다섯이 된 걸 축하해 준 여정 쌤의 말을 기억하느냐고 물었다.

"인간은 예전에 소멸했어. 이전 인류가 준비해둔 부활 프로젝트가 개시됐지만 인공 수정으로 만들어진 아이는 제대로 발육되지 못했어. 부활 프로젝트는 두 번째 기획으로 넘어갔어."

미래의 설명에 의하면 현재 인류에겐 다른 인간을 양육할 인간도, 자원도 없었다. 간신히 인공적으로 탄생시킨 인간은 고육지책으로 급속 발육되었다. 가수면 상태로 신체를 발육시키는 사이, 뇌에 슈퍼 칩을 장착해 정보를 주입하고 교육시켰다. 탄생 직후 양육 시간을 단축하기 위해서였다. 신체 시계에 빨리 감기를 시도해 유년기를 없앤 거였다. 인류 재활 프로젝트는 오랜 세월을 거치며 진행되었지만 그럼에도 불구하고 인간이 제대로 성장하는 건 여전히 이 시대의 난관이었다.

"홀로 생존하는 일은 쉽지 않았어. 옛 역사를 뒤져보곤 알게 됐지. 한 아이가 제대로 성장하려면 온 세계가 필요하다는 사실을 말이야. 수많은 타인의 희생이 필요했지. 근데 그런 세계는 이제 여기 없거든."

미래가 어른스럽게 한숨을 쉬었다.

미래의 말에 의하면 한 아이의 양육과 성장을 아무도 감당할 수 없었다. 인류의 지식과 기술이 총동원된 부활 프로젝트였지만 이전 인류를 재현할 순 없었다. 사람을 사람으로 키워내는 일엔 사람이, 그리고 사랑이 필요했다. 인간이 인간을 인간으로 만들어낸 사회적 모성은 인류가 지구의 영장이 된 이유였다. 비록 인간 자신은 이를 비하했지만. 양육 정도야 로봇이 충분히 대체할 수 있다고 믿었기에 부활 프로젝트를 기획한 거였지만.

나는 내 방에서 처음 눈을 떴던 순간을 떠올렸다. 수년간 인공적 생육 단계를 거친 뒤 비로소 처음 눈을 뜬 거였다. 세상을 처음 호흡하고 바라본 순간이었다. 내가 태어난 순간이었다. 성장 센터에 있던 모든 아이는 이미 커버린 몸과는 어울리지 않게도 다들 고작 한 살이었다.

처음 눈을 떴을 때 가장 강렬하게 원했던 일이 생각났다. 아무런 이유도 없이 엉엉 울고 싶었다. 아기처럼.

미래가 한숨을 쉬더니 또 한 번 어른스럽게 말했다.

"이전 세대 인류가 생식 능력을 잃은 이유도 어쩌면 당연해. 다들 알았거든. 아이를 따듯하게 안아줄 수 없는 세상이 된 걸 말이야. 인류는 아이를 만들지 않았고 자신들의 역사를 계승할 이유를 찾지 못했지. 결국 퇴화해 소멸했어."

여전히 미래의 말이 잘 이해되진 않았다. 나는 퇴행자들이 머물고 있는 어린이집에 대해 미래에게 물었다.

"저 건물, 어린이집에 있는 아이들은 어떤 상태인 거야?"

"아, 그 애들? 프로그래밍한 대로 성장하진 못했지만…."

미래가 쓸쓸하게 웃었다.

"그 애들은 타고난 대로 살아가는 중이지."

그건 낙오가 아니었다. 퇴행했다고, 늦다고만 생각했던 아이들은 가장 자신다운 저만의 속도로 제 삶을 살아가는 중이었다. 미래가 쓸쓸하게 말했다.

"우리는 모두 프로그래밍되어 태어났고 나는 그 기획안에서 성공적인 결과물이 되었어. 재활 프로젝트를 끊임없이 돌려야 하는 이 시스템의 일부가 되었지. 그러니 시스템이 유지되도록 앞으로도 기여해야 해. 그런데 가끔 너무 속상해…."

미래가 돌아갈 시간이 다 되었다는 듯 시계를 들여다보더니 담담하게 말했다.

"나는 한 번도 누려보지 못했거든. 내가 타고난 시절을…."

전에는 한 번도 보이지 않았던 눈빛이 미래의 눈에 비쳤다. 잃어버린 것이 너무 아쉽다는 듯. 솔직할 정도로 유치해 보이는 표정이었다. 미래가 나와 다움이에게 물었다.

"너흰 어디로 갈래? 우리 회사도 나쁘진 않아. 성장 센터를 졸업하면 결국 오게 될 곳이니 일찍 와도 좋아. 너희가 오면 내가 선배니까 잘 도와줄게."

다움이는 어린이집으로 갔다. 타고난 시절대로 살고 있는 아이들 속으로. 다움이를 배웅한 뒤, 나는 그 길로 성장 센터로 돌아왔다.

탈출구라고 생각했던 문으로 다시 들어서자 여정 쌤이 보였다. 그는 나를 살짝 안아주었다. 그의 다정함과 따듯함에 엄청난 안도감을 느꼈다. 안도할 수 있는 마음이 피어나지 않고선 나는 성장할 수 없었다. 그런 의미에서 나는 여전히 미숙한 상태였다. 당연하게도. 나는 센터에 남아 여정 쌤과 같은 역할을 하기로 정했다는 뜻을 밝혔다. 여정 쌤이 고개를 끄덕였다.

※

재활 프로젝트가 가동된 이래의 셈법으로 나는 열여덟 살이 되었다. 이 시대 계산법으로는 그랬지만 처음 세상을 호흡한 지 고작 3년째였다. 나는 다시 걷고 말하고 생각하는 연습을 시작하기로 했다. 유년기는 잃었을지언정, 이번에는 내 속도대로.

폐허가 된 세상에서도 꽃이 핀다는 걸 알리듯 봄 내음이 퍼지는 날이었다. 막 산후조리원에서 이송되어 온 한 아이가 내가 입회한 방에서 눈을 떴다. 나는 그의 몸 상태를 점검하고 수액의 순환을 확인했다.

"배고프지 않니?"

'현재'라는 이름을 부여받은 아이는 큰 소리로 울기 시작했다. 몸을 굽혀 누워 있는 현재의 어깨를 감싸 안으려 다가서자 현재가 숨을 참고는 흔들리는 눈동자를 보였다. 나는 아이의 보드라운 볼에 입을 맞추고 침대를 조금 흔들어주었다. 내가 하염없이 울고만 싶었을 때 가장 안심하게 만들었던 방식을 기억해냈다. 그에게 다가가 무작정 안아주었다. 나는 그의 어머니도 가족도 친구도 아니지만, 같은 처지의 한 인간으로서 그러고 싶었다. 이유를 알 순 없지만 그게 나를 나답게, 인간답게 하는 순간이라고 생각했다.

세상을 내 눈으로 바라본 지 고작 3년이 지났을 뿐이었다. 내게 주입된 교육의 양과 질이 얼마든지 간에 내가 미숙하다는 것을 잘 알고 있었다. 미성숙한 게 당연하다고 우긴 뒤에야 나는 나를, 그리고 세상을 새롭게 바라볼 수 있었다. 태어난 순간 많은 게 주어졌지만 원래 내 것은 아니었다. 스스로 체득하지 못한 감정이나 지식은 그냥 흘러버렸다. 어떤 이는 나의 퇴행을 아쉬워했지만 나는 나에게 좀 더 시간을 주고 싶었다. 그게 내겐 성장이었다.

성장 센터에서 너무나 바쁘게 일했다. 첫 호흡을 시작한 센터 아이들의 발달과 성장과 교육을 몇몇 사람들과 자동 시스템이 감당하는 일은 사실상 불가능했다. 제아무리 기술로 몸과 뇌를 키웠다고 해도 말이다. 센터의 일원일 때는 몰랐지만 눈을 뜬 지 얼마 되지 않아 사망하는 비율은 상당히 높았다. 인간은 태어나자마자 기립하는 사슴 같은 짐승과는 달랐다. 온 세상의 집중적인 자원과 제도와 사랑이 총동원되어야 가까스로 고개를 가눌 수 있는 존재가 사람이란 짐승이었다.

하루의 일이 끝나면 나는 여정 쌤의 방에 들렀다. 먼 옛날에 있었던 일과 앞으로의 일, 그리고 성장 센터에서 우리가 해야 할 일에 대해, 우리의 이 순간에 대해 말했다.

"인류 문명이 완전히 퇴보했을 때 두 번째 인류 재생 프로젝트를 준비한 몇몇 사람 말고는 대부분 퇴행했어. 감당할 수 없는 현실 앞에서 세계를 외면하고 어린아이의 마음으로 돌아갔지. 지워진 시절을 그리워하듯이 말이야."

여정 쌤은 처음 눈을 떴던 자기 방의 침대 위에 누워 있었다.

"살아남아야 한다면서 중요한 걸 파괴하면 안 돼. 아름아, 너 자신을 절대로 아프게 하지 말렴."

나는 그의 쇠약해진 몸을 쓰다듬었다. 어른스럽다고만 느꼈던 여정 쌤의 나이가 고작 열 살이라는 말을 들었을 땐 깜짝 놀랐다. 얼마 전 그는 급속히 노화했고 첫 번째 인류가 100세라고 부르던 모습과 비슷한 모습이 되었다. 그는 마지막 순간까지 내게 다정했다.

"네가 돌아왔을 때 참 기뻤어. 나와 똑같은 선택을 하는 사람이 또 있구나, 하고 말이야."

나는 힘주어 그의 손을 잡았다. 여정 쌤은 어릴 때 나와 똑같은 과정을 거쳤다. 바깥세상의 사실을 알고 난 뒤 성장 센터로 돌아와 다른 이를 돌보는 일을 시작했다. 내가 선택한 일을 먼저 시작한 사람이 있었다. 여정 쌤도 나와 같은 길을 갔다. 상상할수록 나는 우리가 자랑스러웠다.

여정 쌤도 그랬고 나도 그랬다. 우리는 의도치 않게 인간으로 태어났지만 제대로 된 인간이 되기 위해 홀로 싸우고 있었다. 내가 도달하지 못한 어떤 상태로 가기 위해 환경과 싸웠고 나 자신과 싸웠다. 타고난 것과 주어진 것, 배우는 일과 깨닫는 일, 그 모두를 혼합해 나 자신이 되어가기 위해 분투했다. 비록 시스템의 성공적인 일부가 되어 바깥세상에 기여하진 못할지언정 나는 천천히 성장하는 중이었다. 나만의 속도 속에서. 언제든, 어떻게든.

여정 쌤의 손을 잡고 나는 센터 밖 풍경을 내려다보았다. 마지막 인류가 우리에게 전한 축적된 정보와 기술로 끝끝내 우리 세대는 이 세계를 이어갈 수 있을까? 나는 나의 성장을 통해 이 세계를 성장시킬 수 있을까? 혹시 인류의 퇴화를 완수하는 것이 우리가 해야 할 일은 아닐까? 세계의 새 주인이라는 듯 들짐승이 울부짖는 소리가 사방에 울려 퍼졌다.

눈을 감은 여정 쌤의 호흡이 조용히 잦아들었다. 동시에 옆방에서 세상을 처음으로 호흡하는 누군가의 울음소리가 들려왔다. ▸

지금은 준비 도구를 이용한 그림을 그리고 있다.
《무슨 만화》 단편.

가자 미래로   Let´s Go To The Future!

내가 죽기 전날

The Day Before
I Die

남유하 ————————————

Nam Youha

아직 일어나지 않은 일, 어쩌면 일어날 수도 있는 일에 대해
상상하기를 좋아한다. SF, 호러, 동화를 쓴다.

라디오에 보낸 사연이 당첨됐다. 상품은 시간여행권. 원하는 시간, 원하는 장소로 12시간 동안 갈 수 있는 티켓이다. 나는 시간여행 따위 관심 없었다.

12시간 장소 무제한 시간여행권 4천5백만 원. 경품 당첨되어 팝니다. 환불 불가.

중고 시장에 올리자마자 문의가 들어왔다. 어떤 이는 4천3백만 원으로 깎아달라고 했다. 정가의 반도 안 되는 가격이라 곤란하다고 했다. 어차피 돈 주고 산 것도 아니잖아요, 라는 답이 왔지만 무시했다. 어떤 이는 정품 티켓이 맞는지 인증해달라고 했다. 홀로그램을 인증하는 절차가 번거롭기도 했고 무엇보다 가짜 상품이나 올리는 사람 취급을 받으니 기분이 나빴다. 이런저런 흥정을 하는 동안 생각이 바뀌었다. 다들 가지 못해 안달인 여행, 일생에 한 번뿐인 기회인데 까짓것 가보자.

그때부터 고민이 시작됐다. 어디로, 그리고 언제로 갈까.

가장 먼저 떠오른 건 1985년의 라이브 에이드였다.

어렸을 때, 나는 방학이면 할머니 집에 갔다. 할머니는 퀸을 좋아했다. 우리는 낮이면 바닷가에서 시간을 보내고 집에 돌아와 하얀 사각 욕조에서 목욕하고, 밤이면 낡은 에어컨이 돌아가는 거실에서 퀸의 라이브 에이드 영상을 봤다. 프레디 머큐리가 'We Are the Champions'를 부를 때면, 할머니는 전자담배를 물고 말했다.

"타임머신이 발명된다면 1985년 7월 13일 런던 웸블리 스타디움에 갈 거야."

나는 할머니의 전자담배에서 나는 고소한 옥수수 냄새가 좋았다. 할머니는 "그때가 오면 너도 꼭 데려가마."라며 손바닥으로 내 얼굴을 감쌌다. 건조하면서도 따뜻한 손의 감촉. 눈을 감고 할머니와 내가 과거의 사람들 틈에서 함성을 지르는 상상을 했다. 할머니는 결국 퀸의 라이브 에이드에 가지 못했다. 타임머신이 발명되기 훨씬 전에 돌아가셨으니까. 나는 할머니가 돌아가시고 나서는 퀸의 노래를 듣지 않았다.

어디로, 언제로. 언제 어디로.

고민은 계속되었다. 타임머신이 발명되기 전에는 내게도 확고한 목적지가 있었다. 2087년 3월 23일로 가서 R 패거리를 만나 험상궂은 얼굴로 말해주고 싶었다.

"한윤서를 만만히 보지 마. 그 애를 괴롭혔다간 큰일을 당할 거야."

이제 그런 복수는 할 수 없게 되었다. 아니, 할 필요가 없어졌다. 그래 봐야 바뀌는 건 아무것도 없을 테니까.

2096년, 인류 최초의 시간여행자는 폴란드의 안제이 루비노비치였다. 그가 간 곳은 1889년 4월 20일 오스트리아, 브라우나우암인. 그는 히틀러의 출생을 막기 위해 그곳으로 갔으나 아무것도 바꿀 수 없었다. 우리가 사는 세상은, 모든 것이 결정된 세상이었다.

루비노비치가 히틀러를 죽일 수 없었듯, 로또에 당첨될 운명이 아니라면, 미래로 간다 해도 당첨 번호를 알아낼 수 없었다. 운명론자들의 주장이 맞았다. 이 세상에 우리가 선택할 수 있는 건 없었다. 우리가 선택했다고 믿었던 것들은 그렇게 정해진 것에 지나지 않았다.

자유의지를 상실한 사람들은 무기력해져 갔다. 마치 공격성이 없는 좀비 같았다. 어떤 이들은 신흥 종교에 빠졌고, 어떤 이들은 가상현실 속으로 도피했다. 아무것도 하지 않고 동상처럼 굳어 있는 '스타투$^{+}$족'들이 늘어갔다. 평행우주론은 자취를 감췄고, 소수의 사람만이 평행우주를 다룬 영화나 소설을 보며 향수에 젖었다. 그 당시 대학에 다니던 나는 머리카락을 보라색으로 물들이고 짙은 화장을 하고 할머니의 젊은 시절에나 입었을 법한 합성 가죽 치마 차림에 망사스타킹을 신고 다녔다.

세기말 분위기에 결정론적 세계관까지 겹쳐 종말론자들이 득세했다. 그들은 시간여행이 인류의 '끝의 시작'이라고 했다. 전 재산을 털어 시간여행을 하는 젊은이들도 있었다. 그들 중 절반은 미래의 자신에게 막대한 돈을 받아 돌아왔고, 나머지 절반은 돌아올 표를 살 돈도 없어 미래에 불법 체류하다 시간관리국에 적발돼 현재로 추방되었다. 추방된 이들에게는 벌금형이나 사회봉사 명령이 내려졌다.

몇 년의 암흑기가 계속되었다. 그러나 인간은 적응의 동물이다. 언제부턴가 #모른척살자 #우리에겐자유의지가있다고믿을자유가있다, 같은 해시태그가 유행했다. 죽음이 삶의 이면에 도사리고 있지만 외면하고 살아가는 것처럼, 자유의지가 없다는 사실을 무시하고 살아갈 수 있게 된 것이다. 나 같은 비관론자만 있었다면 지구는 그야말로 멸망했을지도 모르지만 세상에는 의외로 낙관론자들이 많다. 그리고 세상을 바꾸는 건(결정론적 세계관에서는

---

statua: '동상'을 뜻하는 라틴어. 움직이지 않고 서 있는 사람을 뜻한다.

바꾼다는 말 자체에 어폐가 있지만) 대체로 낙관론자들이다.

　　타임머신이 발명된 지 16년이 지난 오늘, 후회하는 일이 생길 때면 나도 #모른척살자가 태그된 게시물들을 보면서 마음을 달랜다.

＊

　　나는 내가 죽기 전날로 가기로 했다. 나 같은 인간은 혼자 죽을 게 뻔했기 때문이다. 혼자 사는 게 외롭다고 느낀 적은 없다. 유전자를 후대에 남겨야 한다는 강박도 없었다. 혼자면 충분했다. 그렇다고 혼자 죽고 싶지는 않았다. 내 마지막 순간에 내 곁에 있어줄 사람이 나라니, 제법 낭만적이지 않은가. 유산도 물려받으면 더 좋고.

　　나는 37년 후에 죽는다. 74세라니 요절이다. 원인은 인공심장에 대한 면역거부반응이라고 한다. 10년 전 수명예측센터에 갔을 때, 결과를 보며 당황하던 검사원의 표정이 지금도 기억에 남아 있다. (시간여행이 가능해지던 초기 몇몇 사업이 반짝 성행했다. 수명예측도 그중 하나였다. 기존의 수명예측은 유전자 분석을 통해 이뤄지므로 사고 등 외부 요인을 고려할 수 없었다. 시간여행 시대의 수명예측은 실질적인 사망선고나 다름없었고, 유행은 곧 사그라들었다.)

　　"이런 경우는 매우 드문데요. 다시 해볼까요?"

　　내가 평균 수명의 반도 못 살고 죽는 게 자기 탓이라는 듯 검사원은 안절부절못했다.

　　"괜찮아요."

　　심장이 약한 건 우리 집안 내력이다. 하긴 나처럼 일찍 죽는 사람도 있어야 세계 인구가 적정 수준으로 유지되겠지.

＊

　　나는 타임머신에 올라탔다. 타임머신은 20세기에 있던 공중전화박스처럼 생겼다. 20세기, 유명한 시간여행 드라마에 나온 타임머신을 본떠 만들었다는 건 잘 알려진 사실이다. 타임머신 개발 프로젝트 책임자가 그 드라마의 열렬한 팬이었다고 한다. 그런 이유가 아니더라도 공중전화박스 모양의 타임머신은 꽤 괜찮은 효율성을 갖고 있다. 길어야 15분 정도 걸리는 시간여행에 비행기 일등석에나 어울리는 리클라이너 소파를 놓을 필요는 없을 테니까. 타임머신 안으로 들어가 박물관에서 본 아날로그 전화기처럼 생긴 계기판에 날짜와 시간을 입력했다. 2149년 4월 7일. 18시 30분.

장소의 좌표는 여행사에서 미리 설정해놓았다. 타이머의 숫자가 14:00: 00에서 줄어들기 시작했다. 타임머신이 빙글빙글 돌고 선체 안에 미지근한 온기가 느껴졌다. 나는 전자오븐 속의 닭이 된 기분이었다. 숫자는 느리게, 그러나 꾸준히 줄어들었다.

3분 정도 남았을 때 초조와 불안이 밀려왔다. 타임머신에 오류가 나서 엉뚱한 시공간을 헤매게 되는 건 아닐까. 호흡이 점점 가빠졌다. 엄마는 로봇 수술을 받다가 죽었다. 그때부터 나는 기계의 정확성을 불신하게 되었다. 로봇이 오작동한 것도 엄마의 운명, 정해진 일이기 때문에 일어난 것이다. 하지만 사실을 아는 것과 그걸 받아들이는 건 별개의 문제였다. 어쨌거나 이제는 돌이킬 수 없다. 체념하듯 마음을 가라앉히는데 회전 속도가 느려졌다. 호흡도 서서히 제 속도로 돌아왔다.

타임머신이 움직임을 멈췄다. 타임 스팟에 도착한 것이다. 문이 열리고 튕기듯 밖으로 나왔다. 신선한 공기가 콧속으로 들어왔다. 봄 하늘이 가을처럼 맑았다. 하늘 저편에는 태양이 금빛으로 빛났다.

"미세먼지 문제가 완전히 해결됐더라고요. 마이크로웨이브를 이용해서 먼지를 뜨겁게 달구면 먼지들이 녹았다가 아스팔트처럼 굳어버린다나."

단골 카페 주인이 미래에 다녀온 뒤로 날씨가 흐리면 입버릇처럼 하던 말이 떠올랐다.

가방 속에서 신호음이 들렸다. 여행사에서 준 내비게이션에서 나는 소리였다. 손바닥만 한 기기를 꺼냈다. 화면의 지도 위에 뜬 빨간 점이 내 위치와 가까워진다. 도로를 따라 달려온 자그마한 택시가 앞에 멈춰 섰다. 택시를 타면 바로 미래의 내가 있는 요양병원으로 갈 것이다.

나는 택시에 타지 않기로 했다. 타임 스팟에서 요양병원까지는 1.2킬로미터. 걸어서 갈 수 있는 거리다.

천천히 주변을 둘러보며 걸었다. 37년 뒤의 세상이라지만 내가 사는 곳과 크게 다르지 않았다. 길 왼편으로는 공원이, 오른편으로는 식당이 드문드문 있었다. 차들이 두어 대 주차된 식당 창가에 김이 피어오르는 음식을 먹고 있는 사람들이 보였다. 옷차림도, 생김새도 나랑 별반 다를 게 없었다. 어쩌면 내가 사는 2112년이 문명의 정점을 찍은 게 아닐까 싶을 정도로 잔잔한 파도에 오랜 세월 휩쓸린, 버려진 배와 닮은 풍경이었다. 그러다 문득 떠올랐다. 나는 시간과 더불어 공간을 이동해 왔다. 이곳은 도심지에서 벗어난 곳이다. 한적한 느낌이 드는 게 당연하다.

언제까지고 비슷한 길이 이어질 것만 같아 내비게이션을 다시 보려는데,

숨어 있다 나온 듯 요양병원이 돌연히 나타났다. 가로로 길쭉한 창문이 늘어선 ㄱ자 모양의 건물이었다. 길가에 접한 면에는 정원이 있고, 낮은 건물이 안쪽에 있어 잘 보이지 않았나 보다. 연초록 잔디가 깔린 정원에는 잘 손질된 나무들이 있고, 커다란 나무 아래에는 벤치가 놓여 있었다. 지는 해를 바라보는 노인들, 산책하는 노인들. 노인들 곁에는 반드시 동그란 얼굴의 안드로이드 도우미가 있었다. 정원의 표지판을 보고 B동 건물 안으로 들어갔다.

'나'는 806호에 있을 것이다. 의식이 없어 나를 알아보지는 못할 것이다.

접수대에서 이름을 말하고 신분증과 시간여행 티켓을 보여주니 번거로운 절차 없이 통과할 수 있었다. 엘리베이터에 올라 8층을 눌렀다. 드디어 미래의 나를, 그것도 죽기 직전의 나를 만난다고 생각하니 긴장으로 아랫배가 당겼다. 괜한 짓을 한 걸까? 지금이라도 돌아갈까? 뒤로 물러나려는 마음에 저항하며 엘리베이터에서 내려 806호 앞으로 갔다. 후우, 긴 한숨이 절로 나왔다. 손잡이를 움켜쥐고 문을 연 순간, 퀸의 노래가 파도처럼 나를 덮쳐왔다. 'Too Much Love Will Kill You.' 심장에 탄산을 들이부은 것처럼 알싸한 느낌. 마른침을 삼키며 안으로 들어갔다. 가장 먼저 눈에 들어온 건 푸른 유니폼을 입은 남자였다. 키가 크고 마른, 내 또래의 남자.

"누구세요?"

"누구세요?"

그와 내가 동시에 물었다.

"제가 먼저 물어봤는데요."

내가 그보다 0.1초 정도 늦었지만 일단 우기기로 했다.

"저는 한윤서 씨의 간병인입니다만, 무슨 일로 오셨죠?"

"간병인이라고요?"

내가 안드로이드가 아닌 사람을, 그것도 남자 간병인을 고용했다니 믿을 수가 없었다.

"네, 그렇습니다만. 무슨 볼일이신가요?"

"저는, 그러니까, 저는⋯."

이 남자에게 내 사정을 털어놓을 이유는 없었다. 솔직히 병실 안에 나 말고 다른 사람이 있을 거라곤 상상도 하지 못했다. 그럴듯한 말을 지어내야 하는데 잘 떠오르지 않았다. 나는 임기응변에 약하다.

"저는, 한윤서 씨 딸이에요."

남자의 얼굴이 웃음을 참는 듯 일그러졌다. 그리고 다음 순간 차갑게 굳어졌다.

"죄송하지만 한윤서 씨는 딸이 없습니다."

"아뇨. 그쪽이 내… 엄마, 의 개인사는 잘 모르시잖아요. 우리는 제가 어렸을 때 떨어져 지내게 됐어요."

생각나는 대로 둘러대고 보니 침대에 누워 있는 사람이 미래의 내가 아니라 엄마인 것처럼 느껴졌다. 나이 든 나는 지금의 나보다 내가 기억하는 엄마를, 아니 할머니를 더 닮았다. 그리움이 왈칵 몰려왔다. 남자가 테이블 위의 티슈를 뽑아 건넸다. 먼저 코를 풀고, 티슈 귀퉁이로 눈물을 찍어냈다.

"오늘이… 마지막 날이라는 걸 알고 오신 거죠?"

남자가 조심스럽게 물었다. 나는 고개를 끄덕였다. 의도하지는 않았지만 갑자기 쏟아진 눈물 덕에 내가 딸이라는 걸 믿는 눈치였다. 때마침 퀸의 노래가 'The Great Pretender'로 바뀌었다. Oh, yes. I'm the great pretender.

"네. 앞으로 12시간 남았다는 것도 알고 있어요."

이번에는 남자가 고개를 끄덕였다. 나는 병실을 둘러봤다. 여러 갈래의 줄로 기계와 연결된 '나'는 편안해 보였다. 베개와 시트는 물론 바닥도 먼지 하나 없이 청결했다. 블라인드 사이로 스며든 주홍빛 노을이 남자의 머리카락을 밝게 물들였다.

"여기서 밤을 새우실 건가요?"

남자가 물었다.

"그래야죠."

"그럼 커피라도 드실래요?"

"네, 감사합니다."

남자가 나가고, 병실에는 나 혼자 남았다. 나는 원형 의자를 끌어 침대 옆에 바짝 붙어 앉았다. 떠나오기 전부터 줄곧 그리던 그림이었지만 죽기 직전의 나를 마주하고 있으려니 기분이 묘했다. 37년 동안 나는 어떻게 살았을까? 비교적 만족스러운 삶을 살았을까? 아니면 여전히 후회로 가득한 삶을 낡은 상자에 담아둔 듯 외면하면서 살았을까?

나는 74세 한윤서의 손을 잡아보았다. 그리고 내 볼에 갖다 댔다. 할머니의 손처럼 건조하고 따뜻했다. 춥지도 않은데 자꾸만 콧물이 나려 했다. 코를 훌쩍이며 테이블 위로 손을 뻗는데 병실 문이 열렸다.

"어쩌죠? 1층 카페에 에스프레소 머신이 고장 났다네요. 거기 커피가 정말 맛있는데."

남자가 안타깝다는 표정으로 말했다. 놀랄 일도 아니다. 난 원래 운이 없는 편이다. 운명론적 세계관에서 운이 없다는 건 결함을 갖고 사는 거나 마찬가지다. 조금이라도 불운을 상쇄해보려 늘 괜찮다는 말을 달고 살았다. 실제로 괜찮은 적은 거의 없었다.

"괜찮아요. 이따가 편의점 커피나 사 먹죠, 뭐."

"편의점 커피요?"

"왜요? 편의점 없어요?"

"그런 건 아니지만…."

남자가 석연찮은 표정을 지으며 창가로 갔다. 하늘은 벌써 짙은 남색으로 물들어 있었다. 조금 더 어두워지면 별을 볼 수 있을까.

"블라인드 좀 걷어주실 수 있으세요?"

내 말에 남자가 블라인드를 열며 물었다.

"내일 새벽까지 여기 계신다고요?"

"네, 그러려고 왔으니까요."

남자는 생각에 잠긴 듯 턱을 쓰다듬었다. 조금 자란 턱수염이 까슬까슬해 보였다. 스피커에서 'Bohemian Rhapsody'가 흘러나오자 남자가 볼륨을 줄이려 했다.

"그냥 두세요. 듣기 좋아요."

"저도 한윤서 씨 덕분에 좋아하게 됐어요."

남자가 '한윤서'라고 할 때마다 나를 부르는 것 같아 가슴 한쪽이 뜨끔했다.

"우리 할머니가 좋아하던 그룹이에요."

"한윤서 씨의 어머니가요?"

"아, 아뇨. 제 말은, 증조할머니요."

나는 말을 더듬었다. 남자가 빙긋 웃었다. 퀸에 대해 몇 마디를 더 나누다가 누가 먼저라고 할 것도 없이 입을 다물었다. 일정하게 이어지는 기계음과 노래 덕분에 침묵을 수습하려 애쓰지 않아도 되었다. 남자도 불편하거나 난감한 기색은 없었다. 그도 나만큼이나 침묵에 익숙한 사람 같았다.

"저는 집에 갔다가 올 건데요."

창밖에 완전한 어둠이 내렸을 때, 남자가 의자에 걸쳐두었던 재킷을 입으며 말했다. 안 그래도 좁은 의자에 앉아있느라 엉덩이가 저려오던 참이었다. 그가 가고 나면 일어나 스트레칭이라도 해야겠다고 생각했다.

"네."

"괜찮으시면 같이 가실래요?"

"네?"

전혀 예상치 못한 제안에 나도 모르게 벌떡 일어섰다. 막상 일어서고 보니 다시 앉는 것도 어색해 괜히 카디건 소매를 잡아당겼다.

"집에 카페에서 사다놓은 원두가 있거든요."

"그래서요?"

"우리 집에서 같이 커피 마셔요."

"네? 우리 오늘 처음 만난 거 알죠?"

"네."

"저 그런 사람 아니에요."

"그런 사람이 어떤 사람인데요?"

"처음 만난 사람 집에 가서 커피 마시는 사람?"

"그게 어때서요? 딸이 내내 병실에만 있는 건 한윤서 씨도 원하지 않을 거예요."

원하지 않는다, 는 말의 모순을 지적하고 싶은 충동을 억누르며 미래의 나를 내려다봤다. 의식이 없는 나는 원하는 것도 원하지 않는 것도 없는 상태다. 그렇다면 의식을 잃기 전에는 무엇을 원했을까. 미래의 나는 내가 자신의 마지막을 보러 온다는 걸 알고 있었다. 그런데도 남자를 간병인으로 고용했다. 나 한 사람만으로는 부족하다고 판단한 걸까.

"어머니가 그동안 어떻게 지냈는지 궁금하지 않아요?"

"그거야… 궁금하죠."

"그러니까 같이 가요."

"이야기는 여기서 해도 되잖아요. 아, 퇴근하셔야 하나요?"

"퇴근은 상관없어요. 다만, 의식이 없다고 해도 본인 앞에서 얘기하는 건 좀 아닌 것 같아서요."

그가 내 앞으로 다가왔다. 나는 뒤로 물러나지 않고 가만히 서 있었다. 그의 체온이 발산하는 온기가 느껴졌다. 이런 종류의 온기를 마주한 게 언제인지 까마득했다. 대학에 다닐 때를 제외하고 인간 남자친구를 사귄 적은 없다. 사람을 사귀고 후유증에 시달리는 것보다 욕구가 일어날 때 가상현실에 접속해 이상형의 캐릭터와 가상섹스를 하는 편이 훨씬 깔끔하고 간편했다.

"가요. 정말 잊지 못할 커피를 맛보게 해줄게요."

나는 미소 짓는 남자의 얼굴을 바라봤다. 어딘지 모르게 친숙한 눈빛, 그리고 입가의 주름. 가고 싶다. 가면 안 된다. 내적 갈등에 시달리다가 '내 미래를 알고 싶다'라는 호기심에 무게 추를 올렸다. 걱정할 필요는 없었다. 남자의 집에서 불쾌한 일은 일어나지 않을 것이다. 이 남자가 오늘 내게 무례한 행위를 한다면, 미래의 나는 이 남자를 간병인으로 쓰지 않았을 테니까.

"좋아요. 커피만 마시는 거로."

남자가 시원한 미소를 짓고는 '나'의 몸에 연결된 기계를 꼼꼼히 점검했다. 나는 침대맡에서 떠나지 못하고 '나'의 이마 위에 내려온 앞머리를 쓸어

넘겨주었다. 내 선택에 대한 긍정의 사인 같은 걸 기대했는지도 모르겠다. 그러나 침대에 누운 나는 여전히 무표정이었다.

＊

1층 로비의 카페 입구에는 'Closed'라는 푯말이 서 있었다. 오후 8시니까 영업을 마치기엔 조금 이른 시간. 에스프레소 머신의 고장 때문인가 보다. 정원에는 저녁을 먹고 산책 나온 노인들이 있었다. 곁에 있는 도우미들이 노인들의 발치를 환하게 비춰주었다.

"저기 공원 보이죠? 저 공원을 가로질러 가면 15분 정도 걸려요. 그래서 매일 걸어 다녀요."

남자가 길 건너편을 가리키며 말했다. 과연, 아치형의 입구를 따라 좁은 길이 나 있었다. 한 사람이 걷기에는 넉넉했지만 두 사람이 나란히 걸으려니 간혹 손등이 스쳤다. 그의 손등과 두 번째로 닿았을 때, 나는 손을 주머니에 찔러 넣었다.

"참, 인사가 늦었네요. 저는 한서준이에요."

한서준, 나랑 성이 같다.

"그쪽은요?"

"저는, 한서윤이에요."

나는 순발력도 없고 거짓말에도 소질이 없다.

"저랑 한 글자 차이네요."

"그러게요."

이름을 말하고 나니 다시 침묵이 찾아왔다. 호기롭게 자기 집에 초대한 사람치고는 말수가 적었다. 남자와 나는 말없이 벚꽃이 흐드러진 길을 지나갔다. 가끔 바람이 불고 벚꽃 꽃잎이 흩날렸다. 꽃잎이 내려와 몸에 붙으면 행운이 찾아온다던데. 나는 한 번도 꽃잎이 붙은 적이 없었다. 도서관에 가다가 바람이 불면 일부러 벚나무 아래를 서성였는데도.

또다시 바람이 불었다. 카디건을 여밀 만큼 센 바람이었다. 우수수, 꽃눈이 내렸고 남자가 허공을 가볍게 움켜쥐었다. 그가 주먹을 쥔 채 말했다.

"손바닥 펴봐요."

나는 가만히 손바닥을 내밀었다. 남자가 주먹을 폈다. 내 손바닥 위에 연분홍색 꽃잎이 내려앉았다.

공원을 빠져나오자 조용한 주택가가 나타났다. 비슷하면서도 다른 모양의 이층집들이 적절한 거리를 두고 늘어서 있었다. 자그마한 정원이 있고 담장 가까이에 나무가 심어진, 커튼 사이로 주홍색 불빛이 새어 나오는 집들. 각각의 집들이 '집'이라는 단어가 주는 포근함을 내포하고 있어, 내가 사는 아파트는 한갓 주거공간에 지나지 않는다는 생각이 들었다. 남자는 병아리의 깃털 색을 닮은 집 앞에서 멈춰 섰다.

"들어와요."

사물의 모서리를 부드럽게 감싸는 조명, 색을 입히지 않은 원목 가구들, 벽 한 면을 차지한 아날로그 오디오. 남자의 집은 질투가 날 정도로 완벽했다. 물론 내 기준에서의 완벽함이었다. 언젠가 부자가 된다면 이렇게 꾸며놓고 살겠다, 고 머릿속으로 그렸던 조감도를 그대로 구현해놓은 것 같았으니까. 아날로그적인 것들에 유난히 끌린다는 걸 빼면 그다지 특별한 점도 없었지만, 미래의 간병인이 나랑 비슷한 취향을 가졌다니 조금은 신기했다. 어쩌면 이것도 퀸의 음악처럼 나, 한윤서의 영향을 받은 걸까?

"여기 잠깐 계세요. 커피 내려올게요."

나는 소파 끝에 걸터앉았고, 남자는 서둘러 주방으로 갔다. 고소하고 쌉싸름한 커피 향이 거실을 채웠다. 적어도 산미가 강한 커피는 아니겠다고 생각하며 거실의 풍경을 눈에 담았다. 장식장 위의 졸업 상패에는 의학박사 한서준이라고 쓰여 있었다. 의학박사라니, 조금 의외였다. 커피를 들고 오던 그가 내 시선을 따라 고개를 돌렸다.

"아, 이거요. 의사였던 때가 있었죠."

남자는 당황한 듯 헛기침을 했다. 누구에게나 말하고 싶지 않은 복잡한 사정이 있다.

"저한테 설명하지 않으셔도 돼요."

진심이었다. 그가 어떤 이유에서 의사를 그만두고 간병인을 하는 나와는 상관없는 일이다. 의사로서의 한계를 느끼고, 환자를 더 가까이에서 돌보고 싶었는지도 모른다. 그런 따뜻한 마음을 가진 사람이라면 나는 운이 좋은 편이다. 운이 좋다, 라니 오랜만이다. 슬그머니 입꼬리가 말려 올라갔다. 잠깐만요. 남자가 잊고 있었다는 듯 테이블 위의 리모컨을 집어 들었다. 곧 거실 한쪽 벽을 차지한 커다란 스피커에서 음악이 흘러나왔다. 'Love of My Life'. 이건 좀 간지럽다. 남자가 내게 머그컵을 내밀었다. 컵에 그려진 부엉이가 나를 빤히 바라본다. 나는 커피 한 모금을 입안에 머금었다가 얼른 삼켰다. 커피의 산미를 싫어하는 내게도 지나치게 쓴맛이다. 너무 써서 잊을 수 없는 맛. 할머니가 밖에 나갔을 때 몰래 내렸다가 결국 개수대에 쏟아버리고 만 커피의 맛을 닮았다. 후훗, 웃음이 나왔다.

"왜요?"

"너무 맛있어서요."

"다행이네요."

남자는 내 말을 곧이곧대로 믿는 듯 만족스러운 얼굴로 소파에 앉았다. 짝짝, 박수 소리에 거실 조명이 꺼졌다. 집 안이 어두워지자, 창 너머의 밤하늘이 눈앞으로 훅 다가왔다. 마치 플라네타리움 안에 들어온 것 같았다. 아니, 플라네타리움과 비교할 수 없을 정도로 생생한 반짝임이었다. 별들이 쏟아진다, 는 말을 글자가 아닌 감각으로 이해하는 날이 오게 될 줄이야.

"어머니가 건강하실 때, 이렇게 함께 별을 보곤 했어요. 거실 벽 한 면을 통유리로 하자는 것도 어머니 생각이었죠."

남자가 그리움이 담긴 목소리로 말했다.

"어머니가 편찮으세요?"

"네, 좀."

"그럼 어머니를 돌봐드려야 하지 않아요?"

"아, 이제 괜찮아요."

정말 괜찮다는 의미일까. 나처럼 괜찮고 싶어서 하는 말일까. 나는 남자의 옆얼굴을 바라봤다. 바닷속 희귀생물을 보는 것처럼 그의 콧날과 귀와 턱선을 눈으로 그리듯 살폈다. 그는 잠시 나를 쳐다봤다가 다시 창밖으로 시선을 돌렸다. 정작 그가 아는 한윤서에 대한 이야기는 하지 않았다. 나도 묻지 않았다.

커피를 반쯤 마셨을 때, 배에서 꼬르륵 소리가 났다. 남자가 쿡, 웃음을 참으며 물었다.

"배고파요?"

남자의 물음에 잊고 있던 허기가 와르르 밀려왔다. 집을 나서기 전, 유통기한이 하루 지난 샌드위치를 먹은 게 다였다. 축축해진 빵이 맛없어 그나마 절반은 남겨버렸다.

"네, 배고파요."

"뭐 먹을래요?"

"빨리 먹을 수 있는 거요."

이런, 남자가 긴 숨을 내쉬며 주방으로 가더니 라면을 끓였다. 우리는 주방의 길쭉한 테이블에서 머리를 맞댄 채 맵고 뜨거운 라면을 먹었다.

"커피 한 잔 더 마실래요?"

"아니요. 괜찮아요. 잠이 안 와서 밤에는 잘 안 마셔요."

쓴 커피를 정중히 거절하려니 변명처럼 말이 길어졌다.

"그럼 차라도 마실래요? 피곤하시면 잠깐 눈 붙이셔도 되고요."

"아뇨. 오늘 밤은 어차피 잠을 위한 밤은 아니잖아요."

말을 마치기도 전에 모순된 말을 해버렸다는 걸 깨달았다.

"저 화장실 좀."

나는 도망치듯 화장실로 들어갔다. 화장실 문을 연 순간 입이 절로 벌어졌다. 설마, 했는데 욕실 안에 새하얀 사각 욕조가 있었다. 곡선은 찾아볼 수 없는 정사각 욕조. 이쯤 되면 취향이 비슷한 정도라고 넘길 수만은 없었다. 유혹을 이기지 못하고 하얀 사각 욕조에 걸터앉았다. 그리고 곧 바닥으로 내려가 무릎을 끌어안고 따뜻한 물속에 잠긴 나를 상상했다. 머리카락에 남아 있던 짭조름한 냄새, 욕조 바닥에 가라앉던 모래알갱이들. 오래전의 촉감이 되살아났다. '진짜 목욕'이 하고 싶어졌다.

욕실 문을 여는데, 바로 앞에 남자가 구부정한 자세로 서 있었다.

"나올 때가 됐는데, 무슨 일이 있나 하고…."

"저, 이상하게 들릴지 몰라도."

"네?"

"저기서 목욕해도 될까요?"

나는 욕조를 가리키며 말했다. 남자의 눈이 둥그레졌다가 금세 반달 모양이 되었다.

"그럼요."

욕조 물이 적당한 온도로 식어갈 무렵, 노크 소리가 들렸다.

"들어가도 돼요?"

떨리는 목소리. 나는 놀라지 않았다. 커피를 마신다는 핑계로 그의 집에 올 때부터 그와 사랑을 나누게 되리란 걸 예감하고 있었다.

"들어와요."

태연한 척 말했지만 내 목소리도 떨렸다. 찰칵, 문이 열리는 소리가 들렸다.

＊

새벽 5시, 병원으로 돌아왔다. 침대에 누운 '나'의 입꼬리가 미세하게 올라가 있었다. 꿈을 꾸는 걸까? 기분 좋은 꿈을 꾸며 마지막을 맞는다면 좋을 텐데.

"긴장돼요?"

남자가 내 손을 감싸 쥐며 물었다.

"조금요."

다정한 눈빛이 나를 내려다봤다. 나는 아주 오래전부터 알아온 듯한 두 눈을 바라봤다. 그리고 지금이 진실을 말할 때라는 걸 직감했다. 나 자신을 엄마라고 부르는 어설픈 연극을 끝내야 한다.

"솔직히 말할게요. 난 한윤서예요."

"알아요."

남자는 놀라지 않았다. 놀란 쪽은 오히려 나였다.

"네?"

"당신이 과거에서 온 사람이란 거, 알고 있어요."

"그걸, 어떻게…."

"당신만 시간여행을 할 수 있는 건 아니잖아요."

"과거로 시간여행을 온 적이 있어요?"

"네. 당신을 만나러."

"하지만 저는, 당신을 만난 기억이 없는데요."

"멀리서 보기만 했으니까요."

"왜? 왜 그랬어요?"

"내 엄마이기 전의 당신을 만나고 싶었거든요."

"그게… 무슨 말이에요?"

남자가 가만히 나를 바라봤다. 입술이 가늘게 떨리고 있었다. 나는 그 입술이 벌어지기를 바라고, 또 그대로 굳어서 다시는 열리지 않기를 바랐다.

"한윤서 씨는, 내 엄마예요."

"하."

이건 꿈이야. 잠이 들면 나는 늘 행복한 꿈을 꾼다. 시작은 그렇다. 달콤하고 행복한 순간의 절정에 타들어 가는 종이처럼 주변이 어두워진다. 악몽은 언제나 주인공처럼 갑자기, 격렬하게 등장한다. 단숨에 꿈의 무대를 장악한다. 아니, 이건 꿈이 아니야. 나는 고개를 저었다.

"미안해요. 혼란스럽게 해서."

"거짓말하지 말아요."

고집스럽게 말하면서도 거짓말이 아니라는 걸 알았다. 남자의 눈빛이 낯설지 않았던 이유. 그건 그의 두 눈이 내 눈을 똑 닮아 있었기 때문이다. 나는 비틀비틀 창가로 갔다. 간신히 창턱을 움켜쥐었다. 온몸이 녹아내리는 기분이었다. 음악이 흐르지 않는 새벽. 병실 공기는 싸늘했다.

"내가, 아니 저 사람이 당신에게 말해줬나요?"

거칠거칠한 목소리가 적막을 갈랐다. 남자는 아무 말도 하지 않았다.

"당신도 나한테 미리 말해줘야겠다는 생각은 안 해봤어요?"

"당연히 했어요. 그래서 과거로 갔고."

"오늘이라도, 말할 수 있었어요."

"말했으면요? 당신은 같은 선택을 했을까요?"

"이 세상이 정해진 대로 돌아간다면 같은 선택을 하지 않았겠어요?"

"같은 선택이라도 우리가 느끼는 감정은 다를 수 있죠. 난 소중한 시간을 망치고 싶지 않았어요."

"소중한 시간이라고? 과연 그럴까? 난 당신을 없애버릴 수도 있는데."

"없앨 수 없다는 거 알잖아요. 내가 여기 있다는 게 그 증거죠."

"아니, 난 한 번도 아이를 원한 적이 없어. 이건 말도 안 돼."

"그렇지 않아요. 지금은 당황스럽겠지만, 시간이 지나면 당신 안에서 내 존재를 느끼고, 나를 원할 거예요."

"이렇게 하면서까지 태어나고 싶었어요?"

"태어나야 했어요. 그게 내 결론이에요."

"태어나야 했다고? 이제 만족해? 넌 뭐야? 나를, 그래, 네 엄마를 부수면서 존재할 만큼 중요한 인물이라도 되는 거야?"

"당신은 부서지지 않아요. 그리고 엄밀히 말해 당신은 내 엄마가 아니에요. 침대에 누워 있는 한윤서 씨가 내 엄마죠."

"말장난하지 마. 내가 저 사람이고 저 사람이 나야."

"맞아요. 내 말은, 지금 시점에서 당신은 내 엄마가 아니라고요. 무슨 말인지 이해하죠?"

그렇다. 내 아들, 남자는 아직 착상되지 않은 상태다. 하지만 그 사실이 내 기분을 나아지게 만들지는 않았다. 남자와 내가 함께 보낸 밤. 그에게는 목적, 태어나기 위한 욕망이 있었다. 나는 그저, 인간의 체온과 질감을 느끼고 싶을 뿐이었다.

"나도 처음에는 피하고 싶었어요. 과거에 가서 당신을 만나 얘기하고 싶었어요. 바꿀 수 있다면, 바꾸고 싶었어요. 그런데 먼발치에서 당신을 본 순간 운명을 받아들이게 됐어요."

남자가 독백처럼 말했다.

"첫눈에 반했다는 건가? 자기 엄마한테?"

"그런 차원이 아니에요. 당신도, 지금 당장은 아니라도 내 말을 이해할 수 있게 될 겁니다."

"아니, 난 절대 이해 못 해. 그러니까 여기서 나가."

남자가 벌게진 눈으로 나를 보았다. 무언가를 호소하듯 뻗은 손끝이 미세하게 떨렸다.

"나가요."

나지막한 목소리로, 단호하게 말했다. 그는 발자국을 세듯 천천히 병실을 나갔다. 나는 침대맡으로 돌아갔다. 그리고 이곳에 온 목적을 되새겼다.

나는 나의 죽음을 보기 위해 여기까지 왔다.

죽음을 앞둔 한윤서는 평온한 얼굴을 하고 있었다. 건조한 이마 위로 눈물이 툭, 떨어졌다. 손끝으로 눈물을 닦아냈다. 관자놀이 위에도, 콧잔등 위에도 눈물방울이 떨어졌다. 내 눈물을 닦을 생각은 하지 못한 채 늙은 나의 얼굴을 필사적으로 닦아냈다. 가느다란 주름 사이에서 웃음의 흔적을 발견하길 바라며.

내가 죽기 5분 전, 남자가 병실에 들어왔다. 차마 그에게 나가라고 할 수 없었다. 여기 있는 한윤서는 그의 엄마다. 어머니의 임종을 지키고자 하는 아들을 막을 권리는 내게 없다. 그의 말대로 나는 아직 그의 엄마가 아니다. 마치 꿈에서 깨어나는 것처럼, 그리고 꿈이라는 사실에 안도하는 것처럼, 오늘 일어난 부조리극이 내 안으로 스며들었다.

나는 점점 옅어지는 '나'의 숨결에 집중했다. 포근한 아기용 담요로 감싸주어야 할 듯 연약한 숨결이었다. 죽음은 예정된 시간을 지키기 위해 내 옆에서 기다리고 있었다. 조바심을 내지도, 그렇다고 한눈을 팔지도 않은 채.

유난히 긴 숨소리가 났다. 감긴 눈꺼풀이 파르르 떨리고, 입술이 벌어졌다. 그 작은 구멍 사이로 빠져나온 숨을, 죽음이 남김없이 거둬갔다. 삐이이, 가느다란 소리가 들렸다. 심전도 측정기가 수평선을 그렸다. 내 인생이 끝났다. 죽음이 떠난 자리에는 고요만이 남았다. 나는 영혼이 사라진 나의 얼굴을 오래도록 바라보았다. 마지막 숨처럼 긴 호흡이 입술 사이로 새어 나왔다. 현재로 돌아가야 할 시간이다. 아직 온기가 남아 있는 나의 손을 쓰다듬고는 조용히 일어났다.

"잘 가요."

남자가 내게 오른손을 내밀었다. 나는 그의 손을 맞잡았다. 악수쯤은 하고 헤어져도 좋을 것 같았다. 그가 붉게 물든 눈으로 미소 지었다.

"다시, 만나요."

내가 말했다. 남자가 고개를 끄덕였다. 나는 병실을 나왔다. 햇살이 가득 찬 복도는 눈이 부셨다. 또 다른 아침이 밝아오고 있었다. 🐾

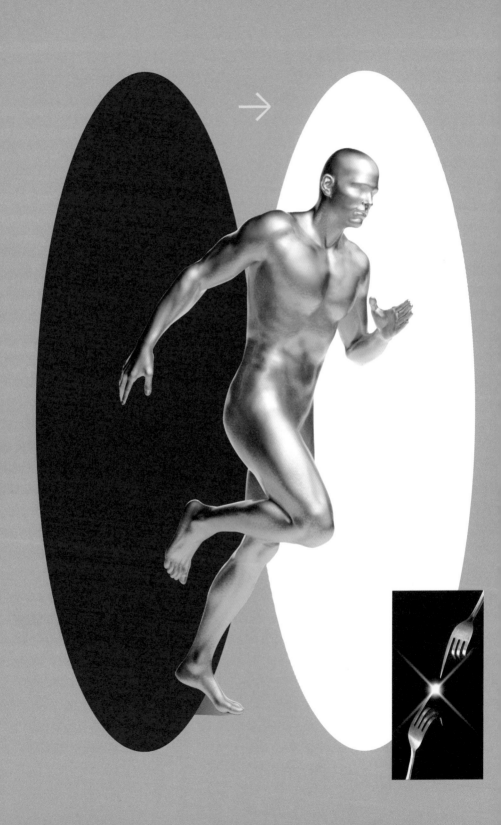

그들은 은색 쫄쫄이를
입고 온다

They Always Come in
Silver Tights

이규락 ───────────────

Lee Kyu-rak

2018년 문예지 《영향력》으로 작품발표 시작. 문예지와 웹진에 꾸준히 단편소설을 실었다. 낮에는 출판편집자로 일하고 밤에는 소설은 안 쓰고 늘지만 소리고 노력한다. 웹조선 맞춤형 인세가 장래희망이다. 브릿G 제7회 장가프로젝트에 선정 출간작으로 《2019 제1회 플라리스 선정작품집》(공저), 《단편들, 한국공포문학의 두 번째 밤》(공저), 《글리치 엑스 마가나》(공저)가 있다.

그 두 사람은 먼 미래에서 왔습니다. 정말 미래에서 온 게 아니라면 용서받지 못할 패션을 갖췄지요. 촌스러운 황동색 헬멧과 은갈치 같은 쫄쫄이 복장 하면서요. 사무실 허공이 일그러지며, 그들은 '개'라는 존재를 끌고 웜홀에서 튀어나왔습니다. 저는 졸도할 뻔했습니다. 물범처럼 매끈한 피부와 곤충처럼 올록볼록한 눈, 불가사리처럼 여러 갈래로 벌어진 입까지. '개'는 구역질 나는 모습이었죠. 미래의 반려동물이 저딴 형태로 진화한다면 저는 애견인은 못 될 운명이었습니다.

미래인들은 '개'와 함께 허공을 걸어 사무실을 가로질렀어요. 수많은 직원의 머리 위를 지나치는 동안 아무도 그들을 쳐다보지 않았습니다. 애초에 누구도 둘을 인지하지 못했어요. 저는 커피를 타는 척 슬며시 일어나 그들을 뒤쫓았지요.

미래인들이 도달한 곳은 인사4팀이었습니다. 매사에 깐깐한 성격이 〈스폰지밥〉에 나오는 징징이 같다고, 징징팀장이라고 불리는 남자 위에 딱 멈췄어요. '개'는 징징팀장을 먹어치울 것처럼 입을 벌렸습니다. 여러 갈래의 꽃잎처럼 입이 펼쳐지고 그 사이로 꿀벌의 침 같은 촉수가 돌출되었지요.

팀장의 머리가 뜯어 먹히고 피가 사방으로 튈 것 같은 두려움이 치솟았습니다.

다행히 그런 일은 일어나지 않았습니다. 팀장의 정수리에서부터 검은 그림자가 두둥실 떠오르더니, 개의 촉수로 소용돌이치며 흡수되더군요. 그러든 말든 팀장은 업무에 집중했습니다. 겉보기엔 아무 이상 없었어요. 미래인들이 저를 보곤, 수고했다는 듯 윙크했어요. 그들은 황동색 헬멧 중앙에 달린 다이얼을 돌렸습니다. 뱀이 똬리 틀듯 공간이 휘감기며 웜홀이 생기고, 그 속으로 두 미래인은 떠났습니다.

＊

미래인과 처음 조우한 건 몇 달 전 야근을 하던 도중이었습니다.

모두가 퇴근한 시각, 저는 사무실 구석에서 엑셀을 채워 넣고 있었죠. 곧 시행될 실적평가 때문이었습니다. 제 직장인 '생감생명'에서는 팀 단위 성과가 기준이에요. 한 사람이 똥을 싸면 다른 사람이 그 똥을 치워줘야 하죠. 인사부서에서는 똥싸개로 유명한 곽 사원이란 놈이 있었는데요. 곽 사원은 화려한 자격증이 무색하게 엄청난 똥쟁이였습니다.

문제는 곽 사원이 저희 팀원이라는 것이었습니다.

저는 엑셀 작성을 멈추고 이마를 짚었습니다. 이 일을 내가 대신 해치우는 신세에 열이 뻗쳤습니다. 박 대리는 헤드록을 걸면서 직속 선배인 제가 똥을 치우는 게 당연하다고 했어요. 일을 나눠 처리할 시늉조차 안 했지요. 채용인원이 최근 급속도로 느는 바람에 급여정산도 태산같이 쌓였는데….

청천벽력 같은 소리가 사무실을 뒤흔들었습니다. 저는 화들짝 놀라 자리에서 일어났어요. 어두컴컴한 사무실 한가운데에 거대 지렁이가 입을 벌린 듯 터널이 뻥 뚫렸지요. 총탄처럼 뾰족한 헬멧과 몸에 딱 붙는 은색 스판 옷을 착용한 두 사람이 터널에서 걸어 나왔습니다.

드디어 저승사자가 날 잡으러 왔구나. 정신이 오락가락하는 와중에 저는 그렇게 생각했습니다. 내가 그만 과로사를 한 모양이라고, 무리해서 일하긴 했지만 허무하게 가게 될 줄은 몰랐다고, 존경하는 히어로 대리님에게 말 한번 제대로 못 건네고 죽을 운명이었구나 하고요.

저승사자들은 제게 다가왔습니다. 검은 도포 차림은 아니었지만… 저승에서 아방가르드 패션이 유행할 수 있는 법이니까요. 한 명은 얼굴이 넓적하고 키가 큰 게 도마뱀처럼 생겼고, 다른 쪽은 로봇처럼 표정이 없었죠. 잡아갈 테면 잡아가시오, 하는 마음으로 두 손을 내밀었습니다. 박 대리와 곽 사원은 내 죽음으로 깨닫는 교훈이 있기를! 억울한 심정으로 서 있는데, 로봇인간이 사각형 쪼가리를 건네더군요.

"저희는 이런 사람들입니다."

공손한 어투였어요. 저는 예절이 몸에 밴 회사원답게 쪼가리를 자연스레 받아들였습니다. 은색판 위에 적힌 글자가 은은히 야광 빛을 발했어요.

생감생명 구-지구세기 시간현장직 제2팀
1004945 대리

저는 고개를 들어 한마디 당혹감을 표현했습니다.
"네?"

그들은 미래의 저희 회사에서 온 '파견자'라고 했어요. 생감그룹이 은하연방의 드높은 기업으로 성장한 먼 미래에서 말입니다. 저는 목을 뒤틀면서 믿을 수 없다는 반응을 보였습니다. 와, 내가 완전 정신을 놨구나. 스스로 뺨을 후려쳤지만 허상은 사라지지 않았습니다.
"선생님이 꼭 해주셔야 할 일이 있어 왔습니다."
미래인 한 사람이 말했습니다.
"시간여행자들에게 과거시간대 거주는 허용되지 않으니까요."

그러더니 '시간여행법 조항'에 대해 읊었습니다. 과거로 시간여행을 할 시 과거인과 소통할 순 있지만 그 외 행위는 금지된다는 얘기였습니다. 과거인과 조우하면 해당 법안을 전해야 한다는 조항도 덧붙였지요.

저는 이 헛소리가 언제 끝날지 기다렸습니다. 사무실에 들이닥쳐 은하연방이라든지 시간여행이라든지 하는 소릴 지껄이면 누가 믿습니까? 허공에서 등장했다고, 현실 같지 않은 개성적인 외모를 가졌다고 모든 게 설명되진 않잖아요! 온갖 가정을 머릿속에 펼쳐놓았어요. 외국 유튜브 채널의 블록버스터 몰래카메라, 최신기술로 침투해온 산업스파이, 내가 모르는 특수효과 앱을 사용하는 강도라든지. 물론 이 가정들도 말이 안 됐습니다.

계속 믿지 못하겠다며 말을 더듬거리자, 도마뱀인간이 알겠다는 듯 고개를 끄덕였습니다. 도마뱀인간은 헬멧 중앙의 다이얼을 돌리더군요. 흡사 먼 옛날 회전식 전화기 다이얼을 입력하는 것 같았습니다. 검은 구덩이 같은 웜홀이 생성되고, 그가 안으로 사라졌어요. 다시 봐도 놀라웠지요.

잠시 후 터널을 걸어 나온 도마뱀인간이 물었습니다.

"선생님, 오후 6시 이후 근무하실 때 21세기 초반식 카페인 음료를 섭취하셨는지요?"

그러니까 야근하는 동안 커피를 마셨느냐는 뜻이었어요. 저는 그렇다고 하며 책상을 돌아봤어요. 컴퓨터 왼쪽 자리에 놓여 있어야 할 잔이 어디론가 사라졌죠. 저는 커피 자국이 진하게 남은 이면지에 잔을 올려놓는 습관이 있거든요. 헷갈렸습니다. 방금까지 입안에 쓸쓸하게 남았던 커피 향마저 전혀 맴돌지 않습니다.

아니다. 난 커피를 마신 적이 없었다. 오늘 캡슐 기계가 고장 나 있었으니까! 잠깐, 그랬나? 아닌데? 커피를 마시며 정산 작업했는데? 캡슐 기계가 고장 났는데 어떻게 뽑아마셨지? 머릿속이 혼잡했습니다.

관자놀이를 붙잡고 그들을 노려봤습니다. 도마뱀인간이 미소 짓더군요.

"당신의 과거를 조정했습니다. 선생님. 아주 살짝요."

로봇인간이 일정한 음색으로 말했어요.

"저희가 선생님을 찾은 건 '조정자' 직책을 맡아주십사 부탁드리기 위해서입니다."

조정자라니? 미래인이 한 번도 못 들어본 직무를 위임하니 뭔가 두려웠어요.

조정자가 하는 일은 간단했습니다. 미래인이 지정해준 근무자의 프로필 데이터와 주소, 배정된 위치 등 상세 정보를 확인하고 잘못된 점이 있다면 알려달란 것이었죠. 그렇게만 하면 자동으로 인센티브가 지급될 거라 했습니다. 도마뱀인간의 말을 빌리자면, 21세기 초엽에 유통된 대한민국 화폐인 '원'으로요. 저는 시킬 게 그것뿐이냐고 물었죠.

"네, 아까도 말했듯이 저희는 '과거 거주'가 불가하니까요. 당신처럼 과거에서 저희에게 정확한 정보를 체크해주실 분이 필요한 거죠."

당시 저는 진퇴양난에 빠져 있었습니다. 꼰대 같은 직장 상사며 4차원 막내 사원, 형이 사업한답시고 망쳐놓은 집안 사정까지. 그런데 고작 날로 먹는 수준의 일로 통장에 거액을 준다니, 군침 도는 제안이었지요.

"좋습니다, 좋아요!"

그러자 그들은 제 손에 펜 하나를 쥐여줬지요. 펜대에서 날카로운 바늘이 튀어나와 손바닥을 찔렀습니다. 비명을 지르며 황급히 손을 떼는데, 이번에는 녹색 전자단말기를 건넸습니다. 단말기 화면에 아라비아 숫자와 흡사한 언어가 박혀 있었습니다.

"당신의 DNA를 우리 언어로 표현한 서명입니다."

두 미래인은 다이얼을 돌렸어요. 저는 지정된 사람들로 무슨 일을 하려는 건지 묻고 싶었지만, 갑자기 참을 수 없는 졸음이 눈꺼풀을 무겁게 눌러왔어요. 두 미래인의 얼굴이 희미하게 일렁였습니다.

"다음에는 선생님의 눈에만 보이는 모습으로 찾아올 테니 누구에게 들킬까 걱정하지 마십시오! 바늘에 비가시광선 슈트 감지용 약물도 좀 섞어놨습니다."

도마뱀인간이 손을 흔드는 모습을 마지막으로, 저는 혼절하고 말았지요.

정신을 차렸을 때, 여전히 사무실이었어요. 커튼 사이로 아침 햇살이 들이쳤어요. 하지만 지난밤의 대화는 분명 현실이었어요. 햇빛이 떨어지는 책상 위, 녹색 단말기가 또렷이 보였거든요.

✳

몇 달 동안 미래인들은 나타나지 않았습니다. 단말기 버튼을 이것저것 눌러봐도 도통 작동을 안 했어요. 검은 화면에 못생긴 제 콧구멍만 비치더군요. 그들과의 대화는 점차 잊혀져갔지요. 현실의 사정이 제 목을 짓누르고 있었으니까요. 보증을 서달라는 형의 부재중 전화가 통신기록에 쌓였고, 박 대리는 식사 후 소화를 해야 한다며 틈만 나면 저에게 레슬링 기술을 걸었어요. 막내 곽 사원은… 한숨만 나왔지요.

곽 사원에게서 가장 이해하기 힘든 점은 유머감각이었어요. 곽 사원이 신입 시절, 본가에 대해 물으면 자꾸 '화성'이라고 대답하더군요. 화성시에 산다는 말인가 싶었는데 곽 사원은 그게 아니라 다른 행성에서 왔다는 겁니다. 녀석은 혼자 폭소하곤 농담이라고 했어요. 상사들은 굳은 표정인데 말이죠! 그뿐입니까, 누군가와 전화하며 외계인 같은 말을 지껄이는 것도 본 적 있어요. 제가 정색하자 미소 지으면서 장난 한번 쳐봤다는 겁니다. 팀장님은 저를 따로 불러 막내 교육 좀 똑바로 시키라더군요.

저는 틈만 나면 휴게실로 도망쳐 혼자 욕설을 퍼부었습니다. 왜 나를 이런 등신들과 붙여줬느냐고, 신이 있다면 당신은 빌어먹을 자식이라고, 히어로 대리처럼 똑똑한 사람이 상사였으면 좋겠다고.

히어로 대리님은 완벽한 사람이었습니다. 후배들에게 함부로 꼰대질하기는커녕 친절한 말로 북돋워주었죠. 업무에 모범적으로 나서는 데도 스스럼없었습니다. 그뿐입니까, 훈훈한 미소며, 우람한 어깨하고는…. 네, 모든 면이 훌륭했어요. 인사부서의 슈퍼우먼이었죠. 흡연실에서 나이 든 아저씨들이 모여 여직원들에 관해 킬킬거리다가도, 히어로 대리님이 나타나면 꼼짝 못 했어요. 누구도 그만큼 모범적인 사람이 없었거든요.

그날도 저는 답답한 마음에 속이 뒤틀려 자리를 이탈했어요. 심호흡하면서 복도로 뛰어갔죠. 히어로 대리님이 기다렸다는 듯 미소 지으며 제게 다가왔어요. 그리고 캔 커피를 건넸지요.

"이 주임님, 너무 고생이 많으셔요."

저는 휴게실로 향하던 발걸음을 멈췄어요. 작은 캔 커피에 담긴 온기를 음미하며, 자리로 돌아가 일을 재개했지요.

그로부터 5일 뒤, 미래인들이 사무실에 나타났습니다.

＊

저는 지친 몸을 이끌고 퇴근해 원룸에서 〈와호장룡〉을 보고 있었습니다. 영화가 끝나면 심심풀이 삼아 절권도 동작을 연습할 셈이었지요. 십 대 시절부터 무협영화로 스트레스를 풀었거든요. 느닷없이 침대 옆에 둔 녹색 단말기가 작동했어요. 재빨리 화면을 확인했어요. 정말 생감생명 직원의 프로필 데이터가 뜨더군요. 징징팀장의 사진, 이름, 그리고 개인정보가 빼곡히 적혀 있었지요. 징징팀장의 머리가 가발이었다는 것도 그 데이터를 보고 알았습니다.

이튿날, 곽 사원을 부장실로 보낸 시각이었습니다. 연도가 잘못된 근태데이터 양식을 올리는 바람에, 팀장님이 누군가는 책임져야 한다며 으름장을 놓았거든요. 팀장님 자신은 외근을 나갈 테니 찾지 말라고 했어요. 얼마 전까진 곽 사원이 실수하면 제가 부장님을 알현했지만… 곽 사원이 자기 실수를 똑바로 마주할 차례였습니다.

저는 조용히 인사4팀으로 가, 단말기로 징징팀장의 모습을 담았습니다. 핸드폰으로 사진을 촬영하듯이요. 30분쯤 흘렀을까요. 허공이 소용돌이치더니, 두 미래인이 도약해왔어요. 그들은 사족보행을 하는 괴물을 끌고 왔습니다. 이미 말씀드렸듯, 그 괴물은 징징팀장의 그림자를 흡수했어요. 끔찍한 광경이었습니다. 불가사리처럼 갈라지는 입, 거머리처럼 말랑거리는 피부, 날름거리는 촉수! 징징팀장은 다음 날에도 멀쩡했지만, 저는 두려운 감정이 절로 피어올랐어요.

제 심정을 알아차린 걸까요? 미래인들은 혼자 야근하는 일시에 딱 맞춰 찾아오더군요.

"시간여행법 조항에 따라 모든 정보를 다 알려드리려고요."

도마뱀인간이 목을 가다듬었습니다.

"해를 끼치는 일이 전혀 아니니 걱정 않으셔도 됩니다. 저희가 하는 일은… 인간의 '오라'를 빨아들이는 거니까요."

오라? 오로라도 아니고 그게 뭘까요?

바로 이런 내용이었습니다.

아득한 미래, 생감생명 사업부는 제약, 생물학, 화학이 혼합된 각종 사업을 벌이고 있었습니다. 식민행성의 외계생물들을 잡아들여 이런저런 생체실험으로 새로운 상품패키지를 구성하는 사업이 주력이었다죠. 그렇게 이룩한 가장 큰 쾌거가 바로 그 괴물이라고 했어요.

괴물을 발견한 행성에 도달했을 당시, 징그럽고 기이한 생김새 때문에 학살이 자행됐다고 하더군요. 그러다 의외로 애교가 많다는 습성이 발견되었고, 놈들은 '개'라고 불리며 비싼 값에 사고팔렸답니다.

"그때까진 특이취향의 반려동물로서가 아니면 큰 가치를 지닌 동물은 아니었습니다."

도마뱀인간이 말했어요.

"인플루언서가 되고 싶어 안달 난 인간이 '개'들의 촉수에서 분비되는 액체를 빨아먹는 영상을 촬영하기 전까지는요."

원래 그 액체물질은 화학적으로 분석할 수 없어 섭취 불가 물질로 분류됐다는데요. 액체를 처먹은 홀로스타그램 중독자가 하루아침 천재로 돌변하자 상황은 뒤집혔다지요. 해당 홀로그램을 접한 사람들이 정체불명의 액체를 흡수하려고 시도 때도 없이 '개'의 촉수를 빨아재꼈어요. 부작용을 두려워한 연방은 액체를 마약류로 분류하고 '개'를 거래품목에서 제외했다고 했어요.

"해당 물질의 효능이 정확해진 건 수년이 흐른 뒤였죠."

도마뱀인간이 설명을 이어갔습니다.

인류는 행성 간 게이트가 설치되어 수억 광년을 맘대로 넘나들 정도로 발달한 시대로 돌입했다죠. 그런데 이동 게이트가 이상성 물질 우주라는, 물리 법칙과 위배되는 공간으로 사람들을 자꾸 이끌었더랍니다. 이상성 물질 우주공간은 육안으로는 인식하기 어려워 특별 관측기구를 발명해야만 했대요. 이상성 물질 관측도구를 임상하던 중, '개'들이 인간에게서 촉수를 뻗을 때 괴상한 그림자가 흡수되는 모습을 포착했다지요.

그게 바로 '오라'라고 합니다.

"특정 인간에게 발견되는 정신적 차원의 물질이, '개'의 뇌분비선을 통해 물리화학적 물질로 변환되고 있었죠. 해당 액체는 그 어떤 건강식보다도 사람의 지능과 건강 향상에 지대한 효과가 있던 거예요!"

도마뱀인간이 어깨를 으쓱했습니다.

"흡수당한 사람에게는 별다른 건강 이상이 발견되지 않지만요."

일반우주 차원에서는 포착되지 않는 물질이기 때문이라는, 이해하기 힘든 해설을 덧붙이기까지 했어요.

"저희 시간대의 인류에게서는 '오라'가 고갈되었습니다. 그래서 과거의 인류에게서 채취하려는 거예요. 이제 납득 됐습니까?"

음, 먼 미래에도 관심 종자가 존재한다는 사실이 이해가 안 됐고, 우주니 이상성 물질 어쩌고는 한 귀로 흘려버렸지만 대충은 무슨 소린지는 알 것 같았어요.

저는 내친김에 용기 내 질문을 몇 개 던져보았습니다. 이대로라면 모든 걸 말해줄 태세였으니까요. 마침 그들이 왜 저를 선택했는지가 궁금하던 찰나였거든요.

"'조정'을 맡겨도 미래가 크게 변하지 않는 사람들이 후보였어요."

도마뱀인간이 우물거렸습니다.

"가상으로 모델링된 각종 시뮬레이션을 통과한 인물이 바로 당신이거든요."

로봇인간이 일정한 음색으로 덧붙였죠.

저는 헛기침을 했어요.

"…혹시 제 역사를 더 구체적으로 알려줄 수 있나요? 인생이 어떻게 잘 풀린다든지."

히어로 대리님과 이어질 가능성이 있느냐고 묻고 싶었지만, 차마 그렇게 말하진 못했어요.

"아니요. 한 사람의 운명을 발설하는 건 시간여행 법에 어긋나는 행위입니다. 대신!"

로봇인간이 제 핸드폰을 톡톡 건드렸습니다.

"인생이 잘 풀리도록 도와드릴 순 있죠."

핸드폰 화면에 메시지 알림이 떠 있었습니다. 넉 달 치 월급보다 큰 금액이 한 번에 입금되었다는 알림이었죠. 다시 고개를 들었을 때, 미래인들은 사라지고 없었습니다.

✳

그 돈을 어디다 썼느냐고요? 채권자들에게 휘둘리는 형에게 절반, 서울 근교 지하방에 세 들어 사는 부모님께 절반을 입금했죠. 첫 번째 인센티브는 그걸로 끝이었습니다. 그래도 숨통이 트이는 기분이었어요. 한동안 마음 놓고 무협 영화나 보면서 하루하루를 보냈습니다.

미래인들은 두세 달 간격으로 사무실로 도약해왔어요. 일정한 규칙 없이 제멋대로 사람이 지정되는 것 같았죠. 직원들과 자주 부딪치는 인사부서가 아니었다면 지정자들이 어떤 층 어디에 앉아 있는지 수색하느라 애먹었을 겁니다. 이 짓을 반복하다 보니 몇 가지 의문이 떠올랐어요. 왜 이 회사 사람만을 대상으로 오라를 빨아들이는지, 다른 시간대뿐만 아니라 동시대 다른 장소에도 나와 같은 조정자가 존재하는지, 오라는 어떤 기준의 누구한테 부여되는지 말이죠. 이런 자잘한 궁금증을 풀려고 노력하지는 않았습니다. 인센티브는 또박또박 입금되었으니까요. '개'들은 여전히 무시무시해 보였으니… 감히 대적할 생각을 못 했지요.

계절이 흐르는 동안 미래인이 방문한 건 세 번 정도였을까요. 헬멧의 다이얼 사용방식을 유심히 지켜봤는데, 무슨 원리로 돌아가는지 도통 모르겠더군요. 그사이 저에게는 환호할 만한 일이 생겼습니다. 날이 지나더니 곽 사원이 조금은 정신 차렸다는 것이지요. 그냥 멍청이인 줄 알았는데, 정도껏 도움이 될 수준으로 향상됐어요. 그 분위기 안 맞는 농담은 그대로였지만요. 박 대리가 레슬링 기술 시험대상을 곽 사원으로 바꾼 게 도움 됐을까요? 아무튼 짜증나는 일이 줄었습니다.

하지만 무엇보다 기쁜 사실은, 저와 히어로 대리님 사이의 일이었습니다.

급여데이터를 비교하기 위해 히어로 대리님에게 메신저로 연락해야 했는데요. 파일을 주고받던 중 대리님 프로필을 우연히 보게 됐답니다. 〈수라설희〉가 배경인 거 있죠. 무협영화 중에서도 컬트적 인기를 끌고 있는 영화! 저

그들은 은색 쫄쫄이를 입고 온다

도 수라설희를 재밌게 봤다고 메시지 보냈더니, 히어로 대리님이 메신저로 줄줄이 무협영화에 관한 이야기를 쏟아내더라고요! 수라설희 같은 컬트영화만 아니라 각종 무협영화를 섭렵한 분이었어요. 심지어 〈흡혈기공 박 부장〉 같은 마니아 콘텐츠까지 마스터했다죠.

히어로 대리님은 돌아가신 어머니의 영향이라고 했어요. 중국어 통역사였던 어머니가 결혼과 출산을 하면서 경력이 단절된 뒤, 항시 중국영화드라마 채널을 틀어놓아서 형성된 취향이래요. 음, 어머니께서 당신의 쓸모를 찾고 싶었던 거 같다고, 대리님은 말했죠.

덕분에 저는 히어로 대리님의 인생에 관해 조금이라도 알게 되었으니 여러모로 뜻깊은 시간이었습니다. 저희는 종종 마주쳐 무협영화와 드라마에 관한 이야기를 나눴지요.

그리고 얼마 후, 저는 한 발 더 용기를 냈습니다. 마침 아트시네마에서 주성치 특별전이 진행된다는 소식을 접했거든요. 〈파괴지왕〉 리마스터판을 예매하고 함께 보자고 할 예정이었어요.

점심시간, 대리님께 다가가는데, 녹색 단말기가 울리는 겁니다.

화장실로 방향을 틀었습니다. 단말기를 안주머니에 숨겨 누구에게도 보이지 않으려 했어요. 회사원의 개인정보가 빼곡히 적힌 걸 누가 본다면 스토커라고 오해 살지도 모를 일이잖아요?

변기에 앉아 화면을 들여다봤어요. 이번에 '오라'를 채집할 대상은 누굴까, 휘파람 불면서 확인하는데, 아주 익숙한 얼굴이 떠 있었습니다.

히어로 대리님이었지요.

대리님이라면 사람을 건강하고 똑똑하게 만들어준다는 '오라'를 가지고 있기 충분하지. 저는 마음을 추스르며 미래인들에게 보고한 뒤 화장실에서 나왔습니다. 불안하더군요. '개'들이 인간의 그림자를 빨아들이는 모습은, 금방이라도 생명의 온기를 꺼뜨릴 것만 같이 보였으니까요. 안 좋은 일과 엮인 건 아닐 거라고, 스스로 진정시켰습니다. 그래요. 해를 가하지 않는다고 미래인들이 친절하게 말해주지 않았습니까.

일에 집중되지 않아 휴게실로 갔습니다. 소파에 앉아 단말기를 꺼냈어요. 미래인들에게 이 일의 위험성을 재차 물어야 할지, '개'들이 최대한 대리님에게 닿지 않도록 조심해달라고 부탁해야 할지. 영화 보러 가잔 얘기는 어떻게 해야 할지….

인기척이 들려 저는 황급히 뒤돌았습니다. 곽 사원이 저를 똑바로 바라보고 있더군요.

"무슨 일이야?"

저는 서툰 동작으로 단말기를 안주머니에 숨겼어요. 곽 사원의 시선은 제 안주머니를 따라갔습니다. 녀석이 격앙된 목소리로 외쳤어요.

"주임님이, 조정자였어요?"

서류 더미로 뒤통수를 얻어맞은 것처럼, 머릿속이 새하얘졌어요. 저는 말을 더듬으며 네가 어떻게 아느냐고 겨우 얘기를 꺼냈지요. 다음에 일어난 일은 더욱 가관이었습니다.

"지금 뭐 하는지 제대로나 알고 하시는 겁니까? 네?"

곽 사원의 얼굴이 터질 듯 새빨개지는 겁니다. 아무것도 모르면서 수락한 거냐고, 어떻게 사실을 숨긴 거냐고… 알아들을 수 없는 말을 늘어놓았어요.

"뭐라고 하는 거야? 천천히 좀 말해봐! 네가 어떻게 아는 건데!"

"주임님, 설마 '오라' 어쩌고저쩌고하며 법적 조항이 어떤다는 말에 넘어갔습니까? 네?"

"어?"

"걔네가 오라라고 주장하는 물질이 뭔지 알아요? 바로 인간의 수명이라고요!"

저는 순식간에 얼어붙었어요. 곽 사원은 품속에서 은색 사각 종이를 꺼내더군요. 미래인들이 건네준 명함과 똑 닮은 야광 글자가 빛났습니다.

시간공정위원회 지구부서
40508팀 수색자 203040501992 파견대원

저는 멍하니 고개를 들었습니다.

곽 사원이 소파 바닥이 꺼지도록 주저앉았습니다. 심호흡을 하더니 어디서부터 이야기를 꺼내야 할지 모르는 눈빛을 하더군요.

"그들이 끌고 오는 '개'를 본 적 있죠?"

저는 말없이 고개를 끄덕이며 곽 사원의 그간 행동을 복기했어요. 화성이 고향이라는 소릴 비롯해 왜 혼자 아무렇게나 웃음을 터뜨렸는지 말이죠.

"어디까지가 사실인지 알려드리죠."

곽 사원 들려준 이야기는, 먼젓번 미래인들의 설명과는 달랐습니다.

일부는 비슷했어요. '개'들이 외딴 행성에서 발견됐다거나 의외로 애교가 많아 반려동물로 인기를 끌었다는 설명까지요. 문제는 '오라'가 발견된 계기부터였습니다.

곽 사원의 이야기에서 SNS 관심 종자는 등장하지 않습니다. 늪지대 행성에 고딕식 성을 짓고 사는 음침한 갑부 이야기로 시작했어요. 갑부는 각종 특이생물체를 수집해 지하 감옥에 가두는 취향이 있었는데, 그중 하나가 '개'였다고 합니다. 개인서재에서 '개'의 곤충처럼 징그러운 눈을 들여다보는 데 심취했다고 해요. 곽 사원이 어깨를 으쓱이며 말했습니다.

"곤충을 숭배하는 종교를 믿었다나."

갑부는 아무도 없는 서재에서 사망했고, 이는 밀실 살인사건으로 알려집니다. 과거재생 단말기 어쩌고(더 복잡한 단어가 이어졌는데 까먹었네요)를 되감아도 방을 다녀간 사람은 없었다지요. 갑부가 '개'의 촉수를 쓰다듬는 장면만 담겼다고 합니다.

"유사 사건이 연방 전역의 졸부들에게 벌어진 겁니다."

곽 사원이 진지한 눈빛을 번뜩였어요.

"부자들이 아무도 모르게, 어떤 물리적 흔적도 없이 사망한 거죠."

희생자들이 특이동물 수집가라는 것, 사건 현장에 '개'가 어슬렁거렸다는 공통점이 있었죠. 은하 전역에 '개'가 저주받은 동물이라는 미신이 퍼졌답니다. '개'는 거래시장에서 소비자들의 선택을 받지 못해, 역사 속에서 잊혔지요.

"사건의 진위가 밝혀진 건, 행성 간 차원 게이트가 설치되고, 이상성 물질 우주가 발견된 뒤였죠."

이상성 물질 관측도구를 통해 '개'들이 생명체에게서 정체불명의 그림자, '오라'를 빨아들이는 현상이 관찰되었다는, 미래인들이 해준 설명과 똑같은 이야기였어요. 다만, 그 '오라'는 실험된 생명체를 오랜 기간 관찰한 결과, '수명'이었음이 증명됐다는 점이 달랐습니다. 진상은, '개'들이 졸부들 수명을 죄다 빨아들였다는 거였죠.

떨리는 손으로 단말기를 내려다봤어요. 이제까지 미래인들에게 위치와 모습을 전송한 '지정자' 목록이 떴습니다.

"그럼 미래의 생감그룹이 수명을 뺏어가는 일을 하는 거야…?"

그들이 왜 저를 '조정자'라고 부르는지, 무엇을 조정한다는지 그 의미가 명확해졌어요.

"맞습니다."

곽 사원은 제 어깨를 붙들고 말했습니다.

"그러니까 이 주임님. 주임님이 저희 시간공정위를 위해 해줄 게 있어요."

＊

오후 내내 멍하니 컴퓨터 화면만 쳐다봤어요. 일이 눈에 들어오지 않았어요. 이상하게도 히어로 대리님께 영화를 보자는 말만은 쉽게 나왔습니다. 대리님도, 별 고민 없이 초대를 수락했어요.

퇴근 시각, 대형영화관 아트시네마로 향했습니다. 평소와 달리 제가 힘없이 대답하자 대리님이 당황한 기색이더군요. 저는 피곤하다는 식으로 맥 빠지는 웃음을 흘렸습니다. 차마 대리님이 걱정돼서 그렇다고, 어떻게 말할 수 있겠어요?

극장에서도 마찬가지였어요. 코믹한 장면이 나올 때마다 박장대소하는 히어로 대리님을 보면서 착잡한 심정이 들었습니다. 영화가 끝나고 천천히 걸으며 이야기를 나눴어요. 주성치의 센스가 대박이라는 등의 얘길 주절주절 떠들어댔지요.

"아, 나도 금은처럼 비기를 배우고 싶던 때가 있었는데."

금은은 〈파괴지왕〉 주인공입니다. 영화는 순진하고 착한 음식 배달원이 재야의 고수를 만나 무적의 비기를 습득한다는 내용이죠. 히어로 대리님도 한동안 태극권의 매력에 빠진 적 있다고 했어요. 유튜브에서 종합격투기 선수한테 태극권 고수가 두들겨 맞는 모습을 보고 실망했다지만요.

"저는 절권도를 배워보려 했었어요."

우리는 골목을 걸었습니다. 군데군데 밝혀진 가로등 불빛이 어두운 아스팔트를 비추었어요. 어린 시절 기억을 떠올리니 조금 움츠러들었어요. 중학교 시절 학급 친구들에게 매일 얻어맞았거든요. 내성적인 성격을 형성하는 데 한몫했던 경험이죠. 전봇대에 붙은 절권도 과외 전단을 보고 이거라도 배워보자고 결심했죠. 전단에 적힌 주소로 찾아 가니 자칭 절권도 고수가 허름한 건물 옥상에서 담배를 물고 있더라고요. 고수는 회비 봉투를 냉큼 뺏고는, 그 자리서 절권도 잽을 전수해줬어요. 다음 날부터 연락이 통 안 됐지만요.

"등록금 먹고 나른 거죠."

"와, 진짜 나쁜 놈이다."

히어로 대리님이 속상한 얼굴을 했어요.

"지금도 절권도 잽만큼은 꾸준히 연습하고 있어요."

저는 우습게 자세를 잡았습니다. 대리님이 사람 좋게 큰 웃음을 터뜨렸어요. 정말 절권도 잽만큼은 꾸준히 연습 중이었는데요.

정류장에 다다르자 곽 사원의 말이 떠올랐습니다. 순식간에 숨이 막힌 듯, 눈앞이 흐려졌어요. 내가 그들의 부탁을 들어주지 않았더라면, 조금 더 의심을 했더라면, 그 돈에 정신이 팔리지 않았더라면… 대리님께 잘못했다는 얘기를 꺼내보려고 애썼어요. 물론 진실을 알려줄 순 없었죠. 이상하게도, 지금의 일이 너무 힘들다고, 자꾸 나는 잘해보려고 한 것뿐인데 사람들에게 피해

가는 행동만 하는 거 같다고, 하소연이나 털어놓게 되더군요. 대리님께 피해를 주고 싶지 않았다고 말하고 싶었던 것뿐인데요.

히어로 대리님이 물끄러미 저를 내려다봤어요. 이윽고 대리님이 낮은 목소리로 말했지요. 자기도 아직 그렇다고, 사람들은 본인을 무적으로 보는 것 같은데, 그렇지 않다고. 어쩔 땐 그 시선이 부담스럽다고요. 앞을 한 치도 내다볼 수 없어서 불안하다고요.

"그래도 주임님처럼 마음이 맞는 사람하고 만났잖아요. 덕분에 회사에 오는 게 조금은 즐거워졌어요."

버스를 타기 전, 히어로 대리님은 제 어깨를 두들겼어요. 버스 창가에서 저를 보며 미소 짓던 대리님의 얼굴이 아직도 기억납니다.

다음 날, 미래인들이 도약해올 시간이 되었지요.

*

곽 사원이 부탁한 일이 뭐냐고요? 음, 저는 그 일을 맡기 전에 더 이해가 필요했어요. 그날 휴게실에서 제가 아직도 믿지 못하겠다는 표정을 짓자, 곽 사원이 한숨을 쉬었어요.

"조금 더 설명해드리죠."

곽 사원이 코트 안쪽에서 제가 가진 것과 유사한 형태의 단말기를 꺼냈습니다.

"'개'들이 수명을 흡수한다는 정보를 입수한 건 어느 작은 기업연구소뿐이었어요."

곽 사원은 단말기를 뒤져 이미지를 탐색했어요.

"시간여행기술 프로토타입을 개발하는 데 앞장선 생감그룹에서 새로운 상품을 내놓으며 논란이 점화됐죠. 일명 수명패키지. '개'의 뇌분비샘에서 분비되는, 수명이 물리화학적 물질로 변환된 액체를 냅다 팔기 시작한 거죠."

곽 사원이 보여준 이미지에 따르면, 평범한 한약 봉투 같은 모양새였어요.

"수명패키지의 원산지를 속였죠. 독점 행성들에서 발견한 물질을 합성해 개발한 약물이라고 선전했다고요, 개자식들!"

이상한 점이 밝혀지기 시작한 건, 역사의 변화가 조금씩 영향을 발휘한 시점이었습니다. 바닥을 치던 생감그룹의 주가가 상승하고, 독점행성과 연방 협력 식민지 사업이 늘고, 평균 월급이 반 토막 나도 노동력은 유지되고… 폭풍처럼 부당행위가 늘었지만 이득이 급격히 상승했죠. 비영리단체로부터 제기된 불만접수가 대대적인 수사로 이어졌어요. 수명패키지가 과거인들의 수명을 빨아들여 생성되는 게 아니냐는 의혹이 떠올랐답니다. 기업의 의지와 반대되는 사람을 표적 삼아 시행되는 거 아니냐는 식으로요.

"그런 게 아니라면 역사데이터에 변화가 생길 리 없죠. 문제는 생감그룹과 연방의 여러 높은 인사가 친분을 맺은 관계라는 겁니다. 반면 시간공정위는 힘이 약해요."

심지어 연방의 몇몇 의원들이 날치기로 통과한 법안까지 존재했더랍니다. 그게 미래인들이 제게 설명한 시간여행법이었어요. 일방적으로 설명하고 서명만 받으면 과거인을 상대로 상업적 계약이 허가된다는 내용이었지요. 반면 시간공정위는 행정명령으로 신설된 단체임에도, 기술력 지원이 빈약하다네요. 곽 사원도 이 일에 자원한 일반 공무원 중 하나에 불과하지, 특수한 훈련을 받은 인력은 아니었습니다.

"…그 놈들이 사무실을 휘젓는 동안 넌 뭐했는데?"

제가 물었습니다.

곽 사원은 낙심한 표정으로 대답했어요.

"생감그룹 파견직은 비가시광선 슈트… 그러니까 은색 쫄쫄이를 착용해서 저희가 눈으로 발견할 수 없어요. 생감생명의 보안이 워낙 철저해 시간공정위가 슈트 해체법을 입수하지 못한 탓입니다."

결국 시간공정위는 생감그룹 미래 파견직을 관측할 수 있는 존재, 바로 조정자와 접촉해야 했다고 합니다.

"LED 전등 밑이 어둡다더니! 과거로 와서 여태 조정자를 찾아 헤맸는데 주임님이었을 줄은!"

속담을 잘못 인용한 것 같았지만, 굳이 정정해주진 않았습니다.

"그러면, 내가 해줄 일이란 건 뭐야?"

출근하자마자 곽 사원은 미래형 녹화 디바이스라면서 안경을 줬어요. 평생 안경을 쓴 적 없었지만, 일하다 시력이 나빠지는 사람이 한둘이 아니니 별로 의심을 살 만한 행동은 아니었지요.

"그들이 나타나면 왼쪽 버튼만 누르면 됩니다."

곽 사원은 부당행위를 녹화해 확실한 증거자료로 남겨달라고 했습니다. 자료는 미래로 전송되어, 증거조사 팀이 비가시화 슈트를 사용한 행적을 정밀하게 검증헤넬 거리고 하더군요.

"그게 다야? 놈들을 막을 방법은 없는 거야?"

"미래의 시간 축에서 벌이는 힘과 대결을 할 순 없어요."

알쏭달쏭한 대답을 하더군요. 뭐가 됐든, 대리님을 위해 할 수 있는 일은

그들은 은색 쫄쫄이를 입고 온다

없었어요. 하지만 대리님의 수명을 가져갈 놈들에게 조금이라도 타격을 입힐 수 있다면, 기꺼이 해야 했습니다.

그날 저는 히어로 대리님께 한마디도 건네지 않았어요. 죄책감, 안타까움, 슬픔, 답답함이 한데 엉겨 붙어 어쩌지 못했지요. 대리님이 메시지로 지난밤 잘 들어갔느냐고 물어왔지만요. 일이 바쁜 척하며, 사실 아무 일도 못 하고 있었어요.

이윽고 미래인들이 사무실 허공에서 나타났습니다. 오랜만에 인사팀으로 도약해온 거였어요. 그 촌스런 은색 쫄쫄이를 착용한 두 미래인이 히어로 대리님의 머리를 가리켰습니다. 제가 조용히 고개를 끄덕이니 개를 데리고 그 자리로 향했습니다. 저는 쭈뼛쭈뼛 일어나 그들을 바라봤어요. 곽 사원이 침착한 표정으로 제게 슬쩍 엄지를 치켜들었고요.

그들은 대리님 뒤에 섰어요. '개'가 대리님의 뒤통수에 주둥이를 벌리는 순간, 저는 느꼈습니다. 세상이 무너지는 감정을요.

사실 저는 여태껏 제가 원하는 걸 하면서 산다고 생각한 적이 없었습니다. 누군가 시키는 일을 하는 데에만 소질 있는 사람이었으니까요. 가족을 위해서라도 어디로 도망갈 순 없었으니까요. 하지만 이번만큼은, 내가 원하는 걸, 좋아하는 것을 지키고 싶었어요.

저는 히어로 대리님 책상으로 뚜벅뚜벅 걷기 시작했습니다. 곽 사원이 당황해서 자리를 박차고 일어났습니다. 저는 멈추지 않고 대리님쪽으로 계속 향했어요. 제 기척을 알아챈 도마뱀인간이 입을 뗐습니다.

"무슨 일이죠?"

히어로 대리님도 저를 쳐다보고 있었어요. 대리님 팀 동료들 시선 역시 저에게 쏠렸습니다. 고민할 틈은 없었어요. 절권도 자세를 취해, 도마뱀인간의 면상에 잽을 한 방 날렸어요. 사람을 상대로는 처음 시연해본 것이었습니다.

뼈를 치는 둔탁한 느낌이 주먹을 관통했어요. 목이 뒤로 꺾이며 도마뱀 인간이 풀썩 쓰러졌어요. 로봇인간의 얼굴에서 당황한 표정이 사라지기 전에, 저는 한 번 더 빠르게 잽을 꽂았습니다. 하지만 이미 늦은 뒤였습니다. '개'는 입을 크게 벌려 대리님의 수명을 빨아들이고 있었어요.

징징팀장이 뭔 짓이냐고 고함치는 소리, 사원들이 웃음을 터뜨리는 소리, 대리님이 괜찮으냐고 묻는 소리가 귓가에 메아리쳤습니다. 그들의 눈에는 미래인들은 안 보이고 저 혼자 난리치고 있었겠죠. 해명할 시간은 없었어요. 심지어 대리님한테도요.

저는 쓰러진 도마뱀인간의 헬멧을 벗긴 뒤 머리에 썼습니다. 머릿속으로 수많은 바늘이 꽂히는 기분이 들었어요. 천 가지 정보가 머릿속으로 흘러들어오면서 각종 인터페이스가 시야에 형성됐습니다. 제 기억을 파노라마처럼 통시할 수 있는 창이 있더군요.

"잠깐만요!"

곽 사원이 달려오고 있었어요. 그는 미래인들과 겨루지 말라는 소리를 내질렀지요. 무능력한 시간공정위의 말을 들을 시간은 없었습니다. 망설임 없이 기억의 파노라마에 접속해, 헬멧 중앙의 다이얼을 작동시켰습니다.

저는 웜홀에 들어가자마자 기억의 파노라마에서 사태가 이 지경이 되기 직전의 장면을 살폈습니다. 제가 대리님을 미래인에게 보고하려던 그때의 시간으로 향했지요. 웜홀 출구를 옥상으로 설정해놓았어요. 건물에 착지하자마자 계단 아래로 달렸습니다.

화장실로 들어가는 제가 보이더군요. 저는 저를 뒤따라갔습니다. 과거의 제가 칸막이에 들어갈 때쯤 손가락으로 어깨를 툭툭 건드렸죠. 왼손으로 얼굴을 가린 뒤 바로 제 인중을 강타했어요. 처음이 성공하니 두 번째부터는 일도 아니란 생각이 들더군요. 변기통 위에 고꾸라진 과거의 저에게서 녹색 단말기를 뺏었습니다.

사무실에 도착하자마자 히어로 대리님을 대체할 사람을 수색했습니다. 어렵지 않았어요. 박 대리라는, 사내괴롭힘과 일 떠넘기기의 대가가 마침 자리에 있는 거 아니겠습니까? 누구보다 적격이었죠. 곽 사원 설명대로라면 적어도 히어로 대리님은 미래에 직원들 권리증진을 위해 뭐라도 한다는 거였고요.

곽 사원에게 들키지 않게 파티션 아래서 박 대리의 얼굴을 단말기에 담았습니다. 쓰러진 저한테 단말기를 욱여넣은 뒤 헬멧 다이얼을 돌렸어요.

미래인들이 히어로 대리님의 수명을 빨아먹으러 오던 그 시간에 도착하니, 코뼈가 미친 듯이 아프더군요. 저는 콧등에 거즈를 덮고 있었습니다. 음, 제가 제 면상을 때린 일이 이렇게 영향을 주는 건가 싶었습니다. 자리에 앉아 조용히 일하는 척했죠. 몇 초 뒤 사무실 허공에서 웜홀이 열리고 미래인들이 저희 팀으로 걸어왔습니다. 긴장되는 순간이었습니다. 두 미래인은 박 대리의 등 뒤로 향했습니다. 저는 미래인들을 보지 않으려 애쓰며 침을 삼켰지요.

도마뱀인간이 저한테 고개를 돌렸습니다.

"당신, 허위 정보를 전송했죠? 우리가 역사데이터를 검토하지 않으리라 생각한 겁니까?"

이럴 수가. 미래인들은 분노한 표정으로 '개'를 끌고 왔어요. '개'에게서 튀어나온 촉수가 어느 때보다도 현란하게 꿈틀댔어요. 저는 벌떡 일어나 헬멧을 착용했습니다.

저는 미래인들이 제게 처음으로 도착하던 시간대로 찾아갔어요. 혼자 남아 야근하던 때요. 사무실에는 저 말고 아무도 없고, 어둠침침했습니다. 저는 저 자신이 탕비실로 들어가는 모습을 지켜봤어요. 얼굴을 가린 채 쫓아가, 탕비실 문을 걸어 잠갔습니다. 안에서 누구냐고 소리치며 쿵쿵대는 소리가 울렸죠. 이쯤 되니 저 자신에게 좀 미안해졌습니다.

미래인들이 도달할 즈음, 저는 당시처럼 엑셀에 집중하는 척했습니다. 그들이 나타나자 놀란 척, 연기했어요. 그들이 활짝 웃으면서 명함을 건네는 그 순간, 저는 두 얼굴에 절권도 잽을 먹였습니다. 세 번째부터는 식은 죽 먹기였죠.

기절한 그들의 헬멧을 벗긴 뒤, 저의 유년 시절 과거로 데려갔습니다. 잘 기억나지 않는 어린 시절이었는데요. 놀이터에서 한 형제가 로봇장난감을 두고 실랑이를 벌이더군요. 저는 기절한 미래인들을 길바닥에 놔뒀어요. 시간여행 헬멧을 잃었으니 무능력하겠죠. 그러고 나서 저는 놀이터의 형제에게 다가갔어요.

형이 제게서 최초로 물건을 뺏던 순간이었습니다. 아직 여덟 살인 형에게 다가가 뒤통수를 때렸습니다. 형이 엉엉 우는 동안, 로봇장난감을 어린 시절 저한테 돌려줬지요. "네 물건은 네가 지켜라"라는 잔소리도 했습니다. 그리고 헬멧을 작동시켰어요. 앞으로는 형에게 호구 잡혀서 살지 말라고 빌면서요.

그 찰나의 순간은 별로 도움이 안 되었나 봐요. 사무실로 돌아온 제 핸드폰에 보증을 서달라는 형의 문자가 쌓여 있었으니까요. 그래도 이젠 시간을 좀 벌 수 있을 거라고 생각했습니다. 대리님에게 거의 끝난 거 같다고 말해주고 싶었죠.

물론, 오산이었습니다.

점심이 지나자 사무실에 웜홀이 열렸습니다. 심지어 이번에는 미래인 네명과 '개' 두 마리가 등장했지요. 한 팀은 대리님의 수명을 빨아먹으려 향했고, 한 팀은 저한테 다가왔지요. 도마뱀인간과 로봇인간이었습니다. 아주 득의양양한 표정이었죠.

"당신 말고 다른 조정자를 구했습니다."

도마뱀인간이 말했어요.

"덕분에 고생 좀 하고 있습니다만, 우리가 그 따위로 허술하다고 여기면 안 되죠. 우리 같은 파견자들을 시간의 표류에서 구조할 방법이 없는 줄 아십니까?"

저는 아무런 대답도 하지 않았습니다.

"시뮬레이션 상에서 이상 없던 인간이 사고를 발생시킨다? 그래요. 변수가 생겼더군요. 다른 미래인이 접촉해왔다는 증거죠?"

멀리서 히어로 대리님의 수명을 빨아들이려 준비하는 '개'의 뒷모습이 언뜻 보였습니다. 미래인들과 겨루려 하지 말라던, 곽 사원의 말이 귓가에 아른거렸어요. 건너편 자리의 곽 사원에게 도움을 청하고 싶었지만 그러지 못했습니다. 곽 사원이 시간공정위 소속이라는 사실이 알려지는 거 아닐까 싶어서요. 저는 역시 아무런 도움이 안 되는 인간일 뿐이었어요.

방법은 없었습니다. 한 번 더 과거로 이동하는 수밖에요. 다시 한 번 그들이 저를 찾아오던 날로요. 벌떡 일어나 헬멧을 뒤집어썼지요.

하지만 그게 끝이었습니다. 더 이상 기회는 없었어요. 그들은 어딜 가나 저를 잡으러 이미 앞서 과거에 도착하거나, 금방 뒤쫓아왔습니다. 제가 헬멧을 이용해 도착한 곳이 어딜지, 그 먼 미래에서 좌표확인을 마친 거라고 볼 수 있을까요? 저를 잡으러 쫓아오는 쫄쫄이 미래인들과 수명을 빨아들이는 괴물들을 피해 제 인생의 다른 시간대로 계속 이동하는 상황에 처해버렸어요.

급기야 아예 입사 면접 시기로 이동해서 '나'를 회사에 들어가지 못하게 할까, 그러면 히어로 대리님과 내가 상관없게 되어 그들이 더 이상 나를 쫓아오지 않지 않을까, 적어도 나 혼자는 살아남을 수 있지 않을까 하는 생각에까지 닿았습니다. 그 순간 웜홀에서 빠져나오자마자 둔탁한 돌부리에 발이 걸려 넘어졌어요. 의식적으로 고른 과거가 아닌 무작위로 고른 시기로 뛰쳐나와 이곳이 어딘지 파악해야 했습니다. 한밤중 고층건물들로 둘러싸인 뒷골목이었죠. 히어로 대리님과 걸으면서 대화를 나눈 그 길이었습니다. 손목시계를 보니 저와 대리님이 영화 관람을 마치고 걸어올 시간이었죠. 이 골목을 거닐며 나눈 대화가 머릿속을 스쳐 지나갔습니다. 갑자기 속에서부터 울분이 치솟았어요.

내가, 히어로 대리님이, 왜 녀석들에게 삶의 일부를 뺏겨야 하는지 말이에요.

마음을 추스르고 무릎을 탈탈 털고 일어났습니다. 어차피 저질러진 일, 상관없다. 내가 할 수 있는 최대한을 발휘해 방해공작을 펼치자. 어느 시간대마다 나를 쫓아온다면, 히어로 대리님이 수명을 빼앗기던 그 순간만큼은 끈질기게 지켜내자. 마침 여러 군데서 웜홀이 열리고 은색갈치 미래인들이 추적해왔습니다. 저는 헬멧을 가동했어요.

추적자를 따돌리고, 새로운 웜홀을 통과하여 히어로 대리님을 지키러 가려던 그때였어요. 푸른색 통로 중간에서 기다란 갈퀴 모양의 그림자가 쭉 뻗어 나왔습니다. 갈퀴는 공중을 손짓하다가 제 팔을 붙잡았어요. 팔이 뜯겨 나갈 것처럼 끌어당기는 엄청난 완력과 함께, 저는 강제로 웜홀 바깥으로 끌려갔습니다.

저는 차가운 스테인리스 바닥에 내동댕이쳐졌어요. 어깨에 뽕이 가득 들어간 푸른색 제복을 입은 두 사람이 거기에 서 있었지요.

"시간경찰관의 이름으로, 불법 시간여행자인 당신을 체포한다."

그들은 우락부락한 어깨로 제 양팔을 붙잡았습니다.

✳

저는 사방이 회색빛 벽면의 방에 갇혔습니다. 천장에서 무지갯빛 섬광이 쏟아지더니, 입체영상이 시연되었지요. 교육자료 같은 음성이 흘러나왔습니다. 제목은 〈불법화된 시간여행과 그 도구〉. 시간여행에 관련한 장비가 쭉 나열되더니, 이 장비들은 금지되었으며, 기업시간전쟁에서 사용된 헬멧과 비가시광선 슈트는 아주 위험한 물품이라고 하더라고요. 저는 알쏭달쏭한 상황에 빠졌습니다. 곧 푸른 제복을 입은 사람들이 철문을 박차고 들이닥쳐 제 목에 초록색 물질이 든 주사를 꽂았습니다.

"불법 시간여행자! 네놈의 파렴치한 임무에 대해 실토해라!"

초록 액체는 일종의 자백제였을까요? 입을 열고 싶지 않았는데 절로 혀가 굴러갔어요. 어쩌다 여기까지 오게 됐는지 자초지종을 털어놓게 되었지요. 푸른 제복을 입은 사람들은 몇 번이나 깔깔댔습니다. 시간공정위에 대해 말하는 대목에서 그들은 침을 튀기며 웃었어요.

"시간공정위? 그딴 건 없어!"

시간경찰 하나가 눈물을 훔쳤어요.

"기업 간에 시간전쟁만 있었을 뿐이지!"

경관 한 명이 턱을 괴고 저한테 상체를 내밀었어요. 그는 곽 사원과는 다른 이야기를 꺼냈습니다.

곽 사원이 해준 이야기는 절반은 맞았습니다. 다만 곽 사원의 정체는 시간공정위 소속이 아니었어요. 시간공정위가 신설될 필요는 없었다고 합니다. 시간여행기술 프로토타입을 개발한 생감생명이 은갈치들을 파견해 역사데이터를 조작하면 그만이었으니까요. 엊그제 생감그룹을 규탄하는 단체는 오늘 아침 쥐도 새도 모르게 흔적조차 남기지 못하고 사라지고는 했다죠.

"그렇다면 생감그룹에 대적한 이들은 누구냐?"

경관이 목청껏 소리쳤어요.

"바로 경쟁 기업들이었지!"

수많은 기업이 시간여행기술 개발에 뛰어들었다죠. 기업들은 파견자들을 끊임없이 과거로 동원해 기술을 탈취하고 파괴하고 '개'들을 빼돌리는 작전을 펼쳤대요. 더불어 라이벌 기업체가 불법으로 수명을 수집하는 증거를 확보하려고 하는 아이러니한 경쟁까지 벌어졌다는 거예요. 곽 사원은 그렇게 파견된 인력 중 하나일 거라 했어요.

미래인과 대결하지 말라던 곽 사원의 충고는 단지 가만있으라던 뜻이었을까요? 그간 함께한 동료애가 섞인 조언이었을까요? 이쯤 되니 뭘 믿어야 할지 알 수 없었습니다.

"그래서, 당신들이 나서게 된 거라고요? 시간경찰부대를 신설해서?"

"그래, 네가 만난 '미래인' 중 우리는 시간의 가장 끄트머리에 존재하는 '미래인'이지."

두 경관은 미래인이라는 단어를 또박또박 발음하면서 실소했습니다.

"시간여행과 '개' 사육은 법적으로 전면 금지야! 시간여행 기술을 가진 기업을 모두 몰수하는 과정에서 수많은 시행착오를 겪었지만 말이야. 우린 시간여행자와 '개'들을 싹 다 잡아들이고 있어. 뭐, 비가시광선 수트를 입은 놈들은 관측하기 어렵긴 하지만."

저는 은색갈치 쫄쫄이를 입지 않아서 그들에게 잡혀버린 셈이었어요. 그들은 곧 그런 놈까지 싹 다 잡아들일 기술이 개발될 거라며, 호탕하게 웃었습니다. 이들은 시간여행자들을 체포하는 일이 신나는 모양이었습니다.

"자, 이제 너의 증언을 판관님께 들려줄 차례다."

경관들이 제 양팔을 붙들었습니다.

*

이렇게 저는 판관님 앞에 섰습니다. 판관님은 제가 생각한 모습은 전혀 아니지만요. 수많은 모니터와 모뎀으로 연결된, 포르말린으로 채워진 통에 안치된 뇌에게 이렇게 줄줄이 이야기를 쏟아낼지는 몰랐거든요. 판관님께서 제 말을 알아듣는지 모르겠지만… 증언하지 않으면 시간경찰관들이 금방이라도 주먹을 날릴 기세였어요.

증언이 끝나면 시간경찰관들은 제가 살던 시간대로 저를 돌려보내 준다고 했어요. 몇 가지 기억삭제 시술을 진행한 뒤 말입니다. 제 증언은 기업시간전쟁에 참여한 CEO 청문회 데이터로 쓰일 거라고 했죠. 저의 경우 피해

사례 101번째에 해당한다고 했습니다.

"과거 시간대의 피해자들은, 이제 안전해지는 겁니까?"

판관님께 끌려오는 복도에서, 제가 물었습니다. 히어로 대리님이 안전해지길 바라면서요.

"글쎄, 네가 얼마나 진솔하게 털어놓느냐에 따라 달렸지."

경찰관 둘은 이렇게 말하곤 웃어 재꼈습니다.

이것으로 증언을 마칩니다. 이제 기억삭제 시술을 받으러 끌려가겠지요. 그게 어떻게 진행될지는 모르지만요. 어쩌면 이상한 데로 납치돼 히어로 대리님을 영영 만나지 못할 수도 있죠. 분명한 건, 저는 최선을 다했다는 겁니다. 시간경찰관들이 들려준 것처럼, 이 증언이 제대로 활용되길 바랄 뿐이죠.

그리고 제가 히어로 대리님 곁으로 돌아갈 수 있길 바랄 뿐입니다.

들어주셔서 감사합니다, 판관님.

Graphic

Snow Gravity *Flows*

LUTO

연재 만화

중력의 눈밭에 너와 ②

루토

Novel

1997년생으로 추상적 우주와 식물, 음악으로 채운 세계를 그린다. 다양한 분야를 공부해서 SF 위주의 만화에 접목시키려 노력한다. 우리 세상에 대해 끝없이 고민한 흔적을 창작하고자 한다. 청강문화산업대학교 웹툰만화콘텐츠전공 학사학위과정을 졸업했다.

 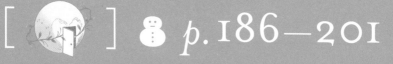

결아,

나랑 같이…

영원히
여기 머무르자!

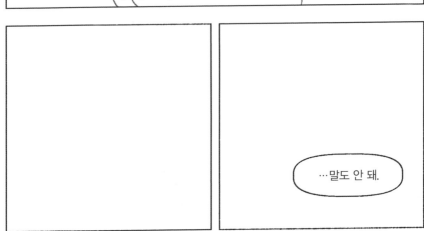

…말도 안 돼.

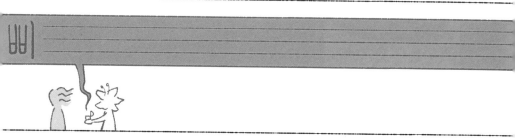

뭐야.
시간 요소 넣은 거 맞아?
왜 소리가…

영원해서
그런 걸 거야.

그거 알아?
지구의 어떤 학자가—

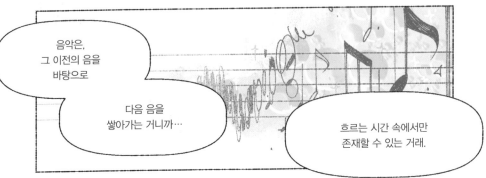

음악은,
그 이전의 음을
바탕으로

다음 음을
쌓아가는 거니까…

흐르는 시간 속에서만
존재할 수 있는 거래.

모든 노래는
끝이 나잖아?

하지만 이 눈을
계속 맞고 있으면,

우리는 끝없이
영원해질 수 있을 거야.

……………………

오르골이…
고장 난 건 아닐까?

우리,
그냥 돌아가서
모든 걸 되돌리자.

네 공간도 복원하고,
내 공방에서 오르골도
고치는 거야.

어… 어?
하지만…

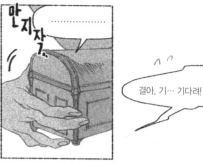

…………

결아, 기… 기다려!

그냥 이대로 같이
영원해지자니까…

돌아가는 길도
모르잖아…

여기 온 길을
반대로 가면 될 거야.

시간 요소들에 빠지면
영영 사라지는 줄 알았는데,
아니니까…

발자국이…
안 남네…?

하지만… 결아.
흐르는 시간은
너무 힘들지 않았어?

……………

여기는…
꽃 같은 것도 없고.
좋단 말이야.

?

웬 꽃…?

뚝

아,
나뭇가지를―

나무,
그대로지?

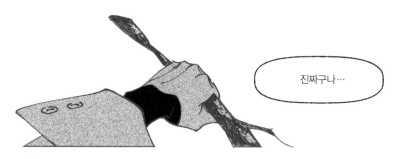

진짜구나…

영원이라는 게.

진짜
있는 거구나.

아무것도
끝나지 않는 거구나…

그렇지?

결아.
지금 부르는 거…

설마 오르골의
노래야?

와, 맞아.
아직 기억하고
있구나!

………………

아, 오르골도 눈 맞아서
소리가 그렇게 된 거
아닐까?

벌떡

한번 줘봐.
내가 고쳐볼게.

고칠 수 있는 게
아니라니까…

어차피 네 공방도
못 가잖아.

…?

무슨 소리야.

영원해지면
뭘 해도
괜찮은 거
아냐?

기본 연장은
있으니까 그냥 줘봐.

………………

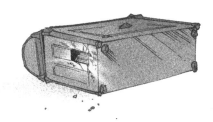

…어?

뭐야, 시간 요소 넣는 부분이 망가져 있었잖아!

아까는 멀쩡하지 않았나? 너…

몰랐어?

그… 그게, 결아~

내가 부품 만들어 올게!

어? 눈이 멈췄—

결아!

음악을 들으면… 시간이 흘러버리잖아.

오르골은 안 들어도 괜찮아!

……………

우리의 오르골인데, 안 들어도 된다니 무슨 소리야.

금방 만들고 올게.

휙!

결아!!

…………………

하지만,

난…

시간이 두렵단 말이야.

왜… 그런 말을 한 걸까.

서걱

서걱

우리의 오르골인데…

난 그 오르골에 얼마나…

…………

…아냐.

버터컵은 지금 같이 있잖아.

…………………

이건 눈을 맞아도 괜찮을지 시험해봐야겠는데.

왜 내 주위에만 눈이 안 오는 거지…?

할 수 없지…

휘

익

내가 어쩌다
이런 짓까지…

쭈욱

제발 닿아라…!

부들부들

미끌

…!!!

뒹구르르

툭

자… 잠깐…!!!

!!!

일

텅

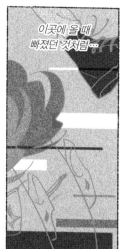

이곳에 올 때 빠졌던 것처럼…

방금…

스륵

…나 왔어.

버터컵!

여기는 눈이 많이 오네…?

버터컵! 방금 이상한 걸 봤어.

너도 여기 올 때 봤지?

내 손이 수만 갈래로 쪼개…

지던데…

…버터컵?

…그렇구나.

영원하다는 건,

변함이 없다는 거구나.

↘ 다음 호에 계속 ▶

Time Travel

HORROR

호러와 시간여행

듀나

얼마 전 넷플릭스에 풀린 〈아카이브 81〉은 동명의 팟캐스트를 원작으로 한
호러 시리즈인데, 최근 몇십 년 동안 나온 성공적인 호러 영화들에서 이것저
것을 가져온 것 같았다.

듀나

1990년대 초, 하이텔 과학소설동호회에 짧은 단편들을 올리면서 활동을 시
작했다. 1994년 〈사이버펑크〉에 몇몇 단편을 실었고, 이후 《나비전쟁》, 《면
세구역》, 《태평양 횡단특급》, 《대리전》, 《용의 이》, 《브로콜리 평원의 혈투》,
《아직은 신이 아니야》, 《민트의 세계》 등을 발표했다.

순수한 파운드 푸티지 물은 아니지만 화재현장에서 수거한 비디오테이프가 중요한 역할을 한다는 점에서 〈블레어 위치〉를 닮았고, 그 비디오테이프 속의 이미지가 튀어나온다는 점에서 〈링〉과 〈비디오드롬〉을, 수상쩍은 악령을 숭배하는 아파트 주민들이 나온다는 점에서 〈악마의 씨〉를 연상시켰다. 무엇보다 시리즈는 〈주온〉을 닮았다. 성격 더러운 귀신이 아무나 공격하기 때문이 아니라, 시간여행이 이야기의 가장 중요한 기둥인 호러물이기 때문에. 이 시리즈의 남자 주인공 댄 터너는 1994년 화재로 실종된 멜로디 펜드라스가 남긴 비디오테이프를 복원하고 시청하다가 당시의 멜로디와 연결된다. 그리고 두 시간대가 섞인다. 다행히도 〈주온〉에서와는 달리, 두 사람은 이 상황 속에서도 스스로의 자유의지를 행사할 여유가 있다. 그 역시 예정된 것이라고 말한다면 할 말이 없지만.

호러물에서 시간여행이 큰 비중을 차지하기 시작한 건 꽤 됐고 들 수 있는 예도 많다. 〈트윈 픽스〉, 역시 넷플릭스에서 공개된 한국 호러 〈콜〉(원작은 푸에르토리코 영화 〈더 콜러〉이다), 〈트라이앵글〉, 〈이블 데드 3〉, 〈도니 다코〉, 〈디아틀로프〉, 기타 등등, 기타 등등. 하지만 '꽤 됐다'는 상대적인 표현이다. 작품들이 쌓일 정도의 시간이긴 했지만 사람들이 시간여행이라는 설정을 호러에 녹여낸 건 비교적 최근이다. 호러는 독자나 관객이 자연스럽게 설정을 받아들일 수 있는 기반이 필요한데, 사람들이 시간여행, 특히 과거로 가는 시간여행이라는 개념을 그 기반으로 받아들인 건 19세기 말이다. 그 기준은 허버트 조지 웰스의 《타임머신》이다. 아마 그보다 조금 전에 나온 마크 트웨인의 《아서왕 궁정의 코네티컷 양키》도 포함시킬 수 있을지도 모른다.

그보다 오래된 선례라고 할 수 있는 게 없는 건 아니다. 하지만 그전까지 시간과 관련된 호러는 주로 예지몽이나 예언의 형태를 취했다. 지금 관점에서 보면 찰스 디킨스의 〈크리스마스 캐럴〉은 미래로 가는 시간여행을 다룬 호러물일 수도 있다. 〈크리스마스 캐럴〉은 다행스럽게도 해피 엔딩을 맞았지만, 이와 관련된 호러는 주로 섬뜩한 예언이 실현되는 것으로 끝이 난다. 이것만으로도 충분히 무섭지만 시간여행의 가능성을 제대로 살렸다고 보기는 어렵다. 유령선의 죽은 승무원들이 마지막 날을 영원히 반복하는 빌헬름 하우프의 〈유령선〉 역시 시간여행의 흔적을 보여주지만 진짜 시간여행 이야기는 아직 아니다(버뮤다 삼각지대가 배경인 영화 〈트라이앵글〉은 〈유령선〉의 직계 후손일지도 모른다. 〈트라이앵글〉의 창작자가 〈유령선〉을 읽었느냐는 여기서 그리 중요하지 않다. 종종 과거의 작품들은 그 작품을 들어본 적도 없는 후예들에게 영향을 끼친다).

허버트 조지 웰스 이후 이 설정의 불가해함을 호러에 도입하려는 시도가 이어졌다. 특히 코스믹 호러 작가들에겐 좋은 도구였다. 이 장르의 시조라고 할 수 있는 윌리엄 호프 호지슨의 《이계의 집》은 거대한 시공

호러와 시간여행

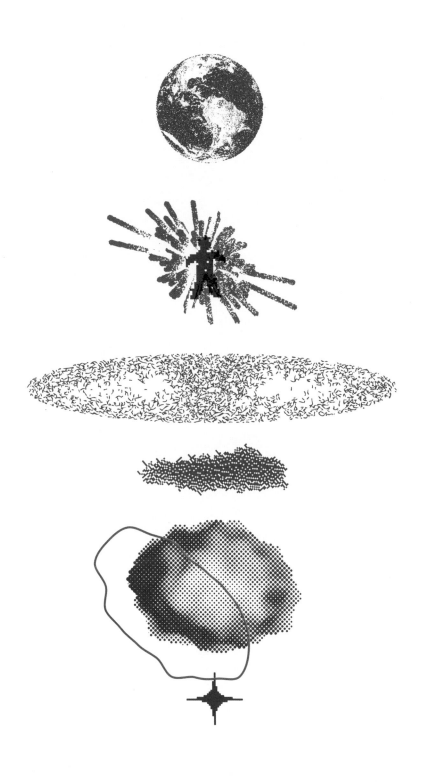

간 안에서 인간이 얼마나 하찮을 수 있는지 보여주기 위한 도구 중 하나로 시간여행을 이용했는데, 이는 나중에 조금 더 구체적인 모양을 띠고 장르 안에 녹아들기 시작한다.

이것이 호러 내러티브에 본격적으로 활용되기 시작한 것은 20세기 중반을 넘긴 뒤부터이다. 여기서부터는 실화임을 주장하는 괴담들의 유행에 관해 이야기해야 할 것 같다. 포르투알레그리 공항 사건이라고 아시는지? 1954년에 실종되었던 비행기가 37년 뒤인가에 브라질 포르투알레그리 공항에 착륙했는데, 어쩌고저쩌고. 런던 지하철이 갑자기 사라졌는데, 한참 뒤에 다시 나타났고 승객들은 자신이 시간여행을 했다는 사실을 몰랐다는 이야기도 있다. 내가 좋아하는 것 중 하나는 등산가가 조난을 당했다가 정체불명의 다른 등산가의 도움을 받아 목숨을 건졌는데, 생각해보니 그게 과거의 자신이었다는 이야기다. 옛날 어린이 잡지엔 이런 괴담이 늘 한 자리를 차지하고 있었다. '4차원 세계의 공포'라는 둥의 타이틀을 달고.

이런 괴담들이 만들어진 건 몇 가지 조건이 무르익었기 때문이다. 가장 큰 조건은 웰스 이후 시간여행이라는 개념이 대중화되었다는 것이다. 20세기 이후 과학이 복잡해지고 이해하기 어려워지면서 왠지 시간여행을 가능하게 하는 법칙 역시 있을 거라는 생각이 대중을 사로잡기 시작했다. 버뮤다 삼각지대의 실종과 같은 이야기들이 인기를 끌었다(스필버그의 〈미지와의 조우〉에도 이와 관련된 시간여행 이야기가 삽입되어 있다. 버뮤다 삼각지대에서 사라진 비행사들이 전혀 나이를 먹지 않은 상태로 외계인의 우주선에서 내린다). 〈환상특급〉과 같은 텔레비전 시리즈가 이런 이야기를 장르 팬이 아닌 일반 대중에게 보급했다. 위에 언급한 포르투알레그리 공항 사건은 〈환상특급〉의 유명한 에피소드인 〈마지막 비행〉과 수상쩍을 정도로 비슷하다. 제1차 세계대전 당시의 비행사가 당시의 현대, 그러니까 1950년대의 공항에 착륙한다는 이야기다. 이런 이야기들이 반복되며 사람들의 머릿속에 스며들다 보니, 세상을 이루는 물리학은 특별히 바뀐 게 없는데 시간여행은 SF의 영역을 벗어나 귀신이나 사후세계처럼 그럴싸한 호러 이야기의 재료로 자리 잡는다.

호러에서 시간여행이 활용되는 데에는 두 가지 길이 있다. 하나는 철저하게 도구적이다. 〈콜〉에서 주인공은 과거에 사는 같은 나이 또래의 여자와 전화 통화를 할 수 있게 된다. 이 사실 자체는 그 과거의 여자가 미치광이 연쇄살인범이 아니라면 그렇게 무서울 게 없다. 〈이블 데드 3: 암흑의 군단〉에서 시간여행은 주인공을 중세 과거로 보내기 위한 통로이다. 그곳이 악귀들이 날뛰는 판타지 중세가 아니라면 이 장치 역시 중립적이다. 〈터미네이터〉에서 시간여행은 미래에서 온 살인 로봇을 등장시키기 위한 장치이다. 로봇이 온 불길한 미래 자체가 공포의 대상이긴

하지만 시간여행 자체는 역시 공포의 대상이 아니다.

　다른 하나는 조금 더 은밀하고 복잡한 길로, 〈주온〉, 〈트윈 픽스〉, 〈아카이브 81〉이 활용했다. 이 세계의 논리에 따르면 우주는 우리가 이해하기엔 지나치게 복잡하다. 특정 조건의 시공간에서는 시간이 우리의 논리를 초월한 방식으로 배배 꼬여 있고 우리는 끝까지 이해하지 못하며 이를 이용하는 것은 더 어렵다. 그리고 아마도 유령과 같은 초자연현상은 이 이해 불가능한 물리법칙과 연결되어 있는지도 모른다. 다시 말해 시간여행 자체가 공포의 일부인 것이다. SF 아이디어에서 시작된 재료가 여기서부터는 거의 반과학적인 길을 따른다. 시간여행의 원리가 과학적으로 규명되면 더 이상 공포의 대상이 될 수 없기 때문에.

　호러 장르에서 시간여행이 자리 잡는 과정은 SF 아이디어가 대중의 식에 자리 잡는 과정의 사례 중 하나이다. 비슷한 부류로는 UFO, 네시나 설인과 같은 은서 동물, 텔레파시와 같은 초능력, 니콜라 테슬라와 관련된 전설들을 들 수 있다. 이들이 모두 실체 없는 헛소리라고는 말하지 않겠다. 세상이 우리가 생각하는 것보다 훨씬 우스꽝스럽고 이상할 가능성은 얼마든지 있다. 아마 지구 주변엔 정말로 그레이 외계인들이 모여 사는 비밀기지가 있고 네스호엔 중생대와 연결되는 통로가 있고 설인과 빅풋은 정말로 숨어 사는 우리의 친척이고, 유리 겔라에게 진짜로 초능력이 있을지도 모른다. 하지만 중요한 건 그것의 사실 여부가 아니라 이런 이야기에 논리를 부여한 것이 20세기 초중반의 SF 작가들과 그들의 상상력이라는 것이다. 많은 일급 SF 작가들은 이런 '미스터리' 재료과 자신들을 엮는 걸 좋아하지 않는다. 하지만 그들이 어떻게 생각을 하건 이들은 SF의 소산이며 '진짜 SF'만큼이나 세상에 영향을 끼쳤다.

　우리가 다른 장르에 속한 무서운 이야기들에 재료를 제공한다면 그건 좋은 일이다. 하지만 텅 빈 명동에서 백신과 바코드 반대를 외치고 있는 미치광이들에게 초고성능 마이크로칩 아이디어를 제공한 것도 우리라는 점을 잊어서는 안 된다. 그들이 SF 작가들의 도움 없이 그런 걸 상상할 수 있었을까. 🐾

Is there ANY

POSSIBILITY?

어떤 공간의 멸종

❷

어떤 자부심의 소멸

한승태

최근의 기술 발전으로 사라지거나 변화하는 사회의 모습을
일터와 작업장의 맥락으로 풀어본다.
일하는 삶의 연속점과 불연속점은
어디에 존재하며 어떻게 변화하는가.

| 한승태 | 르포작가. 일하며 글을 쓴다. |
| | 쓴 책으로 《인간의 조건》과 《고기로 태어나서》가 있다. |

오늘날 청소가 어떤 일과 가장 비슷하냐고 묻는다면 조금 뜬금없겠지만 나는 농사라고 답하겠다. 분야와 결과물은 다르지만 두 산업을 둘러싼 맥락이나 분위기는 닮았다. 농사와 마찬가지로 청소도 종사자의 절대다수가 60~70대다. 나와 함께 일했던 동료들 역시 정년퇴직 시기를 훌쩍 넘긴 나이였다. 노동인구의 고령화가 가능했던 이유도 비슷하다. 논농사의 경우 트랙터나 콤바인 덕분에 노인 혼자서도 넓은 크기의 논을 경작하는 것이 어렵지 않은데 청소 역시 예전이었다면 사람이 하나하나 쓸고 닦았을 일을 이제는 보행차의 도움으로 (여러분이 쇼핑몰에서 본, 앞부분에 대걸레나 브러시를 장착한 전동차를 말한다) 넓은 구역을 큰 힘 들이지 않고 청소하는 것이 가능하다.
　　가장 의미 있는 공통점은 일한 만큼 결과가 눈으로 보인다는 것이다. 이 말은 내가 수년 전 농촌에서 잠깐 일을 했을 때도, 청소부 선배들로부터도 매일같이 듣던 말이다. 농부가 이른 봄부터 잡초를 뽑고 물길을 내고 쓰러진 작물을 세우고 약을 뿌리면 수확량으로 공들인 정도를 확인할 수 있듯이 청소부도 이른 새벽부터 부지런히 쓸고 닦고 때를 벗기면 정확히 노력한 만큼 복도와 유리가 빛을 낸다. 마지막으로 씁쓸한 공통점을 하나 덧붙이자면 그렇게 일해서 보잘것없는 수입을 얻는다는 것마저도 비슷하다.
　　나는 서울 중심가의 어느 고층 빌딩에서 청소부로 일했다. 지하 주차장부터 연회나 예식이 열리는 별관까지가 우리 팀 담당이었다. 아무리 익숙한 일일지라도 그것을 직업으로 대하게 되는 순간, 기초부터 다시 배워야 할 때가 있다. 학습이라든가 훈련이라는 개념과는 연관 지어 생각해본 적 없는 일을 일종의 프로 스포츠처럼 대해야 하는 것이다. 내가 주로 맡은 임무는 유리 닦기와 '스댕'(스테인리스) 닦기였다. 별관 3, 4층은 연회가 없는 평일 오

　　　　　　　　어떤 자부심의 소멸

전에는 사람들이 거의 다니지 않았다. 새 사람이 오면 으레 주위 눈치 볼일 없는 여기서부터 일을 배워나갔다. 이 장소는 미화 팀의 '유리(또는 스댕) 닦기 사관학교'로 통했다. 이곳에서의 첫날은 여느 군 훈련시설 못지않게 혹독했다.

"아냐, 아냐, 그렇게 힘세게 주지 말고. 그렇게 하면 한 번에 부드럽게 스윽 안 내려가고 중간에 버벅대면서 멈췄다가 내려가잖아? 그렇게 턱턱 걸리면 멈췄던 자리에 자국이 남아 층이 져 보인다고. 그러면 안 돼. 다시 해봐."

"아냐, 아냐, 지금은 약을 너무 많이 뿌렸잖아. 약을 너무 많이 뿌리면 이렇게 닦고 나서도 물기가 남는다고. 이게 마르면 다 그냥 얼룩지는 거야. 아니지, 그렇다고 또 너무 적게 뿌리면 걸레가 뻑뻑해져서 안 움직여. 적당히 뿌려야 돼. 딱 필요한 만큼만. 그러다 걸레 움직이는 게 좀 뻑뻑하다 싶으면 다시 뿌리고. 다시 해봐."

오랜 세월 글쓰기를 가르쳐온 문학 교수들이 조사 하나만 다르게 써도, 콤마 하나만 잘못 찍어도 문장의 의미며 분위기가 완전히 달라진다고 강조하는 것처럼 내 선배들도 조그맣게 남은 지문, 살짝 그어진 물 자국만으로도 청소 상태에 대한 인상이 완전히 달라진다고 말하곤 했다. 방법은 간단했지만 그대로 하는 것은 만만치 않았다. 유리가 워나 옆으로 너무 길면 끝까지 한 번에 쭉 나가기가 무척 힘들다. 밀 때 힘 분배를 하지 못하면 처음엔 기세 좋게 나가다 3분의 2쯤 정도에서 멈추거나 덜커덕거린다. 이 단순한 동작을 문제없이 한 번에 끝마치기 위해서는 테니스의 포핸드나 골프 스윙 자세를 연습하는 것처럼 오랜 시간의 훈련이 필요하다. 유리를 닦고 스테인리스에 광을 내는 데도 1만 시간의 법칙이 적용되는 것이다.

Qualities & Skills
Required to Perform

EFFECTIVE COMM
RCIAL CLEANING

I.

세제는 필요한 만큼만 적당히 뿌려야 한다

세제를 너무 많이 뿌리면 닦고 나서도 물기가 남아 마르면
얼룩이 진다. 그렇다고 또 너무 적게 뿌리면 걸레가 뻑뻑해
져서 안 움직이니 주의!

2.

**닦을 때에는 한 번에 부드럽게
스윽—내려가야 한다**

닦는 손에 힘을 세게 주지 말고 한 번에 부드럽
게 내려가야 한다. 중간에 버벅대면서 멈췄다가
내려가면 멈췄던 자리에 자국이 남아 층이 져
보이니 주의!

어떤 자부심의 소멸

새 사람이 들어오면 모두가 습관적으로 건네는 질문이 있다. "청소에 기술이 필요할 것 같아, 없을 것 같아?" 필요하다, 그냥 필요한 게 아니라 선배들의 말을 그대로 믿는다면, 무지막지하게 필요하다. "청소 제대로 하려면 10년을 해도 다 못 배워." 물론 수사학적 표현이겠지만 이들이 1년도 아니고 5년도 아니고 10년이라는 시간을 내세우는 데에는 그만큼 자신들이 하는 일에 대한 자부심이 담겨 있다.

사람들이 직업전선에서 겪는 위기는 경제적 위기 아니면 실존적 위기다. 격주로 토요일을 근무하고 월 150을 받는 우리가 겪는 위기가 경제적인 것이라면 우리가 청소해주는 사무실에서 일하는 직원들이 겪는 위기는 실존적인 것이었다. 이들이 만들어대는 '2021년 사업 결산 보고서' 같은 자료들에 대해서는 그 가치에 의문을 제기하는 것이 어렵지 않고 실제로 많이들 그렇게 한다. ("이렇게 해놔도 이거 누가 보기나 하나?" 내가 흡연장에서 매일같이 들었던 말이다.) 하지만 누구도 얼룩 하나 없이 닦인 유리창의 가치에 대해서는, 막힌 변기를 뚫는 일의 가치에 대해서는 의문을 제기하지 않는다. 이 일은 지극히 단순한 일이기에 그것을 수행하는 인간에게 부여하는 의미에 있어서 조금의 애매모호함도 허락하지 않는다. 내가 일을 제대로 안 해서 부끄러울 순 있겠지만 열심히 해서 끝마친 후에 이게 도대체 무슨 의미가 있나 하는 자괴감은 들지 않는다. 우리는 그날그날의 결과물에 떳떳할 수 있고 우리가 속한 작은 세계 속에서 유의미한 변화를 이루어 냈다고 자부할 수 있다.

데이비드 그레이버의 《불쉿 잡》은 실존적 위기에 빠진 노동 현장의 사례들로 가득하다. 여기에 언급된 일자리들에서 업무는 비효율적인 관료제가 자가 증식 과정에서 만들어내는 쓸모없는 서류작업이 주를 이루는데 저자가 제시하는 자료에 의하면 영국과 네덜란드에서 자신의 일이 무의미하다고 판단하는 사람들의 비율이 전체 조사자 중 37~40퍼센트에 달한다. 이런 직업에 오랫동안 종사해온 사람들은 다음과 같은 스트레스를 일관되게 호소한다. "이런 직업에 종사하면 어떤 기분이 되는가? 의기소침해지고 우울해진다. 나는 직업에서 삶의 의미 거의 전부를 얻는데 지금 내 직업에는 아무런 의미도 목표도 없다. 그것은 나를 불안하게 한다. 내가 여기 없어도 아무것도 변하지 않을 것이고 …(중략)… 내 자신감도 쓰레기통에 처박혔다. 극복할 도전이 주어지지 않는데 내가 능력이 있는지 어떻게 알겠는가? …(중략)… 아마 나는 쓸모 있는 것을 하나도 할 줄 모르는 것 같다."[*] 그

✦
데이비드 그레이버, 《불쉿 잡》, 김병화 옮김, 민음사

While the pace at which scientific revolutions and technological breakthroughs occur has slowed considerably since the heady pace the world came to be familiar with from roughly 1750 to 1950, improvements in robotics continue, largely because they are a matter of improved application of existing technological knowledge. Combined with advances in materials science, they are ushering in an age where a very large proportion of the most dreary and tiresome mechanical tasks can indeed be eliminated.

David Graeber, *Bullshit Jobs: A Theory*, p.257

어떤 자부심의 소멸

레이버의 연구가 21세기 미국과 유럽의 화이트칼라에만 국한되는 것은 아니다. 오히려 나는 저자가 의도치 않게 가까운 미래의 일반적인 노동 현장 풍경을 잡아냈다고 생각한다. 인공지능이 인간의 능력을 웃돌거나 압도하게 되는 미래 말이다.

생산 활동에 인간의 노동력이 필수적이지 않게 된 상황에 대한 전문가들의 해결책은 '기본 소득'으로 대개 비슷하다. 하지만 현재의 정치적 상황에서 보편적 기본소득이 온전하게 시행되리라 기대하기는 어려워 보인다. 대신 '복지수당으로 호의호식하는 무리'들을 막기 위한 일종의 변태적인 기본소득제가 나타나리라 예상해볼 수 있다. 즉 기본소득을 지급하기는 하되 실질적으로 아무런 의미도 쓸모도 없는 업무를 할당하고 그것을 처리해야만 한다는 조건을 거는 식으로 말이다. 이것들은 성과나 생산성과는 아무 상관이 없고 그저 일을 위한 일일 뿐이다. 그런 사회에서는 노동의 무의미함을 호소하는 사람들이 출근길 만원 열차에 대한 스트레스를 호소하는 사람들만큼이나 흔해질 것이다.

그래서 다시 한 번 청소에 대해서 생각하게 된다. 비록 나는 애지중지하던 로봇 청소기가 반려견이 싼 똥을 집안 전체에 (침대 밑을 포함하여) 꼼꼼하게 펴 바르기를 세 차례 정도 반복하자 박살을 내버린 지인을 알고 있지만, 당장 내일부터라도 바퀴가 달린 로봇 팔이 유리를 닦고 걸레질을 한다고 해도 이상하게 여기지 않을 것이다. 어쩌면 내가 청소부의 직업적 자부심과 만족감을 목격하고 경험할 수 있는 마지막 세대인지도 모르겠다. 중요한 것은 그런 일을 직접 인간의 손으로 하느냐 아니냐가 아니라 우리가 일을 통해 자신의 존재를 세상 속에서 증명해 보이며 얻는 감각이다. 인공지능이 지금보다 얼마나 높은 생산성을 약속하든 일상의 소득 활동에서 유리를 닦거나 카펫을 청소할 때조차 얻을 수 있었던 성취감을 찾을 수 없게 된다면 인류의 근본을 흔들어놓는 위기는 여전히 끝난 게 아닐 것이다. 🐾

Poem

SONG KYUNG DONG

눈부신 폐허 | 새로운 학설 | 양떼 정비공

송경동

宋竟東

1967년 전남 벌교 생. 2001년, 〈내일을 여는 작가〉와 〈실천문학〉을 통해 작품 활동 시작. 시집 《꿀잠》
(삶창, 2006), 《사소한 물음들에 답함》(창비, 2009), 《나는 한국인이 아니다》(창비, 2015)와 산문집
《꿈꾸는 자, 잡혀간다》(실천문학, 2011) 등 펴냄. 천상병 詩상, 신동엽 문학상 등 수상.

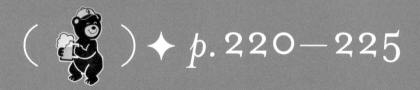 ✦ *p.* 220—225

눈부신 폐허

코딱지만 한 소공장들이 밀집한
서울 을지로 오래된 골목 안에
사십여 년 해 뜨고 지던
작은 OB베어가 있지

가게 평수를 늘리지 말 것
노가리 가격은 천 원으로 할 것
고된 일 마친 노동자들 한잔 값은 아껴
과자 봉지라도 하나 사 들고
가족들 품으로 돌아가게
11시엔 꼭 문 닫을 것

소박한 OB베어 따라
키 작은 가게들 하나 둘 모여
장안의 명물 '노가리 골목'이 되었지
이 골목에도 돈 많은 상술이 들어 와
근처 노가리집을 모두 인수하고도 모자라
이젠 OB베어 건물도 매입하곤
나가라 한다지

어디선가 세상의 셔터가
또 하나 철렁 닫히는 소리
이 고요한 지옥

새로운 학설

배고파야 시가 나온다는 말
사실 아니다

75m 굴뚝 위에서
가느다란 밥줄 하나 지상에 내려두고
400일 넘게 고공농성 중이던
스타플렉스 해고노동자들 지지 엄호를 위해
25일 동안 연대단식한다고 쫄쫄 굶고

재발한 암 치료를 거부하고
부산에서 서울까지 걸어오던
한진중공업 해고자 김진숙의 복직을 촉구하며
영하 20도를 오르내리는
청와대 앞 분수대 광장에서
천막 하나 못 치고 46일을 단식하면서도
단 한 편의 시도 쓰지 못했다

적당히 배고파야
시도 써진다
창자가 뼈에 붙을 정도면
서정이고 나발이고 붙을 데가 없다

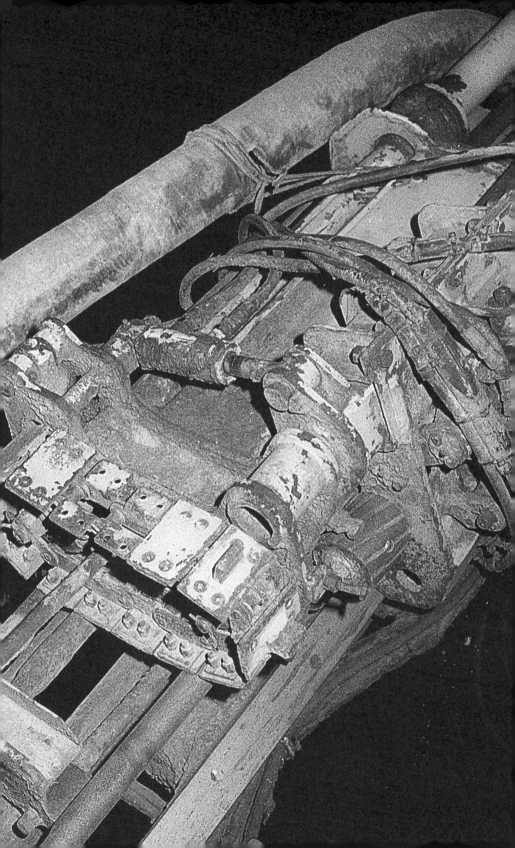

양떼 정비공

"기름밥을 너무 먹었나봐!"

1965년부터 정비일 배웠다니 어언 50여 년
몇 년 지나면 자신도 이젠 폐차라는
백발의 정비공이 살살 만져주자
발발거리던 배기통이 차분해진다

저번엔 푸르럭푸르럭하던 엔진이 금세 순해졌다
꺽꺽거리며 오바이트 하던 라지에이터도 고쳐주었지
접골사처럼, 그가 만져주면 어긋났던 뼈마디들이
모두 가지런해지고 … 침침해진 눈도 밝게 해주었지

훗날 다시 태어나면 어느 초원에서
양떼나 소떼를 모는 목동이나 되고 싶다는데
다시 태어나면 그가 돌보는 양떼나
소떼 무리 중 하나여도 좋겠다는 생각

SATOR
AREPO
TENET
OPERA
ROTAS

SF를 쓰고 싶은 사람을 위한 TMI

②

이해하면서도
느끼고 싶은 당신을 위해
― 〈테넷〉과 엔트로피

남세오

내 상상 속 설정이 너무 말이 안 될까 봐 걱정이시라고요?
분야의 전문가가 알려주는 SF TMI 코너를 보시죠!

남세오	평범한 연구원으로 살아가다 문득 글을 쓰게 되었다. 핵융합 발전소가 건설되는 날을 기다리며 하나씩 이야기를 만들어 쌓고 있다.

시간 역행을 다룬 영화 〈테넷〉은 주인공이 순식간에 과거로 이동할 수 있었던 대부분의 시간여행물과 달리 시간이 거꾸로 흐르는 과정을 구체적으로 묘사한다는 점에서 흥미롭다. 순행하는 사건과 역행하는 사건이 뒤섞이는 장면들은 극도로 복잡하다. 등장인물의 입을 빌려 '이해하려 하지 말고 느끼라'라고 권장될 정도다. 크리스토퍼 놀란 감독은 전작인 〈인터스텔라〉와 마찬가지로 이러한 설정에 과학 이론을 꼼꼼하게 채워 넣었는데 그중 하나가 '엔트로피'다.

열역학 제2법칙은 다음과 같이 표현된다. 닫힌계에서의 엔트로피는 항상 증가한다. 시간이 흐를 때 엔트로피는 증가하거나 최소한 변하지 않아야 한다. 〈테넷〉에서는 미래에서 과거로 시간이 역행할 때 엔트로피가 감소하며 이에 따라 열전도도 반대 방향으로 일어난다. 시간을 거슬러 적을 추적하던 주인공은 폭발에 휩싸이자 화상을 입는 대신 저체온증에 걸린다. 그냥 '이해하지 말고 느끼고' 싶어도 그 장면만큼은 어딘지 이상해 보인다. 시간이 거꾸로 흐르면 정말 불길에 휩싸여도 저체온증에 걸릴까?

✳

먼저 마법의 주문처럼 들리는 엔트로피를 이해하기 위해 19세기로 가보자. 열역학의 기초적인 개념이 세워지던 이 시기는 산업혁명이 활발하게 일어나던 스팀펑크의 시대이기도 하다. 사람들은 자연에서 에너지를 뽑아내어 인간의 힘으로는 불가능했던 엄청난 일을 해내려는 열망에 차 있었다. 증기기관이 석탄을 태워 기차를 움직이는 광경은 열과 에너지, 힘과 일 사이의 관계에 대한 영감을 주었으며 톱니바퀴처럼 맞물려 돌아가는 뉴턴 역학적 세계관은 그러한 관계를 명확한 공식으로 표현할 수 있다는 신념을 갖게 했다. 석탄 속에 숨어 있던 열에

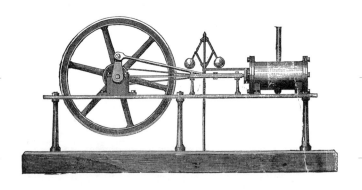

Simple Expansion Steam Engine, Trousset encyclopedia (1886-1891)

이해하면서도 느끼고 싶은 당신을 위해

ENTROPY

너지가 증기기관을 통해 거대한 기차를 움직이는 걸 본 공학자들은 더 욕심을 부리기 시작했다. 증기기관을 잘 설계하면 에너지를 추가로 공급받지 않고도 영원히 일하게 할 수 있지 않을까. 연금술사가 돌을 금으로 바꾸려 했던 것처럼 그들은 영구기관을 만들고 싶어 했다.

에너지에 대한 충분하지 못한 이해가 그와 같은 희망을 부추겼다. 열에너지와 운동에너지 사이의 변환을 연구하던 사람들에게 높은 곳에 있는 물체가 지닌 위치에너지나 분자 결합 속에 숨어 있는 화학적 에너지, 도체에 흐르는 전류나 자석에 의해 발생하는 에너지 같은 것은 마치 마법처럼 무에서 솟아나는 듯 보였다. 이는 에너지가 교묘한 변환 과정에서 창조되었다는 착각을 심어주기에 충분했다. 온도에 따라 부피와 압력이 변하는 기체의 복잡한 성질 또한 혼란을 부추겼다. 에너지는 결코 창조되거나 사라지지 않으며 단지 형태만을 바꾸며 보존된다는 에너지 보존 법칙이 성립된 것은 19세기 중반에 와서였다. 여기서 열역학 제1법칙이 나왔다. 닫힌계의 에너지 변화량은 계에 가해진 열에너지와 계가 한 일을 합친 것과 같다. 다시 말해 증기기관은 주어진 열에너지만큼의 일만 할 수 있다. 일과 에너지는 단위가 같은 동일한 개념이므로 이는 표현을 조금 바꾼 에너지 보존 법칙이다. 열역학 제1법칙에 의해, 에너지를 창조할 수는 없다. 에너지 없이 일을 할 수도 없다. 그러니 영원히 일하는 영구기관은 불가능하다.

보존이라는 개념은 직관적으로 이해하기 쉽고 창작물에서 활용하기도 좋다. 아라카와 히로무가 〈강철의 연금술사〉에서 활용한 '등가교환'의 원리도 보존의 일종이다. 무언가를 얻기 위해서는 항상 대가를 지불해야 한다. 이러한 보존의 원리는 플롯을 탄탄하게 해주는 역할도 한다. 주인공이든 악당이든 무한한 힘을 휘두르면 재미가 없다. SF에서는 온갖 종류의 상상이 허용되지만 이왕이면 그 상상이 보존 법칙에 기반하는 편이 더욱 그럴듯하다. 에너지 보존 법칙은 이해하기 쉽고, 척 보기에 만고불변의 진리로 느껴질뿐더러, 실제로도 아인슈타인에 의해 질량이 합쳐지며 탄생한 질량-에너지 보존 법칙은 지금까지 깨지지 않은 절대 법칙이다.

그에 비해 엔트로피는 훨씬 더 미묘하다.

사실 에너지 보존 법칙만으로는 영구기관이 불가능함을 완전히 증명하지 못한다. 증기기관차를 다시 보자. 석탄의 화학에너지는 열에너지로 바뀌며 물을 끓인다. 물은 증기로 바뀌며 부피가 늘어나고 압력이 증가한다. 증기는 압력이 높은 곳에서 낮은 곳으로 몰려가며 터빈을 돌린다. 이 터빈의 운동에너지가 바퀴로 전달되며 기차가 달린다. 기차가 달리는 데 필요한 힘과 기차가 이동한 거리를 곱하면 증기기관이 기차에 해준 일이 된다. 그런데 기관차를 움직인 에너지는 일을 하고 나서 사라진 게 아니다. 일부는 달리는 기차에 운동에너지로 저장되고, 일부는 마찰에 의해 열에너지로 바뀌어 주변 환경에 전달된다.

그렇다면, 이 열에너지를 잘 모아 다시 증기기관에 집어넣으면 영원히 달리는 기관차를 만들 수 있지 않을까?

결론적으로 말하면 역시 불가능하다. 증기기관 내에서 물을 끓일 정도로 뜨거웠던 열에너지는 상대적으로 차가운 주변으로 흩어지며 터빈을 돌려 일을 한다. 터빈이 계속 돌기 위해서는, 즉 기관차가 영원히 달리려면 열에너지가 다시 뜨거운 증기기관 내부로 모여야 하지만 그런 일은 일어나지 않는다. 열은 항상 뜨거운 곳에서 차가운 곳으로만 흐르기 때문이다. 증기기관을 연구하던 사람들은 그 사실을 직관적으로 알고 있었지만 열역학 제1법칙만으로는 그 이유를 명확히 설명하지 못했다. 물을 끓인 열에너지의 양과 사방으로 흩어져 주변을 조금 따뜻하게 만든 열에너지의 양은 같으므로 흩어졌던 에너지가 다시 모이는 것이 에너지 보존 법칙을 위배하지는 않기 때문이다. 여기서 열역학 제2법칙인 엔트로피의 법칙이 필요해진다.

엔트로피를 설명하는 방법은 여러 가지가 있겠지만 여기서는 '에너지가 균일한 정도'라고 이해해도 무방하다. 에너지는 높은 곳에서 낮은 곳으로 퍼져나가려는 경향이 있다. 열은 뜨거운 곳에서 차가운 곳으로 이동하고 입자는 압력이 높은 곳에서 낮은 곳으로 움직인다. 이는 절대적인 법칙이 아니라 전체적인 '경향'이다. 사실 단일 입자 자체는 압력이 높고 낮은 것을 가리지 않는다. 다만 압력이 높을수록 입자의 개수 역시 많기 때문에, 높은 곳에서 낮은 곳으로 움직이는 입자 역시 낮은 곳에서 높은 곳으로 움직이는 입자보다 더 많을 수밖에 없다.

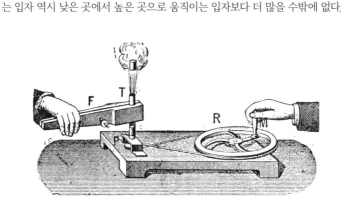

Thermodynamic, Dictionary of words and things – Larive and Fleury (1895)

ENERGY

THERMODYNAMICS

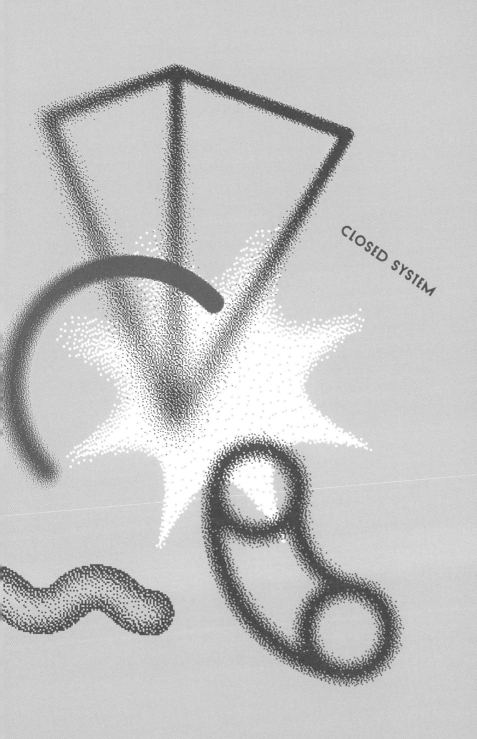

CLOSED SYSTEM

그러니 시간이 지나면 압력이 높은 곳의 입자는 줄어들고 낮은 곳은 늘어난다. 자연의 요소들은 어느 한쪽에 몰려 있고 종류별로 나뉘어 있기보다는 골고루 퍼지고 뒤섞이려는 경향이 있다. 이는 자연이 평형 상태를 더 좋아하거나 그렇게 만들려는 힘이 있어서가 아니다. 평형 상태의 가짓수가 치우친 상태보다 훨씬 더 많기 때문이다. 자연은 아무런 의도 없이 움직이지만 그러다 보면 대부분은 저절로 평형 상태가 되어 있기 마련이다.

정말 그런가 계산해 보자. 동전을 두 개 던질 때 둘 다 앞면이 나올 확률은 25퍼센트이고 절반이 앞면이 나올 확률은 50퍼센트이다. 이때는 모두 앞면만 나오는 경우도 심심치 않게 일어난다. 그런데 동전이 열 개가 되면 절반이 앞면이 나올 확률은 모두 앞면이 나올 확률보다 252배나 높아진다. 이 차이는 동전의 개수가 늘어날수록 기하급수적으로 벌어져서 백 개가 되면 무려 10의 29제곱 배를 넘어 버린다. 만일 동전에 일일이 번호를 매긴다면 절반이 앞면인 경우들이 각각 다르게 보이겠지만 구분이 없다면 그 모든 경우가 똑같은 평형 상태로 보인다. 엔트로피는 '겉보기에 같은 상태로 취급되는 내부 상태의 가짓수'로 정의된다. 엔트로피가 높아진다는 말은 확률이 높은 일이 일어난다는 말과 같다. 평형 상태는 치우친 상태보다 가짓수가 훨씬 많고 엔트로피도 높다. 엔트로피가 감소하는 일은 확률적으로 일어날 수 없다. 열은 차가운 곳에서 뜨거운 곳으로 흐를 수 없다. 증기기관이 일하는 과정에서 주변으로 빠져나간 열에너지를 고온의 내부로 다시 끌어 모아 일을 시키는 영구기관 역시 불가능하다. 이처럼 열역학의 법칙은 인간이 만들어낼 수 있는 힘의 한계를 규정한 법칙이기도 하다.

두 법칙에는 모두 닫힌계라는 조건이 붙어 있다. 에너지를 주고받지 않는 고립된 계 내에서만 적용된다는 뜻이다. 외부에서 에너지를 투입해주면 당연히 내부의 에너지는 증가한다. 대신 그만큼 외부의 에너지가 줄어든다. 엔트로피 역시 외부에서 개입해 인위적으로 낮출 수 있다. 대신 외부의 엔트로피는 그 이상으로 늘어난다. 이는 우리가 문명을 발전시켜 나가는 과정이기도 하다. 자연 상태에는 존재하지 않는 마천루를 세워나가며 국소적으로 엔트로피를 감소시키지만 그 결과 우주 전체의 엔트로피는 더 빨리 증가한다. 늪에 빠진 사람이 허우적대면 더 깊이 빠져드는 것과 마찬가지다. 그렇게 증가하기만 하는 엔트로피가 향하는 방향은 모든 공간이 균일해지고 영원히 그 어떤 변화도 일어나지 않는 차가운 우주다. 이를 우주의 '열적 죽음'이라고 한다. 인간이 하는 모든 행위는 그러한 열적 죽음을 향해 가속 페달을 밟는 일에 불과하다.

물론 그러한 상황에서도 인간이 제멋대로 나름의 희망을 찾는 것을 막을 수는 없다. 아이작 아시모프의 단편 〈최후의 질문〉은 속절없이 열적 죽음으로 다가가는 우주를 배경으로 인간에서 출발한 초지능이 마침내 엔트로피를 역전시키는 방법을 찾아냈을 때 어떤 일이 벌어지는지를 그린 작품이다.

엔트로피를 역전시키는 힘이 시간을 거꾸로 흐르게 만든다는 것이 〈테넷〉의 설정이다. 그런데 사실 영화는 그런 힘을 적극적으로 활용하지 않는다. 이는 어찌 보면 다행스러운 일이다. 엔트로피란 무엇을 어떻게 만드는 힘이 아니라 자연이 변화해 나가는 과정을 관찰하는 하나의 관점이기 때문이다. 엔트로피의 정의에 '겉보기'라는 단어가 들어간 건 그래서다. 만일 엔트로피를 역전시키는 힘이 존재한다면 그러한 힘이 가져올 합리적인 결과는 최후의 질문에서처럼 범우주적일 수밖에 없다. 결론적으로, 열전도도가 반대가 된 세계는 존재할 수 없다. 그런 세계는 순식간에 한 점으로 모든 에너지가 집중되며 붕괴해 버린다.

시간을 거꾸로 돌리면 물론 엔트로피는 감소하는 것'처럼' 보인다. 그건 정상적으로 촬영된 필름을 거꾸로 돌릴 때 이상하게 보이는 것과 비슷할 뿐이다. 엔트로피를 감소시키는 힘이 이상한 사건을 만들어내는 게 아니다. 〈테넷〉의 세계 역시 역행하는 시간 때문에 엔트로피가 감소하는 것처럼 보이는 세계다. 놀란 감독은 순행하는 사건과 역행하는 사건이 퍼즐처럼 짜 맞춰지며 하나의 시간선을 구성하는 마술을 부렸다. 영화에 등장하는 장면 대부분은 정신없이 뒤섞여 있기는 하지만, 잘 분리해 시간이 순행하는 관점이나 역행하는 관점 중 어느 하나에서만 보면 정상이다. 그리고 바로 그 점이 〈테넷〉을 놀라운 영화로 만든다. 순행하는 관점에서는 역행하는 사건이 이상해 보이고 역행하는 관점에서는 순행하는 사건이 이상해 보이며 서로의 거울상을 이룬다. 순행하는 차와 역행하는 차가 뒤섞여 달리는 고속도로 장면이 이 영화의 백미인 이유다. 영화 전체에서 순행과 역행 어느 관점에서도 정상으로 보이지 않는 사건은 저체온증이 유일하다. 그런 면에서 그 장면이 꼭 필요했을까 하는 아쉬움이 있다.

사실 영화가 묘사하는 시공간을 조금만 벗어나도, 합리화하려면 번거로운 설명이 필요한 여러 모순점이 드러난다. 애초에 순행하는 사건과 역행하는 사건은 모순 없이 짜 맞추기가 불가능하다. 〈테넷〉이 놀라운 이유는 그럼에도 불구하고 영화의 흐름 속에서 그 장면들이 매끄러워 보이기 때문이다. 허무할지도 모르겠지만 이 글의 결론은, 〈테넷〉에서 엔트로피는 중요하지 않다는 것이다. 마술사가 모자에 토끼를 넣는 장면을 보는 이유는 물질의 보존 법칙을 검증하기 위해서가 아니니까. 이럴 거면 엔트로피에 대해 왜 설명했냐고 화를 내지는 않았으면 한다. 영화의 대사처럼 '무지는 우리의 무기'이기도 하지만 '일어날 일은 일어난다'는 걸 알면서도 그 끝에 예정된 희망적인 미래를 위해 운명에 투신하는 것도 멋진 일이니까. ▸

CHEON SEON RAN

천선란

"오늘 이거 끝나고 또 마감하러 가야 돼요."
'인터뷰를 마치고 따로 일정이 있느냐'는 질문에 대한 천선란의 대답
이었다. 작품을 꾸준히 빠른 속도로 공개하고 있는 소설가이니만큼
바쁠 거란 예상은 했지만, 아주 단호한 목소리였다.

Interviewed by **Seol Jaein,** Photo by **Augustine Park**

다시 물었다. "보통 하루 얼마나 쓰세요, 글?"
대답이 돌아왔다.
"10시에 작업실 출근해서, 10시에 퇴근해요."
그러니까, 매일 장장 12시간을 앉아서 글을 쓴다는 말이었다.

천선란

아무리 전업 작가라 하더라도 그게 가능한 거냐고, 지치거나 지긋지긋해지지 않으냐고 물으려 했다가 그의 표정을 보고 입을 다물었다.

하나도 지겨워 보이지 않았기 때문이었다.

그 표정이 말하려고 드는 어떠한 것과 빼닮은 장면을 그의 소설에서 분명히 마주한 적이 있었다. 인터뷰가 끝날 때까지 기억을 하지 못하고, 마감이 급한 그를 떠나보내고, 머리를 쥐어뜯다가 마침내 떠올린 것은 〈사막으로〉(《어떤 물질의 사랑》 수록)의 한 단락이었다.

'하지만 나는 아버지가 말한 사막의 밤하늘보다 그 밤하늘의 별이 우리에게 빛으로 닿을 때까지 얼마만큼 오랜 시간 고독한 우주를 가로질렀는지 따위를 더 생각했다. 이 고독도 철저히 지구에서 바라보는 내 입장일지도 모르지만, 빛은 숨 가쁘게 돌아가는 우주를 정신없이 가로질렀겠지.'

작가는 〈사막으로〉를 일컬어 자전적인 이야기에 가깝다고 말한 바 있다.

> 숨 가쁘게 달린 2021년, 기억나는 순간이라. 저는 사실 특별히 어떤 사건이나 순간이 기억난다기보다는 저 자신을 다독이며 되뇌었던 말들이 아직도 뇌리에 남아요. 작년에 새로운 일들이 많았거든요. 소설 쓰는 일 외에 다른 장르와의 협업을 많이 시작했어요. 물론 이론은 알아요. 학교에서도 배웠고 혼자서도 공부를 했고요. 그런데 실전에만 닥치면 너무나 두려운 거예요. 머릿속이 하얗게 변하더라고요. 지금 참여하고 있는 영상화 프로젝트도… 실은, 기획안을 다섯 번이나 엎었어요.
>
> 그럴 때마다 혼자서 주먹을 꼭 쥐고 말하는 시간이 필요해요. '할 수 있어', '나 잘 할 수 있어'. 저는 그런 터널을 통과하거나 산을 오르고 내릴 때의 아득함, 해내고 난 이후의 성취감 같은 감정은 잘 기억을 못 해요. 그저, 제가 자신에게 '할 수 있다'고 어깨를 토닥여주던 때만 선명하게 떠오르죠.

밤하늘을 보고 각자의 꿈에 사로잡히는 사람들의 눈에 닿기 위해서 빛은 본체에서부터 출발해 몇만 년 동안을 부지런히 달려야 한다. 천선란이 썼던 문장 그대로다. 그리고 이를 본 지구의 사람들은 새로운 별의 탄생을 인식한다. 관측하고, 기록하고, 가끔은 그 별에 얽힌 이야기를 만들어낸다. 물론 빛은 그 전에도, 그 동안에도 (그리고 아마 그 이후에도) 아랑곳없이 꾸준히 직진할 뿐이다. 휘어지지도 흩어지지도 않고.

> 예고에서부터 글을 썼고 대학원까지 다니며 문예창작을 공부했으니까, 오래 썼어요. 맞아요. 하지만 '젊은 작가'라고 불리는 것에 대해서는 전혀 억울하지 않아요. 너무 좋아요. 그게 제 방패거든요! "깊이가 없다고? 아니 그러면 깊이가 없지, 젊은 작가인데. 당연한 거 아냐?"

《어떤 물질의 사랑》에 실린 작가의 말에서는 '소설 쓰는 게 무섭다'고 쓰

기도 했지만 사실 저는 겁쟁이는 절대 아니에요. 피하거나 도망치지는 않아요. 대중이 저에게 기대하는 게 따로 있을까, 에 대한 답은 전혀 몰라요. 아마도, 그냥 천선란 책 나왔네, 읽어보니까 괜찮네 혹은 별로네, 정도에 그칠 거라고 짐작해요. 하지만 저는 쓰고 싶어요. 써야 하고요.

앞선 두 답변을 엮어 생각하니 '용기'라는 키워드가 떠올랐다. 그래서 물었다. 어떤 소설이 천선란이라는 소설가의 꾸준한 용기를 만들어줬을까?

나를 만든 게 뭘까. 하나의 작품을 꼽기보단 다른 대답을 하고 싶어요. 저는 힘들 때마다, 글을 포기하거나 내가 소설을 더는 못 쓸 거라고 생각할 때마다 서점에 갔어요. 세상에 나와 있는 모든 책들을 다 보겠다는 불가능한 각오를 단단히 품고요. 몇 시간씩 온갖 책들을 쓰다듬다 왔어요. 사람들이 지속적으로 뭔가를 쓰고 있다는 데서 위안을 얻고, 나도 언젠가는 이 서점의 매대에 내 이름이 적힌 책을 올려두어야지, 라고 중얼거리고…. 매대에 올라와 있는, 서가에 꽂혀 있는 모든 소설책들이 다 저를 부르는 느낌이었어요. "너도 빨리 와야지", 하고요.

거기 책을 몇 권 올린 지금도 그 마음은 변하지 않아요. 책들을 볼 때마다 계속, 소설을 쓰는 사람들이 나와 함께이구나, 하고 설레요. 마치 동료의식 비슷하다고 할까요.

천선란

소설을 쓰는 다른 사람에게서 '함께 갈' 용기를 얻는군요, 라고 대답했더니
좀 더 놀랍고 특별한 관점의 이야기를 꺼냈다.

> 소설가끼리도 동료의식이 있겠지만 저는 소설끼리도 동료라고 봐요. '좋은 소설'은 시대마다 바뀌고, 때론 너무 많고, 또 때론 한 권도 없는 것 같기도 하고, 그렇거든요. '좋다'라는 단어 자체가 때론 몹시 사회적으로, 때론 진짜 관념적으로, 또 언젠가는 미학적으로, 여러 모로 다르게 해석될 수 있으니까. 그런데 전 이렇게 생각해요. 지금 에디터님과 제가 이야기를 나누는 것처럼, 사람들이 끝없이 소설이 뭔지를 고민하는 과정을 통해 파생된 모든 소설들이 다 합쳐졌을 때, 그 거대한 덩어리가 바로 '좋은 소설'인 것 같아요. 이 작품에선 이게 부족하고 저 작품에선 저게 결여되었지만, 독자는 생을 살며 여러 소설을 접하니까, 그 모든 이야기들이 독자의 안에서 뭉쳐져 '좋은 소설'이라는 완성형을 만들어내는 게 아닐까요. 그러니 제 소설은 한 부분을 차지하고 있고, 제가 잘 못 하는 부분은 또 다른 분의 소설이 차지하고 있죠. 결국에는 아름답고 완전해지는 거죠.

어느 한 독자의 내부에 형성된 완성형의 소설, '좋은 소설'이라는 흠 없는 구
체. 그렇다면 그 화합물 안에서 자신의 작품이 어떤 모습을 띠고 있길 작가
는 원할까?

> 소설이든 음악이든 영화든, 감상을 물으면 저는 좋았던 요소를 나열하기보다는 그것을 즐기던 때의 제 상태를 먼저 이야기해요. 쏟아지던 햇빛, 이야기가 주던 흥분감과 그로 인한 심장박동의 변화, 입고 있던 옷이나 풍기던 향기 같은 것이요. 똑같아요. 독자가 책장을 넘길 때 자신의 손가락이 움직이던 모양, 듣고 있던 노래, 읽던 장소의 안락함 같은 것을 떠올렸으면 좋겠어요. '아, 나 천선란의 소설을 읽을 때 되게 평온했지, 그 시간의 나는 나를 돌볼 줄 아는 사람이었지….'라는 느낌을 남겨줬으면 해요. 힘들 때마다 다시 꺼내보는 기억으로.
> 그래서 제게 새로운 소설을 쓰기 시작하도록 하는 촉매는, '마음'이에요. 쓰고 싶은 소재는 사실 창고에 쌓여 있거든요? 메모장이든 어디든 떠오르면 마구 휘갈겨 써요. 장르만 써놓기도 해요. 'SF 추격 스릴러', 이런 식으로. 그렇게 재료들을 만들어놓았다가, 내가 가장 최근에 느꼈던 '마음'을 어떤 것으로 가장 잘 표현할 수 있을까 가늠해보면서, 마침내 하나를 꼽죠. 그렇게 시작해요. 왜 하필 '마음'이냐 하면, 제 소설을 읽는 사람의 시간이 어떠한 이유를, 아주 작더라도 이유를 가졌으면 좋겠으니까. 그저 재미가 끝인 게 아니라요.
> 이상하게 저는 아직도 그런 이상적인 마음을 가지고 있어요.

"하지만 나는 아버지가 말한 사막의 밤하늘보다 그 밤하늘의 별이 우리에게 빛으로 닿을 때까지 얼마만큼 오랜 시간 고독한 우주를 가로질렀는지 따위를 더 생각했다. 이 고독도 철저히 지구에서 바라보는 내 입장일지도 모르지만, 빛은 숨 가쁘게 돌아가는 우주를 정신없이 가로질렀겠지."

천선란, 〈사막으로〉 중에서

《어떤 물질의 사랑》 수록 (아작)
거울×아작 환상문학총서 거울아니었던들 42 (전자책)

독자의 시간을 생각하는 천선란의 염려는 조금 더 뻗어나간다. 자신이 만들어낸 인물이 살아낸, 그리고 살아갈 시간에게로. 얼굴 모르는 독자에게도 사려 깊을진대, 그의 창고에서 솟아나 글을 쓰는 내내 옆에 머물렀던 인물들은 도저히 '책임지지' 않을 수가 없다.

> 저는 스토리 얼개 자체는 정말 대충 짜요. 하지만 인물에 대해서는 그렇지 않죠. 집필에 들어가기 전에 아주 자세히 세팅해요. 이 아이의 탄생, 가족관계, 취미, 좋아하는 것과 싫어하는 것, 가장 친한 친구와의 유대관계, 하다못해 그 친구의 성격이나 배경까지 다요. 그래서 저는 소설 쓸 때 인물 얘기를 너무 많이 해요! 저를 너무나 슬프게 만드는 인물도 있고(《나인》의 박원우), 제가 불러냈지만 이해가 조금 안 되는 인물도 있죠(《밤에 찾아오는 구원자》의 릴리).
>
> 아주 악역이라 할 인물들을 제외하고는 다 선했으면 좋겠고, 서로에게 조건 없는 도움을 줬으면 해요. 저는 제 소설이 도움을 청하고 행인들의 반응을 살피는 '실험 카메라'나 영웅적인 시민의 모습을 담은 영상 같았으면, 하고 바라요. 모르는 사람의 목숨을 살리거나 길 잃은 아이의 집을 시간 들여 찾아주는 모습을 보면, 사람들은 감동을 받고, 살아갈 용기를 얻잖아요. 그리고 언젠가 내가 길을 걸을 때 저런 순간이 다가온다면, 내 시간을 아까워 말고 저렇게 행동해야지, 하고 다짐도 하고요. 그 하나하나의 영상은 빠르고 짧게 스쳐가지만, 두 건, 열 건, 백 건이 쌓이면서 내재화되겠죠. 저는 제 글도 그러한 장면의 노출이기를 바라요. 나중에 기회가 되었을 때 자기도 모르게 벌떡 일어나 손을 내밀게 될 수 있도록.

그러고 보니 천선란의 소설에서 자주 등장하는 유사가족의 형태도 그런 느낌을 주곤 했다. 분명 피가 한 방울도 섞이지 않았는데 오히려 혈연으로 묶인 가족들보다 덜 상처 주고, 더 사랑하는 사람들.

> 저는 '가족'이라는 단어가 주는 의미와 인상에 집중했던 거예요. '가족'은 나를 가장 잘 이해하고, 나를 위로해주고, 나로 하여금 안식을 느끼게 하는 집단이어야만 하잖아요. 그렇게 생각해보면 가족을 규정하는 경계가 아주 많이 넓어지고 또 흐릿해지죠. 그게 소설에 자연스럽게 녹아 나오는 편이에요. 하다못해 소설도 저의 가족이 될 수 있어요. 얼굴도 모르는 타인의 문장을 보고 내가 위로를 받으면 그 문장이, 그 페이지가 나의 가족이 되는 거지 뭐겠어요. 그리고 요새 처음 알았는데, 카카오톡에 '책 선물하기' 기능이 있더라고요. 제가 좋아하는 책을 주변에 죄다 선물하고 있어요. 이렇게 가족의 개념이 확장되고, 네, 그렇죠….

연재를 시작한 《지도에 없는 행성》에서도 역시 같은 종류의 선의가 등장한다. 그렇다면 독자가 지금껏 공개된 저작과 달리 이 소설에서만 느낄 수 있는 매력은 무엇일까? 물었더니 아주 솔직하고 재미있는 답변이 돌아왔다.

> **사실 이 작품은 2019년 여름에 썼어요. 첫 책인 《무너진 다리》 출간보다도 전이죠. 처음 다시 꺼내들었을 때는 무슨 생각을 하며 썼는지도 기억이 안 날 정도였어요. 다시 읽으니까 이런 생각이 들더라고요. '천선란이 누구의 눈치도 보지 않던 시절에 얼마나 마음대로 썼던가'를 보일 수 있는 소설이다! 날것의 천선란을 경험하세요!**
>
> **사실 평생 창고에 있을 줄 알았는데, 용기 내서 연재해볼 기회가 왔네요.**

쑥스럽게 말했지만 《지도에 없는 행성》 역시, 천선란이 이야기하는 '좋은 소설'의 한 부분을 차지할 재료가 될 터이다.

> **그렇죠. 호랑이의 해가 왔는데, 또 제 태몽이 호랑이거든요. 맹수가 먹고살려면 성실하고 거침없어야죠. 이전의 작품도 제 발판이 될 것이고, 또 더 많은 공부를 하고, 더 넓은 곳에서 활동하고 싶어요. 결론적으로는, '와, 천선란이 소설뿐 아니라 드라마도, 영화도 했네. 그런데 매체만 바뀌었지 여기 천선란의 지문이 묻어있네', 라는 말을 들으면 얼마나 기쁠까 상상해요. '스불재'(스스로 불러온 재앙)예요, 저. 엄청난 '스불재'.**

그 어떤 굴레도 없어질 때 가장 써보고 싶은 궁극의 작품이 있는지 물었더니 천선란은 '주요인물이 50명쯤 나오면서 한 명당 1권씩 분량이 할애되는 50권짜리 대서사시'라고 대답했다. 그러면서 덧붙였다. "그러려면 출판사도 마음의 준비를 단단히 해야겠죠."

천선란을 만나 이야기를 나누기 전이었다면 이 문장을 달리 해석했을 것이나, 엉덩이가 무겁고 손가락은 저돌적이며 시선은 앞으로 똑바르게 향하는 작가의 모습을 충분히 확인한 후로는 오히려 매혹적인 두려움을 가지게 되었다. "정말로 쓸지 몰라." 그런 식으로 중얼거리게 되는 것이었다.

"진짜로 그런 우주를 만들어낼지도 몰라. '좋은 소설'을 위해서라면."

그러니 독자는 시간을 자주, 오래, 충분히 비워두시길. 천선란의 '마음'들이 밀려들어와 머무를 자리가 필요하니까. 그 마음들은 약속을 어기지 않고, 찰나와 찰나와 찰나를 쌓아 풍경을 만들어줄 테니까. 🖎

Serial

A Planet Not on the
CHEON SEON RAN

연재 소설

지도에 없는 행성 **1**

천선란

Novel

Map

아마도 SF 소설을 주로 쓰는 소설가.

 *p.* 250—275

Magasin Pittoresque, 1877

프롤로그

수중음파. 매질을 통해 묵직하게 퍼지던 소리의 파동. 물이 품어버린 뭉개진 언어. 그렇지만 기어코 내게 닿겠다는 듯 꾸역꾸역 물을 가르고 다가오는, 형체도 없으면서 단단한 것. 그 언어의 소리를 안다. 내가 안다는 건 이상하다. 이곳에는 '수중'이 없다. '수중'이 될 수 있는 곳이 없다. 꿈에 대해 이야기를 해야겠다. 내가 기억하는 순간부터 한 번도 빼먹지 않고 꾼 꿈에 대해서 말이다. 하지만 그 전에 내가 '기억하는 순간'이라는 말도 설명하고 싶다. 내가 기억하는 순간은 정해져 있다. 열네 살이었던 5년 전 8월 15일 오전 8시. 그날 나는 일인용 침대 위에서 일어나고 싶지 않아 몸을 더 웅크리고는 간밤에 꾸었던 꿈 내용을 되짚고 있었다. 그때도 지금과 같은 꿈을 꾸었을 것이다. 그때부터 꾸었는지 아니면 그 이전부터 꿨는데 그날이 유독 선명했던 것인지는 알 수 없었다. 나의 생생한 기억, 순간의 온도와 촉감까지 저장한 기억은 그날을 기점으로 두고 있다. 그 이전의 기억은 어쩐지 밋밋하다. 나는 들어갈 수 없는 어느 세계의 한 장면을 보고 있는 것 같다. 내가 겪은 과거이지만 그때의 감정이나 감촉은 기억나지 않고 오로지 평면의 화면을 바라보고 있다. 그런 느낌이다. 하지만 왜 그런 기분이 드는가에 대해서는 깊게 고민하지 않는다.

아주 오래전의 나는 내가 아니다. 내가 밟아온 시간이지만 다시는 돌아갈 수 없다는 의미에서 어쩌면 타인과 나 사이의 거리보다 더 멀다. 나는 타인을 만질 수 있고 부를 수 있고 볼 수 있지만, 나는 지나간 나를 만질 수도 부를 수도 볼 수도 없다. 퇴색되게 기억할 뿐. 내가 기억하는 나의 유년이란 지금의 나와 조금도 다르지 않다. 그러므로 나는 내가 꾸는 꿈이 얼마나 특별한지 거듭 강조하고 싶다. 그 꿈은 언어와 관련이 있다. 내가 알아들을 수 없는, 물을 가르며 다가오던 언어는 어느 순간 나에게서 멀어지고, 누군가 내 손을 붙잡고 있다. 나는 누워 있다. 내 손을 잡은 자는 곧 나를 끌어안는다. 내 몸에는 붉은 동백꽃잎이 가득 뿌려져 있다. 따뜻하고 끈적끈적한 꽃잎. 내가 사시나무처럼 떨었던가. 몸을 부르르 떨며 꽃잎을 계속 떨어뜨리는 나무.

누군가 내게 속삭인다. 꽃잎이 땅으로 떨어져 분해되어 땅으로 다시 들어가 내년이면 꽃으로 다시 필 거란다. 그러니 두려워하지 말고 편히 눈을 감으렴. 나는 다정한 속삭임을 받으며 눈을 감는다. 분해되어 다시 꽃이 되는 꽃잎의 순환을 떠올리면서.

№ 1.

사라진 게이트

디그바드는 태생적으로 우월하다.

이 문장은 어절마다 살펴볼 필요가 있다. 일단 '디그바드'라는 이름에서부터 그의 위대함이 어느 정도 증명된다. 글자로는 그 이름의 우아함이 전부 담기지 않는다. 정확하게 쓰자면 '디그바ㄹ드'라고 쓰는 게 더 근접하다. 하지만 그렇게 되면 글자로 썼을 때의 모양새가 아름답지 않다. 그러니 나는 간략하게 '디그바드'라고 쓴다. 대부분 그를 사령관이라고 부르지만 나는 디그바드를 마주칠 때마다 그의 이름을 나지막하게 불렀다가 인사를 올린다. 그러면 디그바드는 언제나 다정하게 웃으며 손을 까딱한다.

두 번째로 디그바드는 태생이 다르다. 우리는 배 속에서부터 서로 다른 형질을 가지고 태어나는데, 이 점은 각자가 다르게 태어나는 것이기 때문에 노력으로도 이룰 수 없는 부분이다. 나 같은 타우드는 늘 와우드를 선망한다. 우리에게 다리가 두 개 있다면, 와우드에겐 완벽한 균형을 맞춘 네 개의 다리가 있다. 올곧게 섰을 때 다리의 꼭짓점들을 연결하면 아름다운 마름모가 나온다. 허리를 꼿꼿하게 펴고 네 발로 걸을 때의 그 우아한 자태와 몸에 딱 맞게 갖춰진 제복의 선까지. 그 모든 것이 와우드만의 특권이다. 하우드도 이 사실에는 동의할 것이다. 몸의 완벽한 균형은 부정할 수 없는 아름다움의 첫 번째 요소니 말이다.

마지막으로, 우월하다는 표현은 앞서 말했던 두 특성을 모두 포괄함과 동시에 하나를 더 나타낸다. 뛰어날 만큼 큰 머리둘레이다. 생각하는 생명체가 지적 아름다움을 추구하는 욕망도, 그리고 그런 사람에게 아름다움을 느끼는 것도 생물학적 본능이다. 타우드의 머리둘레는 기껏해야 5, 60센티미터를 오가지만 와우드는 100센티미터를 넘나든다. 그중에서도 디그바드는 너무 크지도, 작지도 않게 딱 균형을 이루는 108센티미터의 머리둘레를 가지고 있다. 그것은 디그바드가 그만큼 총명하고 똑똑하다는 것을 나타낸다.

이러한 이유로 이곳, 나들목에 있는 누구든 디그바드가 태생적으로 우월하다는 사실에 당연하게 동감한다. 디그바드를 싫어하는 자도 없다. 디그바드는 누구에게나 예의 바르고 점잖은 신사이기 때문이다. 나들목의 평화와 평등은 디그바드가 이룬 것이다. 부족한 타우드들까지 전부 포용했으니 말이다.

디그바드의 사무실 앞에서서 나는 반짝거리는 구두 네 짝을 상자 속에서 꺼냈다. 구두의 굴절된 곡면에 내 얼굴과 직원 핀의 얼굴이 함께 비쳤다. 어젯밤 광택이 나도록 솔로 문지른 결과였다. 핀이 사무실 앞 의자를 가리켰다.

"잠시만 앉아 있어, 사령관님한테 연락을 넣을 테니까."

나는 상자가 구겨지지 않도록 그 자리에서 조심스럽게 닫았다.

"아 참, 평소보다 오래 걸리지도 몰라. 아침부터 정신없으시니까."

"예, 알겠어요. 바쁜 거 없으니까 괜찮아요."

핀은 나를 물끄러미 바라보다가 곧 더는 신경 쓸 게 없어 보였는지 자신의 자리로 돌아갔다. 이런 점에서는 편하다. 타우드인 구두 배달 소녀는 아무런 위험이 되지 않는다. 내가 디그바드를 찾아온 것은 표면적으로는 구두 배달 일 때문이지만, 지극히 개인적인 용건이 하나 더 있다. 핀에게 절대 들켜서는 안 되는.

나는 최대한 꼿꼿하게 허리를 펴고 앉아 디그바드의 사무실로 들어가기를 기다렸다. 내가 앉은 의자 쪽의 벽은 전부 유리로 되어 있고, 2층과 3층은 원반 모양으로 되어 있어 1층에 있는 화물 게이트를 훤히 내려다 볼 수 있었다. 이런 구조가 가능한 것은 나들목이 마름모꼴의 형상을 하고 있기 때문이라고 배웠다. 마름모. 우주에서 가장 조화롭고 아름다운 형체라고 일컬어진다. 행성 사이의 아름다운 쉼터. 그래서 이곳을 '나들목'이라 부른다.

디그바드의 사무실로 들어가기 위해 기다리는 동안에는 늘 게이트에서 분주하게 움직이는 사람들을 구경하지만, 오늘은 평소와 다른 눈빛으로 게이트를 살폈다. 오늘 내가 살펴볼 대상은 게이트를 둘씩 짝지어 드나드는 '쿠비아'다. 보라색 제복을 입은 그들의 발걸음이 걱정했던 만큼 다급해 보이지는 않는다. 어쩌면 최대한 비밀리에 작전을 수행하라는 명령을 받았을지도 모른다. 그들은 언제나 침착해서 일을 크게 만들려고 하지 않으니 말이다.

"달래야!"

나는 화들짝 놀라 뒤돌았다. 꽤 여러 번 불렀는지 핀의 얼굴에는 짜증이 내려앉아 있었다. 쿠비아 군대를 관찰하는 것에 정신을 전부 쏟은 탓에 듣지 못했다. 나는 한 박자 늦게 대답했다. 핀이 푸밀을 내밀었다. 푸밀은 바삭한 두 개의 비스킷 사이에 크림을 넣어 만든 간식이다. 달고 흰 가루가 겉에 뿌려져 있어 한 입 베어 물면 몇 분가량은 낙원에 다녀올 수 있다. 흔히 볼 수 있는 간식이지만 나는 엄두도 내지 못할 만큼 비싸다.

데스크로 향해 간식을 받자, 핀과 다른 직원이 데스크에 턱을 괴고 나를 내려다보았다. 핀은 종종 간식을 챙겨줬지만 이럴 때면 꼭 원하지도 않았는데 마치 내가 구걸하고 받은 것만 같다. 기분이 썩 좋지는 않지만 어쨌든 내게 베푼 친절이 아닌가.

"감사해요."

"그래, 맛있게 먹으렴."

둘은 내가 자리로 돌아가 앉은 후 푸밀을 한 입 베어 물 때까지 눈을 떼지 않았다. 나는 그들이 만족할 만큼 황홀하고 감사한 표정으로 한 입을 베어 물었다. 입술과 주변에 흰 가루가 묻는 느낌이 났다. 나도 충분히 입가에 흰 가루가 묻지 않게 먹는 법을 알고 있다. 하지만 이렇게 먹어야 내게 간식을 건네준 그들이 뿌듯함을 느낄 것이다. 타우드를 향해 베푸는 다른 종족들의 친절은 언제나 감사하게 받아야 한다. 내 의지와는 상관없는 일이다. 친절은 언제나 더 높은 사람의 선심에 의해 행해지는 일이었으므로, 받는 입장에서는 늘 고마움을 표현하기 위해 최선을 다해야 했다. 물론 내가 그들의 기준에 맞는 '귀엽고' '보살펴주고 싶은' 축에 속하지는 않지만. 그러니 더 노력해야 한다. 은혜도 모르는 존재가 되지 않기 위해서는.

둘의 시선이 그제야 내게서 떨어졌고 둘은 다시 대화를 이어가기 시작했다. 나는 나머지 푸밀을 두 입에 해치우고는 손가락에 묻은 끈적끈적한 가루를 혀로 핥았다. 푸밀은 달콤하지만 먹고 나면 언제나 시원한 물을 마시고 싶게끔 했다. 앉은 자리에서 물 한 모금 마시지 않고 스무 개씩 먹는 하우드들이 신기할 따름이었다. 물론 우리보다 더 뇌를 많이 쓰기에 그렇겠지만. 손가락에 끈적끈적함이 여전히 남아 있었다. 나는 주변을 둘러보다 데스크 위에 놓인 휴지를 발견하고는 자리에서 일어났다. 높은 데스크 때문에 까치발을 들었다. 나도 타우드 중에서는 제법 큰 키였으나 가구와 생활용품은 대부분 와우드와 하우드의 신장에 맞춰져 있었으니 어쩔 수 없는 모양새였다. 그래도 작년에 목표 키였던 170센티미터를 넘었으므로 스스로는 만족 중이었다. 성인이 되기 전까지 175센티미터는 될 수 있으리라. 딱 1년 남았지만 내 성장판은 아직 닫히지 않았음을 자부할 수 있다.

휴지 한 장을 뽑아 손을 닦는 동안에도 둘은 나를 거들떠보지 않고 대화를 계속 나눴다. 내가 둘의 목소리를 듣지 못할 정도로 안 좋은 청각을 가지고 있다고 생각하는 모양이었지만 이 정도 거리에서는 충분히 들을 수 있었다.

"살인이라고?"

핀이 크게 외쳤다. 곧 나를 힐끔 쳐다보고는 목소리를 줄였다. 나는 들리지 않는 척 태연하게 손을 계속 문질렀다.

"그럼 살인마가 지금 숨어 있는 거야?"

"피를 봤대. 살인을 저지르고 여기로 도망을 왔다는 거지."

"세상에. 언제?"

나는 휴지를 주머니에 욱여넣으며 자리를 떴다. 도로 의자에 앉아 상자를 무릎 위에 올렸다. 오늘따라 기다리는 시간이 길다. 디그바드도 바쁠 것이다. 데스크 직원들에게까지 말이 옮겨질 정도면 이틀 사이에 소문이 꽤 퍼진 거겠지. 나도 모르게 마른 침을 꿀꺽 삼켰다.

목을 위로 젖히자 뒷머리가 유리창에 닿았다. 나들목의 아름다운 빛이 눈앞에 아른거렸다. 나들목은 언제나 캄캄한 우주에서 길을 잃지 않게 하도록 쉬지 않고 빛나는 곳이다. 절대로 꺼지지 않는 희망의 빛. 핀이 나를 불렀다. 사무실 문을 열고 내게 손짓했다. 나는 디그바드의 사무실로 들어갔다.

짙은 향수 냄새. 디그바드의 향이다. 디그바드가 머문 자리에는 언제나 이 향이 짙게 남았다. 제재하진 않지만 누구도 디그바드와 같은 향수를 쓰지 않는다. 디그바드의 인상이 강한 향이라 누구도 쉽게 도전하지 못할 거라는 것이 나의 추측이지만. 그래서 이 냄새만 맡아도 디그바드가 이곳으로 오고 있다는 것을, 여기에 머물다 갔다는 것을 알 수 있다. 남들 몰래 코로 숨을 깊게 들이마셨다가 입술로 천천히 뱉었다. 그러면 혀에도 향이 맴도는 느낌을 받을 수 있다. 좋은 향이다. 눈치 보지 않아도 된다면 온몸에 가득 뿌리고 다녔을지도 모른다.

사무실의 구조는 복도와 마찬가지로 게이트를 살펴볼 수 있도록 한쪽 벽면이 유리로 되어 있다. 그 중앙에는 푹신한 나무 의자 하나가 놓여 있다. 종종 디그바드가 저 의자에 앉아 게이트를 내려다보는 상상을 한다. 그러다 이따금 그 자리에 내가 앉아 있는 모습도 떠올린다. 이 사실은 누구에게도 말하지 않았다. 비웃음을 사고 싶지 않았으니까.

디그바드는 사무실 서재 앞에 서서 여전히 통화 중이었다. 나는 커다란 카펫 가장자리에 무릎 꿇고 앉아 상자를 열었다. 바로 신을 수 있도록 구두 네 켤레를 가지런히 놓는 와중에도 배달하는 도중 묻은 먼지를 소매로 문질러 닦아냈다. 그 순간 책상을 내리치는 소리에 놀라 퍼뜩 고개를 들었다. 디그바드가 꽤 화난 표정으로 언성을 높였다. 그런 모습은 처음이었다. 언제 어디서

나 어떤 일이 벌어지든 늘 차분한 모습으로 사건을 해결하던 그였다. 게이트로 들어오던 우주선박이 항해사의 실수로 입구와 크게 충돌해, 항해사를 제외한 다섯 명의 우주인이 피하지 못하고 우주선박에 깔리는 사고를 당했을 때에도 디그바드는 20분 만에 사고를 완전히 수습했다. 항해사는 벌 대신 휴식을 명 받았고 다친 우주인들 역시 다 나을 때까지 일을 쉴 수 있었다. 훌륭한 지도자의 조건이란 실수를 혼내는 것이 아닌, 용서하고 재발하지 않도록 적절한 조치를 취하게 하는 것이란 사실을 디그바드는 몸소 보여준 것이다. 그 사건으로 디그바드의 위상이 또 얼마큼 높아졌는지 말하기도 입 아플 정도다.

도대체 어떤 일이 디그바드를 저렇게 화나게 만든 것일까. 역시나 '그 문제'가 아닐까 짐작하지만 무엇이든 섣부른 판단은 좋지 않다.

통화를 마무리하는 듯 디그바드가 한결 차분해진 목소리로 말하며 머리카락을 쓸어 넘겼다. 통역 금지 기능 탓에 디그바드의 말을 칩이 통역해내지 못하니 통화의 내용은 엿들을 수 없었는데, 이런 통역 금지 기능은 누구나 쓸 수 있는 기능이 아니라 디그바드처럼 중요한 임무를 하는 고위관직들만 보안 차원에서 사용할 수 있는 것이었다. 낯설고 생소한 디그바드의 언어는 그들이 기능을 쓸 때 들을 수 있다. 내 구강구조와 혀로는 흉내 낼 수 없는 발음이다. 같은 우주에서 비슷한 형상으로 생겨났음에도 살고 있는 행성마다 각기 다른 언어를 가질 수 있다는 것이 내게는 언제나 신비로운 지점이다. 디그바드가 전화를 끊고 잠시 생각에 잠겼다. 혹시 디그바드의 방에 내가 있다는 걸 잊은 건 아닐까 걱정이 들었지만 다행히도 머지않아 디그바드가 내게 걸어왔다. 우아한 네 개의 다리를 곧게 뻗으며.

우아한 네 개의 다리와 큰 머리. 우리는 그 우주인들을 보며 행성을 떠받치고 있는 나무의 형상이라고 찬양했다. 케플러 186f. 쉽게 '186행성'이라 부르는 그곳이 디그바드의 고향 행성이다. 그 행성의 주민들은 디그바드처럼 대부분이 지혜롭고 총명하다. 정확한 수치로 확인한 것은 아니지만 모두가 그렇게 말하고 있으므로 나는 그 사실에 반기를 들 수 없다. 하지만 그렇다고 동의하는 것은 아니다. 나는 디그바드가 위대하다는 것은 알고 있지만, 그 행성의 모두가 디그바드 같을 거라고는 절대 생각하지 않으니까. 다수는 절대 같을 수 없다. 그렇게 보이게끔 할 수는 있지만.

디그바드가 의자 하나를 끌고 와 앉았다. 나는 으레 그랬듯이 깨끗하게 수선된 구두를 신겼다. 불편한 점은 없는지, 불만족스러운 점은 없는지 꼼꼼하게 확인하는 것까지가 내 일이었다. 새것처럼 뻣뻣한 구두끈을 대칭 맞춰 묶었다. 다른 때 같았으면 잘 지냈느냐고 말을 걸어왔을 디그바드는 줄곧 스틱

화면만 만지고 있었다. 투명한 디스플레이 액정이었지만 내 쪽에서는 디그바드가 무엇을 보고 있는지 전혀 알 수 없었다.

"복잡한 일이 있으신가 봐요."

내 말을 듣지 못한 것인지 아니면 듣고서도 굳이 대답할 필요가 없다고 판단한 것인지 디그바드는 들은 체도 하지 않았다.

"역시 침입자 때문에 골머리를 썩이고 있으신 거죠?"

이번에는 디그바드가 내 말을 무시하지 못할 것이다. 그리고 내 예상대로 디그바드는 스틱을 반으로 접어 재킷 안주머니에 넣었다.

"방금 뭐라고 했지?"

다정했지만 평소보다는 힘이 들어간 목소리였다. 나는 일부러 바로 대답하지 않았다.

"잠시만요."

그러고는 끈을 계속 묶었다. 디그바드가 손가락으로 내 턱을 올렸다. 거칠지 않고 부드러운 손길이었다.

"다시 말해봐. 뭐라고 했지?"

"침입자요."

"……."

"엊그제 우주선박을 타고 누군가 허가 없이 들어왔잖아요."

나는 최대한 천연덕스럽게 대답했다. 이것이 극비사항이라는 것을 모르는 것처럼, 그래서 언제든 나들목에 떠벌리고 다닐 철부지처럼.

"누구한테 들었니?"

"아뇨, 어쩌다 알게 됐어요. 소란스러울 때 저도 그 근처에 있었거든요. 저는 나들목을 다 돌아다니잖아요."

당신 사무실 바로 앞 직원들도 떠들고 있던걸요?

"네가 의자를 가지고 내 앞에 앉는 게 좋겠어. 어때?"

역시!

나는 자리에서 일어나 큼큼, 목을 가다듬었다. 정중하고 안정된 목소리만큼 상대방의 환심을 사기 쉬운 것도 없으니까.

"좋아요. 저 의자를 가져오면 될까요?"

"여기 있으면 내가 가져오마."

디그바드가 나를 위해 의자를 가져온다는 사실이 마음을 들뜨게 했지만 애써 침착함을 유지하며 디그바드를 기다렸다. 디그바드는 자신이 앉았던 의자와 똑같은 의자를 가져왔다. 와우드의 인체 모양에 따라 설계된 스테인리스 재질의 은색 의자였다. 디그바드가 마주 볼 수 있도록 의자를 두었다.

편하게 앉으라는 말에 나는 매끄러운 의자에 엉덩이를 놓았다. 엉덩이가 구멍으로 쑥 빨려 들어가는 기분이었다. 와우드의 의자는 등받이가 없었고 엉덩이 부분이 오목하게 들어간 모양새였다. 발이 공중에 떴지만 크게 불편하지는 않았다. 허벅지 위에 두 손을 가지런히 올리고는 허리와 어깨를 꼿꼿하게 폈다. 내가 디그바드와 마주앉아 담소를 나누었고, 심지어 꽤 막중한 이야기를 했다고 해도 아무도 믿지 않을 것이다. 특히나 내 오빠라는 작자는 헛소리 작작하라며 귓등으로도 듣지 않겠지. 물론 나도 지금 이 순간에 대해 떠들 생각은 없다. 말했듯이 극비사항이니까.

"정확히 어디에서 어떻게 들었는지 물어봐도 될까?"

이런 질문을 대비해 모든 정황을 다 맞춰둔 터였다. 거짓말이지만 거짓말이 아니다. 정확히 말하자면 실제로 일어났지만 내가 직접 봤다는 건 아니라는 뜻이다. 하지만 나는 디그바드에게 마치 내가 직접 모든 걸 목격한 것처럼 말했다.

"저는 여기저기서 다 들어요. 침입자라고 정확하게 말한 건 아니지만 모든 말이 정황상 침입자를 가리키고 있죠. 아, 물론 다른 우주인들은 모르고요. 이를테면 어제저녁 지하 2층 식료품 저장소에 도둑이 들었어요. 잡도둑이었죠. 고작해야 한 끼 배를 채울 만큼만 가져갔으니까요. 사소한 일이라 보고되지 않았을 거예요. 그렇지만 너무 이상하지 않나요? 고작 한 끼라니요. 제가 도둑이라면 가능한 한 많은 음식을 훔쳤을 거예요."

순간 디그바드의 미간이 일그러지는 게 보였다. 나는 재빨리 말을 수습했다.

"물론 저는 훔치지 않아요. 맹세코."

"그래, 훔치는 건 나쁜 거란다. 절대 하지 마렴."

그 정도는 나도 아는 사실이다. 가끔 타우드들이 정말 아무것도 모를 것이라고 여기고 훈계하는 태도가 거슬리지만 지금은 그게 중요한 것이 아니다.

"아무튼요, 그 소행이 침입자의 짓일 수도 있잖아요."

"왜 그렇게 생각하지?"

"정말 식료품을 털고 싶었던 도둑이었으면 더 많이 훔쳤겠죠. 하지만 딱 한 끼를 훔쳤어요. 신고하기 애매하게요. 그러니까 그 침입자는 도망치는 신세에서 먹을 게 필요했고 그래서 딱 한 끼만 훔친 거죠. 결국 아무도 신고를 하지 않았잖아요. 만일 당신이 어제 그 일을 알았다면 침입자는 벌써 붙잡혔을지도 모르죠."

"듣고 보니 그렇구나."

디그바드가 고개를 끄덕였다.

"침입자가 맞는 거죠?"

"그래, 맞다. 너한테는 숨길 수 없겠구나. 미안한데 네 이름이 뭐였지?"

웃음이 나려는 걸 꾹 참으며 또박또박 말했다.

"달래요."

"다래?"

"달래. 황보달래예요."

"그래, 화봉다래야."

디그바드는 내 이름을 제대로 발음할 의지가 없어 보였다. 내가 디그바드의 이름을 정확하게 발음하기 위해 수차례 연습했던 기억이 스쳤지만, 이쯤에서 '화봉다래'라는 이상한 이름으로 타협하고 넘어가야 했다. 백날 열심히 말해봤자 디그바드는 조금의 노력도 기울이지 않을 걸 나는 알았다.

"침입자에 대한 공표는 언제쯤 하실 생각이신가요?"

"무슨 소릴!"

디그바드가 버럭 소리쳤다. 아까 전화를 하며 질렀던 소리와 비슷했다. 깜짝 놀라 하마터면 나도 따라 소리를 지를 뻔했다. 디그바드가 숨을 참았다. 목의 울대가 불쑥 올라올 정도로 화를 누르고 있었다.

"그랬다가는 나들목의 평화가 깨질 수도 있어. 어차피 금방 잡힐 피라미야. 떠벌릴 필요가 없지."

"하지만 위대한 쿠비아는 와우드의 명성에 맞게 그 몸짓도 크기도 아름다울 정도로 거대하잖아요. 조용히 수사하기는 힘들 거예요. 조금만 소란스럽게 움직여도 모두가 쳐다보니까요. 원치 않아도 금방 알게 될 걸요?"

일부러 말끝을 질질 끌었다. 디그바드가 고개를 끄덕였다. 흐름을 놓치지 않기 위해 틈을 주지 않고 대화를 이어나갔다.

"더군다나 나들목은 만들어진 이후로 줄곧 평화로웠으니 쿠비아의 움직임은 더 잘 보일 거예요. 비밀을 유지하기는 어렵겠어요. 저처럼 작다면 모를까……."

아차. 마지막 말에서 나도 모르게 힘을 뺐다. 말을 하면서도 스스로 주눅이 든 탓이다. 하지만 다행히 마지막 말이 디그바드의 반감을 사지 않은 듯했다. 디그바드가 자신의 턱을 매만지며 골똘히 생각에 잠겼다. 나는 일부러 디그바드에게 다시금 물었다. 겁 많고 어리석은 타우드의 모습을 유지하기 위해서였다.

"혹시 제가 말실수를 했나요?"

"아니, 실수하지 않았다."

디그바드는 잠시 숨을 돌렸다.

"듣고 보니 네 말이 맞는 것 같군. 그들이 이 일을 비밀로 처리하기는 어려울 거야. 우리 같은 와우드는 눈에 잘 보이니까. 어디서나 주목을 받는 유형이지. 원하지 않아도, 뭐랄까, 항성. 그래, 항성 같은 느낌으로."

"어떻게 하실 예정인가요?"

"계속 생각 중이란다. 복잡한 사항이라 쉽게 판단해서는 안 되니까."

"…실례가 되지 않는다면 저한테 한 가지 계획이 있는데 들어보시겠어요?"

때마침 노크 소리가 들렸다. 오랫동안 나오지 않는 나를 이상하게 여긴 핀의 방문이었다. 핀이 문을 열고 들어왔다. 디그바드가 먼저 입을 열었다.

"아직 이야기 중이야."

나는 뒤돌아 핀의 표정을 보았다. 의자에 앉아 있는 나를 보고 놀란 표정이었다. 나는 어깨를 으쓱했다. 핀이 얼른 나가 다른 직원에게 이 사실을 떠벌렸으면 했다. 핀이 사무실을 도로 나간 후에야 디그바드가 내게 다시 물었다.

"네 계획이 뭔지 들어봐도 될까?"

"그럼요. 쿠비아에게 침입자를 찾는 지시를 내리는 걸 멈추고, 바로 제가 디그바드님의 비밀임무를 수행하는 거예요."

말을 마치자 사무실에 침묵이 깔렸다.

"네가?"

디그바드가 되물었다. 나는 망설이지 않고 고개를 끄덕였다.

"저는 입이 아주 무거워요. 비밀은 누구보다도 잘 지키고요. 지금만 봐도 그렇잖아요."

"하지만 그건 네 의지가 아니더라도 그렇게 할 수 있다. 네가 비밀을 지키지 않을 경우 벌을 준다고 하면 되니까."

"맞아요. 벌을 주시면 돼요. 제가 비밀을 지키지 못할 경우에요. 하지만 벌을 받는 건 비밀을 이미 유출한 후니까 소용이 없죠. 저에게는 벌이 필요 없을 거예요. 애초에 어기지도 않을 테니까. 신뢰가 무엇보다 중요해요. 이 부분은 납득하시나요? 제가 아무에게도 말하지 않겠다는 약속이요."

디그바드가 머뭇거리다가 고개를 끄덕였다. 이제 두 가지 사항만 더 전달하면 된다. 그럼 디그바드는 끝내 모든 걸 할 수 있도록 자신의 사인이 담긴 명함을 내게 줄 것이다.

"그리고 또 한 가지는 제가 타우드라는 사실이죠. 아무도 제가 위대한 디그바드의 비밀임무를 수행하고 있다고 생각하지 않을 거예요. 그러니 의심도 쉽게 피해갈 거예요."

이번에는 선뜻 고개를 끄덕이는 디그바드의 행동에 못내 기분이 나빴지만 내색하지 않았다. 어쨌든 대화가 내가 원했던 방향으로 흘러가고 있었으니 말이다. 몸에서 힘을 뺐다. 보물을 눈앞에 두고도 문에 가로막혀 꺼내지 못하는 탐험가 정도의 연기가 필요했다.

"마지막으로 한 가지 걸리는 건…."

"걸리는 건?"

지금까지 한껏 끌어 모았던 자신감을 푹 꺼뜨리며 시선도 함께 내리깔았다.

"제가 할 수 있는 일이 별로 없다는 거예요."

"왜 그렇게 생각하지?"

"실제로 저는 상대방이 통역장치를 끄면 말을 알아듣지 못하니까요. 제 머리에 심어진 이 칩은요, 디그바드님처럼 상대방의 언어를 마음껏 들을 수 있는 장치가 아니거든요. 그리고 출입이 제한된 곳도 많아요. 저는 그래도 구두 배달을 하느라 다른 타우드들보다는 많은 곳을 오가지만 당장에 1층 게이트도 자격이 되지 않으면 들어가지 못해요. 나들목은 뛰어난 보안을 자랑하니까요. 더군다나 쿠비아에게는 도움을 요청할 수도 없잖아요. 이런 제가 디그바드님의 비밀업무를 수행한다고 하면 다들 반발이 심할 거예요. 그사이 침입자는 나들목을 활개 치고 다닐 거고요."

디그바드는 내 말에 어느 정도 동요된 것 같았다.

"그게 문제가 되지 않으면 네가 나를 위해 비밀임무를 수행할 수 있다고?"

"그럼요."

"단서를 찾아 침입자를 잡는 일을 말이냐?"

계속 묻는 게 조금씩 짜증이 나기 시작해 나는 고개만 끄덕였다. 계속 믿지 못해 되묻는 꼴이 썩 좋지 않았다. '나라서' 믿지 못한다는, 정확히는 타우드인 소녀이기 때문에 그렇다는 괜한 오해를 그만둬야 하는데 내 몸에 쌓인 빅데이터는 그게 디그바드의 생각이라 말하고 있었다.

"그렇게 할 수 있다면 좋겠는데 네가 말한 것들이 걸리기는 하는구나."

디그바드는 또다시 생각에 잠겼다. 신중함은 중요하지만 그 모습이 답답해 보이는 건 어쩔 수 없었다. 결국 내가 먼저 입을 열었다.

"이렇게 하면 어떨까요? 디그바드님이 제게 힘을 빌려주시는 거예요. 명함 있으시죠?"

디그바드가 재킷 안주머니에서 명함 하나를 꺼냈다.

"거기에 디그바드님의 사인을 해주세요."

"내 사인?"

"네, 그리고 누군가 저를 저지하려고 한다면 디그바드님의 사인이 담긴 명함을 보여주면서 심부름 왔다고 하면 되잖아요. 그러면 임무를 수행 중이라고 말하지 않고도 충분히 파헤칠 수 있어요."

"그거 좋은 생각이지만 여전히 걱정은 되는구나. 너같이 작고 여린 타우드 소녀가 침입자를 잡을 수 있을지 말이야."

타우드가 선천적으로 다른 종족들보다 몸집이 작은 것은 사실이나 그게 나약함과 직결되지는 않는다. 내가 아침저녁으로 유산소 운동뿐만 아니라 근력운동까지 꾸준히 하고 있다는 걸 디그바드가 몰라서 하는 소리다. 와우드의 큰 발에 걸맞은 커다란 신발을 들고 매일같이 계단을 오르내리려면 웬만한 체력으로는 감당할 수 없다는 사실을 모를 테니, 옷에 감춰진 내 근육들을 본다면 퍽이나 놀랄 테지. 디그바드에게는 재롱에 불과하겠지만. 그러므로 지금은 일관된 태도를 유지하는 게 좋다.

"그냥 좀도둑이 아닌 모양이죠?"

"너에게 말해도 될지 모르겠군."

"무슨 문제가 있겠어요? 저는 이미 디그바드님의 비밀임무를 지시받았다고 생각하고 있는 걸요. 정보는 정확하게 많이 알아야 좋은 거 아니겠어요? 그게 더 안전할 거예요."

대화의 주도권을 잡고 있는 사람이 나라는 것을 확신할 수 있었다. 디그바드는 처음부터 계속 내 말에 이끌리듯 따라왔다. 그만큼 그가 신중하고 겸손해서 그러리라. 더욱이 지금은 평소보다 더 신중하게 말을 아꼈다. 몇 번이나 자신의 턱을 쓸었는데 셀 수 없을 정도였다. 턱을 쓰는 건 디그바드가 고민할 때 나오는 습관임을 이미 모두가 알고 있었다.

"우주선박에 피가 묻어 있었어. 침입자가 쥐고 있던 무기에서 몇 방울 떨어진 거였지. 그리고 오늘 아침 한 행성에서 전보가 왔단다. 자신의 행성에서 살인사건이 일어났는데 용의자가 선박에 숨어 도주했다는군. 살해당한 피해자와 똑같은 혈흔인 것이 오늘 아침 판명 났단다."

"사건이 일어난 행성은 667번 행성이 맞죠? 엊그제 유달리 정박 시간이 길었던 우주선박이 667번 행성 선박이었어요. 사건 때문에 묶여 있다고 추측했어요. 그게 살인사건 때문이라고 생각하지는 못했지만."

디그바드는 짐짓 놀란 표정을 지었다. 그러고는 곧바로 웃었다.

"이제는 정말이지 너에게 일을 맡길 수밖에 없겠군. 맞아, 글리제 667번 행성에서 일어난 살인사건이지. 식료품 저장소에서 일어난 일은 좀도둑의 소행처럼 보일지라도 실제 범인은 극악무도한 살인마야. 조심하고 또 조심해야 하지. 그래서 너에게 일을 맡기는 것이 더 망설여지는 거고."

"저는 살인마와 직접 대면하는 것이 아니니까 걱정하지 마세요. 저는 어디까지나 바쁘신 디그바드님을 대신해 사건을 수사하는 역할이니까요. 결정적인 단서가 있다면 바로 디그바드님께 보고 드릴게요."

마침내 디그바드는 완전히 내 조건을 수락했다. 디그바드는 수사를 돕기 위해 명함에 사인을 남겼다. 이제 이 명함을 통해 내가 '**진짜**' 찾고 싶어 하는 것을 찾을 수 있을 것이다.

"쿠비아는 모두가 이 사실을 알고 있나요?"

내가 덧붙여 물었다.

"2성 관리자들만 알고 있어. 아직 1성에게는 알리지 않았단다."

쿠비아는 총 5성으로 구분되어 있다. 직급의 표시는 유니폼에 달린 유성의 개수로 구분했다. 내가 줄곧 언급했던 쿠비아는 1성에 해당하는 가장 낮은 직위다. 그들의 역할은 나들목을 순찰하고 자잘한 민원을 처리하는 것이다. 디그바드는 3성의 쿠비아로 단 하나뿐인 사령관이며, 디그바드가 말한 2성은 각 구역의 관리자들로서 내가 아는 인원은 대략 여섯 명 정도이다. 그 위로 4성과 5성은 행정구역의 일을 동시에 맡아 했다. 그중 한 사람이 내가 가장 존경하는 사무국장이다. 중요한 것은 1성 쿠비아들이 이 사실을 모른다는 점이다. 괜히 눈치 보며 피해 다녀야 하는 번거로움이 줄어들었다.

"네 말대로 당장은 1성에게 지시를 내리지 않을 거다. 나는 이 일이 최대한 조용히 넘어가기를 바라니까."

"왜 조용히 넘어가기를 바라시나요? 1성 쿠비아에게 말하지 않을 정도로요."

"그들이 경계태세를 갖추면 나들목에 있는 모두가 낌새를 눈치채고 불안해하지. 나쁜 일을 비교적 널리 퍼뜨리고 싶지는 않구나."

그런 이유라면 완벽히는 아니지만 어느 정도 납득했다. 어느 집단 전체를 책임진다는 것은 여간 신경 쓸 게 많아 보이지 않았다.

"아 참, 중요한 걸 잊을 뻔했구나. 네 칩도 한 단계 높이는 게 좋겠어."

디그바드의 마지막 말에 나도 모르게 소리를 지를 뻔했다. 디그바드는 잠시 기다리라고 말하고는 서재 옆에 있는 문을 통해 벽 너머의 공간으로 들어갔다. 디그바드가 모습을 감춘 후에야 나는 발을 굴리며 두 팔을 위로 뻗었다. 디그바드의 사인이 담긴 명함뿐만 아니라 기능을 올린 칩까지 가지다니! 당장에라도 일하고 있을 오빠의 멱을 잡고서 큰 소리로 웃고 싶은 심정이었다. 분명 오빠는 죽을 때까지 믿지 않겠지만 말이다.

디그바드는 오래지 않아 방으로 돌아왔다. 손에는 얇고 기다란 나이프 하나와 1밀리미터짜리 칩이 담긴 투명 케이스가 들려 있었다. 디그바드는 아프지 않을 거라고 말하며 내 머리를 붙잡고 관자놀이 부분을 나이프로 그었다. 종이처럼 얇은 칼날은 통각 없이 살을 파고들었다. 태어날 때 심어두었던 칩을 찾아 새로운 칩으로 교체하는 동안 나는 참지 못하고 물었다.

지도에 없는 행성

"그런데 침입자는 잡히면 어떻게 되나요?"

디그바드는 바로 답하지 않았다. 내가 멍청하게 칩이 없는 상태로 물었던 것이다. 새로운 칩을 심고, 짼 부위에 연고를 발랐다. 실금 같던 상처는 효과 좋은 연고로 빠르게 나았다.

"자신의 행성에서 살해를 저지르고 도망 온 범죄자야. 일급 악질이지. 나 들목뿐만 아니라 우주에서 가장 중요한 평화를 깨뜨린 자야. 무엇이든 내가 줄 수 있는 가장 혹독한 벌을 줄 거야. '그 형벌'을 피해갈 수 없을지도 모르지. 살인자의 말 따위 들어줄 필요가 없단다. 어떤 변명이든 그건 통하지 않아."

선처가 없을 줄은 알았지만 '그 형벌'이라니. 생각보다 세다. 이른 시일 내에 '**해결**'하지 않으면 상황이 복잡해질 수도 있으리라.

디그바드는 전달할 사항이나 필요한 일이 있으면 언제든 사무실로 오라고 말했다. 자신이 없을 경우에도 복도에서 기다리지 말고 사무실로 들어와 편히 앉아 기다리라는 말을 덧붙였다. 핀에게 연락을 받아 곧바로 달려오겠다고 말이다. 디그바드의 사무실에서 디그바드를 기다릴 수도 있다니. 더욱이 디그바드가 내 연락을 받고 달려온다니! 그 말만으로도 벌써부터 의욕이 머리 꼭대기까지 찼다. 물론 내가 꿈꾸는 상황을 실현시키지는 않을 테지만 상상만으로도 충분히 만족스러웠다.

디그바드는 사무실 문 앞까지 나를 마중했다. 디그바드가 문을 열려고 할 때, 나는 내내 묻고 싶었으나 참았던 것을 물었다.

"나들목은 열한 개의 게이트로 이루어진 게 맞나요?"

"그렇지."

"게이트는 전부 1층에 있고요?"

"그건 왜 물어보지?"

디그바드가 제법 날카로운 목소리로 물었다.

"제가 아직 숫자를 잘 못 세서요. 머리가 나쁘잖아요."

"전부 1층에 있다."

"전부 다 작동하나요?"

계속되는 질문에 디그바드가 미간을 찌푸렸다.

"나들목은 쉬지 않고 빛나는 별이란다."

디그바드가 문을 열었다. 문 바로 앞에 바짝 붙어 서 있던 핀이 화짝 놀라며 뒤로 물러났다. 나는 디그바드에게 정중히 인사하고는 뒤돌았다. 핀의 시선이 끈질기게 따라붙었다. 어깨가 자꾸만 위로 향하려는 걸 가까스로 참아냈다. 이 기분을 만끽하고 싶지만 지금은 확인해야 할 게 따로 있다.

머리에 새로 심은 칩에 도청장지가 없는지 확인하기 위해, 작은 목소리로 디그바드님, 하고 중얼거렸다. 아무런 답도 들려오지 않았다. 세 걸음 더 걷고는 뒤돌았다. 디그바드는 이제 막 등을 돌려 사무실로 들어가고 있었다.

마음이 다급해져 걸음이 빨라졌다. 생각보다 시간을 너무 많이 잡아먹었다. 혹시나 무슨 일이 생기지는 않았을까. 그런 초조함이 자꾸만 발에 옮겨 붙었다. 급하게 계단으로 들어서던 발걸음이 멈춘 것은 나들목 1층에 퍼진 빛 때문이었다. 매일 정오를 알리는 빛의 파동. 모두가 하던 일을 멈추고 비처럼 쏟아지는 빛을 보는 시간이었다.

디그바드의 말처럼 나들목은 쉬지 않고 빛나는 별이다. 몇 광년씩 떨어진 열한 개의 행성들을 이어주는 우주의 중심지다. 초광속으로 달려오는(더 정확히는 워프 항법이라고 들었다) 우주선박들이 길을 잃지 않도록 빛을 밝혀주는 등대이자 여행자들의 지침서인 곳이 바로 나들목이다. 나들목의 질서는 우주의 평화이다. 서로 다른 행성에서 독자적인 문화를 누리며 살았던 우주인들이 몇백 년의 무의미한 전쟁을 끝내고 영원한 평화와 평등을 상징하며 세운 게 바로 이곳. '나들목'이라 불렀고 또 누구는 '플래닛 트랜스퍼 포인트(Planet Transfer Point)'라고 불렀다.

물자를 교류하는 열한 개의 게이트가 1층에 있고, 2층에는 나들목 방문자를 위한 간단한 편의시설과 안내데스크가 마련되어 있다. 내가 일하는 곳도 2층에 있다. 줄지은 식품매장의 가장 끝에 자리 잡은 구두수선집이다. 벌이가 꽤 쏠쏠한 장사였는데 어느 종족은 신발이 몇십 켤레나 되기 때문이다. 나머지 지상층으로는 지금 내가 있는 디그바드의 사무실이 위치한 3층, 그리고 그 위로 한 층이 더 있다. 하지만 지상 4층은 아무나 갈 수 없다. 방문조차 허락되지 않는다. 총책임자실이라는 이야기를 얼핏 들은 적 있다. 확인된 사실은 아니지만 아마도 그 말이 맞을 것이다. 디그바드도 회의하러 지상 4층으로 간다는 이야기를 많이 들었기 때문이다.

지하층은 지상과 마찬가지로 네 개의 층으로 이루어져 있다. 지하 1층은 직원들의 생활공간으로서 내 방도 이곳에 있다. 지하 2층에는 매일 아침 이곳으로 운송되는 식료품·생필품 저장소와 구내식당이, 지하 3층에는 쓰레기처리장이 있으며 지하 4층은 동력실로 이루어져 있다. 이곳에서 일하는 우주인들은, 정확히 말하자면 쿠비아를 제외하고 지하 4층부터 지하 1층까지의 99퍼센트가 타우드며 그중 80퍼센트가 행성713 출신이다. 그리고 그 절반 이상이 나들목에서 태어난 사람들이며 우리 남매도 출생지가 이곳이다.

우리가 이곳에서 태어난 이유는 간단하다. 말해주고 싶을 만큼 썩 좋은 이유는 아니다. 우리의 부모, 그리고 부모의 부모들이 지은 죄를 물려받은 것뿐이다. 뭐, 지금 와서 이런 이야기를 해봤자 무슨 의미가 있겠는가. 구질구질한 것은 싫다. 때로는 뚜렷한 진실을 외면하는 것도 필요하다. 중요한 것은 디그바드와 나눈 마지막 대화이다. 디그바드는 열한 개의 게이트가 쉬지 않고 돌아간다고 했지만 그건 거짓말이다. 열한 개의 게이트 중 오직 열 개만이 움직이고 있으며 하나의 게이트는 완전히 폐쇄되었다. 도대체 언제부터 닫혀 있었는지 알 수조차 없다. 이곳에 있는 모든 우주인이 그 사실을 아는 것은 아니다. 나도 그 사실을 안 지 얼마 되지 않았으니까.

일하는 사람들은 대체로 담당 구역이 아닌 게이트에 접근하기 힘들며 그 중에서도 가장 깊숙한 곳에 위치한 게이트에는 별 관심을 두지 않는다. 아마 디그바드도 내가 이 사실을 모를 거라 예측하고 대답했으리라. 폐쇄된 게이트가 '열한 번째 게이트'가 아닌 다른 게이트였다면 나 역시 그 사실을 끝까지 알지 못했을 터였다.

지상 2층에 도착했다. 식료품점과 여행자들로 언제나 복잡한 층이었다. 빽빽하게 모여든 우주인들은 구둣솔에 박힌 뻣뻣한 모 같았다. 늘어선 상점들 중 가장 끝에 위치한 가게로 향했다. 문을 열고 들어가자 일손이 부족해 골머리를 잔뜩 앓은 표정의 오빠가 보였다.

"너!"

단단히 화난 목소리였다. 안타깝게도 단 한 번도 다정하게 부른 적이 없으니 아무런 타격도 받지 않았지만.

"배달해야 되는 게 뭐야?"

말이 길어지는 게 싫어서 나는 곧바로 다른 화제를 던졌다. 와우드와 하우드의 왕래가 많은 곳이어서 우주인 한 명만 구두 수선을 맡겨도 최소 네 켤레였다. 많은 경우에는 하우드 한 명한테서 열다섯 켤레가 나오기도 했다. 손님이 직원인 경우에는 수선 기간이 사나흘 정도로 넉넉했으나 여행자의 경우에는 길어도 이틀 정도였다. 오빠가 저렇게까지 화난 이유를 추측하자면 아마도 여행자 하우드가 구두를 맡겼을 가능성이 크다. 그렇기에 구태여 바쁜 이유를 묻지 않았다.

"지금 배달이 얼마나 밀렸는지 알고 여유 부리는 거야? 전화는 또 얼마나 왔는지 아냐고. 바빠 죽겠는데 계속 전화가 와서 돌아버리는 줄 알았거든?"

"그래서 배달하면 되는 건 이게 전부냐고."

문 앞에 쌓여 있는 박스를 가리키며 물었다. 다섯 개였다. 나는 군말 없이 커다란 박스에 끈을 매달아 들었다.

"배달이 많아서 조금 늦을 수도 있겠어."

테이블에 있던 빵과 주스도 함께 챙겼다. 그리고 오빠의 비아냥거림을 들으며 가게를 나섰다.

"네 다리가 두 개만 더 달려 있었어도 이런 배달쯤은 문제도 아니었겠지. 일도 빨리 끝났을 거고."

배달장소를 확인했다. 다섯 개 중 세 개가 지상 2층이었고 나머지 두 개가 지하 2층이었다. 하지만 내가 가장 먼저 가야 할 곳은 이 두 장소가 아닌 지하 1층이다.

배달이 많아서 늦을 거라는 건 같잖은 핑계였고 진짜 이유는 오랫동안 자리를 비워 내내 신경 쓰인 '그 사람'에게 먹을 걸 가져다주기 위해서였다. 반쯤 풀어진 머리를 다시 높게 질끈 묶고는 숙소가 있는 지하 1층으로 향했다.

나는 눈을 감아도 나들목의 구조와 그 속의 시간들을 영상처럼 펼칠 수 있다. 벽에 난 흠집, 이가 빠진 톱니바퀴, 2센티미터의 폭으로 파인 바닥의 구멍, 검게 변한 껌의 위치, 몇 시 몇 분 몇 초에 빨래 카트가 지나가는지, 어느 구역의 몇 번째 조명이 깜빡이는지조차도 눈앞에 펼쳐진 영상을 묘사하듯이 읊을 수 있다. 평생을 한곳에서 살면 자연스럽게 외워진다. 노력하지 않아도 이 공간의 모든 것들이 내 기억과 몸 곳곳에 박힌다. 늦은 오후에 출근을 하는 벤이 늘 갑작스럽게 문을 연다는 것도 알고 있기에 피할 수 있는, 삶의 지혜나 지식이라고 하기에는 너무 보잘것없는 습관 정도다.

방 앞에 도착했다. 팻말이 또 제멋대로 돌아간 모양이다. '𐎐𐎐'라고 쓰여 있는 글자를 보다가 옆에 있는 버튼을 눌렀다. 글자가 요란하게 흔들리다 곧 '0412'가 떴다.

"후욱, 하."

손잡이를 숨을 깊게 들이쉬었다가 크게 뱉었다. 손바닥에 자꾸만 땀이 찼다. 이제 와서 이렇게 긴장해봤자 없던 일로 만들 수도 없는 노릇이다. 긴장할 타이밍은 지금이 아니라 이틀 전이었으니. 그러니 괜한 두려움에 떨 필요 없다. 손잡이를 잡아당겼다.

이 방 안에는 무시무시한 존재가 숨어 있다. 디그바드가 말했던 극악무도한 살인자, 바로 그 침입자인 **그레이스**가 숨어 있기 때문이다. 바로 내 방에.

*

행성713? 행성713이 어디에 있는 행성이더라…

어느 행성에서 왔느냐고 물어 대답해주면 늘 비슷한 반응이었다. 그러면 나는 늘 나들목의 벽면을 아무렇게나 짚었다. 어디에 있는지 모르기도 했고, 사실 어디에 있든 나와는 별 상관없는 일이었기 때문이었다. 내게 그 질문을 했던 우주인들은 대개가 더 추궁하지 않고 고개를 끄덕였다. 그들도 궁금해서 물은 것이 아니라 친절을 베풀기 위해 내뱉은 말이었으니까. 하지만 모두가 그런 이유였던 것은 아니었다.

그 여자를 떠올리면 제일 먼저 비스무트 결정의 목걸이가 떠오른다. 굽이 나간 구두를 수리하는 내내 여자의 목에서 빛나던 그것이 내 시선을 빼앗았다. 어느 행성에서 왔느냐는 여자의 물음에 나는 비스무트 목걸이를 멍하니 바라보다 아무렇게나 허공을 가리켰고 여자에게서 '행성713에서 왔구나?'라는 대답이 들려왔다. 나는 그제야 목걸이가 아닌 여자의 얼굴을 보았다. 나와 똑같은 타우드였지만 여자는 와우드 두 명을 대동하고 다녔다. 어떤 일을 하는 사람인지는 모르겠으나 어떤 일을 하든지 나와는 비교되지 않을 만큼 훌륭한 일일 것이었다.

나는 여자의 말에 제대로 된 대답을 할 수 없어 고개만 끄덕였다. 행성713에 대한 기억이 있었다면 행성713에 대한 설명을 장황하게 했겠으나 안타깝게도 나는 행성713에 가본 적이 없었다. 그러므로 행성713에서 '왔다'고 할 수 있는지도 알 수 없었다. 여자는 수십 년 전 행성713에 다녀온 적이 있다고 말했다.

'기린을 살리기 위해서 다녀왔단다.'

그녀의 입에서 나온 단어는 행성713보다 더 생소하고 낯설었다.

'기린이요?'

내가 물었다. 기린. 발음하면서도 내가 뱉고 있는 단어가 맞는 언어인지 헷갈렸다.

나들목에서는 많은 물건이 거래되지만 동물은 제외다. 얼핏 보면 비슷하지만 행성들은 저마다 생태계가 다르다. 우주인들은 각 행성에 갈 때마다 그에 맞는 장비를 갖추고 방문해야 하는데, 그러지 않으면 기압 때문에 몇 초 만에 기절하는 부상자가 속출하기 때문이다. 그런 이유로 행성을 왕래할 수 있는 생명체는 오로지 각 행성의 지적생명체뿐이며 개중에서도 본인의 '의지'가 가장 중요하다. 의사 표시가 가능하며 본인의 의지로 우주선박 탑승을 원하는 생명체. 행성 간 이동에 동의하는 서명을 자신이 직접 할 수 있는 존재에게만 자격이 주어진다. 그 기준에 도달하지 못하는 생명체는 우주선박에 탈 수 없다. 말을 알아듣지 못하는 영유아도 마찬가지다. 그렇기에 나는 동물을 한 번도 본 적이 없으며 모두 사진과 말로만 전해 들었던 것이 전부인데, 기린에 대해 들은 것은 처음이었다. 그렇지만 내가 들었던 동물 중 기린이 우주에서 가장 멋진 동물임은 가히 확언할 수 있다.

행성713에는 기린이라는 동물이 있다. 묘사만 들어서는 말도 안 되는 생명체다. 목의 길이가 2미터가 되며 네 다리로 걷고 온몸은 노란 털에 갈색 얼룩이 박혀 있다. 더군다나 머리에 뿔도 달려 있다고 하지 않는가!

'그래서 기린은 살리셨나요?'

'그럼, 살렸지. 내가 살린 기린이 행성713의 마지막 새끼 기린이었어. 딱 암수 한 쌍만 남아 있었거든. 기린이 태어나는 순간을 본다면 어쩌면 너는 눈을 질끈 감아버릴지도 모르겠구나. 그렇게 아름다운 장면은 아니거든. 진득한 액체와 피가 섞여 있고 얇은 막에 갇힌 기린이 뱉어지듯 밖으로 던져지지. 너무 가늘고 연약해서 금방이라도 죽을 것 같은 형상이란다. 그 새끼 기린이 홀로 일어나 걸을 때까지 그 모습을 지켜보고 있어야 했어. 그게 어언 40년 전의 일이구나.'

금방이라도 죽을 것 같은 핏덩이.

갓 태어난 새끼 기린의 모습을 실제로 본다면 꼭 저런 모습일까. 처음 그레이스를 마주쳤던 순간 나는 몇 년 전 만났던 그 여자를 떠올렸고, 곧 새끼 기린의 상상화까지 기억 속에서 끄집어냈다. 그레이스는 여러모로 기린을 떠올리게 했다. 비록 길이가 2미터는 아니었지만 길고 곧게 뻗은 목과 그곳에 자리 잡은 붉은 핏자국. 그 여자가 기린의 출산과정이 아름답지 않다고 말했던 것처럼 내가 처음 마주한 그레이스는 아름답지 않았다. 안쓰럽고, 초라했으며 말 그대로 금방이라도 죽을 듯했다. 그레이스와 처음 만났던 장소도 마찬가지였다. 지상 1층에 있는 네 곳의 화장실 중 구석에 자리 잡은, 며칠 전 변기 수도관이 터져 임시 폐쇄된 화장실. 말만 들어도 썩 로맨틱한 장소는 아니지 않은가. 더군다나 그레이스는 손에 쥐고 있던 칼을 작은 가방에 욱여넣으려고 안간힘을 쓰고 있었다. 앞이 전부 붉게 물든 상아색 비단 원피스를 입고, 흉기와 비슷해 보이는 뾰족한 구두를 신고서 말이다. 그러고는 내게 말했다.

'도와주세요.'

이게 내가 이틀 전에 마주한 선명한 기억이다.

그레이스는 내게 피 묻은 원피스가 '잠옷'이라고 말했다. 도대체 누가 그렇게 불편한 옷을 입고 잠을 잔다는 말인가. 게다가 취향이라고 쳐도 그걸 입고 돌아다니는 것은 자신이 침입자라고 소리 지르는 꼴밖에 되지 않았다. 나는 고만고만한 옷들 중에서 그나마 제일 적게 입은 옷을 건넸다. 그게 내 방에 처음 왔을 때였다. 그레이스는 내 옷이 쓰레기통에라도 들어갔다가 나온 것처럼 떨떠름한 표정으로 갈아입기를 망설였다. 결국 본인 선택이겠지만 비단 원피스로는 이곳에서 조명 없고 다니며 시선 끄는 것과 다를 게 없다는 것만 알려주었다.

오늘 아침까지도 원피스를 입고 있던 그레이스는, 들어 온 나를 보고 어색하게 웃으며 손을 흔들어 보였다. 옷이 커 소매가 팔랑팔랑 흔들렸다. 다른

건 다 참을 수 있는데 자신이 입고 있던 원피스에서 나는 꿉꿉한 냄새는 참을 수가 없었다는 변명을 덧붙였다.

"빨아서 줄까요?"

"아뇨, 그냥 버려요. 기념할 만한 옷은 아닌 것 같아요."

나는 망설임 없이 옷을 쓰레기통에 넣었다.

"머리는 좀 괜찮아요?"

그레이스는 자신의 후두부를 더듬더듬 만지며 고개를 끄덕였다. 여행자 고객들이 사용하는 통역기 칩을 어젯밤 그레이스에게 심었다. 영구적으로 사용할 필요가 없는 고객용 칩은 나처럼 관자놀이 살 속에 심지 않고 후두부에 붙여 신경과 연결하는데, 처음 붙이는 고객이 어지럼증을 호소하는 경우가 간혹 있다. 어제의 피로가 과했던 탓인지 그레이스는 그중에서도 꽤 심한 편에 속했다. 여기서 한 가지 의아한 점은 그레이스가 어제 도와주겠다는 내 말을 알아들었다는 것이다. 외부에서 무단으로 침입한 자이기 때문에 나들 목에서 쓰이는 통역기 칩이 없는 상태였는데도 말이다. 통역기 칩 없이는 누구도 다른 행성이나 나라의 언어는 알아듣지 못했다. 형태와 소리가 거의 흡사한 언어에 대한 이야기는 들은 적이 있었지만 멀리 떨어진 행성이 같은 언어를 쓸 확률이 얼마나 있던가. 그런 사례가 원래 있는데 나만 모르고 있었던 것일까. 하지만 이 지점에 대해서는 아직 자세히 이야기를 나누지 못했다. 우리에게는 이 문제보다 나누어야 할 더 급한 이야기가 많았기 때문이었다.

내 방에 있는 이틀 동안 그레이스는 최소한의 물만 마셨고 내리 잠을 잤다. 나라면 상상도 못 할 태평함이었다. 잠이 들지 못한 것은 오히려 나였다. 눈을 감을 때마다 그레이스가 내 목에 칼을 들이미는 상상을 했다. 원해서가 아니었다. 내 안의 불안이 멱살을 잡고 나를 깨우려는 발악이었다. 거의 뜬눈으로 이틀 밤을 넘겼다. 물을 아무리 마셔도 입의 까끌까끌함이 사라지지 않았다. 이 상태로는 빵의 맛도 시멘트 같겠지. 그레이스는 칼을 들고 있던 이유조차 내게 설명하지 않았지만, 자는 내내 젖어 있던 그레이스의 속눈썹을 보고 나는 묻지 않기로 했다. 어쩌면 그레이스는 백 마디 말보다 더 똑똑하게 나를 설득시키는 방법을 알고 있었을지도 모른다.

그레이스가 소매를 팔뚝까지 걷어 올렸지만 묵직하게 쌓인 옷감은 무게를 견디지 못하고 곧 다시 손등 너머까지 흘러내렸다. 손이 많이 가는 손님이다. 디그바드가 극악무도한 살인마라고 설명했던 것과는 거리가 좀 많이 멀다 싶을 정도로 말이다. 나는 그레이스 앞에 서서 소매를 접으려다 곧 가위를 가져와 잘랐다. 그레이스가 놀라 내 손을 붙잡았지만 다른 한쪽을 마저 자르기 위해 손을 밀어냈다.

"어차피 안 입는 옷이에요. 입고 있다가 나중에 버리셔도 돼요."

잘린 원단을 원피스가 들어 있던 쓰레기통에 버렸다. 그 옆에 가지런히 놓인 구두가 보였다. 족히 9센티미터는 되어 보이는 높이였다.

"그리고 저 신발도 버리는 게 좋겠어요. 제가 구두 전문이라 아는데요, 이런 거 오래 신으면 나중에 뼈가 휘어요."

"하지만 제가 아끼는 구두인걸요."

그레이스가 신고 온 구두를 쳐다봤다가 다시 고개를 저었다. 그레이스는 내 반응을 보고 끝내 내가 구두를 버릴 거라는 걸 눈치챘는지 서둘러 말을 덧붙였다.

"구두가 다리 라인을 더 예쁘게 만들어줘요."

백번 양보해서 다리 모양이 예쁠 수 있다고 하더라도 이런 걸 신고 걷다가는 머지않아 모든 뼈가 다 망가질 거였다. 몸이 망가지면 예쁜 것도 아무 소용없다. 그걸 모르는 것도 아닐 텐데…. 그레이스의 말을 이해할 순 없었지만 더 이야기를 꺼내지 않았다. 내가 가본 적 없는 행성에서 온 우주인이라는 사실을 잊어서는 안 된다. 이해할 순 없었지만 이상하다고 치부할 수도 없는 노릇이었다.

그레이스의 배에서 곯는 소리가 났다. 나는 그제야 잊고 있던 빵과 주스를 그레이스에게 내밀었다. 이틀 동안 물만 마시며 잠들었으니 속이 꽤 괴로울 터였다. 머뭇거리는 그레이스의 손에 빵을 쥐여 주었다. 먹지 않으면 본인 손해라는 것쯤은 알겠지.

"먹어요. 우리 할 얘기가 많잖아요. 체력이 있어야 무슨 이야기라도 하죠."

더 정확하게 말하자면 그레이스에게 들어야 할 이야기가 많았다. 그레이스가 머뭇거리다가 봉지를 뜯었다. 그러고는 내게 소리 없이 감사를 표하고 빵을 한 입 베어 물었다.

이틀 전 화장실에서 그레이스를 마주쳤을 때, 나는 스무 번째 배달을 끝낸 참이었다. 하필이면 마지막 고객이 내가 그다지 좋아하지 않는 '함'이었다. 함은 하우드 중에서도 발의 개수가 많은 편인 고객이었다. 스무 켤레의 신발은 미세하게 전부 사이즈가 달라 짝이 맞는 발을 다 찾아주어야 했다. 한마디로 허리가 두 동강 나는 작업이었다는 말이다. 꼭 신발을 신으셔야겠어요? 라고 따지고 싶은 말을 꾹꾹 눌러 담아 마지막까지 웃으며 고객을 상대하고는 방을 나오자마자 기어가듯 화장실로 향했다. 얼굴과 손을 씻고 식당에 가려던 참이었다. 그러니까 피곤에 지쳐 그 화장실이 수리중이라는 것도 잊고서 몸이 움직이는 곳이곳대로 간 것이다. 배고픈 위에 무엇이든 쑤셔 넣을 계획으로 거의 남지 않은 힘을 끌어 모아 걸었던 것인데, 화장실 문을 열자마자

273

마주친 그레이스를 보고는 모든 계획이 흔적도 없이 사라졌다는 것을 직감했다. 그레이스와 마주치고 내가 제일 먼저 취한 행동은 밖에서 들리는 기척에 황급히 화장실 문을 잠근 거였다.

그레이스. 더 긴 이름은 백 그레이스 르안.

황금빛 눈동자와 머리카락을 지니고 있는 그레이스는 너무도 순진하게 사람을 죽이고 도망쳤다고 고백했다. 디그바드가 찾고 있는 침입자가 내 눈앞에 있는 이 타우드 여자다. 더 정확하게 말하자면 디그바드가 찾기 전에 내가 먼저 찾은 것이지만. 내 상황을 아는 다른 타우드, 예를 들어 오빠라면 당장 그레이스를 디그바드에게 데려가 무릎 꿇게 만들었을 게 뻔했다. 그렇게만 된다면 명예 와우드가 되는 훈장 따위가 주어질 테니. 하지만 나는 그레이스를 디그바드에게 데려가지 않을 것이다. 디그바드와의 거래보다 그레이스와의 거래가 더 끌렸기 때문이다. 오늘 디그바드를 찾아가 직접 침입자에 대한 이야기를 꺼낸 것도 전부 그레이스와의 거래를 위해서였다.

나는 침대 옆 바닥에 앉았다. 그레이스는 입가에 빵부스러기가 묻지 않도록 조심히 빵을 입에 넣었다. 신중하고 조심스러운 성격 같지만 동시에 사람을 답답하게 하는 능력도 있었다.

"행성713에 대해서는 누구한테 들은 거예요?"

그레이스는 망설이다가 나지막한 목소리로 대답했다.

"친구요. 그 애는 우주에 관심이 많았거든요."

그 순간 그레이스가 이틀 전 이야기했던 친구가 떠올랐다.

친구를 따라 왔어요. 어지럼증에 정신이 혼미했던 그레이스는 자신이 무슨 말을 내뱉고 있는지도 몰랐을 것이다. 물어봐야 할 것들을 차분히 속으로 정리했다. 내가 그레이스에게 들은 정보를 취합하자면 대략 이렇다. 첫째, 그레이스는 글리제 667번 행성에서 왔으며, 둘째, 그 행성은 행성713와 같은 타우드들의 행성이다. 셋째, 자신은 행성에서 와우드를 죽이고 도망쳤고, 넷째, 그 과정에서 헤어진 친구를 만나야 한다. 마지막으로, 그 친구는 '행성713'에 먼저 가겠다고 말했다.

"그런데 왜 713이라고 부르는 거예요?"

그레이스가 물었다. 말의 뜻을 이해하지 못하고 있자, 그레이스가 설명을 덧붙였다. 그레이스의 입에서 나오는 낯선 이름. 낯선 이름이다. 나는 그레이스를 따라 입을 열었다가, 한 글자도 입에 담지 못하고 도로 입을 다물었다. 어쩐지 뱉을 수가 없었다.

"713의 명칭은 지구잖아요, 지구. 우리는 그 행성을 지구라 불러요."

↘ 다음 호에 계속 ↖

지도에 없는 행성

Planet 713

Earth from Moon, **Magasin Pittoresque, 1877**

Graphic

The Old Paradigm
JINKYU

연재 만화

시간여행에 대한 구 패러다임 ②

진규

Novel

for Time Travel

서울 출생이나 서울보다 경기도 인근 섬에서 더 오래 살았다. 중학생 때부터 만화가가 되겠다고 결심하고 만화전공으로 대학을 졸업한 뒤 아직도 만화를 그린다. 좋아하는 일을 오래 하기 위해 노력하고 있다.

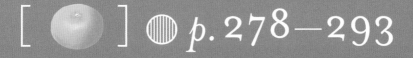

[⬤] ◉ *p.278—293*

주변에선 다들
미쳤다고 했지만,
저는 기어코
성공해냈습니다.

부작용은
없었나?

몇 번을 돌아도
결과는
마찬가지였습니다.

…그럼
그는 원래
몇 살인 거지?

만약 그 수식이
진짜라면…

진. 너무 깊게
생각하지마.

내 말이 거짓말
이더라도

넌 괜찮을
테니까.

웃기는군.

무의식적으로
그의 말이
진실이라는 전제를
두고 생각했어.

그건 우주 쓰레기 처리법 개정으로 계류된 법 아닌가?

그렇긴 한데 함장님이 어쩔 수 없는 건 그냥 진행하라고 하셨습니다.

대략적인 현재 위치는 목성 외곽 즈음으로 예상됩니다.

잊자.

잊는 거다.

그는 범죄자고, 내가 형을 집행했다.

이제 그는 없어.

시간여행 따위… 아무도 한 적 없는 허무맹랑한 일이 된거야.

……

하지만 칼 포퍼의 반증 가능성이 있잖나.

경험적 과학체계의 가설은…
경험으로만 검사 가능하기에,

실험이나 관측에 의해
반증될 수 있다고.

시간여행이 무색하게도
나는 그의 손에
잡히지 않았다.

나는 불타
사라졌고

그는 나라는
재의 흔적을
더듬었겠지.

너와 함께한
그 기억으로
나는 살아가고
있다고….

당신은 무슨
생각이었지?

286

기억 속에 있는
내 잔상을
뒤쫓으면서

대답해봐.
당신은….

너무 깊게
생각하지
말라니까.

당신은
어떤 생각을
한 거야?

진.

그때까지

건강해야 해.

↘ 다음 호에 계속

10 Science Fiction

Memento

메멘토 SF · 리뷰

우동식

《그녀를 만나다》

징그러우면서 풍자적인,
경악스러우면서 해학적인,
슬프면서 아름다운

한국 문화 번역가. 신경숙, 황석영, 정보라, 박상영, 강경애 등의 저서를 번역해 여러 영미권 출판사를 통해 소개했다. 첫 장편 번역작인 오선 브웡의 시집 《총상 입은 밤하늘이 옳게 옮긴다 예정이다. 영어로 번역한 〈저주토끼〉(정보라), 〈대도시의 사랑법〉(박상영)이 2022 부커상 후보에 동시에 올랐다.

몇 해 전 정보라 작가의 《저주토끼》를 처음 번역하기 시작했을 때, 영어라는 언어가 작가의 문장을 쉽게 받아주는 느낌이 들었다. 역설적인 감정들이 공존하는 정보라 작가의 문장은 제인 오스틴이나 조지 손더스와 같은 영미권 작가들의 문장들과 비슷한 분위기였다. 징그러우면서 풍자적인, 경악스러우면서 해학적인, 슬프면서 아름다운. 그 때문일까, 영어로 소개된 정보라 작가의 소설은 앵글로색슨계 문학을 애독하는 독자들에게 전반적으로 좋은 평을 받고 있다. 그뿐만 아니라 영어판 출간 이후 중국어, 스페인어, 인도네시아어, 터키어 판권 계약 소식이 이어지며 정보라 작가의 '세계성'에 새삼 주목하지 않을 수 없다.

호기심과 흥미를 유발하는 문체 덕분에 정보라 작가의 이야기들은 결코 단조롭지 않고, 각 소설의 형태들 또한 다채롭다. 귀신 이야기, 러브 스토리, 호러, 풍자 등 정 작가가 장르의 경계를 넘나드는 것처럼 이야기의 형태 또한 특정 장르 속에 귀속되길 거부한다. 정보라 작가의 작품은 번역이 잘 된다는 사실은 그러니 어쩌면 당연하다.

《저주토끼》와 달리, 최근에 출간된 소설집 《그녀를 만나다》에서는 장르의 경계 대신 '인간'의 경계에 대한 작가의 고민이 독자에게 와 닿는다. 영어 제목을 가진 〈One More Kiss, Dear〉에서는 중심인물이 인간보다 더 인간적인 스마트 엘리베이터. 엘리베이터가 중심인물이라니. 게다가 그 엘리베이터는 인간인 나를 눈물이 나도록 감동시켰다. 〈너의 유토피아〉는 생물학적 인간이 모두 떠난 행성에서 두 로봇이 서로 의존하며 의미를 창출하고 생존해나가는 여정을 그린다.

하지만 로봇을 이용한 내러티브 외에 '인간'이라는 경계를 시험하는 작가의 시도들은 어쩐지 덜 'SF적'이면서 동시에 더욱 SF답다. 〈씨앗〉은 자연친화적인 인간의 극치를 리처드 파워스의 《오버스토리》보다 더욱 극명하게 보여주고, 〈Maria, Gratia Plena〉에서는 기억도 의식도 없는 사람으로부터 인간성을 말 그대로 '발굴'하고, 〈아주 보통의 결혼〉은 타자의 타자성을 다소 극단적인 결혼의 형식으로 나타내준다. 우주선, 외계인, 뇌과학, 유전공학이라는 내러티브 장치들로 인간을 장치로서 탐구하고 장치를 인간으로서 읽어내는 작가의 상상력에서 정보라의 SF다운, 날카로우면서 타인의 고통에 명쾌한 시선이 느껴진다.

하지만 《그녀를 만나다》에 대해 가장 언급하고 싶은 것은 소설들의 퀴어성이다. 표제작 〈그녀를 만나다〉에는 고 변희수 하사님이나 퀴어 퍼레이드가 언급되고, 표지 디자인에 트랜스 프라이드 플래그의 하늘색, 분홍색과 하얀색이 조화롭게 사용되었다. 퀴어 독

그녀를 만나다
정보라 지음, 아작 펴냄

◆ Meg-John Barker · Julia Scheele, 《Queer: A Graphic History》, p.173

자로서 당사자성이 모호한 작품에서 퀴어 인물을 마주치는 것이 항상 반가운 일만은 아니나, 《그녀를 만나다》의 퀴어한 인물들에서 독자는 작가의 많은 고민과 배려를 알아챌 수 있다. 또한 그것을 넘어, 인간적 경계의 붕괴 그 자체에서 더욱 유의미한 퀴어함을 읽어낼 수 있다.◆

내러티브가 '퀴어'하다는 것은 소설에 퀴어한 인물의 출현 혹은 퀴어한 연애 상황만을 얘기하는 것이 아니라 '남성'과 '여성', '이성애'와 '동성애' 등과 같은 인위적 양자택일을 수없이 강요하는 사회적 폭력을 해체하려는 총체적 시도를 지칭한다. 〈씨앗〉의 경우 평화롭게 살고 있는 나무들이 남성인지 여성인지, 시스젠더 이성애자인지 퀴어인지를 떠나 인간인지조차 모호해짐으로써 어쩌면 사실주의적 퀴어 소설보다 더 퀴어한 소설이 되었다. 심지어 〈여행의 끝〉과 같은 스페이스 좀비 소설도 모든 다양성을 먹어 치우려고 하는 시스젠더 이성애적 가부장주의 좀비들을 연상케 한다. 이는 이 소설집의 전반적 퀴어함에서 비롯된 힘일 것이다.

결론적으로, 《그녀를 만나다》는 정보라 작가의 본격적 SF 내러티브다. 물론 장편 SF 소설 《붉은 칼》이나 《저주토끼》에 수록된 단편 〈안녕 내 사랑〉 모두 다분히 과학소설의 범주에 속한 작품들이었으나, 사실 전자는 나선정벌을 바탕으로 한 일종의 역사 판타지에 가깝고 후자는 여러 단편 중 하나에 불과했으니 영미권의 SF 독자들에게 "이거 SF요"라며 내민 것이 번역가로서 약간 미안하기도 했다. "과학소설이란 무엇인가"에 대한 논의는 국내에서든 해외에서든 마찬가지로 치열하니 여기서는 말을 아끼겠지만, 정보라 작가는 이 책 《그녀를 만나다》를 통해 SF의 독특한 매력인 '하나의 아이디어를 우주 끝까지 밀고 나가는 끈기 있는 상상력'을 자신만의 버전으로 멋지게 풀어냈다. 이 책이 지구 반대편 콜롬비아에서 번역될 거라는 소식이 벌써 들려오는 것은 정보라 작가의 SF 역시 '세계성'을 지녔다는 작은 반증일 테고. 🐾

《로드킬》

여성들의 신화

심리학 석사, 상담전문가이며 근무하며 소설을 쓴다. 판사소설, 정통의 구축물 넘나들며 심리적이고 환상적인 요소를 통해 가려진 목소리들과 세계를 드러낸다. 대표작으로 귀여 로맨스릴러 《대룡정미》, SF판타지 《물든한 파랑》, 〈순백의 비명이〉 있다.

세상의 신은 언제부터 남성형을 중심으로 하는 이미지를 가지게 되었을까? 나는 신의 이미지가 인간 세계에서 조형된 과정이 '자연적'이라고 생각하진 않는다. 아버지라 불리고, 도를 깨달은 남자 또는 왕의 이미지로 그려지는 신들은 '인위적으로 선택'되었다. 그들이 가진 권력이나 정치적 힘에 기반하여 말이다. 사실 자연의 속성은 남성성보다는 여성성과 비슷하다. 자연은 단일하지 않으며 언제나 변덕스럽고 연약하면서 동시에 강하고 역설적이다. 그렇기에 수많은 남성 정신분석가들은 '여성의 심리는 파악하기 어렵다'고 혀를 내둘렀으며 현대까지도 여성성을 정의하는 데에 실패했다. 신은 자신을 본떠 인간을 만들었다고 하는데, 그렇다면 여성의 신은 어떤 모습인가?

아밀의 소설집 《로드킬》에는 남성적이고 자본적인, 가부장적인 시스템 속에서 신성이 제거된 여성들의 이야기가 나온다. 각 단편에 나오는 여성들은 사랑, 자연, 예술이란 이름의 신성들을 제거당한다. 그건 '빼앗긴 상태'를 응당 자연적이고 당연한 일로 여기도록 오랜 시간에 걸쳐 서서히 세뇌하고 고착화하는 과정을 통해 이루어진다. 여성들은 '충만'이 바깥과 상대, 남성들에게 있다고 교육받는다. '결핍'은 여성적이니 의존과 수동적 태도를 통해 '그들'에게 사랑을 얻어야만 완전하리라 배운다. 세상이 시킨 대로 '보호받는 일'을 통해 곤경을 벗어나려던 여성들의 삶에는 난관이 반복된다. 여성의 영혼 안에 본래 내재된 걸 헛된 곳에서 찾으려 들었기 때문이다. 결국 여성들은 우리가 그토록 소망한 것이 이미 우리 속에 있었다는 진실을 감각한다.

이 책의 여성들은 눈가리개를 씌우던 현실로부터 다양한 방식으로 탈출을 시도한다. 때론 그 길목에서 죽을 뻔한 위험을 감수하기도 하고, 실패하며, 모든 걸 놓고 소멸하거나 부수거나 파괴하거나 영원히 읊조린다. 신은 우리가 생각하던 만큼 완전하고 일관된 존재가 아니다. 그건 아주 변덕스럽고 경계를 넘나들며 갑작스러운 태풍이나 해일처럼 격렬하다가도 다음 날 새벽이 떨구는 이슬만큼 고요하다. 이 책의 인물들은 아직 종말을 고하지 않은 자신 안의 신성을 접촉한 순간 탈출을 결심한다. 아끼는 누군가를 상실하는 실존적 문제에 부딪혔을 때, 원치 않는 선택을 눈앞에 맞닥뜨렸을 때, 억압과 폭력 또는 다른 형태의 욕망을 자각했을 때와 같은 모든 순간은 깨어남으로 연결된다.

여성들은 사랑이나 예술 그리고 거짓말과 같은 형태로 신성을 회복하며 세상이 빼앗으려던 것들을 되찾으려 한다. 물론 신들의 이야기는 언제나 전지전능하지만은 않다. 때론 시니컬하고 비극적인 결말로 끝난다. 신격의 속성은 이처럼 모순적이기에 세상 만물은 아름답다.

표제작인 〈로드킬〉에서 탈출을 시작한 두 소녀의 이야기는 원시에서 현대로 넘어가는 과도기의 이야기(〈라비〉), 현대와 미래를 살아가는 여성들의 이야기(〈오세요, 알프스 대공원으로〉, 〈외시경〉), 뒤에 남겨지거나 배제되고 해리된 존재의 폭로(〈몽타주〉)를 지나 금기와 기원에 관한 이야기(〈공희〉)로 끝을 맺는다. 각 단편은 소재도 장르도 제각각이지만 나는 어쩐지 이 여섯 세계의 나열을 하나의 신화적 여정으로 읽었다. 고라니들을 따라 보호소를 탈출한 여름과 주인공은 어쩐지 라비로, 강시병으로(이 단편에서는 인칭대명사보다는 이 단어가 여성일 것 같다), 가스라이팅을 당한 아내로, 목소리로, 무한히 열린 세계를 수놓는 처녀로 살았다가 광대를 따라 떠난다(아낙으로 분장했던 광대는 정말 사내였을까? 문득 의문이 드는 바이다). 나는 여성은 남성의 반대어가 아니며, 어쩌면 여성 자체로 더 큰 복수의 명사가 될 수 있으리라 기대한다. 여성은 여성 자체로 사랑일 수 있고, 예술일 수 있고, 신일 수 있고, 자연일 수 있고, 역사일 수 있고, 어둠일 수 있고, 혼란일 수 있고, 공허일 수 있고, 충만일 수 있고, 모든 것일 수도 있다. 대대로 가부장적 사회는 이 거대한 여성을 파편화하여 통제하고자 애썼고 두려워하며 혐오했다. 하지만 이젠 그도 점점 실패하는 중이다. 해방된 여성들의 사회는 앞으로 어떤 모습일까? 때론 여성 자신도 이를 상상하기 어려워한다. 하지만 《로드킬》의 단편들이 전혀 다른 색채의 우주들로 병렬된 것처럼, 우리의 세상은 더욱 다채롭고 예측 불가능한 방향으로 나아갈 것이다.

작가는 이 책을 '곤경에 빠진 처녀들'의 이야기와 그들을 구하려다가 거듭 실패한 영웅으로서의 경험으로부터 시작한다고 적었다. 세상의 모든 변화는 수많은 실패가 축적된 결과물이다. 무엇도 시도하지 않았다면 실패조차 없었을 테니, 실패의 여정이란 자체로도 가치 있는 기록이다. 실패와 함께 생존한 모든 독자는 이 이야기 중 하나를 자신만의 신화적 모티브로 삼을 것이다.

코로나 등으로 인해 여느 때보다 존재론적 질문이 많아지는 요즘, 나만의 신은 어떤 얼굴을 가졌을지, 어떤 목소리를 낼지, 어떤 난관을 겪고 이 자리에 있는지 스케치하는 시간을 가져보면 어떨까. 물론 자아가 감당할 수 없을 만큼 무턱대고 신비주의에 빠지는 일은 경계해야 하지만, 신성을 찾는 일은 인간이 진정으로 겸손을 알고 지구와 더 오래 공존하는 길과 맞닿는다(참고로 나는 무교임을 밝혀둔다. 특정 종교의 틀을 가지고 있지 않아 오히려 동물의 눈동자 속에서, 문득 올려다본 나뭇잎의 흔들림 속에서, 성장과 치유가 일어나기 직전 마주한 사람의 얼굴 속에서, 바다에 비스듬히 내리쬔 햇볕의 반사광 속에서 자주 신을 감각한다. 인류가 전부 사이보그로 변하지 않는 이상, 우리 안의 자연성을 거부하며 살 수는 없는 법이다).

SF 작가. 청강문화산업대학교 웹소설창작전공 교수. 기혼.

《영원의 요람》

벗어날 수 없기에 아름다운
영원의 요람

얼음으로 뒤덮인 별이 있다. 그 별의 빙하 밑에는 거대한 바다가 담겨 있고 해저 깊은 곳에는 문명이 자리 잡고 있다. 이 문명은 생명이 살 수 없는 차가운 바다 위로는 지옥이, 먹을 것과 지낼 곳을 마련해주는 따스한 땅 밑에는 천국이 존재한다는 믿음 속에 번영하고 있었다. 그러나 이 닫힌 세계는 전사 '낮은소리'와 사제 '가는발'이 우정을 쌓고 음모를 꾸며 지옥과 천국의 존재를 확인하고자 하면서 크게 뒤흔들리게 된다. 《영원의 요람》은 이 두 인물이 겪는 여정에 대한 이야기다.

사냥감의 생태와 판세를 읽는 것에 능한 전사 '낮은소리'와, 현명하고 정치적으로 기민한 사제 '가는발'은 서로가 부족의 중심이 되도록, 또 상대가 꿈을 이루도록 돕는다. 낮은소리는 바다의 위로 올라가 과연 지옥이 존재하는지를 확인하고자, 가는발은 땅 밑을 파고들어 천국에 가닿고자 하는 것이다. 지구의 인류를 기준으로 생각하면 천국으로 가는 탑을 쌓고 지옥으로 향하는 굴을 파는 셈인 대업이나, 그들은 자신의 꿈을 결코 포기하지 않는다.

《영원의 요람》의 매력은 생생하게 다가오는 바닷속 문명의 풍경이나 각 부족의 생활상에 그치지 않는다. 두 주인공이 가진 호기심이야말로 이 작품의 핵심이라 할 수 있다. 낮은소리와 가는발은 모두 개척자다. 한 명은 바다 위를, 한 명은 땅 밑을 향한다는 점에서 상반되었다고 볼 수 있으나 사실 그들의 욕망은 동일하다. 둘은 모두 신의 존재를 증명하고자 이 모든 것을 시작했던 것이다.

두 인물이 신을 찾고자 헤매는 것은 단순히 신을 숭배해서만이 아니다. 자신들이 살고 있는 부족의 종교적 이데올로기를 정당화하고 그로써 권력을 강화하고자 함도 아니다. 아니, 오히려 이런 식으로 신의 존재를 남용하는 인물들은 낮은소리와 가는발에게는 경멸의 대상이자 타도해야 할 적폐에 다름 아니다.

그들이 신을 찾아 바다 밑을 헤매는 것은 그보다는 더 고결한 순례의 여정이다. 지구 문명의 역사 속에서 신앙은 숭배만을 위한 것이 아니었다. 신의 존재에 대한 증명은 곧 우리가 살고 있는 세계의 정합성을 설명하려는 시도였으며, 우리가 살고 있는 세계 너머에 대한 사유이기도 했다. 낮은소리와 가는발이 추구하는 바도 바로 여기에 있었다.

《영원의 요람》은 미지에 대한 탐구심에서 출발하는 SF다. 내가 미처 모르는 것, 아직 알지 못하는 것을 알고자 하는 모험가다운 야망이 작품 기저에서 이야기를 추동한다. 어떤 이들은 과학적 고증의 성실성이나 세계의 정합성을 우선해서 SF 작품을 평가하고는 하나, 어쩌면 그 이상으로 중요한 것이 바로 이 기개로 가득한 태도가 아닐까 한다. 이는

영원의 요람

Havoc 지음, KW북스 펴냄 (전자책)

곧 사랑에 대한 태도이기도 하기 때문이다.

애초에 사랑이란 것이 그렇지 않은가. 내가 아닌 누군가에 대해 계속해서 궁금하고 알고 싶으며, 알면 알수록 더 모를 것만 같은 미로 속에서 헤매는 일이 아닌가. 그리고 그 과정 속에서 이전의 나와는 다른 또 다른 나로 성장하고, 내가 아닌 누군가 역시 어제까지의 자신이 아닌 다른 누군가로 새로이 거듭나는 과정이지 않은가. 궁금증과 앎은 꼬리에 꼬리를 물어가며 반복되고 또 확장된다.

물론 이 과정은 결코 쉬운 일이 아니다. 낮은소리와 가는발이 세운 목표도 결코 간단히 해결되지 않았다. 아니, 그 길의 끝에는 오직 절망만이 기다리고 있을 뿐이었다. 이 두 사람이 아무리 깊은 굴을 파도 그곳에는 또 다른 흙이 기다리고, 아무리 바다의 위를 향한다고 해도 두터운 빙하가 가로막을 테니 말이다.

이는 무척이나 쓸쓸하지만 동시에 아름다운 일이기도 하다. 저 바깥에 대한, 저 너머에 대한 동경, 사랑은 애초에 성공과 실패 여부가 문제였던 적이 없었다. 이는 그 자체로 숭고한 여정이다. 《영원의 요람》은 그렇게 아름다운 작품이다. 🐾

《영원히 빌리의 것》

우주의 평균 색상

4

박문영

소설·만화·일러스트레이션을 다룬다. 제1회 큐빅노트 단편소설 공모전을 통해 소설을 발표하기 시작했다. 《그리면서 놀자》, 《사마귀의 나라》, 《지상의 여자들》, 《3n의 세계》, 《주마등 임종 연구소》 등의 책을 냈고 공저로 《봄꽃도 한때》, 《천년만년 살 것 같지?》, 《우리는 이 별을 떠나기로 했어》 등이 있다. (다음 페이지에 계속↘)

시장 끄트머리, 새로 생긴 카페에서 커피 한 잔을 주문했다. 손님은 아무도 없었는데 어쩐 일인지 직원이 분주했다. 아메리카노 세 잔 나왔습니다! 이게 무슨 일이지. 전부 내 몫이었다. 제가 잘못 말했나 봐요. 제가 잘못 들었나 봐요. 나는 직원과 함께 허둥지둥대다 두 잔 값을 내기로 했다. 문을 밀고 나가려는 순간 직원이 나를 불러 세웠다. 저는 괜찮으니 가는 길에 누구라도 주세요.

한 손엔 원했던 커피 하나. 한 손엔 커피 둘이 담긴 트레이. 커피가 식으면 안 된다는 생각에 판단력이 흐려졌다. 시장 상인들은 당연하게도 수상한 사람이 건네는 커피를 거절했다. 전염병의 시대, 게다가 뭘 탔을지 모를 음료를 누가 받을까. 그래도 혹시 지금 카페인이 필요한, 지치고 순한 누군가를 만나면 좋을 텐데. 더디게 걷다 보니 카페 거리가 나와 미련을 깨끗이 접었다. 의지가 오기로 번지지 않아 다행이었다. 머릿속에서는 〈커피를 반드시 건네라〉라는 가제의 단편이 만들어지고 있었다. 끝은 두 갈래였다. 커피가 주인을 극적으로 만나는 결말, 극적으로 만나 파국이 되는 결말. 이 단편에서 주인공이 커피를 집 안에 그대로 들이는 선택지는 없었다.

귀가 후 입 한번 대지 않은 커피 두 잔을 가만히 바라봤다. 쓸쓸한 낭비, 날아간 온기. 구상한 소설과 달리 현실에서는 아무 일도 일어나지 않았다. 타당하다. 일상엔 질서와 서사가 없고 통제할 수 있는 요소란 사실 적은 탓이다. 컵을 매만지며 비슷한 온도의 책을 떠올렸다. 강태식 소설집 《영원히 빌리의 것》은 결국 아무 일도 일어나지 않은 지금에 대해 말한다. 정확히는 너무 많은 일이어서 아무 일도 벌어지지 않은 것처럼 보이는 장면에 대해.

단편마다 인물들은 많은 것을 잃는다. 행성, 아이, 남편, 이웃, 자아, 감각, 윤리. 작가는 인물을 자리에 앉히고, 입을 다물게 한 뒤에 더 많은 이야기를 끌어낸다. 그들은 시간에 갇힌 듯 같은 구간에서 했던 생각을 거듭하는데 이 반추는 불필요해서 꼭 필요하다. 뭐든 반복하지 않으면, 행간을 채워 넣지 않으면 인생의 무의미함이 그들을 모래알이 되도록 짓누르기 때문이다. 슬픔이 마모되는 이 세계는 잔잔하고 고요하다.

하지만 소설이 끝나면 해가 드는 자리가 눅눅하게 느껴지고 카펫엔 언제 웅크려 죽었는지 모를 작은 거미가 눈에 띈다. 겹겹의 벽지를 뜯어낸 벽을 손끝으로 쓸어볼 때와 같은 심정이 찾아드는 것이다. 벽지 안에 벽이 있듯, 소설 속 인물들에게도 각자의 견고한 역사가 존재한다. 작가는 짚어야 할 곳을 짚고 가리켜야 할 지점을 가리키는 것만으로 이들의 삶을 풍성하고 미려하게 드러낸다. 멀리서 작은 점을 바라보는 방식으로, 동시에 상대의 침묵을 겸허히 경청하는 방식으로.

그게 무슨 소용이냐고, 필요한 건 현실을 잊게 해줄 이야기라고, 새삼스럽게 불안과 혼란을 마주하지 않아도 삶이 충분히 막연하다고 말한다면 고개를 오래 끄덕일 수 있다. 어쩌면 무엇도 들추지 않는 편이, 누구와도 재회하지 않는 편이 덜 혹독하다. 그렇지만 어떤 작품들은 무심히, 유심히 이렇게 묻는다. 그래서 이 모든 게 부질없는지. 소실했다는 사실을 알았다면, 그러니까 잃었지만 전부 잃은 게 아니라면 그 이후의 시간은 일종의 재생이나 치유가 될 수 없는지. 이야기 속에서 울고 있는 자가 울 수 있도록, 휘청이는 자가 숨을 고르도록 기다리기. 우리가 우리 앞의 거대한 공백을 다시 바라보려면 가끔이라도 이런 저속구간이 필요한 게 아닐까.

단념, 나쁜 우연, 때와 얼룩, 몸속을 천천히 떠도는 균, 가까스로 떨쳐낸 잡념, 더디지만 확실히 약해지는 관절, 침침한 시야, 안감이 너덜너덜해진 저녁, 구멍 뚫린 오전, 광막한 밤, 까끌까끌한 새벽, 한때의 햇볕. 이 모든 풍경의 빛을 합치면 우주의 평균 색상, 코스믹 라테가 될까. 그 은은하고 부드러운 미백색은 엔트로피가 높은 색일까, 낮은 색일까. 소실과 부식, 발효와 풍화. 영원에 가까운 날을 거친 그 색을 그저 평온하다고 말할 수 있을까. 🐾

↳ 제2회 SF 어워드 중·단편 부문 대상, 제6회 SF 어워드 장편 부문 우수상을 받았다. SF와 페미니즘을 연구하는 프로젝트 그룹 'si×f'에서 활동 중이다.

영원히 빌리의 것

강태식 지음
한겨레출판 펴냄

소설 쓰고 옮긴다. 쓴 책으로 《자두》, 옮긴 책으로 《나의 진짜 아이들》, 《사랑의 마음들》, 《우리 죽은 자들이 깨어날 때》 등이 있다.

《슈뢰딩거의 아이들》

유령이 되어본 적 있나요?

좌중을 들끓게 할 질문을 알고 있다. '유령을 본 적이 있나요?' 늦은 밤 교실에서, 취중 귀갓길 어느 골목에서, 외가 동네의 흉가에서 직접 (혹은 몇 다리 건너서 간접으로) 희끄무레하고 희박한 어떤 것을 얼핏 보았다는 증언이 줄을 이을 것이다. 좌중에 찬물을 끼얹을 질문도 알고 있다. '유령이 되어본 적 있나요?' 제1회 문윤성 SF 문학상 수상작인 《슈뢰딩거의 아이들》은 이렇게 찬물이 담긴 바가지 같은 질문을 던지는 소설이다. 혹시 유령이 되어본 적이 있느냐고, 그 쓸쓸한 세계를 아느냐고.

근미래 대한민국에는 세계 최초 완전몰입형 가상현실 공립학교 '학당'이 개발되고 아이들은 자신과 똑 닮은 아바타를 만들어 가상현실 공간에서 공부한다. 팬데믹 시대 '온라인 줌 수업'을 연상시키기도 하는 학당은 그러나 많은 것이 성취된 근미래에도 보편적 교육에 성공하지 못한다. 주인공 시현은 가상현실 디자이너이자 농인인 엄마를 통해 입학 전부터 학당의 건축 과정을 지켜보았다. 시현은 입학식 날 학당 곳곳에 숨은 엄마의 흔적을 찾아다니다가 우연히 유령을 목격한다.

잠시 후 유령은 입학식 행사장에 모습을 드러내고 학당의 총괄 개발자 나지율과 맞선다. 유령의 정체는 학당에 입학을 허락받지 못한 자폐 스펙트럼 장애인 하랑으로, 나지율의 딸이자 하랑의 절친이었던 노아의 도움을 받아 초대받지 못한 입학식에 모습을 드러낸 것이다. 나지율 개발자는 이른 시일 안에 특수교육용 학급을 추가하겠다고 약속하고, 곧 학당에 특수학급이 생기면서 수많은 장애 학생이 추가로 입학하지만, 놀랍게도 주인공 시현과 주변 학생들의 눈에는 그 많은 장애 학생이 한 명도 보이지 않는다. 가상현실 안에서도 장애 학생과 비장애 학생은 한 공간에 자리하지 못하고 서로를 목격할 수 없다. 시현을 비롯한 제피룸 동아리 부원들은 특수학급의 비가시화 문제를 해결하고자 어른들 눈에는 꽤 당돌해 보이는 활동을 시작한다.

책 뒤에 수록된 '작품 해설'에서 김초엽 작가는 《슈뢰딩거의 아이들》의 미덕으로 '인물의 장애와 질병이 대상화되거나 낭만화되지 않으면서도 인물의 삶과 내러티브 정체성의 일부로 자연스럽게 혼입되어' 있는 점을 꼽았다. 자폐 스펙트럼 장애인인 하랑뿐만 아니라 시현과 농인인 시현의 엄마도, 의족을 단 아이도, 가장 소중한 친구를 뺏긴 아이도 모두 각자의 자리에서 소외를 경험한다. 다시 말해 이들은 시시때때로 '유령'이 되고 만다.

유령을 목격하는 일은 공포의 영역이지만 유령이 되는 일은 공포뿐만 아니라 상실과 고독과 소외와 배제의 영역이다. 유령으로 지목된 사람은 끝없이 자신의 존재를 증명해야 한다. 시현은 농인인 엄마가 부끄럽지 않지만, '엄마가 수어로 말하는 장면을 찍어 오

슈뢰딩거의 아이들

최의택 지음, 아작 펴냄

면 그걸 보고 담임 선생님이 보일 반응이, 그러면 우리 엄마는 농인이라고 자부심 있는 태도로 설명하지 않으면 죄책감을 느껴야 하는 나 자신이, 과거에 비하면 많이 나아졌다는데 여전히 나에게 이러한 고통을 안기는 사회가' 부끄럽다.

왜 부끄러움은 유령을 지목하는 자들이 아닌 유령으로 지목된 자들의 몫이어야 하는가. 이 질문에 탈북자의 후손이자 아시아계 독일인인 첼리스트 노아 성은 말한다.

누군가는 제2의 나치즘이 도래하게 될 거라며 거드름을 피우지만, 글쎄요, 저 같은 소위 '가짜' 국민들은 그저 두려울 뿐이에요. 하지만 할 수 있는 게 없죠. 이렇게 지구를 떠돌며 알리는 것밖에는요. 그러니 들어주세요. 알아주세요. 저라는 존재를, 우리의 존재를.

시현과 제피룸 동아리 부원들이 함께 만든 게임의 이름은 '지금, 여기, 우리'다. 게임의 최종 승자는 어김없이 홀로 유령을 목격한다. 유령은 아직 해결되지 않은 것들의 자기 선언일까? 지금(도), 여기(에도), 우리(도) 존재한다고. 끝없는 존재 증명에 질렸다고 토로하는 시현에게 엄마는 말한다.

존재의 증명? 하지 않으면 존재 자체가 지워져. 그러니까 억울해도 해야 해.

그래서 뭐가 달라지느냐는 물음에는 이렇게 말한다.

달라져. 조금이지만 분명. 그리고 달라져 왔어. 달라지고 있어, 세상. 함께 달리는 거야, 거북이처럼.

거북이처럼 쓸쓸하지만 멈추지 않는 일, 유령이 된다는 것은 그런 것이 아닐까. ▸

《두 번째 달》

새로운 창세기

(열 번째 세계로 홀림드래곤 문학상, 《사건영향자》로 SF 어워드 장편부문 대상 수상. 2021년 중국 CYN SF Gala 초청 작가. 2021년 한국 SF 어워드 심사위원장. 가톨 편집위원, 저서 《사건영향자》 외 다수.)

《두 번째 달》을 읽으면서 오래전 '경이로운 지구'라는 제목으로 방영되었던 유명한 다큐멘터리가 떠올랐다. 지구 탄생부터 인류의 등장과 발전에 이르기까지 46억 년의 과정을 그려낸 다큐멘터리였다. 두꺼운 대기로 인해 지구에 가득한 붉은빛 아래에서 출렁이는 바다와 함께 시작되어 연쇄적인 인과로 생물이 발생하고 점차 진화해 가는 과정이 그야말로 경이로웠다. 특히, 생물이 바다에서 육지로 도약하는 순간에 가슴이 벅차올랐던 기억이 난다.

최이수의 장편소설 《두 번째 달》을 관통하는 거대한 주제 역시 '인류의 기원'이다. 그런데 《두 번째 달》이 추적하는 인류의 기원은 익숙하면서도 낯설다. 생물의 발생과 진화 과정은 우리가 가진 지식 범위를 크게 벗어나지 않는데 그 과정의 주체가 다르다. 《두 번째 달》에서 현생 인류를 탄생시킨 존재는 자연도 신도 아닌 세 인공지능이다. 그야말로 과학과 기술로 경이롭게 이룩한 창세의 구체적인 기록인 셈이다. 또 하나의 차이는 탄생이 시작되는 순간이 인류의 소멸이라는 점이다. 이 비밀스러운 역사는 환경오염으로 인한 기후 변화 등 갖가지 재앙을 앞둔 지구를 공전하며 등장한 '두 번째 달', 아에록이라 불리기도 했던 기록보관소인 인공지능 HaON-111G에 남겨진 기록을 통해 확인된다.

주요한 기록은 세 인공지능이 생물의 발생과 진화에 필요한 연쇄적 인과를 이어가기 위해 협업한 과정이다. 세 인공지능은 인류를 '재생'하려고 먼 우주와 지구 상공 그리고 바닷속에서 10만 년이 넘는 세월 동안 서로 협동하며 일한다. 먼 우주에서 지구로 얼음을 보내고, 지구의 환경 정보를 계속 분석하고, 바다와 지상에서 생물 발생과 진화 과정을 촉진하거나 통제하기도 한다. 자연 발생과 진화에서부터 인류가 가진 감정과 사회성의 발달에 이르기까지 이들이 끝없이 일하는 과정과 결과는 우리가 아는 여러 가설에 근거를 두고 있다. 과학 이론에 관심 없는 독자들이 자칫 지루할 수도 있을 이 과정에 흥미진진함을 느끼며 몰입하게 되는 이유는 순전히 각기 다른 개성을 발산하는 세 인공지능 덕분이다. 일 중심주의자에 츤데레 같은 AuTX-3463과 진중하면서도 인간에 제일 가까운 감성을 지닌 HaON-111G, 그리고 매우 가볍고 수다스러우면서도 생명에 대한 애정이 넘치는 ScPA-914S가 티키타카 하며 이루는 조화에는 독자를 사로잡는 매력이 넘친다.

《두 번째 달》의 또 다른 매력은 세 인공지능이 펼치는 새로운 창세의 과정 뒤에 놓인 깊은 메시지와 의미이다. 아에록의 기록 앞부분에는 우리가 몰랐던 인류의 기원이 있다. 세 인공지능이 인류 재생을 위한 창세를 시작하기 전에 이미 손가락 개수가 각기 달랐던

네 종족이 존재했다. 차별과 환경오염을 극복하기 위해 인간의 본성이나 탐욕과 싸웠던 예전 인류의 모습은 그들의 후예라고 할 수 있는 열 손가락 종족, 즉 현 인류가 재현하고 있다. 세 인공지능이 구축하고 살려낸 새로운 지구에서 말이다. 이는 탄생이 다시 소멸을 향하고, 소멸이 다시 탄생으로 이루어지는 생태계의 거대한 순환이 문명에서도 마찬가지임을 암시한다. 세 인공지능 덕분에 존재하는 현 인류도 예전 인류와 마찬가지로 멸망을 향해 점차 접근하고 있다. 그런데 독자인 우리의 세계이기도 한 이 지구에 갑자기 등장한 아에록이 묘한 희망을 남긴다. 바로 범우주적인 순환의 기억을 가진 인류의 존재이다. 세 인공지능과 관련된 이 인류는 기억을 간직한 채로 별과 은하를 넘어 죽고 태어나며 다양한 모습으로 여러 생을 살고, 그동안에도 쉼 없이 지구 재생을 위해 일하고 있을 아에록에게 암시와 메시지를 남겨 놓기도 한다. 이러한 '환생'은 얼핏 보면 SF보다 판타지나 신화와 더 가까워 보이지만, 실제 원자 단위에서 보면 가장 과학적인 개념이기도 하다. 원자는 우주의 시작에서 태어나서 돌멩이가 되었다가 식물이 되고, 다시 동물이나 인간으로 변용하면서 수많은 존재의 일부로 잠시 머물기를 무한히 반복하며 우주의 끝을 향해 억겁의 시간을 통과한다.

마침내 인류 재생을 끝낸 아에록이 지구 위에 그려진 거대한 그림의 메시지를 해독하고 귀환하는 장면은 한 순환의 완성임과 동시에 새로운 순환이 시작되리라는 희망을 독자인 현 인류에게 암시한다. 세 인공지능의 창조가 시작되기 전, 이미 우리와 유사한 길을 걷다가 소멸한 인류와 다른 방식으로 우리는 순환할 수 있을까. 아에록의 기록이 알려준, 오랜 기억을 간직한 그들은 현 인류의 세계에서 어떤 역할을 하게 될까. 다음 이야기가 기다려진다. 🖎

평형추
듀나 지음, 알마 펴냄

소설가. 웹진 거울 필진이자 운영진. 2020·2021 SF 어워드 중단편 부문 심사위원. 장편 《이름 개인 빗금 쓰기》, 단편집 《진정한 끝장어요》, 《교실 맨 앞줄》, 《가을 아니었던들》, 《누나 노릇》, 《괴이한 거울(평론집)》 등에 참여했다.

《평형추》

우리가 한 번도
만난 적 없는 사랑 이야기

소설을 읽다 보면 자연스럽게 알게 되는 작가 고유의 특징이 있다. 등장인물의 심리와 거리를 가깝게 유지하면서 읽는 동안 독자가 그 인물인 듯 몰입하여 읽도록 쓰는 작가가 있기도 하고, 낯선 세계관에 압도되어 그곳을 처음 방문하는 여행자처럼 세계의 모습을 이해하는 것에 중심을 두게 만드는 작가도 있으며, 등장인물의 행동 동기나 심리를 모르는 채로 사건이 어디로 흘러가서 어떤 결말로 치닫는지 세밀하게 깔아둔 복선을 탐색해가며 읽어야 하는 작품을 쓰는 작가도 있다. 특정 작가의 신간이 나오자마자 구매를 결정하는 사람들은 작가의 전작에서 보여준 특징을 사랑하거나 그 연장을 기대하는 이들일 것이다. 듀나의 책을 읽을 때 기대하는 것은 무엇일까. 대부분 정교하고 독창적인 세계관, 기존의 상식을 때로 깨버리는, 독자가 이입하기보다는 관찰하게 되는 등장인물들의 행동 같은 것이 아닐까. 인물의 감성을 섬세하게 그려내는 사랑 이야기를 기대하고 읽는 사람들은 그렇게 많지 않을 것이다.

일인칭 화자로 진행되는 이 글은 우주로 향한 궤도 엘리베이터가 건설된 한 섬을 배경으로 한다. 소설은 화자이지만 무슨 생각을 하는지 알기 어려운 맥의 건조한 관점으로 진행되며 거대기업 LK의 전 회장 한정혁을 중심으로 법률적 가족관계로 이어진 한부겸, 한사현, 한수현 등의 이름들이 불쑥불쑥 등장하는데 각자의 특징을 파악하는 데는 시간이 조금 걸린다. 외국 소설을 많이 읽어 온 독자라면 한국식 이름이 그렇게 구별하기 쉽지 않다는 것에 당혹감을 느낄지도 모른다. 이는 작가의 의도처럼 느껴지기도 하는데, 이들 모두가 LK와 떼어 생각할 수 없기 때문이다. 그래서 최강우와 김재인의 이름은 더 선명하게 인식되기도 한다. LK의 비전의 원천인 김재인에 대해 화자는 종잇장처럼 얄팍하다고 묘사하지만, 사실 그는 기업과 별개로 존재하는 인물처럼 선명하다. 이 선명한 인물 김재인은, 최강우가 한정혁의 기억과 함께 갖게 된 강렬한 사랑의 대상이다. 사랑 이야기라니, 듀나의 이야기에서 기대하지 않을 이야기인 동시에, 듀나가 어떤 식으로 이 사랑을 풀어내게 될지 궁금해지기 시작한다.

독자는 자신의 의도를 보이지 않는, 몰입하기 어려운 맥의 시선으로 세계와 사건을 관찰해야 한다. 뭔가 꿍꿍이가 있고 믿을 수 없으며 무능해 보이는 시 정부와 경찰과 시장, 아무 일도 하지 않는 새 수장 로스 리, 그리고 이 사랑의 중심에 있는 김재인까지. 이들의 실체가 하나씩 드러나며 반전이 반전으로 이어지는 이야기의 쾌감은 듀나의 글을 읽는 독자가 기대하는 바로 그것이다. 정교하게 쌓아 올린 세계의 형태 위에 만들어지는 결말은 서두에서 생각했던 것과도, 읽는 동안 상상했던 것과도 다르며, 그동안 쌓아두었던 모든 복선을 깔끔하게 회수하며 마무리된다.

그리고 그즈음 듀나가 결말에 이르기까지 그려낸 한정혁의 '사랑'을 되새기게 된다. 두 사람이 공감하고 공들여 서로의 차이를 좁히고 이해하여 만들어내는, 그런 것이 사랑이 아닌가? 아니다. 이 사랑은 그렇지 않다. 상대에게서 발견한 작은 공통점, 둘 사이의 동질감으로 시작했지만 어느새 그 대상은 미화되고 정돈되며, 기억은 왜곡되고 새로 만들어진다. 그 사랑은 온전히 한 사람의 것이며 대상과는 무관해진다. 최강우가 나비를 사랑하는 것처럼, 상대에게 어떤 영향도 줄 수 없는 사랑이다.

이 이야기에는 또 하나의 '사랑'이 있다. 궤도 엘리베이터 그리고 평형추와 관계가 있는, 김재인의 사랑이 그것이다. 최강우는 김재인을 사랑해서 궤도 엘리베이터를 잡티 하나도 없는 완벽한 것으로 만들려고 했지만, 김재인이 사랑한 것은 더 거대한 대상이다. '잘 조율된 아름답고 거대하고 복잡한', 그래서 '격렬하고 장엄해서 인간들의 감각과 감정은 하찮게 느껴지는' 쾌락을 주는 존재와의 합일. 듀나 작가가 그리는 사랑 이야기에 이보다 잘 맞는 것이 있을까.

사건의 결말이 깔끔하게 마무리된 것과는 별개로, 이 세계가 맞이할 미래의 모습은 꽤 오래 잔상을 남긴다. 쉽게 벗어나기 어려운 이 잔상에는 해피엔딩이 주는 감상적 여운과는 다른, 지적 여운이 가득하다. 2021 SF 어워드 장편 부문 우수상 수상 당시의 심사평을 빌리자면 '집요함으로 머릿속에 남아 편두통처럼 떠도는 지적인 수수께끼'가 주는 여운이다. 그러나 이 소설이 내게 준 가장 큰 여운은 듀나의 책을 펴며 기대치 않았던 멋진 사랑 이야기가 주는 울림이었다. 그것도 어쩌면 우리가 단 한 번도 만난 적 없는 그런 사랑. 🐾

《우리가 오르지 못할 방주》

한 작가의 도약을
지켜본다는 것

SF 작가, 2007년 라이트노벨 《잘못의 동사무소》로 데뷔했고, 《레이디 디텍티브》와 《레비랑》, 〈Permit!!!》 등의 만화와 《280일: 누가 엄마를 아름답다 했던가》 등의 소설 《여성, 귀신이 되다》와 《순정만화에서 SF의 계보를 찾다》 등의 비소설을 썼다. (다음 페이지에 계속 ✕)

첫 책이 장편소설 《소멸사회》이긴 했지만 '심너울'이라는 필명 같은 필명 아닌 진짜 이름 석 자를 독자들에게 널리 알린 건 역시 "하이퍼리얼리즘의 극치"라는 평가를 받은 그의 단편소설들이다. 미니 단편집 《땡스 갓, 잇츠 프라이데이》와 제목만으로도 강력한 충격을 준 소설집 《나는 절대 저렇게 추하게 늙지 말아야지》는 물론, 지난해 출간한 《꿈만 꾸는 게 더 나았어요》의 수록작들까지 심너울의 단편소설은 우리를 숨도 못 쉴 만큼 웃게 만들었다가, 그 이야기가 담고 있는 시니컬한 현실을 몇 번씩 곱씹게 만들었다. 2019 SF 어워드에서 심너울에게 대상을 안긴 작품 역시 중단편 소설 〈세상을 끝내는 데 필요한 점프의 횟수〉였다.

심너울의 단편에서는 대체로 우리에게 익숙한 현실들이 능청스럽지만 씁쓸한 웃음과 함께 선명하게 떠오른다. 〈저 길고양이들과 함께〉의 그린 듯한 '개저씨'가 그렇고, 쿠팡이나 배달의 민족을 떠올리게 하는 〈내 손 안의 영웅, 핸디 히어로〉의 초능력자들이 그랬으며, 〈달에서 온 불법체류자〉의 디스토피아적 미래는, 우리가 사는 이 현세에서의 지옥을 그대로 투영한 듯하다. 심너울은 흔한 채소들로 낯선 나라의 음식을 능숙하게 만들어내는 사람처럼, 눈앞의 현실과 익숙한 이야기들로 아주 낯설고 먼 이야기를 들려주는 사람이다.

그런 심너울이 두 번째 장편 《우리가 오르지 못할 방주》로 돌아왔다.

'우리가 오르지 못할 방주'라는 제목에서는 '오르지 못할 나무'라는 말이 자연스럽게 떠오른다. 멸망을 앞둔 인류와 오르지 못할 방주. 이미 세상에 나온 수많은 이야기를 떠올릴 수 있을 것 같은 제목이지만, 심너울은 그런 흔한 이야기들을 아주 새롭게 자신만의 스토리로 변주해냈다. 대량 복제되어 하플로타입별로 같은 얼굴을 한 배양인들과 그들을 지배하는 잉태인들, 인류를 지배하는 초지능 '세종', 인공지능 모듈보다 싼 배양인들의 임금, 살아 있다는 이유만으로 지불해야 하는 생명세, 마치 〈매트릭스〉에서 인간을 전력생산도구로 활용하던 장면을 보는 듯, 브레인웨어를 통해 기계와 연결된 인간들, 그리고 미인가 배양인, 여기에 서씨 가문이 이끄는 '코란트'의 회장 자리를 두고 벌어지는 재벌 가문의 권력다툼까지.

핵폭발로 이미 한번 멸망했다가 다시 세워진 서울과 '25세기형 방주'라 불리는 '별누리' 우주선에서, 사람의 생명은 공장에서 찍어내어 목적에 맞게 키워지고, 기준에 어긋나면 곧바로 버려지며 하찮게 취급된다. 이런 디스토피아는 바로 지금, 서울의 현실에 대한 적나라한 투영이기도 하다. 하지만 이런 세계에서도 사람들은 자신의 존엄을 지키고 싶

우리가 오르지 못할 방주

심너울 지음, 안전가옥 펴냄

어 하고, 가능하면 타인과 함께 살아가려고 한다.

가장 낮은 자리에서 태어난 미약한 존재가 '오르지 못할 나무'를 올려다보고, '오르지 못할 방주'에 올라 권력의 핵심과 맞서 승리를 이끌어내는 이야기는 전형적인 왕도물에 속한다. 재벌 가문의 수장이 이끄는 미래의 서울은 그동안 심녀울이 써 왔던 현세의 연장 같은 지옥이다. 그 익숙한 이야기 속에서, 심녀울은 이제 사람들의 마음의 힘을 믿는다. 마지막 순간에 파국을 막아내는 것은 위험을 무릅쓰고 신록에게 달려오는 리원의 애정이고, 자매의 고통을 끌어안고 그를 이해하려 하는 신록의 용기이며, 타인의 용기에 공감하여 그 곁에 서는 사람들의 연대다.

그동안 짧고 강렬한 단편들에서 웃음을 통해 현실을 풍자하는 이야기에 특히 탁월한 재능을 보여 온 심녀울은, 이 장편을 통해 촌철살인의 웃음을 넘어 갈등과 연대, 그리고 미약한 힘을 더하고 겹쳐 자신의 존엄을 지켜내는 이들의 이야기를 깊이 있게 풀어낼 줄 아는 작가가 되었다. 한 작가가 높이 도약하는 순간을 지켜본다는 건 늘 여전히 가슴 설레는 일이다. 🐾

↳ SF 단편집 《홍등의 골목》과 앤솔러지 《끝내 비명은》, 《엄청 섰습니다》, 《SF 검증욕》, 《다정한 줄임》, 《업 밑 거품》, 《갑자기는 아래에》, 《책에 건축다》에 참여했다.

버려진 우주선의 시간

이지아 지음, 스윙테일 펴냄

《버려진 우주선의 시간》

생이 시작되는 순간

소설가. 《파파》로 제3회 한국과학문학상 장편부문 대상을 수상하였다. SF 무크지 《오늘의 SF》, 엔솔로지 《우리는 이 별을 떠나기로 했어》 등에 참여했다. 흥미롭게 읽히면서도 묵직한 한 방이 있는 글을 쓰고 싶어 한다.

전자기기가 한번 손에 들어오면 오래 쓰는 편이다. 바로 이전 핸드폰은 6년 정도 썼고, 태블릿PC도 중고로 매입하여 5년 정도 썼다. 그것을 든 채 나는 사람들과 소통하고, 많은 여행지와 일터, 시시각각 변하는 계절과 하늘을 포착하곤 했다. 누군가에게 받고 신나 그 자리에서 붙여버린 스티커나, 떨어뜨려 난 흠집까지도 언제 처음 생겼는지 기억이 난다. 부품이 없어서 교체하지 못하는 지경까지 왔을 때에야 그들을 떠나보낼 수밖에 없었는데, 전자기기일 뿐인데도 어쩐지 애틋한 감정이 들었더랬다. 나는 기기를 처분하며 어쩌면 지난 몇 년간 나의 경험과 감정을 곁에서 가장 잘 알았던 존재는 누구보다도 이들이 아닐까 생각했다.

《버려진 우주선의 시간》의 이야기는 우주를 누비며 범죄자를 검거하는 경찰 '다비드 훈'과 훈의 정찰선인 '티스테'에서부터 시작한다. 훈은 티스테와 정이 들어 신형 우주선으로 교체할 시기가 왔음에도 바꾸지 않는다. 티스테는 훈의 우주선일 뿐만 아니라 동료이자 친구였다.

그러나 토성으로 정찰을 나간 그들은 때아닌 모래 폭풍으로 발이 묶이게 되고, 훈은 지구에 있는 딸이 출산을 앞두고 있다는 소식을 듣는다. 출산할 때 함께 있겠다는 약속을 했기 때문에 훈은 티스테에게 반드시 돌아오겠다는 말을 남긴 채 인명 구조선을 타고 지구로 떠난다. 티스테는 하염없이 기다리지만, 훈은 돌아오지 않는다. 그 기다림은 25년 간 이어진다. 티스테는 돌아오겠다는 약속을 어긴 훈을 원망하고 미워하며 복수하겠다고 생각한다. 그러던 중 어레스 박사라는 인물이 등장해 사막 속에 묻혀 있는 티스테를 발견하고, 티스테는 안드로이드 육체를 입게 된다.

그리고 훈의 손녀라는 룻이 티스테를 찾아온다. 훈을 만날 수 있다는 생각에 티스테는 다소 복잡한 감정에 휩싸이지만, 제안을 받아들여 같이 지구로 가기로 한다. 그들의 관계는 처음부터 삐걱거리나 모험을 하면서 서로의 사정을 이해하고, 용서하게 된다.

어레스 박사에게 감정 코드를 받았을 때, 티스테는 마치 갓 태어난 아이처럼 엉엉 운다. 그 장면만 본다면 티스테는 그 순간부터 비로소 생을 사는 개체로 탄생한 것처럼 보인다. 그러나 티스테의 생은 그때 시작된 것이 아니다. 그 이전부터 티스테는 살아왔다. 티스테에게 훈이 있었기 때문이다.

생은 누군가가 이름을 붙여주고 함께 세상을 경험하는 기억에서부터 시작되는 것 같다. 우리는 삶을 시작하면서 다른 개체와 구별되도록 고유의 이름을 부여받는다. 그 이름을 사용하며 삶을 천천히 받아들인다. 타인과 가까워지고, 그 타인의 세계에 초대되고,

그 세계를 구성하는 언어와 친숙해지기도 한다. 타인에게 특별한 사람이 되었다가 그와 작별하기도 하고, 제 나름대로 성공과 실패를 경험했다가 기뻐하거나 분노하기도 한다. 그렇게 계속 궤적을 그리며 살아간다. 수많은 'TST I'이 있었음에도 훈은 티스테에게 하나뿐인 이름을 부여했고, 그 둘이 동료가 되어 같은 경험과 감정을 공유했던 시간은 티스테를 특별한 결을 지닌 단일한 개체로 만들기에 충분했다.

타인과 다른 자기만의 이름, 타인과의 상호작용, 그에 따른 기억과 추억이 개인을 규정한다. 겪어낸 과거는 그 사람의 발자취이자 나이테가 된다. 티스테는 우주선이었을 시절부터, 정확히는 훈이 티스테라는 이름을 붙여준 그 순간부터 생을 살아가고 있었던 셈이다.

앉은 자리에서 다 읽을 수 있을 정도로 부담 없는 분량이지만 룻과 티스테의 모험을 따라가보면 살아간다는 것이 무엇인지, 생이 어느 순간부터 시작되는지와 같이 독자에게 던지는 질문은 결코 가볍지 않다. 나는 나와 동료라고 할 수 있을 정도로 친밀한 전자기기를 떠올렸다. 짤막한 감상을 적을 수 있는 메모 어플이 있는 핸드폰, 소설을 읽게 해주는 태블릿PC, 이 글을 정리할 수 있게 해주는 노트북. 오늘따라 이들이 친숙하게 느껴진다. 고맙다는 말이라도 전하고 싶다.

그들에게도 나와의 기억이 조금은 깃들어 있기를.

덧. 이지아 작가의 인스타 계정(@namu_noon)에 접속해보면 캐릭터 이름과 지명 작명 방식에 대해 설명한 '아마추어 작가의 작명법'이라는 피드가 있다. 무척 흥미로우니 책을 다 읽고 찾아보시길 추천한다. ▶

《아틀란티스 소녀》

소녀를 기다리며

(10) 정영서

1973년 서울에서 태어났다. 대기업 설계팀과 커피를 만드는 바리스타를 거쳐서 현재는 전업작가로 활동 중이다. 《그들이 세상을 지배할 때》, 《새벽이 되면 일어나라》 외 다수의 소설을 썼으며 《기기인 도로》를 비롯한 여러 작품집에 참여했다.

작가 전혜진을 처음 알게 된 것은 《월하의 동사무소》를 통해서다. 발간된 시기보다 훨씬 뒤에 읽었지만, 공무원과 귀신을 연결시키는 참신한 소재를 잘 풀어냈다는 생각에 책의 표지를 보고 작가의 이름을 되새겼다. 아울러, 전혜진의 글들을 계속 읽다 보니 특유의 패턴이 파악되었다. 시대적 배경은 미래이지만 시선은 현재로 향하고 있다는 점이다. 우리가 겪는 현실의 문제점들을 미래로 가져가서 풀어내는 방식을 사용하는 것이다. 그것은 과학이 발달한다고 해서 무작정 현재의 문제점들이 해결되지는 않는다는 점을 보여준다. 우리가 주의하지 않으면 미래에도 이런 문제로 고통을 겪을 것이라는 점에 대한 암시다.

이것은 전혜진이 여성이며, 아이를 키우고 있다는 점과 많은 연관이 있을 것이다. 누구보다 사회의 어려움과 부조리를 크게 느끼고, 그것을 글을 통해 우리에게 경고하고 있는 셈이다. 《아틀란티스 소녀》는 그런 전혜진의 단편들을 모은 단편집이다. 표제작인 〈아틀란티스 소녀〉를 비롯해서 12편의 단편들이 수록되어 있다. 그중 초점을 맞출 작품은 첫 번째 작품인 〈나와 세빈이와 흰 토끼 인형〉, 그리고 표제작인 〈아틀란티스 소녀〉다.

〈나와 세빈이와 흰 토끼 인형〉은 어이없는 교통사고로 죽었다가 되살아날 친구 세빈이의 의식이 담긴 흰 토끼 인형을 둘러싼 이야기다. 두뇌를 스캔하고, 세포를 복제한다는 과학적인 이야기보다 친구의 의식이 담긴 인형을 가지고 학교에 가야 한다는 '나'의 막막함을 이야기하면서 끝이 난다. 과학적인 상식이나 미래 지향적인 어떤 메시지가 아니라 나와 친구의 관계, 그리고 학교라는 존재가 주는 짜증과 두려움을 세빈이의 의식이 담긴 흰 토끼 인형과 나누면서 풀어내는 것이 이야기의 전부라고 할 수 있다.

SF소설에서 주인공은 항상 우주를 날아다니고 레이저 광선과 공중 부양 장치가 나와야 한다고 생각하는 독자들에게는 다소 아쉬울 수 있지만 오히려 개인적으로 굉장히 인상적이었다. SF는 타 장르에 비해 현실과 조금 떨어져 있을 가능성이 높기에 작가의 메시지가 굉장히 직접적으로 들어갈 수 있다. 따라서 짧은 단편이라고 해도 작가가 하고 싶은 이야기를 잘 풀어낼 수 있다. 이 작품 같은 경우도 보통의 단편보다 분량이 훨씬 짧지만 죽음과 삶, 그리고 복제와 재생에 대한 시선과, 무엇보다 학교와 친구가 주는 두려움을 충분히 보여줬다.

〈아틀란티스 소녀〉는 사라진 아틀란티스 대륙에 대해서 이야기하는 것으로 시작한다. 포세이돈의 후손이 지배했던 거대한 아틀란티스는 하루아침에 신의 분노를 사서 바닷속으로 가라앉고 말았다. 그 얘기를 나눈 것은 사소와 아리영, 가야트리다. 인류가 사

아틀란티스 소녀

전혜진 지음
아작 펴냄

는 지구가 멸망하고 인간의 흔적을 담은 우주선이 다른 세계를 찾아서 떠나는 과정에서 벌어지는 갈등이 이야기의 핵심적인 요소이다. 지구와 똑같은 재난이 일어난 그곳에서 살아남기 위해 사소를 정지시키기로 결정하는 과정과 그 이후의 이야기를 담고 있다.

줄거리를 굉장히 애매모호하게 소개하는 건 스포일러를 피한다기보다는 최대한 독자들에게 해석을 넘겨주기 위해서다. 전혜진의 작품 상당수는 대화보다는 설명으로 진행된다. 따라서 이야기의 흐름을 따라가는 건 쉽지만, 다양한 해석의 길이 펼쳐진다. 〈아틀란티스 소녀〉에서도 인류를 내려다보는 사소와 그런 사소에게 의지했지만 결국은 다른 결정을 내려야 하는 아리영과 가야트리가 각자의 시선을 대화 대신 설명으로 풀어낸다. 두 사람에 의해 정지된 사소가 깨어났을 때 예상했던, 어쩌면 예상하지 못했던 결말이 펼쳐진다. 마지막 결말을 읽으면서 인간은 어떤 상황 속에서도 비슷한 결정과 잘못을 반복하고 있으며, 그것은 어쩌면 풀지 못할 영원한 숙제이자 짐일 수 있다는 생각이 들게 된다.

전혜진의 책은 미래를 이야기하지만 희망을 드러내지는 않는다. 그것은 우리의 미래가 무작정 좋아질 것이라는 낙관론에 대한 반박이자, 자신이 바라보는 사회에 대한 기대감과 두려움을 드러내는 시선이라고 할 수 있겠다. 같은 시대를 산다고 해도 어느 곳을 바라보고, 무엇을 가지고 있느냐에 따라 그곳이 천국이 될 수도 있고, 지옥이 될 수도 있다는 이야기다. 그리고 미래가 지옥이 되지 않기 위해서는 무엇을 해야 하는지에 대해서도 말해준다. 한 가지 아쉬운 점은 제목이다. 하필이면 보아의 노래 제목과 같아서, 항상 포털 사이트에서 제대로 검색이 되지 않는다. 🐾

Female - Lady - Woman - Girl - She

SF *and* WOMEN

SF와 우리의 세계

2

SF와 여성의 세계

심완선

SF라는 거대한 우주에서 발견할 수 있는

네 가지 세계 이야기.

이번에는 여성의 세계를 목격한다.

심완선	SF 칼럼니스트. 글감 있음. 출장 가능.

1

2020년대를 살고 있다면

개인적으로 재미있게 여기는 경험이 있다. 나는 예전에 아서 C. 클라크의 《2001: 스페이스 오디세이》(1968)에 나오는 여자라고는 대사도 있을까 말까 한 단역 세 명뿐이라는 사실을 지적했다. 그리고 우연히(정말이다) 이에 관한 게시글을 봤는데, 그게 명작을 폄훼하는 모욕이라는 내용이었다. 누가 썼는지 몰라도 흥미로운 사례로 여러 번 말하고 있어서 약간 미안할 정도였다. 아무튼 이 글이 인상 깊었던 이유는 두 가지다. 하나는 내 글이 사실을 사실 그대로 쓴 문장이었다는 점이다(심지어 주례사 비평이었다. 《SF는 정말 끝내주는데》에 실려 있으니 직접 판단하실 수 있다). 그리고 그분이 여성을 염두에 두며 책을 읽는 행위를 모욕이라고 불렀다는 점이다. 고전이라고 완전무결할 수는 없고, 1968년에 미국 백인 남성이 쓴 소설을 지금 한국인이 읽자면 부족해 보이기 마련이다. 심지어 우리는(이 글을 보는 이라면 아마도 대체로) 1960년대 사람도 아니고 미국 백인 남성도 아니다. 설령 두 조건 다 충족하는 사람이라도 2020년대를 살고 있다면 옛날 그대로여서는 안 된다. 구닥다리가 구닥다리라는 사실을 받아들여야 한다. '여자도 사람이라는 놀라운 생각'을 놀랍지 않게 여겨야 한다. 페미니즘을 익히기까진 못하더라도 이렇게나 반차별주의를 싹싹 긁어낸 투명한 차별이라니, 더군다나 SF를 읽으면서.

SF, 혹은 과학소설이라는 단어가 처음 쓰이기 시작한 1920년대부터 여기에는 새롭고 진보적이고 교육적이라는 이상이 담겨 왔다. 이후로 등장한 많은 SF의 정의가 '변혁'을 SF의 특징으로 꼽았다. SF 역사의 초기부터, 남성 중심의 문학계에서 여성 작가와 독자들은 SF가 한 종류의 플롯으로만 빠지지 않도록 변주를 추가했다. 여성을 비롯한 마이너리티 집단은 없었던 게 아니라 달의 뒷면처럼 치부되었을 뿐이다. 기존 서사를 파괴할수록 매력이 살아나는 SF의 특성상 다른 세계 또는 나은 세계를 추구하는 작품은 짜릿한 재미를 주곤 했다. 비주류 집단의 경험과 현실을 바꾸고 싶다는 열망은 새뜻한 세계를 형상화하는 데 유용한 재료가 된다. 이런 점에서 소위 '페미 묻은' SF는 꽤 좋은 성과를 올려 왔다. "근래 좋은 SF 작가는 제임스 팁트리 주니어를 제외하면 모두 여자"라는 70년대 시어도어 스터전의 말이 그렇고(물론 팁트리 주니어조차 여자였다는 점도), 최근 5년간 휴고상 수상자 성별이 그렇고, 지금 한국 SF 중 각광받는 작품 목록이 그렇다. 페미니즘 SF는 현재 아주 신나는 놀이터를 형성하고 있다.

2

여성 공동체: 유토피아와 무성생식

유토피아 문학의 영향을 받은 페미니즘 SF는 분리주의에 따른 유토피아적 공동체에서 출발한다. 미국의 페미니스트 샬럿 퍼킨스 길먼은 《허랜드》(1915)를 통해 페미니즘 유토피아 사회를 선보인다. 재미있는 점은 이야기가 '평범한' 미국인 남자의 시선으로 진행된다는 점이다. 이들은 여자들만의 사회는 발명도 발전도 없이 야만적이리라 생각하지만, 정작 허랜드에서 미국 사회는 어떠냐는 질문을 받을수록 자신들의 야만성을 느끼고 이를 애써 숨기려 한다. 《허랜드》는 현실의 차별을 재발견하고 비전을 제시한다는 점에서 SF의 전신이다.

여성 공동체에 침투하는 무례한 남성 방문자들은 제임스 팁트리 주니어의 〈휴스턴, 휴스턴, 들리는가?〉(1976)와 조애나 러스의 〈그들이 돌아온다 해도〉(1972)로 이어진다. 두 작품 모두, 잘 운영되는 여자들만의 사회에 갑자기 남자들이 나타난다. 이들은 여성 공동체가 원활하게 유지되고 있다는 사실을 믿지 않고, 공동체의 방식을 존중하지 않는다. 지구의 폭력적인 사고방식을 맞이한 공동체는 위기를 겪는다. 하지만 둘의 결말은 올더스 헉슬리의 《멋진 신세계》(1932)와 조지 오웰의 《1984》(1949)의 차이만큼 다르다. 전자는 남자들을 처리하는 데 성공한다. 후자는 더는 여성 공동체가 유지되지 못하리라는 사실을 직감한다.

SF와 여성의 세계

To *write* Like a WOMAN

문윤성의 《완전사회》(1967) 역시 여성 공동체에 남자가 등장하는데, 성차별과 가부장제 이데올로기를 다루는 데는 미진하다. 여성만의 사회는 여자들을 성적으로 만족시키지 못하고 불완전하며, 남자와 함께해 갈등을 해소해야 한다고 보기 때문이다. 그러나 박문영의 《지상의 여자들》(2018)은 여자들의 갈등을 당연하게 여기고 이를 본격적으로 파고든다. 소설의 무대가 되는 구주시에서는 남자들이 폭력을 저지르려는 순간 빛에 휩싸여 사라진다. 그래서 구주시는 점차 '여성적'인 사회로 변모한다. 하지만 여자라고 폭력성이 표백된 것도 아니고, 위치와 성격에 따라 생각이 다르니 마찰이 만만치 않다. 혹은 윤이형의 〈광장〉(2019)은 이렇게 말한다. "윤리적인 일을 하기 위해 만들어진 모임들에서조차 성폭력과 노동착취, 나이 어린 사람에 대한 연장자의 하대 같은 일이 숱하게 발생했어요. '자유로운 개인들의 느슨한 연대'였는데, 너무 자유롭고 느슨해서, 그 자유와 느슨함 사이사이에 폭력이 숨겨져 있었던 거예요."[1] 정답이 없는 이 마찰 하나하나에는 페미니즘 논쟁의 역사와 한국의 상황이 반영되어 있다.

임신, 출산, 양육의 굴레에 대해 마지 피어시의 《시간의 경계에 선 여자》(1976)나 어슐러 K. 르귄의 《빼앗긴 자들》(1974) 같은 페미니즘 유토피아 SF 소설은 남성-여성 조합에서 벗어난 사회를 상정한다. 임신을 여자만 할 필요는 없고, 인간이 할 필요도 없다. 자연 임신과 자연 출산을 고집하는 사회는 야만적이다. 아밀의 〈로드킬〉(2018)에서는 여자들이 강하고 임신하지 않는 몸으로 변해버려서, 그런 변화에 올라탈 수 없었던 소수의 여자를 연구소에서 '보호'한다. 펫샵에서 동물을 팔듯 여자를 키워 적당한 남자와 결혼시키기 위해서다. 마거릿 애트우드의 《시녀 이야기》(1985)의 사회 또한 여자들이 임신하기가 어려워지자 임신 가능성을 기준으로 여자를 가르고 가두고 관리한다. 이러한 '보호'는 명백히 불평등하다. 파멜라 서전트의 〈공포〉(1984)는 태어날 아이의 성별을 지정하는 기술이 개발되자 모두 남자아이를 낳아서 여자가 극히 줄어든 세계를 배경으로 한 이야기로, 여기서 여성은 능력 좋은 남자만 지니는 비싼 트로피로 대우받는다. 한국의 가임기 여성 지도처럼, 애를 낳지도 않을 인간들이 모성기능을 관리하고 강제하는 일은 정말이지 지긋지긋한 일이다. 위 소설 속 여자들은 통제 불가능한 야생동물처럼 자유를 찾아 위태로우나마 끝내 도망친다.

어떤 SF 작품들은 아예 남자가 필요 없는 생식을 제시한다. 이때 임신은 여자들이 이해할 수 있고 여자들이 결정하는 사항이 된다. 이산화의 〈아마존 몰리〉(2017)의 제목이 된 물고기 '아마존 몰리'는 실제로 암컷만이 존재하고 무성생식을 한다. 작중 화자는 어느 남자를 인터뷰하는 과정에서 그가 만났다는 여자가 무성생식을 했다는 사실을 눈치 챈다. 하지만 영문을 모르겠다며 울상을 짓는 '평범한' 남자에게 굳이 설명을 해주지는 않는다. 그녀가 보기에도 설명해봐야 입만 아플 것이 뻔하기 때문이다. 앤젤라 채드윅의 《XX》(2018)에서 무성생식은 사회적 이슈다. 난자와 난자의 결합으로 수정란을 만드는 기술이 발표되었기 때문이다. 주인공을 비롯한 레즈비언 부부들은 남자라는 제3자 없이 친자를 얻게 되어 기뻐하지만, 아주 많은 이들이 그건 순리를 거스르는 일이며 그러다간 남자가 멸종하고 말 거라며 몸을 떤다. 하지만 변화는 생각보다 보통의 일이다. "우리 가족이 전통적인 방식으로 임신된 아이들에게서 빼앗은 건 전혀 없어. 늘 기존 세상을 뒤흔들고 과거와 전혀 다른 방식을 시도하는 인류의 오랜 전통을 생각할 때, 우리도 그 일부일 뿐인지 몰라."[2]

3

성차별과 가부장제: 복수와 반란의 이야기

가부장제는 페미니즘 제2물결 이후 중요한 화두가 되었다. "개인적인 것이 정치적인 것"이라는 70년대 경구는 그간 사적 영역이라고 치부된 가정사를 진지한 논제로 끌어올렸다. 수전 팰위크의 〈늑대여자〉(2001)는 인간에게 길드는 늑대 이야기면서, 남편에게 종속된 여자 이야기다. 조 월튼의 《나의 진짜 아이들》(2014)의 주인공 패트리사는 남자의 청혼을 받아들이느냐 아니냐를 기점으로 팻, 패티, 트리샤, 트리시, 패트리샤로 갈라지는 삶을 산다. 노년까지 이어지는 다양한 패트리샤의 삶에는 세계사와 페미니즘의 물결이 녹아든다. 낸시 크레스의 〈오차 범위〉(1994)는 아이를 낳고 기르기로 결정했다고 해서 멍청한 여자가 아니라는 사실을 SF다운 방법으로 일깨우며, 아주 만족스러운 복수를 한다.

1 윤이형, 〈광장〉, 워크룸프레스, pp. 25-26
2 앤젤라 채드윅, 《XX》, 한즈미디어, p. 398

She is SPACE Crone

조금 더 복잡하게 들어가면, 여자에게도 아내가 필요하다는 우스갯소리가 있다. 집안일과 뒷바라지가 누구를 갈아 이루어지는지 알기에, 나 대신 남을 집어넣지 않으면 피하기 어려운 속박이기에 하는 말이다. 서유미의 〈저것은 사람도 아니다〉(2009)의 주인공은 워킹맘 역할을 해내기 위해 자기와 똑같은 사이보그를 주문한다. 송경아의 〈나의 우렁총각 이야기〉(2006)의 '나'는 "생활의 패잔병이 되어 구질구질한 일상을 영위하는"[3] 모습에서 도망치며 우렁총각을 들인다. 윤이형의 〈대니〉(2015)에 이르면 손자를 돌보게 된 할머니인 '나'는 양육 로봇 대니를 구해 줄 수 있음에도 눈을 감는다. 마음이 아무리 무겁더라도 몸이 더욱 무겁기 때문이다.

여자를 희생자로 두지 않는 복수와 반란의 이야기도 여러 형태로 반복되고 있다. 구병모의 〈미러리즘〉(2016)에서 주인공 남자는 '주사기 테러'를 당한 후로 여자의 몸이 되어 성차별과 성폭력에 노출된다. 이서영의 〈유도선〉(2019)의 주인공 남자 역시 자기는 평범하게 살아왔다고 믿지만, 결백하지 못한 방조범으로서 결국 죗값을 치른다. 구병모의 〈하르피아이와 축제의 밤〉(2017)에서 피해자들은 가해자들을 향해 매섭게 사냥의 나팔을 울린다. 밀려나고 밀려난 여자들은 얼마든지 괴물로 변신한다. 팻 머피의 〈식물 아내(채소 마누라)〉(1986)에서 '아내'는 거대한 나무가 되어 기어이 평화를 얻는다. 은림의 〈우물 속의 색채〉(2020)는 H. P. 러브크래프트의 〈우주에서 온 색채〉(1927)를 다시 쓴 소설로, 여자라고 차별받던 식물학자는 위험한 외계 식물의 일원이 되어 동족을 퍼뜨린다. 반다나 싱의 〈자신을 행성이라 생각한 여자〉(2009)의 주부 카말라는 행성이 되고, 카말라의 군대는 남편에게 진군한다. 듀나의 〈수련의 아이들〉(2010)의 수련은 비인간으로 변이하면서 이전에는 생각해보지 않았던 사실, "지금까지 그녀를 두들겨 패왔고 모욕했던 저 남자가 그녀보다 5센티미터 정도 작고 15킬로그램 정도 가벼우며 근육의 힘도 변변치 못하다는 사실"[4]을 인식하고 행동에 나선다.

3 송경아, 〈백귀야행〉, 사계절, p. 16
4 듀나, 〈두 번째 유모〉, 알마, p. 129
5 엘리자베스 문, 〈잔류 인구〉, 푸른숲, p. 336
6 엘리자베스 문, 앞의 책, p. 349
7 어슐러 K. 르 귄, 〈세상 끝에서 춤추다〉, 황금가지, p. 21

4

탐험하는 여성: 소녀에서 할머니까지

이제 자기 자리를 찾아 떠나는 여성들을 소개할 차례다. 팁트리 주니어의 〈보이지 않는 여자들〉(1973)의 엄마와 딸은 지구에서, 남자들의 세상에서 탈출한다. 정세랑의 〈섬의 애슐리〉(2018)에서는 어디에도 속하지 못한 애슐리가 결국 땅에 속하지 않은 수생식물처럼 자신의 방법으로 자립한다. 정소연의 〈우주류〉(2005)와 김초엽의 〈나의 우주 영웅에 관하여〉(2017)의 주인공들은 우주로 뛰어들기로 한다. 남유하의 〈국립존엄보장센터〉(2013), 오정연의 〈마지막 로그〉(2017)와 〈남십자자리〉(2021), 김초엽의 〈우리가 빛의 속도로 갈 수 없다면〉(2019)은 죽음을 향해 멈출 수 없는 여행을 하는 노년 여성들의 이야기이다.

리베카 솔닛은 여자를 기록하지 않는 행위가 인류의 내러티브를 단선적으로 바꾸는 일이라고 지적한다. 르 귄의 〈정복하지 않은 사람들〉(1982)의 탐험대가 기록에서 물러난 여자들이라면 엘리자베스 문이 쓴 《잔류 인구》(1996)의 주인공 오필리아는 기록을 만들기로 한 사람이다. 오필리아를 찾아오는 사람들은 오필리아를 "늙은 여자로, 아무것도 아닌 것으로"[5] 여기지만, 이는 오히려 오필리아가 으레 요구받던 역할을 힘껏 차버리도록 자극한다. "그런 역할에는 이미 작별을 고했다. 착한 아이, 좋은 아내, 좋은 어머니가 되는 것에도, 그런 것들에 70여 년을 쏟아부었다. 몰두했다. 이제는 색칠하고 조각하고, 늙고 갈라진 목소리로 낯선 괴동물들과 더 낯선 그들의 음악에 맞춰 노래하는 오필리아가 되고 싶었다."[6]

엘리자베스 문은 감사의 말에서 르 귄의 어느 에세이를 언급한다. 그 에세이는 〈우주 노파〉(1976)일 것이다. 르 귄은 다른 행성의 지적 생명체들에게 사절을 보낸다면 60세를 넘은 평범한 여성을 고르리라고 말한다. 다른 사람들은 자격이 없다고 생각하고 본인도 마찬가지일 테지만, 지워지지 않을 경험과 분별과 인내심을 지닌 사람을. 초경과 완경을 비롯하여 인간의 탄생과 성장을 몸에 새겨온 사람이라면 다른 세계로 가더라도 능히 자신으로 존재할 능력이 있다. "그러니 우주선에 올라요, 할머니."[7]

SF와 여성의 세계

Gufic

and

Safehouse

p. 334 — 341

Gufic

여하튼
앞으로 나아가는 수밖에

김지아
구픽 대표

구픽은 2015년에 사업자등록을 했고 2016년부터 첫 책을 출간했다. 장르물은 무조건 좋아했고, 회사에 다닐 당시 SF는 아니지만 해외 장르 소설을 많이 만들었던 경험이 있어 외서 출판의 프로세스를 비교적 잘 알고 있었으며, 우연한 기회에 좋은 SF 작품들을 소개받을 기회도 왔기에 첫 책으로 SF가 결정되었다.

영미권 외서를 위주로 만들어왔던 나로서는 해외에서 출간되어 검증된 작품을 출간하여 실패의 위험성을 줄이는 건 굉장히 좋은 방법 같아 보였다. 닐 스티븐슨과 필립 K. 딕, 아이작 아시모프가 꽂힌 내 책장을 보며 이 정도면 SF 마니아까진 아니더라도 적어도 이 분야에 대한 적당한 소양 정도는 갖추고 있다고 생각했다. 당시만 해도 꾸준히 SF를 출간하고 있는 출판사가 많지 않았고 나름 전문 분야라고 생각하고 있던 추리 스릴러 분야가 이미 포화상태였기에, SF로 시작해서 이를 주요 분야로 삼는 것도 괜찮은 선택 같았다.

결론부터 말하자면 2022년 현재 구픽의 해외 SF 출간 리스트는 성공했다고 말하긴 힘들다. 가장 처음 계약했던 두 편의 SF, 존 스티클리의 《아머: 개미전쟁》과 네이선 로웰의 《대우주시대》는 절판되었고, 해외에서 데뷔작으로 사전 주목을 받은 탈 M. 클레인의 《펀치 에스크로》와 닉 클라크 윈도의 《피드》는 초판을 소진하지 못한 채 창고에서 울고 있다. 살아남은 건 존 스칼지의 '상호의존성단' 3부작이지만 이마저도 기대했던 판매량에는 미치지 못했다. (이와중에 구픽에서 가장 성공한 SF '관련' 책이 《장르작가를 위한 과학가이드》라는 논픽션 도서라는 것도 신기한 사실 같다.)

지금도 크게 다르지는 않지만 매일매일의 악몽은 첫 책이 나오기 직전이 가장 심했다. 나는 직장생활 동안 모은 돈 거의 모두를 성공 확률도 극히 낮은 1인 장르 출판사에 쏟아붓는 중이었다! (플랜 B도 있긴 했다. 빠른 시간 안에 아주 제대로 실패해서 출판사에 다시 입사하기.) 출판사를 시작하려면 최소 3~5권의 출간 리스트를 가지고 있어야 한다는 조언에 따라 나는 (당연하게도) 그 두 배쯤인 6~8권의 도서를 미리 계약했는데, 그때 갖고 있던 자본금의 80퍼센트 이상을 소진했다. 책이 나오기도 전에 기본적으로 들어가야 할 저자 선인세, 에이전시 수수료, 번역비

용이 뭉텅이로 통장에서 빠져나갔다. (편집 비용이나 제작비는 아직 들어가지도 않은 상태였다!)

구픽의 첫 책 《아머》는 1984년 미국 출간작으로 행성 밴시를 점령하려는 인간과 개미 모습의 외계인의 전투가 압권인 밀리터리 SF다. 나는 전체 2부로 구성된 이 작품에서 시각적으로도 굉장한 우주 전투 묘사와 전쟁의 참혹함, 그리고 특유의 쓸쓸함이 묻어나는 1부에 압도당해 있었고, 2부의 완성도가 떨어진다고 생각했지만 1부 하나만으로도 한국 SF 독자를 낚을 수 있다고 생각했다! 여기에 1980년대 작품임을 고려했을 때 작품에 은은하게 표현되는 남성 주인공 중심적인 시각도 있었다.

하지만 다음 SF 작품이었던 네이선 로웰의 《대우주시대》는 훨씬 한국 SF 독자들에게 어필할 수 있었던 작품이었다고 생각한다. 주인공 이슈마엘은 군인과 무역선원의 기로에서 죽고 죽이는 것은 싫다며 후자를 선택한다. 24세기 우주 무역선, 인종은 다양하고 악당은 존재하지 않고 등장인물들은 소소한 난관을 하나하나 깨어나가기 바쁘다. 나는 점점 이 책이 마음에 들었지만 시리즈는 6부로 구성되어 있고, 후속작 출간을 묻는 문의는 이어졌지만 책은 팔리지 않았다….

먼저 계약했던 두 작품 《펀치 에스크로》와 《피

GUFIC'S SCIENCE FICTION

아머: 개미전쟁 존 스티클리 지음 : 박슬라 옮김 (절판)

대우주시대 네이선 로웰 지음 : 이수현 옮김 (절판)

펀치 에스크로 탈 M. 클레인 지음 : 정세운 옮김

피드 닉 클라크 윈도 지음 : 윤미선 옮김

존 스칼지 상호의존성단 시리즈

드)가 있었지만 이대로 가다간 영광스럽게 붙어 있는 'SF 출판사' 딱지마저도 한순간 사라질지 모른다는 생각에 존 스칼지의 새 시리즈를 먼저 소개하는 게 낫겠다고 판단했다. 사실 존 스칼지는 구픽 SF 리스트의 고려 대상이 전혀 아니었다. 전 세계에서도 탑 SF 작가인 데다, '노인의 전쟁' 시리즈로 국내 SF 독자라면 모르는 이가 없었고, 한국어판을 출간했던 기존 출판사도 있었기에 설령 내가 작가의 신작을 내고 싶어도 불가능할 테고, 선인세 감당도 안 되리라 생각했다. 가능한 금액 수준에서 저작권사에 오퍼 신청서를 내고 기다리면서도 뭐 안 되면 말자 심정이었기에, 오퍼 승인이 됐다는 소식을 듣고 기쁘면서도 약간 당황스러웠다.

결과적으로 스칼지의 '상호의존성단' 시리즈는 여타 책에 비해서는 독자들이 찾아주어서 구픽에 어느 정도 숨을 불어넣어주긴 했다. 빠르게 재쇄를 찍을 땐 근거 없는 낙관에 약간 젖어 있기도 해서, 구픽 최초의 1만 부 책이 되지 않을까 하는 꿈도 꾸었으나 기대는 알아서 잘 접혔다. (시리즈는 1편 이후로는 판매량이 훅 줄어든다.) '상호의존성단' 시리즈는 존 스칼지를 읽어본 독자들이라면 기대한 스타일대로 굉장히 재미있는 작품이고, SF를 잘 모르는 독자라면 첫발을 들이기 그야말로 딱 좋은 작품이다. 스페이스 오페라라는 거창한 수식어를 갖고 있지만 진입 장벽은 낮고, 쉽고, 경쾌하며, 속도감이 넘친다. 등장인물들의 난데없는 개성에 킥킥 웃다가도, 현실을 기가 막히게 반영한 블랙유머에 혀를 내두르기도 한다. (기왕 영업하는 김에 대놓고 하자면, 무려 정세랑 작가님께서 추천하신 시리즈이기도 하다!)

대형 출판사 편집자 경험을 토대로 겁도 없이 1인 출판에 뛰어든 후 지금까지 이런저런 고민과 걱정들을 안고 왔다. 특히 장르 소설은 트렌드의 영향을 더 많이 받는데, 해외 출판사에서 구픽 같은 작은 출판사를 판단할 수 있는 근거는 역시 규모(돈)일 수밖에 없어서 대박 영화의 원작 소설이니, 최신 문학상 수상작이니, 뉴욕 타임스 1위이니 하는 타이틀 경쟁에 뛰어들기도 쉽지 않다. 국내의 그 어느 기획편집자도 발견하지 못한 뛰어난 해외 도서를 발굴하고 직접 계약하여 번역 출간하지 않는 한, 해외 도서를 국내에 소개하고 저작권을 중개하는 에이전시와의 관계도 잘 가져가야 하고.

잘하고 있나? 다시 고민해본다. 첫 책을 출간한 후 6년이 지났고, 나도 나이가 들었다. 화끈하게 망해서 회사로 돌아간다는 계획도 이제 어렵게 되었으니 여하튼 앞으로 나아가는 수밖에 없다. 앞으로도 어떻게든 되겠지.

구픽의 장르 앤솔러지 추천작

귀신이 오는 밤 배명은, 서계수, 전혜진, 김청귤, 이하진, 김이삭, 코코아드림 지음

최초(!)로 한국 세시풍속 중 하나인 귀신날을 주소재로 다룬 호러 앤솔러지. 스릴러 호러, 클래식 호러, SF 호러 등 다양한 호러 단편들이 가득하다.

사랑에 갇히다 서계수, 코코아드림, 정엘, 헤이나, 제야, 양윤영 지음

6명의 신인 작가들이 쓴 팬데믹 시대의 로맨스 앤솔러지. 팬데믹 소재인 만큼 SF 로맨스라 불러도 무방하다. 독일어판 판권이 얼마 전 팔렸다.

Safehouse

SF 붐은 이제 시작일 뿐

김홍익
안전가옥 대표, 덕질을 가장한 사업…을 가장한
덕질을 하고 있다.

1월 하순, 봉준호 감독의 연출 차기작을 워너브로스가 배급하고 (브래
드 피트의) 플랜B가 제작을 하며 로버트 패틴슨이 주연을 맡을 거라는
기사가 화제였다. 그런데 그 기사에서 내 시선을 가장 강하게 잡아끌었
던 것은 그 작품이 SF라는 점도 《미키7》라는 소설을 원작으로 한다는
점도 아니었다. 바로 에드워드 애쉬튼의 그 소설이 아직 출간도 되기 전
이라는 사실이었다.

그 전말은 대략 이렇다. 에드워드 애쉬튼이 준비 중이던 작품 《미키7》의
판권계약을, 그의 작가 에이전트 잰클로우 & 네스빗이 할리우드의 판권
에이전트인 호치키스 어소시에이트를 통해 워너 및 플랜B와 이미 2년
전에 맺은 것. 그 후 기획개발 과정에서 봉준호 감독까지 연결된 것이다.
미국의 업자들은 그렇게 부지런히 움직이고 있었다. 작가가 작품을 출간
하기도 전에.

시장이 형성되고 자본이 움직인다는 것을 가능할 수 있는 여러 가지 지표들이 있겠지만, 가장 직관적이라 생각되는 것은 바로 '업자의 움직임'이다. 소비자와 공급자가 모여 시장이 형성되고 그 시장은 덩치를 불려가며 소비자와 공급자 사이 업자들을 끌어들인다. 업자들은 그들끼리 또 하나의 시장을 만들고 키우며, 더 많은 소비자와 공급자, 선순환 구조를 만든다.

출판업이 번성할 때 작가와 독자 사이에는 출판사뿐 아니라 인쇄소, 물류업체, 배본소(일종의 도매)와 같은 업자들이 생겨났다. 그런데 요즘 SF 씬에서 작가와 독자 사이 새로 생겨나는 업자들은 이전과는 조금 다른 느낌이다. 블러썸 크리에이티브나 그린북에이전시와 같은 작가 에이전시, 올댓스토리나 고즈넉이엔티와 같은 영상화에 특화된 장르 전문 출판사, 21스튜디오와 같은 전문 기획개발사까지.

김보영, 김초엽 등 한국 작가들의 작품들이 단행본으로서도 훌륭한 판매고를 올리고 있는 데다 수출에서도 가시적인 성과를 만들어내고 있다는 점을 그 이유로 우선 생각해볼 수 있겠지만, '책이 잘 팔린다'는 사실만으로 이 새로 등장한 업자들을 설명하기에는 부족할 것이다. 대신 미국에서 에드워드 애쉬튼의 미출간작과 봉준호 사이에 늘어섰던 업자들의 행렬, 그러한 행렬이 국내에도 생기고 있는 것이 아닐까 짐작할 수 있다.

신기한 곳 하나가 생기는 것은 그저 흥미로운 일이겠으나, 그런 곳들이 여럿 생긴다는 현상은 그 시장에 '물이 들어온다'는 뜻이다. 카카오와 네이버는 웹툰 시장을, 넷플릭스 같은 OTT들은 새로운 영상 콘텐츠 시장을 글로벌 단위로 활짝 열었고, 한국 콘텐츠는 세계에서 제대로 통했다. 전 세계가 한국의 이야기와 창작자에 주목하고, SF는 그중 가장 밝게 빛난다. 자연히 업자들이 생겨난다.

그 업자 중 하나, 안전가옥은 "장르 전문 스토리 프로덕션입니다."라고 스스로를 소개한다. 안전가옥은 작가로부터 원고를 받아 편집해서 책을 만들기보다는, 이야기를 창작자와 함께 기획하고 프로듀싱하는 것을 지향한다. 안전가옥은 기획 단계에서부터 창작자와 긴밀하게 소통하며 트리트먼트를 만들고, 원고를 개발하며, 단행본을 만들어 유통하고, 그 IP로 파트너와 사업화를 진행한다.

창작자 캐스팅 매니저는 새로운 창작자를 끊임없이 찾고, 스토리 PD는 창작자와 이야기를 고민하고, 퍼블리싱 매니저는 제작과 유통을 담당하며, 기획 PD는 영상이나 웹툰 분야의 파트너와 사업화를 논의하고, 비즈니스 매니저는 사업의 구조와 계약을

안전가옥 앤솔로지 《미세먼지》의 수록작인 김효인 작가의 〈우주인, 조안〉은
〈책 끝을 접다〉 오리지널 웹툰 및 시네마틱 드라마 〈SF8〉로 제작되었다.

미세먼지 류연웅, 김청귤, 박대겸, 김효인, 조예은 지음

anthology)

FIC-PICK 1

Moods of Future

무드 오브 퓨처

윤이나　　　이윤정　　　한송희　　　김효인　　　오정연
아날로그　　트러블　　　사랑도　　　오류의 섬에서　유로파의
로맨스　　　트레인 라이드　회복이 되나요?　만나요　　　빛을 담아

미래와 우주를 향한 가장 따뜻한 시선,
다섯 명의 여성 작가들이 상상하고 고민한 근미래 로맨스 소설집

챙긴다. 신뢰할 수 있는 비즈니스가 되기 위해 시스템과 프로세스를 만들기 위해 애쓰고, 팀워크를 통해 더 많은 창작자와 더 많은 작품, 더 큰 성공을 꿈꾼다.

시스템과 프로세스에 안전가옥의 에너지를 할애하는 것이 창작자가 이야기의 본질에 더 집중할 수 있는 길이라고 믿는다. 그래서인지 감사하게도 훌륭한 창작자들과 최고의 작품들을 함께할 수 있었고, SF도 예외는 아니었다. 2019년(심녀울 작가, SF 어워드 단편 대상), 2020년(이산화 작가, SF 어워드 단편 우수상)에 이어 2021년에도 시아란 작가가 안전가옥과 함께한 《저승 최후의 날》로 SF 어워드 웹소설 부문 대상을 수상했다.

SF에 진심인 안전가옥은 올해 주요 출간(예정)작들도 SF로 준비 중이다. 올 초 출간된 근미래 SF 로맨스 앤솔러지 《무드 오브 퓨처》에 이어, 배예람 작가의 좀비물 《좀비즈 어웨이》, 시아란 작가의 저승 배경 SF 재난물 《저승 최후의 날》, 이경희 작가의 사이버펑크 수사물 《모래도시 속 인형들》까지. 상반기 중으로 공개될 작품들 중 SF만 이 정도다.

한때 한국 SF 팬이 500명이라는, 뭐 이런 농담이 있었는데 요즘 생각하면 좀 머쓱하다. 이건 '되는 사업'이다. SF 붐은 이제 시작 아닐까. 🖐

SAFEHOUSE'S SCIENCE FICTION

우리가 오르지 못할 방주 심녀울 지음

그날, 그곳에서 이경희 지음

베르티아 해도연 지음

저승 최후의 날 시아란 지음 (카카오페이지 웹소설)

DON'T MISS!

당신이 놓쳤을지 모르는 책

이수현

20년간 상상문학을 주로 번역했고, 환상소설을 쓴다. 최근에 번역한 책으로는 아말 엘모타르의 《유리와 철의 계절》, 어슐러 르 귄의 《세상 끝에서 춤추다》가 있다. 저서로는 러브크래프트 다시쓰기 소설 《외계 신장》이 있고 《서울에 수호신이 있었을 때》가 곧 출간된다.

신나는 활극을 기대했다가 애절한 로맨스를 보면 재미없을 수 있고, 깊이 있는 철학을 원했다가 한없이 가벼운 코미디를 본다면 화가 날 수 있다. "이것은 SF다" 같은 서점 분류는 그렇게 독자의 기대와 현실이 어긋나는 시행착오를 덜어주기 위해 존재한다.

그러나 그것만으로 족하기에는 이 장르의 스펙트럼이 넓다. 때로는 읽을 때 접근법을 달리해야 할 정도로 넓다. 언제나 새로운 것, 못 봤던 것을 환영하는 독자라면 이보다 더 좋은 장르가 없는 이유이기도 하다. 여기 소개할 신간 여섯 종만 봐도 그렇다.

먼저 《죽은 등산가의 호텔》은 러시아 작가 스트루가츠키 형제의 1970년대 작품이다. '죽은 등산가의 호텔'이라는 산장 호텔에 다양한 사람들이 모여드는데, 날씨가 격변하여 외부와의 소통이 끊기고 고립된 산장에서 밀실 살인 사건이 일어난다. 여기까지 보면 전형적인 추리 소설, 그것도 범인을 찾고 트릭을 푸는 데 집중하는 고전 추리소설이다. 그러나 오랜만에 휴가를 즐기러 산장에 묵은 형사, 즉 우리의 '탐정'이 살인 사건은 다뤄본 적도 없는 사기 전담인 데서부터 시작하여 용의자 중에는 마술사가 있고 트릭에는 반칙이 가득하다. 이 소설에는 추리소설에 대한 농담과

패러디가 잔뜩 깔려 있고, '추리 장르에 바치는 임종 기도'라는 카피는 거꾸로 고전 추리에 바치는 작가들의 사랑을 비춰준다. 그래서 어디가 SF냐고? 읽어보면 안다.

솔직히 이 작품이 스트루가츠키 형제의 최고 걸작 반열에 들지는 못한다. 그러나 그 점을 만회하고도 남을 장점이 하나 있으니, 지금까지 국내에 출간된 이 작가들의 작품 중에서 가장 읽기가 쉽다는 사실이다. 그러니 이 책으로 먼저 맛을 본 후에 괜찮다면 《신이 되기는 어렵다》나 《세상이 끝날 때까지 10억 년》 같은 걸작을 시도해보면 어떨까. 영미권이나 일

죽은 등산가의 호텔, 신이 되기는 어렵다
아르카디 스트루가츠키·보리스 스트루가츠키, 이경아·이보석(옮긴이) | 현대문학

세상이 끝날 때까지 아직 10억년
아르카디 스트루가츠키·보리스 스트루가츠키, 석영중(옮긴이) | 열린책들

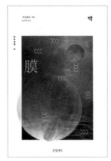

미래로부터의 탈출 고바야시 야스미, 김은모(옮긴이) ⎪ 검은숲

막 지다웨이, 문희정(옮긴이) ⎪ 글항아리

리틀 아이즈 사만타 슈웨블린, 엄지영(옮긴이) ⎪ 창비

본의 문학과 확실히 다른 사고방식을 맛보고 싶다면, 깊이 생각해야 하는 이야기를 좋아한다면 이 작품들은 정말로 읽을 가치가 있다.

러시아 SF를 더 파고들기보다 추리와 SF의 결합에 더 관심 있는 독자라면 몇십 년을 사이에 두고도 신기하게 비슷한 구석이 있는 《미래로부터의 탈출》(고바야시 야스미)로 넘어가는 것도 나쁘지 않다. 알 수 없는 언젠가, 요양원에 갇힌 100세 노인이 수수께끼를 풀고 탈출하려 하면서 미래의 진실을 조금씩 알아간다는 기본 줄거리를 보면 누가 봐도 SF지만, 《죽은 등산가의 호텔》의 핵심에 SF가 있듯이 이 소설은 핵심에 미스터리 장르가 있다. 최신작이면서도 고전에 대한 향수를 불러일으키는 요소가 곳곳에 가득하고, 무엇보다도 경쾌하고 가볍게 읽기 좋다.

한편, 1990년대 타이완 소설인 《막》(지다웨이)은 SF 소설이기보다 퀴어 소설로서 더 흥미롭다. 인조인간을 키워서 장기를 수확한다거나, 해저에 사는 미래라거나 그 환경 때문에 피부관리사가 중요해진다는 등의 설정은 배경이나 장치에 가까울 뿐 아니라 모호하다. 소설 말미에 가서야 그 사회가 또렷하게 그려지지 않고 피상적이었던 이유가 설명이 되지만,

그 지점마저도 확장된 인간의 정체성보다는 한 개인의 내면만을 다루는 듯하다. 심지어 주인공이 세계와 자신을 가르는 '막' 바깥으로 한 발자국도 내딛지 않는다는 점에서는 자기폐쇄적인 느낌마저 든다.

그럼에도 《막》이 퀴어 소설인 이유는 특정 관계에 머무르지 않으며 성애란 무엇이고, 사랑은 무엇이고, 정체성은 무엇이며, 나와 타인을 가르는 경계선은 어디에 있는가를 묻는 데 있다. 그리하여 이 작품은 다시 SF로 회귀한다. 주인공의 자아를 고치처럼 둘러싼 막은 성별의 틀만이 아니라 인간의 틀을 불분명하게 만들고, 현실과 비현실에 대해서나 그 현실을 보는 인간의 한계에 대해서 생각하게 하기 때문이다.

이미 상용화된 많은 기술이 어떤 사람들에게는 마법처럼 보이는 세상에서, 갈수록 현대소설과 SF의 경계선이 희미해지는 것만은 분명하다. 아르헨티나 작가 사만타 슈웨블린이 쓴 《리틀 아이즈》는 몇 년 전이라면 SF라는 분류명을 달지 않고 출간되었을 소설이다. SF가 아니라는 말이 아니라, 그만큼 현재성이 강하다는 뜻이다. 다양한 동물 모습을 한 반려로봇 '켄투키'가 새로 출시되어 전 세계에서 선풍적인 인기를 끈다. 이 로봇이 특별한 것은 각각의 로봇을

잔류 인구 엘리자베스 문. 강선재(옮긴이) ┊ 푸른숲

세상 끝에서 춤추다 어슐러 K. 르 귄, 이수현(옮긴이) ┊ 황금가지

잔차품 Priest, 마훈(옮긴이) ┊ 서설 (전자책)

AI가 아니라 사람이 조종하기 때문. 세계 각지에서 어떤 사람은 로봇을 사고, 어떤 사람은 로봇을 조종할 권리를 산다. 무작위로 맺어지는 특별한 일대일 관계를 바탕으로 전 세계의 다양한 사연이 태피스트리처럼 짜여간다. 공포스러워지는 관계도 있지만 서로 위안을 받는 관계도 있고, 상대방과 직접 교류하고 싶어 하는 사람이 있는가 하면 영원히 인간으로서의 자아가 지워진 반려로봇으로만 남고자 하는 사람도 있다. 그 풍경이 지극히 지금의 온라인 세계를 떠올리게 함은 짐작할 수 있으리라. 영국의 SF 드라마 〈블랙미러〉를 좋아한다면 추천하겠다.

이제 지구에서 벗어나볼까. 인류의 대표자를 한 명만 우주로 보낸다면 할머니여야 마땅하다는 르 귄의 말에 공감한다면, 《잔류 인구》(엘리자베스 문)를 꼭 읽어야 한다. 인류의 역사에서 무기보다는 장바구니가 먼저 발명되었으리라는 주장(어슐러 르 귄의 《세상 끝에서 춤추다》에 수록된 〈우주 노파〉와 〈소설판 장바구니론〉)이 그럴싸하다 여겨도 역시 이 소설을 읽어야 한다. 냉혹한 식민회사가 행성을 버리고 떠날 때 따라가지 않고 남은 노인 오필리아는 아무도 없는 곳에서 생애 처음으로 행복한 고독과 자유를 누리지만, 예상

치 못한 일이 벌어지면서 인간들의 우주에서 가장 중요한 사람이 된다. 정상성을 해체하는 이야기를 생활감이 뒷받침하고, 이름만 외계인이 아니라 우리와 정말로 다른 존재들의 사회 구조와 사고방식을 정교하게 구현하는 '다르게 보기' 솜씨가 탁월하다.

혹시 옛날식 영웅과 모험담이 그립다면, 그러면서도 오래된 이야기를 읽기는 싫다면 최신 중국 소설인 《잔차품》(Priest)이 최근 전자책으로 완간되었다. 웹으로 연재된 BL 소설이면서 은하상을 받았다는 점이 말해주다시피, 여덟 성계를 거느린 절대적인 연맹이 무너져 내리면서 시작하는 이 시리즈에는 우주 활극에 기대할 수 있는 모든 것이 다 들어 있다. 사랑이 있고, 긴박한 모험이 있고, 중세 궁정 같은 음모가 있는가 하면 유머러스한 AI와 구태의연하지 않은 기갑전이 있고, 그러면서 자유와 인권, 인류의 이상에 대한 고찰이 내내 깔려 있다. 탄탄한 설정이 있고, 무엇보다도 잠시 다른 세상에 빠져들게 만드는 흡인력이 있다. 잠시 현실에서 벗어날 시간이 필요하다면 제격이다. 현실 도피 또한 유구한 소설의 미덕일지니. 🖎

SF NEWS

시간요원이 내일의 SF를 전해드립니다

서바이벌SF키트

  '토끼한마리'와 '공상주의자'가 함께 진행하는 5년 차 팟캐스트. 소설, 영화, 게임, 만화 등 장르를 가리지 않는 'SF 맛집'을 소개한다. 유튜브, 팟빵 등 다양한 채널에서 들을 수 있으며 격주로 진행하는 유튜브 라이브를 통해서도 만날 수 있다.

Hello Future

라마와 지구 밖에서 놀아볼까: 우주에서 펼쳐지는 SF 영화와 시리즈들

THE ORBITAL CHILDREN

명작 SF 애니메이션 〈전뇌 코일〉의 감독 이소 미쓰오가 15년 만의 신작 〈지구 밖 소년 소녀〉를 선보였다. 2045년, 다섯 소년 소녀가 탄 우주 정거장에서 사고가 발생한다. 달에서 태어난 두 명과 지구에서 태어난 세 명은 좌충우돌하며 조난 상황을 극복할 수 있을까.

COWBOY BEBOP

넷플릭스에서는 SF 애니메이션의 걸작으로 불리는 〈카우보이 비밥〉을 실사 드라마로 만들어 지난 11월 공개했다. 존 조가 주연으로 '스파이크' 역을 맡아 화제를 끌었지만, 배우들의 호연에 못 미치는 작품 완성도가 빈축을 샀다.

크리스마스 즈음 공개된 콘텐츠도 화제였다. 블랙코미디 영화 〈돈 룩 업〉에서는 지구를 멸망시킬 혜성의 존재를 발견한 과학자가 세상을 설득하려고 고군분투한다. 애덤 맥케이 감독은 SNL 작가 출신답게 거침없는 풍자로 현실을 비판하는데, 기후위기를 외면하고 있는 우리에게 실제로 '일어날 법'한 장면들이 많아 마냥 웃을 수만은 없다.

한국에서 제작한 첫 우주 배경 SF 드라마 〈고요의 바다〉도 공개됐다. 〈오징어 게임〉, 〈지옥〉을 잇는 한국 넷플릭스 오리지널 드라마로, 배두나, 공유 등 쟁쟁한 배우들의 연기와 달을 섬세하게 표현한 영상미가 눈길을 끌었으나, SF 장르적 매력이나 극 전개의 개연성 측면에서는 다소 아쉽다는 평을 받았다.

THE SILENT SEA

DOCTOR STRANGE
IN THE MULTIVERSE OF MADNESS

새로운 마블 영화 〈닥터 스트레인지: 대혼돈의 멀티버스〉는 오는 5월 개봉 예정이다. 〈스파이더맨: 노 웨이 홈〉에서 이어지는 내용으로, 디즈니 플러스에서 공개한 마블 드라마 시리즈 〈완다비전〉, 〈로키〉와도 연결된다. 평행 세계의 문을 열어버려 혼돈이 일어나고, 서로 다른 세계의 닥터 스트레인지가 여러 명 동시에 등장한다.

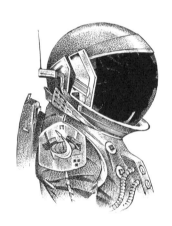

RENDEZVOUS *with*
RAMA

거장 감독들의 행보도 주목받고 있다. 봉준호 감독의 다음 영화는 상반기 출간 예정인 SF 소설 《Mickey 7》이 원작으로, 〈배트맨〉의 로버트 패틴슨이 주연을 맡는다. 원작 소설에서 주인공 미키는 위험한 임무에 곧잘 배정받는데, 사망하면 새 복제 육체에 기억을 이식해 재생된다. 그런데 일곱 번째 복제 인간 미키7이 미키8을 만나 자신의 운명을 알게 되고 저항한다. 영화의 내용은 각색을 거쳐 원작과 많이 달라질 수도 있다고 한다.

드니 빌뇌브 감독은 〈듄〉 이후 차기작으로 아서 클라크의 걸작 《라마와의 랑데부》를 원작으로 한 영화를 준비한다. 22세기의 어느 날 인류가 태양계로 접근하는 원통형 외계 구조물을 발견하고 내부를 탐험하는 이야기다.

MICKEY

엘리자베스 문, 지다웨이부터 제임스 그레이엄 밸러드까지…
우리말로 만나는 세계 고전 SF

THE LAST EMPEROX

존 스칼지의 상호의존성단 시리즈 세 번째 작품인 《마지막 황제》가 지난해 10월 구픽을 통해 국내 출간되었다. 시리즈의 포문을 열었던 《무너지는 제국》은 로커스 상을 받았으며, 《마지막 황제》는 미국의 장르 컨벤션 중 하나인 드래곤 컨벤션에서 드래곤 어워드 SF 부문을 수상했다.

오래전에 절판되어 만나보기 어려웠던 작가들의 작품도 복간되었다. 엘리자베스 문의 《어둠의 속도》와 《잔류인구》가 새로이 번역되어 지난해 10월 출판사 푸른숲을 통해서 출간되었다.

타이완 퀴어 SF의 진수라 불리는 지다웨이 작가의 1996년작 《막》은 지난해 11월 글항아리에서 번역 출간되었다. 2100년 이후 인류가 국적이나 성적 지향에 구애받지 않는 사회를 이루는 모습을 상상하고 그려내었다.

ESCAPE FROM THE FUTURE

일본 호러 소설 작가 고바야시 야스미의 생전 마지막 발표작인 《미래로부터의 탈출》도 검은숲을 통해 지난해 12월 번역 출간되었다. 작가는 호러 소설인 《앨리스 죽이기》로도 잘 알려져 있다. 기억을 잃어버린 채 노인요양시설로 위장한 곳에 갇힌 노인들의 탈주극을 그린다. 주인공 사부로가 자신의 기록을 되짚어가며 비밀을 밝혀내는 과정이 흥미롭다.

SF계의 거장 중 한 명인 제임스 그레이엄 밸러드의 《밀레니엄 피플》이 현대문학을 통해서 번역 출간되었다. 밸러드는 1960년대 뉴웨이브 SF를 이끈 작가로 현대 문학을 재정립했다고 평가받으며, 《하이-라이즈》와 《크래시》로도 알려져 있다.

2021년 휴고상 장편소설 최우수 작품으로 마샤 웰즈의 머더봇 다이어리 시리즈 다섯 번째 작품인 《머더봇 다이어리: 네트워크 효과》가 선정되었다. 머더봇 다이어리 시리즈는 살인을 목적으로 만들어진 로봇이 자신에게 명령을 내리는 프로그램을 해킹해 임무에서 벗어난 뒤 일상을 살아가는 이야기를 담았다.

NETWORK EFFECT:
A MURDERBOT NOVEL

2022 최고 기대작이 온다:
좀비 파쿠르 액션 〈다잉라이트 2〉, 〈다크 소울〉의 정신적 계승작 〈엘든 링〉

슈퍼자이언트 게임의 〈하데스〉가 2021년 휴고상 게임 부문에서 수상했다. 〈하데스〉는 그리스 신화를 배경으로 하여, 하데스의 아들인 자그레우스가 자신을 길러준 밤의 여신 닉스가 친어머니가 아니라는 사실을 깨닫고 그를 만나기 위해 지옥을 탈출하는 이야기다.

지난 1월, 마이크로소프트는 게임 업계의 공룡 중 하나인 액티비전 블리자드를 기습적으로 인수했다. 현 마이크로소프트의 CEO인 사티아 나델라는 메타버스가 미래의 중요한 트렌드가 될 것이라 주장하며, 게임이 메타버스의 발전에 핵심적인 역할을 할 것이라고 강조해왔다.

HADES

HORIZON FORBIDDEN WEST

2022년 1분기에는 큰 기대를 받는 대작들이 공개된다. 먼저 테크랜드에서 개발한 다잉라이트 시리즈의 신작 〈다잉라이트 2: 스테이 휴먼〉이 출시되었다. 좀비 바이러스가 퍼진 도시를 파쿠르 액션으로 누비는 게임이다. 전작인 〈다잉라이트〉는 특유의 호쾌한 파쿠르 액션과 다양한 오픈월드 요소로 호평을 받았다. 그러나 대중과 평론가의 이번 신작에 대한 평가는 그리 호의적이지 않다. 스토리나 연출에 문제가 있으며, 액션도 전작에 비해 발전하지 않았다는 평이 주를 이룬다.

오픈월드 게임으로 큰 인기를 끌었던 〈호라이즌 제로 던〉의 후속작 〈호라이즌 포비든 웨스트〉도 2월에 출시됐다. 인간 문명이 몰락하고 기계로 된 로봇

동물이 떠돌아다니는 세상을 배경으로 하며, 그들을 사냥하여 부품을 모아 생존해야 한다. 이번 작품에서는 주인공이 캘리포니아를 여행하며, 해저 생태계와 유적도 구현되어 있어 잠수하여 바닷속을 탐험할 수도 있다.

〈엘든 링〉 역시 출시되었다. 다크소울 시리즈로 큰 인기를 끌었으며 '소울라이크'라는 장르를 제시한 프롬 소프트웨어의 신작이다. 〈다크 소울〉의 정신적인 후속작이라 할 만큼 분위기나 게임 플레이가 비슷하다. 드라마 〈왕좌의 게임〉의 원작 소설 《얼음과 불의 노래》를 쓴 조지 R. R. 마틴이 세계관 제작에 참여한다. 🖎

ELDEN RING

The Earthian Tales

2

TIME TRAVEL
with you

publisher	박은주
editor in chief	최재천
editor	설재인
art director	김선예
designer	서예린, 오유진
marketer	박동준
photographer	Augustine Park
illustrator	문준수

publishing company
(주)아작
04050 서울특별시 마포구 양화로 156 LG팰리스빌딩 1428호

Tel 02.324.3945−6 **Fax** 02.324.3947
arzak.tet@gmail.com
www.arzak.co.kr

registration
2021년 11월 26일 마포, 바00204

ISSN 2799−628X

이 책은 과학기술진흥기금 및 복권기금의 재원으로 운영되고, 과학기술정보통신부와
한국과학창의재단의 지원을 받아 수행된 성과물로 우리나라의 과학기술 발전과 사회
적 가치 증진에 기여하고 있습니다.

투고 안내
〈The Earthian Tales〉에서는 여러분의 소중한 원고를 기다립니다.
채택 시 내규에 따라 소정의 원고료를 지급합니다.

분야 및 분량(200자 원고지 기준)
초단편(15매 내외) | 단편(80매 내외) | 중편(250매 내외)
리뷰(10매 내외) | 만화(자유분량)

보내실 곳 arzak.tet@gmail.com

Date of issue
The Earthian Tales N° 2
발행일 2022년 4월 1일